Princesse vénéneuse

Du même auteur
aux Éditions J'ai lu

Dans la collection
Crépuscule

LES OMBRES DE LA NUIT

1 – Morsure secrète
N° 9215

2 – La Valkyrie sans cœur
N° 9314

3 – Charmes
N° 9390

4 – Âme damnée
N° 9554

5 – Amour démoniaque
N° 9615

6 – Le baiser du roi démon
N° 9714

7 – Le plaisir d'un prince
N° 9888

8 – Le démon des ténèbres
N° 10144

9 – La prophétie du guerrier
N° 10521

La Convoitée et l'Intouchable
N° 10228

Dans la collection
Aventures et Passions

LES FRÈRES MACCARRICK

1 – Si tu oses
N° 10621

KRESLEY

COLE

CHRONIQUES DES ARCANES – 1

Princesse vénéneuse

Traduit de l'anglais (États-Unis)
par Tiphaine Scheuer

J'AI LU

Titre original :
POISON PRINCESS

Éditeur original :
Simon & Schuster Children's Publishing Division

À Zareen Jaffery, mon incroyable agent pour jeunes adultes,
pour ton aide avec Princesse vénéneuse.
Tu as fait toute la différence sur ce livre !

Remerciements

Merci à mes amis et ma famille de Louisiane, qui m'ont aidée à donner saveur et relief à ce livre (et particulièrement à Jonah T. pour son aide avec la culture cajun). Je n'aurais rien pu faire sans vous !

Un grand merci à Lauren McKenna pour ses fabuleuses idées et ta perspicacité.

Toute ma reconnaissance va aux brillantes sœurs médecins, Bridget et Beth, pour leur expertise technique.

Merci à mon merveilleux agent, Robin Rue, pour l'enthousiasme dont il a fait preuve envers ce projet, et pour lui avoir trouvé le meilleur des foyers.

Et merci à vous, lecteurs, de faire le grand saut avec moi dans le monde des *Chroniques des Arcanes* !

TAROT : *n.m.* jeu spécialisé de cartes illustrées, aujourd'hui principalement utilisé pour la cartomancie et souvent associé à l'occulte et au surnaturel. Les vingt-deux atouts du jeu, les Arcanes Majeurs, évoquent des symboles distincts et représentent des scènes et des personnages des temps anciens.

Prologue

Jour 246 après le Flash
Requiem, Tennessee
Contreforts des Smoky Mountains

Elle est si jolie, si fragile. Ces yeux hantés. Ces lèvres roses... Elles crieront si délicieusement.

Je regarde par le judas de ma porte d'entrée, j'attends que la fille approche. Une *femelle* si proche ! *Viens jusqu'à moi.*

Dans le crépuscule de cendres, elle marche à pas mesurés sur le trottoir devant ma maison victorienne carbonisée, hésitant à s'avancer.

Les vents glacés agitent son épaisse crinière de cheveux blonds. Elle porte un jean effiloché et des chaussures de marche usées ; ses mains sont enfoncées dans les poches d'un sweat à capuche élimé.

Ses vêtements ne sont pas adaptés à la température extérieure, qui n'est tombée que récemment après la chaleur infernale que nous avons eue pendant tout l'hiver. Le temps se *détériore* à la venue de l'été...

Elle lève les yeux. A-t-elle perçu les odeurs de nourriture qui proviennent de chez moi ? Un ragoût de bœuf en conserve mijote sur mon poêle à bois. A-t-elle remarqué la fumée qui s'échappe en tourbillonnant de ma cheminée ?

Elle semble affamée ; après le Flash, ils sont toujours affamés.

Tout, dans mon repaire, est destiné à l'attirer vers moi. Si le vif éclat de la lampe à pétrole n'est pas une balise suffisante pour les voyageurs, j'ai cloué un panneau sur ma porte, que j'ai recouvert de plastique et sur lequel j'ai écrit au marqueur :

LES VOIX DU FLASH

REPAS CHAUDS ET ABRI SÛR EN ÉCHANGE DE VOTRE RÉCIT DE L'APOCALYPSE

Ma maison est idéalement située à un carrefour de cette ville fantôme. La plupart de mes hôtes me confient qu'ils se trouvent également à un carrefour de leur vie. C'est manifestement le cas de cette fille aussi.

Un peu plus tôt, elle m'avait suivi à distance et m'avait regardé élaguer la végétation ravagée qui recouvrait le panneau de bienvenue roussi de la ville. *Requiem, Tennessee, 1 212 habitants.*

Le Flash a réduit ce nombre à un seul chiffre. Maintenant, il n'y a plus que moi et moi seul.

Pendant ce temps, j'avais siffloté un air enjoué pour donner le change. Pour qu'elle pense que je suis un brave type qui essaie de retrouver un semblant de normalité.

Maintenant, elle s'immobilise, regarde la porte. Sa décision est prise. Je le vois à la position de ses frêles épaules.

Alors qu'elle se dirige vers la porte d'entrée, j'arrive à distinguer ses traits plus nettement. Elle doit faire un petit mètre soixante. D'après sa silhouette svelte et son visage délicat, je ne lui donne pas plus de seize ans. Mais les courbes féminines que je devine sous ce sweat à capuche m'indiquent qu'elle est certainement plus âgée.

Ses yeux de la couleur des bleuets tranchent contre ses joues pâles ; elle semble désespérée. Cette enfant égarée a connu la perte.

Qui ne l'a pas connue depuis l'apocalypse ?

Elle est sur le point d'en éprouver plus encore. *Approche.*

Elle hésite à poser le pied sur le perron. *Non, viens jusqu'à moi !* Après avoir pris une profonde inspiration, elle parvient à ma porte ; je frissonne d'excitation, comme une araignée suspendue sur sa toile.

Je ressens déjà une connexion avec cette fille. Je l'ai déjà dit par le passé – et d'autres comme moi ont déjà parlé d'un tel lien avec leurs sujets – mais, cette fois-ci, j'éprouve une tension sans précédent.

Je veux tellement la posséder que je peine à étouffer un gémissement.

Si j'arrive à l'attirer à l'intérieur, elle sera prise au piège. La poignée de porte de mon côté a été retirée ; le seul moyen d'ouvrir, c'est avec mes tenailles. Les fenêtres sont des bâches en plastique transparent, qui résistent à tout. Toutes les autres issues donnant sur l'extérieur sont murées.

Elle lève la main et donne un coup léger sur la porte, avant de reculer d'un pas incertain. J'attends quelques secondes – *une éternité* – avant de piétiner d'un pas lourd comme si j'approchais.

Quand j'ouvre le battant avec un large sourire, elle se détend légèrement. Elle ne s'attendait pas à quelqu'un comme moi. Je ne parais pas beaucoup plus vieux que ma petite vingtaine.

En réalité, je suis plus jeune. Presque de son âge, j'imagine. Mais le Flash a causé des dommages à ma peau. De même que mes expériences.

Pourtant, les filles en bas, mes petits rats, me certifient que je suis le plus beau garçon qu'elles aient jamais vu. Je n'ai aucune raison de penser différemment.

Ah, mais mon esprit se sent ancien. *Un homme érudit sous les traits d'un jeune garçon.*

— Entre donc te mettre à l'abri du froid, je t'en prie, lui dis-je en déployant un bras. Regarde-toi, tu dois être gelée !

Elle jette un coup d'œil prudent à l'intérieur, son regard va d'un mur à l'autre. L'intérieur est gai, éclairé aux chandelles. Une couverture cousue main est étalée sur un accoudoir du canapé. Un fauteuil à bascule est placé juste devant le feu qui crépite dans la cheminée.

Mon repaire est rassurant, chaleureux, comme chez votre grand-mère. Et pour cause ; c'est une vieille femme qui vivait ici avant que je ne la tue pour m'approprier sa maison.

La fille observe le fauteuil et le feu avec envie, et pourtant, ses muscles sont toujours tendus à l'extrême.

Feignant la tristesse, je lui dis :

— J'ai bien peur d'être tout seul. Après le Flash...

Je ne finis pas ma phrase, la laissant supposer que j'ai perdu mes proches dans l'apocalypse.

Aie pitié de moi. Jusqu'à ce que tu poses les yeux sur ton nouveau collier.

Enfin, elle passe le seuil ! Pour m'empêcher de grogner de plaisir, je me mords l'intérieur de la joue jusqu'à sentir le sang sur ma langue.

D'une manière ou d'une autre, je parviens à lui dire d'un ton égal :

— Je m'appelle Arthur. Je t'en prie, installe-toi près du feu.

Elle tremble de tout son corps frêle et lève vers moi un regard perdu.

— M-merci. (Elle se dirige vers le fauteuil à bascule.) Je m'appelle Evangeline. Evie.

Derrière elle, je sors furtivement mes tenailles et verrouille la porte. Je souris en entendant le cliquetis.

Elle est à moi. Elle ne quittera jamais cette maison.

Sa survie dépendra d'elle.

— Tu as faim, Evie ? J'ai un ragoût sur le feu. Et peut-être une tasse de chocolat chaud ?

Je peux presque l'entendre saliver.

— Oui, s-s'il-te-plaît, si ça ne te dérange pas. (Elle s'assoit et tend les mains vers le feu.) Je meurs de faim.

— Je reviens tout de suite.

À la cuisine, je verse du ragoût dans un bol et dispose son dîner avec soin sur un plateau. C'est son premier repas avec moi. Il doit être parfait. Pour ce genre de choses, je suis méticuleux. Mes vêtements sont impeccables, mes cheveux soigneusement peignés. Ma batterie de scalpels est rangée dans la poche de ma veste. Quand elle sera au cachot, en revanche, ce sera une autre histoire.

Je pose à côté du bol une tasse de cacao fumante, faite sur mes réserves d'eau déclinantes. Je prends une cuillère de poudre blanche dans le sucrier – mais ce n'est *pas* du sucre. À chaque gorgée de son chocolat, elle va se détendre un peu plus jusqu'à ce que ses muscles l'abandonnent complètement. Cependant, elle restera éveillée.

Immobilisée mais consciente. Il est important qu'elle éprouve pleinement notre communion. Mes préparations maison ne me font jamais défaut.

D'ailleurs, il est l'heure de mon propre élixir. Je m'empare d'un petit flacon dans mon placard et en avale le contenu transparent et acide. Mes pensées se recentrent plus encore et ma concentration s'aiguise.

— Et voilà, dis-je en revenant au salon. (Ses yeux s'agrandissent devant ma générosité. Quand elle lèche sa lèvre inférieure charnue, le plateau tremble dans mes mains.) Si tu veux bien prendre le plateau...

Elle se précipite carrément pour m'aider à le poser et, une seconde plus tard, elle se jette sur la nourriture. Je m'assois sur le canapé, pas trop près d'elle, prenant garde de ne pas l'envahir.

— Alors, Evie, je suis sûr que tu as vu le panneau devant. (Elle hoche la tête, trop occupée à mâcher pour formuler une réponse.) Je veux que tu saches que je suis ravi de t'aider. Tout ce que je te demande, c'est de partager certaines informations avec moi. (*Et que tu pleures quand je te touche, que tu tressailles quand je m'approche de toi.*) J'archive les récits des gens, pour essayer de les rassembler pour l'avenir. Il nous faut écrire comment la vie de chacun a été bouleversée par cette catastrophe.

Fondamentalement, c'est vrai. J'enregistre les récits de mes filles – l'historique de mes sujets – et, plus tard, leurs cris.

— Ça te dit d'en parler ?

Elle m'observe avec réticence en finissant son ragoût.

— Que voudrais-tu savoir ?

— Je voudrais que tu me dises ce qu'il s'est passé au cours des jours qui ont conduit au Flash. Et comment tu as fait face au lendemain. J'aimerais t'enregistrer avec ça. (Je lui désigne un dictaphone à cassette qui fonctionne à piles et qui est posé sur la table basse ; je souris d'un air penaud.) Oui, je sais, à l'ancienne.

Elle tend la main vers sa tasse, la soulève et souffle sur la surface.

Bois, petite fille.

Quand elle avale sa première gorgée, j'exhale un grand coup. Elle porte un toast à sa propre perte, à notre début.

— Alors tu vas seulement enregistrer ce que je te dis ?

— C'est ça.

Quand je me lève pour retirer le plateau, elle attrape vivement sa tasse et la porte contre sa poitrine.

— Evie, j'en ai encore dans la cuisine. Je vais te ramener la casserole.

Quand je reparais avec la casserole et une tasse pour moi, elle a fini la sienne. Elle a enroulé son sweat autour de sa taille et, alors qu'elle attise le feu, j'observe ses seins moulés dans son tee-shirt à manches courtes.

Je serre si fort la poignée de ma tasse que j'ai peur de la briser. Puis je fronce les sourcils. D'habitude, je ne suis pas aussi *avide* de mes sujets. Mélanger le travail et le plaisir c'est... le bazar. Mais sa présence est enivrante.

Plus tôt, en ville, quand je l'ai vue pour la première fois, je l'ai désirée, l'imaginant dans mon lit, les bras tendus vers moi.

Se pourrait-il qu'elle soit la bonne ?

Elle retourne s'asseoir, me ramenant au présent.

— Pourquoi veux-tu savoir ça à propos de *moi* ?

Elle a un accent traînant du Sud. Je me racle la gorge avant de répondre :

— Tous ceux qui atterrissent ici ont un récit de leur survie à raconter. Toi y compris. (Je m'assieds à la même place sur le canapé.) Je veux connaître ta vie. Avant et après le Flash.

— Pourquoi avant ?

Pour me faire une idée de l'historique de mon nouveau sujet de test. Mais à la place, je réponds :

— L'apocalypse a bouleversé la vie de tout le monde, a transformé les gens. Pour survivre, ils ont dû faire des choses dont ils ne se seraient jamais crus capables. Je veux autant de détails que possible... Si ça te met plus à l'aise, tu n'as pas besoin de me donner ton nom de famille.

— Ma vie était déjà dévastée bien avant le Flash, murmure-t-elle par-dessus le rebord de sa tasse.

— Que veux-tu dire ?

Je me penche en avant et enclenche le dictaphone. Elle ne semble pas s'en soucier.

— Quelques semaines avant le Flash, je venais de rentrer à la maison après avoir passé l'été ailleurs. Et la situation était tendue.

— Où habitais-tu ? demandé-je en réprimant un soupir rêveur.

Ses paupières commencent à s'alourdir et les vagues blondes de ses cheveux scintillent dans la lueur du feu dans la cheminée. Elle lisse les mèches sur son épaule et je perçois une légère touche de son parfum – fleuri, sublime.

Même huit mois après le Flash, avec tous les lacs et toutes les rivières à sec, elle parvient à sentir aussi bon que si elle sortait d'un bain. Stupéfiant. Contrairement aux petits rats fétides dans le cachot.

— J'habitais en Louisiane, dans une superbe ferme de canne à sucre appelée Haven.

Elle s'enfonce dans son fauteuil et regarde le plafond, perdue dans ses souvenirs.

— Nous étions entourés par une mer de canne verdoyante qui s'étirait à l'infini.

Soudain, il me paraît absolument impératif de *tout* connaître de cette fille. Pourquoi est-elle seule ? Comment a-t-elle pu aller si loin au nord sans homme pour la protéger ? Si les Épouvantails l'ont ratée, les marchands d'esclaves ou les miliciens auraient dû l'avoir.

Je comprends alors qu'elle a dû perdre son protecteur récemment – voilà la raison pour laquelle une telle fille pourrait être seule.

Une aubaine pour moi.

— Comment ça, c'était tendu à la maison ?

Serait-il question d'un conflit avec ses parents, d'une punition pour n'avoir pas respecté le couvre-feu, ou d'une rupture avec le beau gosse de l'école ?

— Tu peux me le dire.

Je lui adresse un signe de tête sincère.

Elle prend une profonde inspiration et se mordille la lèvre. À cet instant, je sais qu'elle a décidé de tout me confier.

— Arthur, je... je viens de sortir d'une clinique psychiatrique.

Elle me regarde sous ses cils, guettant ma réaction tout en paraissant la redouter.

J'empêche ma mâchoire de tomber.

— D'une clinique psychiatrique ?

— J'ai été malade pendant tout le dernier trimestre de ma deuxième année de lycée, alors ma mère m'a envoyée dans une clinique à Atlanta.

Cette fille est un cadeau du ciel ! Moi aussi, j'avais été *malade*. Jusqu'à ce que je teste mes préparations sur moi-même et que je découvre un remède.

Sa perception de la maladie devait différer dramatiquement de la mienne... mais je pourrais lui *apprendre* à s'abandonner à notre noirceur et à l'accepter.

— Je n'arrive pas à croire que je sois en train de confier ça. (Elle fronce les sourcils, puis murmure :) À lui, je ne pouvais pas lui raconter mes secrets.

Lui – son précédent protecteur ? Il faut que je connaisse ces secrets !

Elle m'adresse un sourire doux.

— Pourquoi est-ce que je me sens aussi à l'aise avec toi ?

Parce qu'une drogue est en train d'agir en ce moment, pour te détendre.

— Je t'en prie, continue.

— Je n'étais revenue à la maison que depuis deux semaines quand des choses étranges ont recommencé à se produire. Je perdais la notion du temps, je faisais des cauchemars et j'avais des hallucinations tellement réalistes que j'étais incapable de savoir si je dormais ou si j'étais éveillée.

Cette fille tourmentée est aussi fragile mentalement que physiquement. *Elle est à moi. Un don du ciel.* Je sais que je peux faire naître une véritable démence à partir de la moindre étincelle de folie. Je commence à transpirer tant j'ai du mal à contenir mon agressivité.

Elle ne s'en aperçoit pas parce qu'elle regarde de nouveau le plafond, pensive.

— Une semaine avant le Flash, ça aurait été la rentrée scolaire, sept jours avant mes seize ans.

— Ton anniversaire était le lendemain du Flash ? demandé-je, ne pouvant contenir l'excitation dans ma voix. (Elle hoche la tête.) Qu'est-il arrivé ensuite ?

Ramenant un pied sous elle sur le fauteuil, elle se sert de l'autre pour se balancer doucement.

— Je me revois en train de m'habiller pour l'école le lundi matin – ma mère avait peur que je ne sois pas prête à y retourner. (Elle soupire.) Maman avait raison.

— Pourquoi ?

Evie croise mon regard.

— Je te raconterai. Toute mon histoire. Et j'essaierai de me souvenir d'un maximum de choses. Mais, Arthur…

— Oui ?

Ses yeux brillent d'une expression honteuse. Si délicieusement misérable.

— Ce qui est arrivé selon moi, ce n'est peut-être pas ce qui est réellement arrivé.

1

Jour 6 avant le Flash
Sterling, Louisiane

— Comment te sens-tu ? me demanda ma mère avec un regard inquiet. Tu es sûre d'être prête ?

J'apportai la touche finale à mes cheveux, plaquai un sourire sur mon visage et mentis, les dents serrées :

— Complètement. (Même si nous en avions déjà parlé, je répétai patiemment :) Les médecins ont dit que ce serait bon pour moi de reprendre ma routine.

Du moins, c'était ce que m'avaient dit trois de mes cinq psychiatres.

Les autres avaient seulement souligné que j'étais toujours instable. Une vraie bombe à retardement.

— J'ai juste besoin de retourner à l'école, avec tous mes amis.

Chaque fois que je mentionnais les psychiatres, Maman se détendait un peu, comme si c'était là la preuve que je les avais vraiment écoutés.

Je me rappelais en grande partie ce que me disaient les médecins, parce qu'ils m'avaient fait oublier pratiquement tout de ma vie avant la clinique.

Les mains jointes dans le dos, Maman se mit à arpenter ma chambre, parcourant mes affaires du regard – une jolie

Sherlock Holmes blonde à l'affût de secrets dont elle n'aurait pas encore connaissance.

Elle ne trouverait rien ; j'avais déjà caché ma contrebande dans mon cartable.

— Tu as fait un cauchemar cette nuit ?

M'avait-elle entendue me réveiller en sursaut et crier ?

— Eh non.

— Quand tu as revu tes amis, est-ce que tu as révélé à l'un d'eux où tu étais en réalité ?

Maman et moi avions dit à tout le monde que j'avais été envoyée dans une école spéciale où l'on vous enseignait l'étiquette et les « bonnes manières ». Après tout, on ne prépare jamais assez tôt sa fille à la compétition des sororités du Sud.

En réalité, j'avais été enfermée au Centre d'Apprentissage pour Enfants, une clinique comportementale pour jeunes. Aussi appelée Centre de la Dernière Chance.

— Je ne l'ai dit à personne pour le CAE, dis-je, horrifiée par l'idée que mes copains, ou mon petit ami, découvrent la vérité.

Surtout lui. Brandon Radcliffe. Avec ses yeux noisette, son sourire de star de cinéma, ses cheveux brun clair et bouclés.

— Bien. Ça ne regarde que nous.

Elle s'arrêta devant l'immense peinture murale qui recouvrait toute une cloison de ma chambre et pencha la tête, mal à l'aise. À la place d'une aquarelle ou d'un dessin rétro-funk, j'avais peint un paysage de vignes enchevêtrées et de chênes obscurs sous un ciel sombre qui pesait sur des collines de canne à sucre. C'était sinistre. Je savais qu'elle avait envisagé de repeindre par-dessus mais qu'elle avait craint que je n'atteigne mes limites et que je ne me révolte.

— Tu as pris ton traitement ce matin ?

— Comme toujours, Maman.

Même si je ne pouvais pas dire que les petites pilules amères avaient fait grand-chose concernant mes cauchemars, elles avaient bel et bien dissipé les illusions qui m'avaient tourmentée au printemps précédent.

Ces terribles hallucinations étaient si réalistes qu'elles m'avaient temporairement rendue aveugle au monde qui m'entourait. J'avais à peine achevé ma seconde année de lycée, essayant d'ignorer mes visions, m'entraînant à réagir comme si tout allait bien.

Dans l'une d'elles, j'avais vu un feu s'élever dans le ciel nocturne. Devant les vagues de flammes, les rats et les serpents fuyaient vers la pelouse de la ferme, jusqu'à ce que le sol semble se mettre à onduler.

Dans une autre, le soleil était apparu en pleine nuit, brûlant les yeux des gens jusqu'à en faire sortir du pus, transformant les corps et faisant pourrir les cerveaux. Ils mutaient en zombies buveurs de sang et leur peau ressemblait à des sacs en papier froissés, suintant une boue fétide. Je les appelais les *croquemitaines*...

Mon but à court terme était simple : ne pas retourner au CAE. Mon but à long terme représentait un défi plus grand : survivre à la fin du lycée pour pouvoir m'enfuir à l'université.

— Et Brandon et toi, c'est toujours d'actualité ?

Maman semblait presque incrédule, comme si elle ne comprenait pas pourquoi il sortirait toujours avec moi après mes trois mois d'absence.

— Il sera bientôt là, répondis-je d'un ton pressant.

Voilà qu'elle m'avait rendue nerveuse.

Non, non. Il m'avait fidèlement envoyé des messages tout l'été, même si je n'étais autorisée à répondre que deux fois par mois. Et depuis mon retour la semaine passée, il s'était montré merveilleux – mon petit ami joyeux et souriant qui m'offrait des fleurs et m'emmenait au cinéma.

— J'aime bien Brandon. C'est vraiment un bon garçon. (Maman mettait enfin un terme à son interrogatoire matinal.) Je suis ravie que tu sois de retour, ma chérie. C'était tellement calme à Haven, sans toi.

Calme ? Je mourais d'envie de lui répondre : « Vraiment, Karen ? Tu sais ce qu'il y a de pire que le calme ? Des néons fluorescents qui crépitent vingt-quatre heures sur vingt-quatre au centre. Ou peut-être le son de ma voisine de chambre qui pleurait en se plantant une fourchette dans la cuisse ? Ou bien l'écho d'un rire complètement insensé, sans raison ni fin ? »

Mais bon, ça, c'était le mien.

Finalement, je n'évoquai pas le centre. *Plus que deux ans et je suis sauvée.*

— Maman, je vais avoir une grosse journée. (Je mis mon sac sur mon dos.) Et je veux être dehors quand Brand arrivera.

Je l'avais déjà fait attendre tout l'été.

— Oh, bien sûr.

Elle me précéda dans la cage d'escalier, nos pas résonnant à l'unisson. Devant la porte d'entrée, elle repoussa mes cheveux derrière mes oreilles et me déposa un baiser sur le front, comme si j'étais une petite fille.

— Tes cheveux sentent bon – je vais peut-être t'emprunter ton shampooing.

— Bien sûr.

Je m'efforçai de sourire une dernière fois et sortis. L'air brumeux était totalement silencieux, comme si la terre avait exhalé puis oublié d'inspirer de nouveau.

Je descendis les marches et me retournai vers la bâtisse imposante qui m'avait tant manqué.

La Maison Haven était un manoir de vingt-deux pièces avec une façade ornée de douze colonnes majestueuses. Ses couleurs n'avaient pas bougé depuis ses origines, quand la demeure avait été construite pour mon arrière-arrière-arrière-arrière-grand-mère. La charpente était d'une teinte crème des plus légères et les volets anti-ouragan du vert le plus foncé qui soit.

Une douzaine de chênes massifs entouraient le bâtiment. Leurs branches tentaculaires avaient grandi ensemble, comme des hydres de cent tonnes qui piègent leur proie.

Les gens du coin pensaient que la Maison Haven était hantée. À la voir ainsi noyée dans le brouillard, je devais bien avouer que je les comprenais.

En attendant, je traversai la pelouse sans me presser pour me diriger vers la rangée de canne à sucre la plus proche. Je me penchai pour sentir une tige pourpre. Piquant mais doux. L'une des feuilles vertes, légère comme une plume, était enroulée sur elle-même et semblait venir enlacer ma main. Cette pensée me fit sourire.

— Vous aurez bientôt de la pluie, murmurai-je en espérant que la fin de la sécheresse à Sterling serait imminente.

Mon sourire s'agrandit quand je vis une Porsche rouge décapotable qui remontait l'allée en fragments de coquilles d'huîtres. Brandon. Le parti le plus enviable de notre paroisse. En dernière année. Quarterback. Riche. Le tiercé gagnant des petits copains.

Quand il se gara, j'ouvris la portière côté passager avec un sourire.

— Salut, toi.

Il fronça les sourcils.

— Tu as l'air... fatiguée.

— Je me suis couchée tard, répondis-je en lançant un dernier regard par-dessus mon épaule et en jetant mon sac sur la minuscule banquette arrière.

Quand le rideau de la cuisine s'agita, je m'empêchai de lever les yeux au ciel. *Deux ans et je suis sauvée...*

— Tu te sens bien ? (Son regard était empli d'inquiétude.) On peut s'arrêter prendre un café en chemin.

Je refermai la portière derrière moi.

— Bien sûr. Peu importe.

Il n'avait complimenté ni ma tenue ni ma coiffure – ma robe sans manches bleu pastel de chez Chloé, avec l'ourlet plus court d'une dizaine de centimètres au-dessus du genou par rapport au règlement intérieur, le ruban en soie noire qui retenait mes cheveux en queue de cheval bouclée et mes talons assortis, avec une bride à la cheville de chez Miu Miu.

Mes seuls bijoux consistaient en une paire de boucles d'oreille en diamants et une montre Patek Philippe.

J'avais passé des semaines à élaborer cette tenue, deux jours à Atlanta pour me la procurer, et la dernière heure à me convaincre que je n'avais jamais été aussi jolie.

Il haussa ses larges épaules, la question oubliée, et reprit l'allée en sens inverse, envoyant valser des fragments de coquilles tandis que nous dépassions à vive allure des milliers et des milliers de mètres carrés de canne à sucre.

Quand nous atteignîmes la nationale, un tronçon cahoteux d'une vieille route de Louisiane, il dit :

— Tu es bien silencieuse ce matin.

— J'ai fait des rêves bizarres cette nuit.

Des cauchemars. Rien de nouveau là-dedans.

Sans surprise, mes rêves agréables étaient remplis de plantes. J'y voyais du lierre et des roses pousser sous mes yeux, ou des cultures germer tout autour de moi.

Mais dernièrement, dans mes cauchemars, une femme rousse démente aux yeux verts étincelants se servait de ces mêmes plantes pour... blesser les gens, de manière horrible. Et quand ses victimes imploraient sa pitié, elle caquetait de plaisir.

Elle était masquée et à moitié dissimulée sous une capuche, si bien que je ne distinguais pas nettement son visage, mais elle avait la peau pâle, et des tatouages qui évoquaient du lierre couraient sur ses deux joues. Ses cheveux roux en bataille étaient parsemés de feuilles.

Je l'avais surnommée la sorcière rousse.

— Désolée, dis-je avec un frisson. Ils me fichent un peu la trouille.

— Oh.

À son attitude, je compris qu'il se sentait dépassé. Je lui avais demandé une fois s'il faisait des cauchemars, et il m'avait regardé sans expression, incapable de se souvenir d'un seul.

Voilà qui était Brandon : le garçon le plus insouciant que j'eusse jamais rencontré. Même s'il était bâti comme un ours – ou comme un footballeur professionnel – son caractère ressemblait plus à celui d'un adorable chiot qu'à celui d'un grizzly.

Secrètement, j'attendais beaucoup de lui, espérant que sa normalité allait me sortir de mon abîme de visions de terres dévastées. Voilà pourquoi j'avais redouté qu'il ne trouve quelqu'un d'autre et ne rompe avec moi pendant que j'étais enfermée au CAE.

Il semblait maintenant qu'au moins une chose allait fonctionner. Brandon m'était resté fidèle. Au fur et à mesure que nous nous éloignions de Haven, le soleil brillait plus fort et le brouillard se dissipait.

— Bon, je sais comment remonter le moral de ma copine.

Il m'adressa un sourire malicieux.

J'étais bien incapable d'y résister.

— Ah oui ? Et comment ?

Il quitta la route pour se garer à l'ombre d'un pacanier, les pneus écrasant les noix de pécan tombées au sol. Après avoir attendu que la poussière retombe, il appuya sur un bouton et abaissa la capote de la voiture.

— À quelle vitesse tu veux aller, Evie ?

Peu de choses me rendaient aussi euphorique que de parcourir la nationale à toute allure, les cheveux au vent. Pendant une infime seconde, je réfléchis à la manière dont je pourrais remédier à l'anéantissement total de ma coiffure – *une tresse lâche sur une épaule* – avant de lui dire :

— Montre-moi ce qu'elle a dans le ventre.

Il fit rugir le moteur et démarra en trombe. Je levai les mains, renversai la tête en arrière et criai :

— Plus vite !

À chaque embrayage, il laissait la flèche aller dans le rouge avant de changer de vitesse, jusqu'à ce que la voiture atteigne une vitesse maximale. Je me mis à rire de plaisir en voyant les maisons défiler sur les côtés en sifflant.

En comparaison, les mois précédents n'étaient plus qu'un vague souvenir – le soleil, le vent, Brandon qui me glissait des sourires exaltés. Il avait raison ; c'était exactement ce dont j'avais besoin.

Je pouvais faire confiance à mon nounours de footballeur pour me rendre de nouveau insouciante et saine d'esprit.

Est-ce que ça ne méritait pas un baiser ?

Je débouclai ma ceinture de sécurité, me hissai sur un genou et tirai ma robe de quelques centimètres pour pouvoir me pencher vers lui. Je posai les lèvres sur sa joue fraîchement rasée.

— C'est ce que le médecin a prescrit, Brand.

— Si tu le dis !

J'embrassai sa mâchoire carrée, puis, comme ma meilleure amie plus expérimentée Melissa me l'avait appris, je lui chatouillai l'oreille en lui faisant sentir mon souffle.

— Ah, Evie, fit-il dans un râle. Tu me rends fou, tu sais ça ?

Je commençais à en avoir une petite idée, oui. Je savais que je jouais avec le feu en l'allumant de cette manière. Il m'avait déjà rappelé la promesse que je lui avais faite juste avant de partir pour « l'école de bonnes manières » ; si nous sortions toujours ensemble à mes seize ans, je lui offrirais ma virginité. Mon anniversaire avait lieu lundi prochain…

— Qu'est-ce qu'il veut, ce type, bon sang ? s'exclama-t-il soudain.

Je tournai la tête vers lui et m'aperçus qu'il regardait derrière moi. Je jetai un coup d'œil et mon estomac se serra.

Un type à moto s'était rangé juste à côté de nous et suivait notre rythme en me regardant. Son casque avait une visière teintée, je ne voyais donc pas son visage, mais je savais qu'il matait mon cul.

Mon premier instinct ? Reposer mes fesses sur le siège en souhaitant pouvoir faire disparaître mon corps dans le rembourrage. Mon second instinct ? Rester exactement là où j'étais et jeter un long regard au pervers. C'était *ma* matinée, mon divertissement, ma course folle dans la voiture de sport de mon petit copain.

Après avoir passé l'été dans un enfer fluorescent, je *méritais* ce moment.

Quand je me tordis pour regarder par-dessus mon épaule, je vis que le type avait relevé sa visière et que son attention était bel et bien concentrée sur mon postérieur.

Puis il leva lentement la tête, comme s'il balayait mon corps du regard, centimètre par centimètre.

J'eus l'impression que des heures entières s'écoulèrent avant qu'il atteigne mes yeux. Je repoussai mes cheveux de mon visage, et nous nous dévisageâmes pendant si longtemps que je me demandai quand il allait finir par quitter la route.

Puis il m'adressa un bref hochement de tête et accéléra pour nous dépasser, évitant habilement un nid-de-poule. Deux autres motos suivirent, chacune avec deux individus à bord. Ils klaxonnèrent en nous acclamant, et le visage de Brandon devint aussi cramoisi que sa voiture.

Je me consolai en me disant que je ne les reverrais probablement jamais plus.

2

Pour préserver sa peinture, Brand se gara au fond du parking du lycée de Sterling. Même entourée de Mercedes et de BMW, sa voiture attirait l'attention.

Je descendis et attrapai mon sac en geignant sous son poids, dans l'espoir que Brand saisisse l'allusion. Ce ne fut pas le cas. Donc, par une matinée déjà étouffante, j'allais devoir me trimballer mes propres affaires.

Je me dis alors que j'appréciais finalement qu'il ne m'aide pas à porter mes livres. Brand était un homme moderne, qui me traitait en égale. Je dus me le répéter tout le long de notre long périple vers l'entrée du lycée.

C'était probablement aussi bien. J'avais mon carnet de croquis secret dans mon sac, et j'avais appris à mes dépens à ne jamais l'égarer.

Quand nous atteignîmes la cour carrée récemment arrosée, quelqu'un sortit un ballon de foot et Brand le fixa des yeux comme le ferait un chien d'arrêt. Or, il arracha son regard, bien élevé, pour me regarder avec une expression interrogative.

Je soupirai en lissant mes cheveux – que j'avais vivement tressés en arrivant à Sterling.

— Vas-y. Je te retrouve à l'intérieur.

— T'es la meilleure, Evie. (Il me sourit ; ses fossettes apparurent et ses yeux noisette se mirent à briller.) J'imagine que même *toi* tu devrais y arriver toute seule.

J'avais effectivement un mauvais sens de l'orientation. Pour quelqu'un qui n'avait pas une once de méchanceté en lui, il avait tendance à lancer quelques piques.

Je m'efforçai de me rappeler que Brandon avait bon cœur. Il ne se rendait simplement pas compte de l'impact de ses paroles. J'avais commencé à comprendre que c'était un *bon garçon*, mais pas encore un *type génial*.

Peut-être pourrais-je l'aider à franchir ce cap.

Il déposa un doux baiser sur mes lèvres et s'éloigna en trottinant, une main levée pour demander la balle.

En me dirigeant vers les portes d'entrée, je passai devant un rosier d'un rouge éclatant – ma couleur préférée. Une petite brise souffla et les fleurs parurent osciller pour se tourner vers moi.

Du plus loin qu'il m'en souvienne, j'avais toujours adoré la flore. Je dessinais compulsivement des roses, des chênes, des vignes et des baies de ronce, fascinée par leurs formes, leurs fleurs, leurs *défenses*...

Mes paupières s'alourdissaient quand je sentais le parfum de pâturages fraîchement labourés.

Ce qui faisait partie de mon problème ! Je n'étais pas *normale*.

Les adolescentes étaient obsédées par les fringues et les garçons, pas par l'odeur de la terre ou par l'admirable tortuosité d'un buisson de ronces.

Approche, touche... mais tu en paieras le prix.

Une BMW bleu métallique s'arrêta à quelques mètres dans un brouhaha de crissement de pneus et de coups de klaxon.

Melissa Warren, ma meilleure amie, que je considérais comme une véritable sœur.

Mel était une enfant sauvage et hyperactive, étrangère à toute forme de honte ou d'embarras. Et elle agissait toujours avant de réfléchir. En réalité, j'étais surprise qu'elle ait survécu à son été à l'étranger sans moi.

Nous étions meilleures amies depuis une dizaine d'années – mais c'était moi le cerveau des opérations, sans le moindre doute.

Elle n'aurait pas pu me manquer davantage.

Melissa bondit de sa voiture à une vitesse surprenante pour son mètre quatre-vingts et leva les bras au-dessus de sa tête en claquant des doigts.

— Voilà comment on gare une voiture, pétasse.

Ces derniers temps, Mel traversait une phase où elle appelait tout le monde « pétasse ».

Sa mère était la conseillère d'orientation du lycée, parce que le père de Mel avait financé la construction de la nouvelle bibliothèque – et parce que Mme Warren avait besoin d'un passe-temps. La plupart des parents pensaient que, si Melissa Warren était le produit des compétences familiales, alors il ne fallait pas miser grand-chose sur celles de Mme Warren en matière d'orientation.

Aujourd'hui, Mel portait une jupe bleu marine et un tee-shirt rouge moulant qui avait dû coûter cinq cents dollars et qu'elle ne remettrait plus jamais. Son rouge à lèvres Dior était de la même couleur carmin et ses cheveux auburn étaient retenus par un ruban bleu. Look étudiante chic.

En peu de temps, elle ouvrit son coffre, récupéra son sac de créateur et fit tourner la clé dans la serrure.

Elle me rejoignit avec un haussement d'épaules.

— Hé, regarde derrière moi. Est-ce que c'est Spencer dans la cour avec Brand ?

Spencer Stephens III, le meilleur ami de Brand. Je hochai la tête et elle reprit :

— Il m'observe là, non ? Il est scotché, pas vrai ?

Il n'accordait aucune attention à Mel.

— Cette année, je compte donner une nouvelle dimension à notre flirt, me prévint-elle. Il faut juste le pousser dans la bonne direction.

Malheureusement, Mel ne savait pas pousser délicatement dans la bonne direction. Elle frappait fort, compliquait souvent les choses inutilement et n'était pas à l'abri de vous prendre la tête à l'occasion. Et ça, c'était quand elle vous aimait bien.

Elle ajouta, sur un ton énervé :

— Peut-être que si ton petit copain se décidait – enfin – à nous arranger le coup...

La dernière fois que je lui en avais parlé, Brand avait ri et dit :

— Dès que tu l'auras domestiquée.

Note pour moi-même : faire une nouvelle tentative aujourd'hui.

Deux autres de nos amies nous aperçurent. Grace Anne portait une robe en satin doré qui s'accordait avec sa sublime peau *café-au-lait*[1]. Les bijoux de Catherine Ashley étincelaient à des kilomètres à la ronde.

À nous quatre, nous formions un groupe de pom-pom girls populaires et écervelées. Et j'en étais fière.

Elles sourirent et firent de grands gestes enthousiastes comme si nous n'avions pas passé tous les jours de la semaine précédente ensemble à nous raconter nos vacances en détail. Mel avait été mannequin à Paris, Grace était allée à Hawaï et Catherine avait visité la Nouvelle-Zélande.

Quand j'avais répété inlassablement que mon été avait été d'un ennui mortel, elles avaient cessé de me poser des questions. Je n'avais aucune photo, pas une seule dans mon téléphone depuis trois mois, rien à leur envoyer.

C'était comme si je n'avais pas existé.

Mais j'avais consciencieusement poussé les « Ohh » et les « Ahh » requis devant les clichés flous et mal cadrés de la tour Eiffel et tout le reste.

Les photos de Brand – en train de sourire, à la plage, aux soirées mondaines de ses parents, sur un yacht dans la Côte du Golfe – avaient été comme un poignard dans le cœur, parce que j'aurais dû moi aussi me trouver sur chacune d'entre elles.

C'est ce qui s'était passé au printemps dernier. Il avait dans son téléphone un dossier complet de photos et de vidéos de nous en train de faire les andouilles.

1. En français dans le texte. (*N.d.T.*)

— Superbe, ta robe, Evie, dit Catherine Ashley.

Grace Anne m'examinait de la tête aux pieds.

— Superbe, le *tout*. Tresse bohème, robe sans fioritures, talons sexy. Joli ensemble.

Avec un soupir, je la taquinai :

— Si seulement mes amies savaient aussi s'habiller.

Nous prîmes la direction de l'entrée. Les élèves se retournaient sur notre passage, les filles pour observer nos tenues, les garçons pour voir si des formes avaient poussé pendant l'été.

Ce qui était drôle dans notre école, c'était qu'il n'y avait pas de clans distincts comme dans les séries télé, seulement des degrés de popularité.

Je fis signe à plusieurs personnes, au grand amusement de mes copines pom-pom girls. J'étais amie avec à peu près tout le monde.

Avec moi, personne ne restait assis tout seul pendant ma pause déjeuner, aucune fille ne déambulait dans le lycée avec un vêtement de travers. J'avais même mis un terme au bizutage des nouveaux l'année précédente.

Quand nous arrivâmes devant l'entrée du bâtiment en stuc blanc, je réalisai que l'école était exactement ce dont j'avais besoin. Les habitudes, les amis, la *normalité*. Ici, je pouvais oublier toute la folie, tous ces cauchemars. C'était ça, mon monde, mon petit royaume...

Soudain, un grondement de motos fit régner le silence parmi les élèves, comme une rayure sur un vieux disque.

Impossible qu'il s'agisse des types louches croisés sur la route. Ce groupe avait semblé trop âgé pour fréquenter le lycée. Et sinon, ne les aurait-on pas dépassés sur la route ?

En même temps, ce n'était pas comme si les motards couraient les rues dans la petite ville chic de Sterling. Je jetai un coup d'œil derrière moi et vis les cinq mêmes jeunes que sur la route.

Maintenant j'étais prête à me fondre dans le rembourrage d'un siège auto.

Ils étaient tous vêtus de sombre ; au milieu du kaki et des couleurs vives omniprésentes des lycéens, ils faisaient tache.

Le plus grand d'entre eux – celui qui m'avait reluquée – monta sur le trottoir qui bordait la cour et s'arrêta à la limite du parking. Les autres l'imitèrent. Je remarquai que tous leurs engins avaient des pièces dépareillées. Certainement volées.

— C'est qui, *ça* ? demandai-je. Est-ce qu'ils viennent chercher les embrouilles ?

— Tu n'en as pas entendu parler ? C'est un groupe de petites frappes du lycée du Bassin.

Le lycée du Bassin ? Il se trouvait dans un comté totalement différent, de l'autre côté de la digue. *Bassin* équivalait à *Cajun*.

— Mais que font-ils ici ?

— Ils suivent les cours à Sterling ! déclara Catherine. À cause du nouveau pont construit en travers de la digue, les lycéens qui habitent sur le bord extérieur du Bassin sont maintenant plus près de nous que de leur ancienne école.

Avant ce pont, ces Cajuns devaient faire tout le tour du marais pour venir ici – il y avait au moins quatre-vingts kilomètres.

Jusqu'à la dernière décennie environ, les gens du bayou, là-bas, avaient vécu isolés. Ils parlaient toujours le français cajun et mangeaient des cuisses de grenouille.

Même si je n'étais jamais allée dans la ville du Bassin, tous les employés de la ferme de Haven venaient de là-bas, et ma vieille folle de grand-mère y avait encore des amis. J'en connaissais un paquet sur cet endroit, réputé pour être rempli de femmes au sang chaud, d'hommes bagarreurs et d'une pauvreté incroyable.

— Hier soir, ma mère a dû aller à une réunion de dernière minute pour décider quelle était la meilleure manière de les « acclimater », ou quelque chose comme ça, déclara Mel.

J'éprouvais presque de la peine pour ces jeunes. Quitter leur paroisse cajun – pauvre et strictement catholique – pour notre riche ville de protestants de Louisiane… ?

Le choc des cultures, premier *round*.

Ce n'était pas une blague. Non seulement j'allais être obligée de croiser de nouveau le type qui m'avait matée sans vergogne, mais je serais dans le même lycée que lui.

Je plissai les yeux, impatiente qu'il enlève son casque. Il avait l'avantage sur moi et ça ne me plaisait pas.

Il se leva, déroulant sa grande silhouette. Il devait faire plus d'un mètre quatre-vingts, encore plus grand que Brand. Il portait des chaussures usées, un jean élimé et un tee-shirt noir moulant.

À côté de lui, un couple se tenait sur une moto – le garçon en pantalon de camouflage, et la fille en minijupe en cuir synthétique. Il l'aida à descendre de la moto, la soulevant sans peine…

— Eh bien, fit Catherine, c'est bon de savoir qu'elle porte une culotte rose fluo. Je suis même choquée qu'elle en porte une, à vrai dire. La grande classe.

Mel hocha la tête pensivement.

— Je comprends enfin qui achète les kits de strass à pubis.

Grace Anne, qui prônait fièrement la virginité jusqu'au mariage, fit une grimace de dégoût.

— Elle va sûrement se faire renvoyer chez elle, avec une jupe aussi courte.

Sans parler de son tee-shirt qui dévoilait son ventre et sur lequel était inscrit : « J'me suis Bourbon la gueule rue Bourrée ».

Quand il eut enfin reposé la fille sur ses pieds, cette dernière ôta son casque, révélant une longue chevelure brune, un visage maquillé si outrageusement que c'en était gênant, et un rouge à lèvres fuchsia et fluorescent.

Le garçon maigre qui l'avait emmenée retira son casque à son tour. Il avait des cheveux blond foncé et un visage allongé qui n'était pas disgracieux mais qui me rappelait malgré tout celui d'un renard.

Il fit rugir sa moto, ce qui fit sursauter quelques passants, et ses amis se mirent à rire.

Ou plutôt une fouine. *Au temps pour la peine que j'éprouvais pour eux.*

Enfin, le plus grand porta la main à son casque. J'attendis. Il le retira, secoua ses cheveux et releva la tête. Mes lèvres s'entrouvrirent.

Mel formula tout haut ce que je pensais :

— Je ne m'attendais pas vraiment à ça.

Un amas de cheveux d'un noir de jais retomba sur son front, avec des mèches ébouriffées au-dessus de ses oreilles. Sa peau était très bronzée, avec des joues creuses et un menton prononcé.

Il semblait avoir plus de dix-huit ans. L'ensemble de ses traits était plaisant, même superbe. Bien qu'il n'arrivât pas à la cheville du look Abercrombie de Brand, il était séduisant, à sa manière un peu rude.

— Il est sublime, dit Catherine, les yeux brillant d'intérêt.

On l'appelait la Cartogramme, parce qu'elle était incapable de masquer ses réactions, qui s'affichaient aux yeux de tous.

Des élèves passèrent près de nous en spéculant sur les nouveaux arrivants.

— Ma femme de ménage vient du Bassin. Elle dit que, tous les cinq, ce sont des délinquants avec des casiers.

— J'ai entendu dire que le plus grand a poignardé deux types dans le Quartier Français. Il vient de sortir après avoir passé un an dans un centre de détention correctionnelle.

— Le blond triple sa deuxième année…

La Fouine et le grand se dirigèrent vers les portes, laissant les deux autres et la fille fumer une cigarette, à la vue de tous.

Le plus grand sortit une flasque de la poche arrière de son jean. Au sein de l'école ? Je remarquai qu'il avait des petits bandages blancs d'hôpital autour des doigts.

Tandis que la Fouine ricanait en toisant les élèves autour de lui, son ami se contentait de plisser les yeux avec une hostilité déconcertante, comme si les étudiants de ce lycée le dégoûtaient.

Quand ils approchèrent, je distinguai certaines de leurs paroles. Ils parlaient en français cajun.

Ma grand-mère m'avait appris la langue – avant qu'on la place loin de chez nous – et j'avais entendu les employés de la ferme le parler pendant des années. Quand ils arpentaient les champs de Haven avec leurs lourdes bottes, je suivais avec les mêmes en miniature pour écouter avec délectation leurs contes incroyables de la vie dans le bayou.

Je maîtrisais bien le dialecte. Même si ce n'était pas quelque chose dont on pouvait se vanter puisque je comprenais à peine le français académique.

Je vis la Fouine jeter un regard noir à un groupe de quatre pom-pom girls junior ; à leur approche, les filles devinrent de plus en plus nerveuses. Quand il arriva à leur hauteur, il lança un « BOUH ! » et elles crièrent toutes de peur.

La Fouine ricana devant leur réaction, mais l'autre garçon se contenta de les fixer en fronçant les sourcils puis en murmurant : « *Couillonnes*[1] », qu'il prononça avec l'accent français.

Mes dernières inclinations à tenter une approche amicale vers les nouveaux arrivants – comme je le faisais toujours – s'évanouirent. C'était dans *ma* tribu qu'ils venaient chercher les embrouilles.

Alors la Fouine me pointa du doigt avec un petit sourire narquois.

— C'était pas toi, la *jolie*[2] fille dans c'te Porsche ?

Son accent cajun était le plus prononcé que j'aie jamais entendu.

---

1. En français dans le texte. (*N.d.T.*)
2. En français dans le texte. (*N.d.T.*)

— Tourne-toi, pour voir, et remonte cette robe, que j'puisse être sûr.

Je redressai les épaules en voyant les expressions scandalisées de mes amies, refusant de me laisser intimider par ces mecs. Ils débarquaient sur notre territoire comme s'ils étaient chez eux. Avec un sourire rayonnant, je leur dis :

— Bienvenue dans *notre* école. (Mon ton était moitié pétillant, moitié tranchant, un mélange de douceur et de sarcasme si dosé que j'aurais dû penser à en déposer la marque.) Je m'appelle Evie. Si vous avez besoin d'aide pour trouver vos marques dans *notre* bahut, demandez... à quelqu'un d'autre.

Si c'était possible, le regard lubrique de la Fouine s'accentua encore.

— Eh ben, comme t'es charmante, Evie. Je suis Lionel. Et ça, c'est mon pote, Jackson Deveaux, aussi connu sous le nom de Jack Daniels.

À cause de la flasque ? Ça promettait.

Jackson avait des yeux d'un gris étincelant, qui contrastait avec la couleur de sa peau, et il parcourait mon visage et ma silhouette comme s'il n'avait pas vu de fille depuis des années – ou qu'il ne m'avait pas vue, *moi*, quelques minutes plus tôt.

— On n'a pas besoin de toi pour trouver nos marques, non, mais y a d'autres trucs pour lesquels j'aurais besoin de tes « ser-*vices* »...

Jack donna un coup d'épaule dans le dos de Lionel pour l'inciter à continuer leur chemin. Tandis qu'ils s'éloignaient, le grand Cajun marmonna dans sa barbe d'un ton cassant : « *Couillon, tu vas pas draguer ces putes inutiles ?*[1] »

J'écarquillai les yeux en comprenant.

— Vous avez vu comment ce garçon a regardé Evie ? dit Catherine.

1. En français dans le texte. (*N.d.T.*)

— Je n'ai pas compris un traître mot de leur charabia, ajouta Mel. Et je reviens tout juste de Paris. (Elle se tourna vers moi.) Alors, qu'est-ce qu'il a dit, le plus grand ?

— Tu parles le cajun, *toi* ? demanda Grace.

— Un peu.

Beaucoup. Même si je ne souhaitais pas particulièrement que tout le monde sache que je parlais la « langue du Bassin », je leur traduisis littéralement.

— Tu mens, fit Catherine avec un hoquet.

En regardant Jackson s'éloigner dans le couloir, je remarquai avec stupeur qu'il ne cachait pas que sa flasque dans les poches arrière de son jean.

Je distinguai nettement les contours d'un couteau, une lame repliée, dans son jean délavé.

Puis je fronçai les sourcils. Est-ce qu'il se dirigeait vers *ma* salle de cours ?

— Attends une seconde, reprit Grace. Qu'est-ce que c'était que cette histoire de robe remontée dans une Porsche ?

3

Jour 5 avant le Flash

Pendant la pause déjeuner, Mel et moi étions allongées sur une couverture dans un coin ensoleillé de la Cour d'Éden, les manches et les jupes retroussées. Tout autour de nous, les roses et les gardénias étaient en fleurs. Le murmure d'une fontaine en marbre parvenait jusqu'à nous. Brand et Spencer faisaient un match improvisé dans la cour adjacente, riant aux éclats sous le ciel bleu.

Et Jackson Deveaux ?

Il traînait avec les autres Cajuns juste à l'extérieur de notre cour, sirotant sa flasque tandis que les autres fumaient. Et il ne me quittait pas des yeux.

Ignore-le. J'étais bien décidée à profiter du reste de ma pause déjeuner et à me détendre avec ma meilleure amie ; plus jamais je ne prendrais pour acquis cette précieuse liberté.

Je soupirai. D'accord, je n'étais peut-être pas exactement en train de me *détendre*. J'étais sur les nerfs depuis mon réveil après un nouveau cauchemar sur la sorcière rousse.

Dans chacun d'eux, j'avais l'impression d'être présente à ses côtés, forcée d'assister, à quelque distance, à ses actes démoniaques. La nuit précédente, elle se trouvait dans un magnifique champ doré, entourée d'un groupe de personnes masquées, toutes à genoux. Elle était grande et dominait leurs têtes baissées.

Avec un rire, elle avait éparpillé des graines ensanglantées devant eux, leur ordonnant de les laper, sans quoi elle promettait de « découper leur chair en rubans et de les étouffer avec du lierre ».

Quand elle avait sorti ses griffes, des griffes sinistres couleur pourpre qui ressemblaient à des épines de roses, ses victimes avaient imploré sa pitié. Elle ne leur en avait accordé aucune.

Au final, leur chair avait effectivement ressemblé à des rubans...

Pour me changer les idées, je me tournai vers Mel, mais elle avait mis ses écouteurs et fredonnait distraitement un air de rock féminin énervé. Elle adorait chanter ; sa voix ressemblait au cri de deux chats en chaleur qui se disputeraient sous un cône de signalisation routière.

Avec le bon maquillage et la bonne lumière, elle avait un visage fantastique, des pommettes hautaines et une peau parfaite. À cet instant, elle était mignonne, avec une bouche et des yeux juste un peu trop grands, et ses expressions étaient plus comiques que séduisantes.

Nous étions amies depuis le jardin d'enfants. Un jour où un petit morveux m'avait donné un coup de pied dans le tibia, Mel avait rappliqué immédiatement. Zézayant à cause de la dent de devant qui lui manquait, elle m'avait demandé :

— Est-fe qu'il t'embête ?

J'avais hoché la tête tout en espérant qu'elle me serre gentiment dans ses bras. Mais elle s'était éloignée pour aller botter les fesses du garçonnet.

Elle se hissa sur un coude et retira ses écouteurs en fronçant les sourcils.

— D'accord, on ne m'a jamais dit que j'étais perspicace ou quoi que ce soit, mais même moi, je suis capable de sentir ce Cajun qui te fixe.

Et il en allait ainsi depuis un jour et demi déjà.

— Imagine que tu aies trois cours avec lui.

Anglais, histoire et SVT. Sans compter que Jackson et moi étions voisins de casiers.

— *Et* la salle d'appel.

Mel était toujours furieuse que l'on ne soit pas ensemble, que l'on m'ait isolée de tous mes amis.

Mais, comme par hasard, je me coltinais à la fois Jackson et Clotile Declouet, la fille cajun. Je me redressai et enroulai une mèche de cheveux autour de mon doigt, puis glissai un regard sur le côté. Une nouvelle fois, je me retrouvai dans sa ligne de mire. Il était assis sur une table en métal, ses chaussures usées posées sur le banc cloué au sol ; ses amis rassemblés autour de lui.

Jackson avait les coudes posés sur ses genoux et le regard rivé dans ma direction, même quand il parlait en français avec les autres. De temps en temps, Clotile se penchait vers lui pour lui murmurer quelque chose à l'oreille.

— Tu penses que c'est sa copine ? demandai-je, et je le regrettai immédiatement quand Mel posa sa main au-dessus de ses yeux pour se protéger du soleil et observer ouvertement le petit groupe.

— En théorie, je dirais qu'ils sont parfaits l'un pour l'autre.

Quand la vulgarité rencontre la beauté naturelle.

— Mais s'ils sont ensemble, reprit-elle, alors pourquoi il n'arrête pas de te mater ? Comme s'il n'avait pas encore enregistré assez d'images de toi pour sa banque de fantasmes.

— Mel, tu ne me rassures pas vraiment, là.

— De quoi parlent-ils ?

Elle avait été ravie que je découvre toutes sortes de saletés sur les charmants nouveaux.

Même si je ne m'étais jamais considérée comme une commère, je ne pouvais pas me débarrasser de mes connaissances en français, et les Cajuns ne cessaient de parler devant moi, imprudents, sans se douter de rien.

— Ils essaient de décider s'ils vont laisser leurs ordinateurs portables en gage.

Mel ricana avant de redevenir sérieuse.

— Combien tu crois qu'ils en demanderaient… ?

Dans notre salle d'appel, aujourd'hui, quand un assistant chargé des travaux dirigés avait distribué les ordinateurs, Clotile et Jack avaient ouvert de grands yeux ébahis ; puis Clotile s'était frotté les mains et avait murmuré d'un ton rêveur : « *Quelle jolie chose*[1]. » Comme s'il s'agissait là de l'objet le plus précieux qu'elle ait jamais possédé.

Avec un pincement de cœur involontaire, je me rendis compte que c'était certainement le cas. Au fond, sa ville était un grand marécage rempli de cabanes aux toits qui fuyaient, et dont beaucoup n'avaient pas l'électricité.

Si ahurissant que cela pût me paraître, ces ados n'avaient pas d'ordinateurs – encore moins un ordinateur *personnel*. Quand j'avais compris combien il devait être difficile pour elle de s'adapter à son nouveau lycée, j'avais capté son regard et lui avais mimé « salut » du bout des lèvres, avec un sourire.

Elle avait froncé les sourcils, puis s'était tournée vers Jack, qui avait penché la tête, perplexe…

— Alors, quel est le verdict ? demanda Mel. Ils vont les mettre en gage ou pas ?

— Lionel et Gaston prévoient de toucher l'argent *tout de suite*[2]. Clotile et Tee-Bo vont attendre. Jackson s'inquiète de sa liberté conditionnelle.

— Je savais bien que les rumeurs qui courent sur lui étaient vraies !

Quand ils eurent fini de boire, de fumer et de traîner, l'attention de Mel finit par se reporter sur Spencer.

— Il m'aime *vraiment*. Je te le dis.

— Hum, hum, c'est sûr.

J'allais de nouveau demander à Brand de leur arranger le coup, ne serait-ce qu'une sortie à quatre.

— C'est évident, reprit-elle. *Pourquoi* Spence ne m'aimerait-il pas ?

1. En français dans le texte. (*N.d.T.*)
2. En français dans le texte. (*N.d.T.*)

Parfois, quand elle disait des choses comme ça, je ne savais pas si elle plaisantait ou non.

— Alors, qu'est-ce que tu vas faire pour Brandon et sa chasse à l'hymen ?

— Je n'en ai aucune idée.

J'étais certaine que tout le monde à l'école se posait la question – mon seizième anniversaire arrivait et j'avais un petit ami plus âgé et bien plus expérimenté.

Comme l'avait si bien résumé Mel : « Une fois qu'un cheval de course a appris à courir, tu ne peux pas l'entraver éternellement. »

J'observai Brand, qui riait avec des amis, son visage un peu empourpré contrastant avec sa chemise blanche. Il était absolument sublime.

Et pourtant, je n'éprouvais pas une folle envie de découvrir le sexe avec Brand, ni une curiosité dévorante pour l'acte en lui-même. Le sujet ne m'inspirait que de l'indifférence, mais je ne voulais pas perdre mon copain.

Il faudra bien que ça arrive un jour ou l'autre.

— C'est juste que je n'aime pas être sous pression.

Pourtant c'était moi qui en avais fait la promesse en premier. Mais à ce moment-là, je cherchais désespérément à ce qu'il me reste fidèle pendant l'été !

— Je... j'y réfléchirai plus tard, ajoutai-je d'un ton abattu, avec la sensation d'être encore plus épuisée.

— Qu'est-ce qui t'arrive ? D'habitude, tu as de l'énergie à revendre.

Je haussai les épaules, incapable de lui dire que mes pilules me vidaient de toute cette énergie.

— Si tu comptes dépérir ici, moi je vais aller tourner un peu autour de Spencer.

— Amuse-toi bien, murmurai-je. Ne touche qu'avec les yeux. Réveille-moi avant la sonnerie.

Elle s'éloigna furtivement, et je l'entendis bientôt éclater d'un rire théâtral à l'une des blagues de Spencer.

De mon côté, je n'arrivais pas à me laisser aller, j'avais toujours l'impression d'être observée. Je parcourus de nouveau les alentours du regard. Tout le monde déjeunait, comme d'habitude.

Je refermai les yeux.

Arrête d'être parano, Evie. Profite de cet endroit, des fleurs...

Leur parfum me rappelait les rosiers chéris de ma grand-mère à Haven. Elle les avait plantés sous l'une des pompes à eau du moulin à vent et les avait entretenus religieusement jusqu'à sa dépression nerveuse.

Je ne me rappelais pas beaucoup ma grand-mère, mais depuis mon retour à la maison je pensais de plus en plus à elle. J'avais huit ans la dernière fois que je l'avais vue. Par un jour d'été étouffant de Louisiane, elle m'avait dit que nous allions chercher de la crème glacée. Je me souvenais d'avoir pensé que ça devait être la meilleure glace du monde, parce que nous avions roulé longtemps, longtemps...

Je fronçai les sourcils. Le parfum des roses devenait plus fort, entêtant. Est-ce que quelqu'un en tenait une juste sous mon nez ? Brand ?

J'entrouvris les yeux et clignai des paupières, confuse. Deux tiges de roses s'étaient étirées vers moi, deux fleurs délicates de chaque côté de ma tête. Sous mon regard sidéré, elles se rapprochèrent encore de mon visage pour venir me toucher les joues.

Des pétales doux et frais me caressèrent quand mon cerveau bascula et que je sentis un cri monter...

— Ahhh !

Je me remis debout précipitamment. Les fleurs se rétractèrent tout aussi rapidement. Comme si elles avaient eu peur... de moi.

Je relevai les yeux. Vis les étudiants qui me dévisageaient. Mel me jeta un regard perplexe.

— Il... il y avait... une abeille !

Oh, mon Dieu, oh, mon Dieu ! Je ramassai mon sac et me ruai à l'intérieur en direction des toilettes.

Dans le couloir, les bruits semblaient étouffés. Je dépassai les gens sans leur parler, ignorant tous ceux qui m'approchaient.

Devant le lavabo, je m'éclaboussai le visage d'eau fraîche, encore et encore. *Reprends-toi. Rejette les hallucinations.*

Est-ce que je retombais malade ? Je croyais être guérie !

Je me penchai en avant pour observer mon visage dans le miroir. Je me reconnaissais à peine. Mais je n'avais pas l'air folle ; j'avais l'air... effrayée. *Suis-je en train de perdre la raison ?*

Je m'agrippai aux bords du lavabo. Je m'étais peut-être endormie et j'avais vécu un autre rêve étrange ?

Oui ! C'était ça. Je m'étais simplement assoupie. Mon traitement empêchait les hallucinations. Je n'en avais pas eu une seule à Atlanta. Pas le moindre incident.

C'était logique. Après tout, je n'avais pas ressenti les symptômes habituels. Au printemps dernier, chaque fois que j'avais eu une vision, j'avais ressenti une sensation pétillante dans ma tête et dans mon nez, comme si j'avais bu un soda trop vite...

— C'est quoi, ce délire, Greene ? s'exclama Mel en déboulant en trombe. Tu as peur des abeilles, maintenant ?

Je haussai les épaules ; je détestais lui mentir. Allait-elle remarquer que je tremblais ?

— Tu es tellement bizarre depuis que tu es revenue d'Atlanta ! Encore plus looongue à la détente qu'au printemps dernier ! Et plus nerveuse, aussi. (Ses yeux s'agrandirent.) Oh, j'ai compris. Est-ce que tes amis à l'école de bonne conduite ne t'auraient pas initiée à des drogues hors de prix ?

Je levai les yeux au ciel.

— Je suis sérieuse. Que Dieu m'en soit témoin, mais si tu prends de la drogue... (Mel pointait le plafond du doigt)... sans moi, il y aura des conséquences, Evie Greene !

— Je te jure que je ne prends rien d'illicite.

— Oh. (Elle se calma d'un coup.) Est-ce que ça va ?

— Oui, ça va mieux. Je me suis endormie et, quand je me suis réveillée, il y avait une abeille posée sur mon visage.

Ce mensonge avait un goût de craie dans ma bouche.

— Oh, merde ! Pourquoi tu ne l'as pas dit ? J'étais sur le point de nous organiser une réunion au sommet.

— Je ne... ce n'était qu'une abeille...

Je ne finis pas ma phrase, car du lierre était en train de grimper par la fenêtre ouverte derrière Mel. Poussant là, sous mes yeux, il se mit à onduler le long du mur.

Comme un long serpent vert...

La sonnerie retentit. Le lierre se retira, emportant avec lui une bonne part de ma santé mentale.

— Je vais chercher nos affaires, dit Mel. On se retrouve aux casiers. (Mais arrivée à la porte, elle se retourna.) Hé, un peu de nerfs. On dirait que tu viens d'enterrer quelqu'un.

Alors que j'essayais de remuer les lèvres, elle disparut.

Evie Greene, version 1.0, RIP.

4

Jour 4 avant le Flash

Assise à ma place, j'attendais que le cours d'histoire commence en dessinant sur mon carnet de croquis clandestin et en tentant d'ignorer Jackson, situé deux rangs derrière moi.

Plus facile à dire qu'à faire. Tout chez lui semblait réclamer mon attention. Surtout depuis que Gaston et lui s'étaient mis à parler de filles – à savoir des *nombreuses* amies de Jackson.

Au Bassin, Jackson était donc un tombeur ? *Tu ne joues plus dans la même cour, maintenant, Cajun.*

Je repris le dessin de mon dernier cauchemar. Trois nuits consécutives, j'avais rêvé des crimes atroces commis par la sorcière rousse.

Pour moi, le dessin n'était pas un loisir, mais un exutoire – comme si l'encre que j'utilisais pour dessiner un mauvais souvenir l'empêchait de souiller mon cerveau.

Tandis que mes pensées dérivaient, mon stylo se mit à bouger. Je donnai des petits coups de poignet pour tracer les grandes lignes, noircissant très vite un autre endroit, jusqu'à ce que la dernière victime de la sorcière prenne forme – un homme pendu tête en bas à une branche de chêne, pris au piège de plantes grimpantes et épineuses.

Contrairement au lierre délicat et timide que j'avais vu dans les toilettes la veille, celui qui entravait le pauvre homme était plus épais, de véritables cordes acérées qui s'enroulaient autour de lui comme un anaconda. Et la sorcière les contrôlait, leur ordonnant de serrer plus fort chaque fois que l'homme libérait un souffle.

Les épines s'enfonçaient dans sa peau tels des milliers de crocs voraces. J'en noircis méticuleusement les pointes en les dessinant les plus aiguisées possible.

La sorcière les forçait à se comprimer jusqu'à briser les os de l'homme – et faire couler le sang. Elle le faisait dégoutter de sa victime comme de l'eau d'une serpillière...

Briser, serrer. Il n'avait plus de souffle pour crier. L'un de ses yeux sortit de son orbite, pendant de son crâne par les nerfs. Tout en le dessinant, je me demandai si, à ce moment-là, il était toujours capable de voir à travers cet œil.

Avec de tels croquis, facile de comprendre pourquoi mon journal avait causé ma perte par le passé.

Quand je m'étais plainte des premières sensations de picotement dans ma tête et de ma vision trouble, ma mère m'avait emmenée voir une flopée de médecins pour passer des scanners et des tests, tous négatifs. Pendant tout ce temps, j'étais parvenue à dissimuler la gravité de mes hallucinations. C'est alors que Maman avait trouvé mon journal.

Je lui avais fait confiance en lui avouant tout sur mes délires apocalyptiques. Grosse erreur.

Après avoir haleté d'horreur au fil des pages – des pages de cendres et de dévastation, de croquemitaines de boue qui grouillaient dans des champs de ruines noircies, elle avait commencé à faire le lien.

— Tu ne comprends pas, Evie ? Ces scènes, ce sont des choses que ta grand-mère t'a *apprises* quand tu étais petite. Tu vois, ces espèces de cinglés du Jugement dernier dans la rue ? Elle n'est pas très différente d'eux ! En y repensant, je vois bien qu'elle... qu'elle t'a endoctrinée avec ces croyances. Je le sais, parce qu'elle a essayé de faire pareil avec moi !

J'avais sombré. On peut nier la folie autant qu'on veut, si un parent en a des preuves sur papier – et que vous avez des antécédents familiaux de maladie mentale – alors vous êtes foutu.

Ma mère m'avait brusquement retirée du lycée deux semaines avant la fin de l'année scolaire et m'avait emmenée au CAE. Là-bas, les médecins m'avaient mise dans le même lot que les enfants réchappés d'un culte.

Ma « déprogrammation » avait débuté par une simple question : « Evie, est-ce que tu comprends pourquoi tu dois rejeter les enseignements de ta grand-mère... ? »

J'avais donné une réponse à ce médecin, péniblement articulée à cause des psychotropes qu'on m'avait injectés. Mais je n'arrivais pas à me rappeler ce que j'avais dit...

Gaston m'empêcha une nouvelle fois de me concentrer en posant une question à Jackson à propos du dernier ajout à son tableau de chasse.

Je jetai un coup d'œil à Jackson par-dessus mon épaule. Sur son bureau, il n'y avait que son texte d'histoire, quelques feuilles volantes et un seul stylo, calé dans sa grande main. Il répondit d'un air suffisant :

— *Embrasser et raconter ? Jamais.*[1]

Autrement dit, il ne comptait pas s'étendre sur le sujet. Je levai les yeux au ciel avec agacement avant de revenir à mon carnet pour finir un détail de mon dessin – le deuxième œil de l'homme succombant à la pression et jaillissant à côté du premier.

Mais une fois de plus, la question suivante de Gaston attira mon attention.

— *T'aimes l'une de ces filles*[2] ?

Alors, Jackson aimait-il l'une des filles ici présentes ?

— *Une fille, peut-être*[3], répondit-il d'une voix grave.

1. En français dans le texte. (*N.d.T.*)
2. En français dans le texte. (*N.d.T.*)
3. En français dans le texte. (*N.d.T.*)

Je sentis de nouveau son regard sur moi. Un peu plus tôt, Mel m'avait demandé : « Est-ce qu'il pense vraiment avoir ses chances avec toi ? »

Il me semblait bien que oui.

La veille, j'avais décidé d'essayer à tout prix de l'éviter. Pas si facile que ça. Contrairement à la majorité des mecs, Jackson retournait à son casier après chaque cours. Pour être honnête, il se pouvait que ces arrêts lui servent à remplir à nouveau sa flasque.

Mais parfois, il buvait une gorgée avant de se tourner vers moi, les lèvres entrouvertes, comme s'il était sur le point de me poser une question.

Je lui adressais toujours un sourire froid avant de m'éloigner à grands pas. Et le dragueur du pays cajun semblait surpris de voir que je n'étais pas sensible à ses charmes. Certes, il était attirant – certaines filles soupiraient carrément quand il passait près d'elles...

Feignant d'être captivée par les nombreuses cartes murales de notre salle de classe, je glissai de nouveau un regard par-dessus mon épaule pour étudier son regard.

Et ce dernier était déjà braqué sur moi. Tandis que nous nous jaugions mutuellement, les rayons du soleil percèrent à travers la fenêtre pour venir frapper son beau visage, soulignant ses yeux gris et ses traits ciselés.

Avec de telles pommettes, cette mâchoire carrée et ces cheveux d'un noir corbeau, il devait avoir des ancêtres amérindiens.

Pas étonnant qu'il ait autant de succès.

D'où m'était venue cette pensée ? Je pivotai en rougissant.

Même si j'avais été célibataire, je ne serais jamais sortie avec un motard en liberté conditionnelle qui, en plus, si les rumeurs disaient vrai, était responsable de la récente vague de vols à Sterling.

Retour à mon dessin. Je blêmis devant ma représentation macabre. *Découper en rubans, étouffer avec de la vigne.* C'était tellement dérangeant... mais je n'avais personne à qui me confier, personne pour me dire que tout allait s'arranger.

Si ma folie avait quelque chose à voir avec ce que Grand-mère avait traversé, alors j'aurais aimé pouvoir lui en parler. Mais Maman m'avait interdit de prendre contact avec elle, et ne voulait même pas que je pense seulement à elle...

— Tout le monde s'installe, ordonna Broussard. Aujourd'hui, nous allons parler des Cadiens, ou Acadiens français, également connus sous le nom de Cajuns.

Il pouvait dire tout ce qu'il voulait à propos des Cajuns ; tout le monde s'était déjà fait sa propre idée sur les nouveaux venus.

Chaque fois que Clotile déambulait dans les couloirs en roulant des hanches dans sa micro-jupe et son minuscule tee-shirt, les garçons s'arrêtaient pour la regarder et bloquaient la circulation. Les mecs de cette ville n'avaient simplement jamais rencontré de fille aussi ouvertement provocante, et ça les rendait un peu cinglés.

La plupart des lycéens se tenaient à l'écart de Jackson, dont le regard d'acier et le couteau de poche n'avaient rien fait pour dissiper les rumeurs sur son séjour en centre de détention.

Les trois autres Cajuns étaient tout aussi pénibles, poussant les élèves pour les faire trébucher ou pour faire tomber leurs livres.

— Il s'agissait à l'origine de colons français en Acadie, commença Broussard, que l'on connaît maintenant sous le nom de Nouvelle-Écosse. (Il brandit une baguette en bois pour indiquer le Canada sur une carte.) Quand les protestants anglais qui contrôlaient cette région leur ont posé un ultimatum – changer de religion ou déguerpir – les Acadiens farouchement catholiques ont émigré en Louisiane pour s'installer dans le bayou, terres que tous les autres avaient considérées comme sans valeur. Acadiens – Cadiens – Cajuns. Vous avez compris ?

Je n'aurais pas pu être moins intéressée par le sujet. Je tendis de nouveau l'oreille quand Broussard eut fini son cours et se mit à exposer dans les grandes lignes le sujet de notre devoir sur l'Histoire locale.

Il s'agirait d'un travail en binôme, qui représenterait quarante pour cent de notre note. Je l'écoutai annoncer les seize partenariats sans me faire de souci ; je pouvais travailler avec tout le monde dans cette classe.

— Jackson Deveaux et Evie Greene.

Et merde.

Être en tandem avec le garçon qui me fixe des yeux depuis plusieurs jours ? Je me mordis la lèvre en lui jetant un regard. Il m'adressa un petit signe du menton.

— Pour la dernière partie de ce cours, vous allez vous asseoir avec votre partenaire pour élaborer votre programme de réunions et de recherches pour le semestre.

Me retrouver avec Jackson pendant *un semestre entier* ? Il allait manifestement falloir que j'écrive tout le devoir seule. Mais quelque chose me disait que le motard alcoolique qui avait reluqué mon cul dans la Porsche allait insister pour que l'on fasse des « recherches » ensemble.

Quand tout le monde commença à déplacer les tables, il tapota le siège libre à côté de lui avec un sourire arrogant.

S'attendait-il à ce que je me précipite à ses côtés ? Pour devenir une conquête de plus à son tableau de chasse ?

Je n'avais pas besoin de ça ! Mes cours allaient déjà être assez exténuants sans devoir faire face à un détenu lubrique en liberté conditionnelle !

Mais une baisse de mes notes n'était pas envisageable. C'était un signe que ma mère était censée surveiller et qui pourrait annoncer une rechute.

Et à la perspective de retourner au CAE, ma main se leva d'un coup. Broussard m'ignora.

Je me raclai la gorge.

— Monsieur Broussard, puis-je…

Ma voix s'estompa quand il se tourna vers moi, ses traits marqués par l'agacement.

— Evie, mettez-vous au travail. *Tout de suite.*

Je décidai de supporter les trente minutes suivantes et d'aller voir Broussard à la fin du cours…

Jackson donna un coup sur le bureau à côté du mien, le regard furieux. Je refermai à la hâte mon croquis, mais il avait dû en avoir un aperçu car il fronça les sourcils pendant une seconde avant de dire :

— Tu m'connais même pas, et tu cherches un autre... part'naire ?

Je savais qu'il était difficile pour lui de dire ce mot, qui avait une connotation plus amicale en cajun.

— Tu ne préférerais pas travailler avec Gaston ? demandai-je.

— Je t'ai posé une question. Pourquoi tu veux changer ?

— Bien. Parce que quand tu nous as dépassés à moto, lundi, tu m'as matée comme si je faisais partie de ta bande.

— Une blonde qui relève sa jupe et qui se penche en avant pour moi ? Un peu que ça attire mon attention.

Je jetai un regard frénétique autour de moi. Est-ce que quelqu'un avait entendu ?

— Je ne me penchais pas en avant pour toi ! répliquai-je tout bas, les dents serrées.

— Tu me *matais* tout autant que moi, ma grande.

— *Moi* ? (J'inspirai pour garder mon sang-froid et ajoutai :) Franchement, Jack, sois réaliste. Tu sais que quelqu'un comme toi et quelqu'un comme moi ne seront jamais capables de travailler ensemble.

— Ne m'appelle pas Jack, répliqua-t-il d'un ton cinglant. Il n'y a que mes amis qui m'appellent comme ça.

Problèmes de gestion de la colère ? Je commençais à croire la rumeur à propos des coups de couteau.

— Il y a un millier d'autres noms que j'aimerais te donner.

Mon nez commença à me picoter, ce qui me mit encore plus sur les nerfs. La pièce s'assombrit. Peut-être que nous allions effectivement avoir de la pluie. Il n'était pas tombé une seule goutte de tout l'été.

Avec un regard noir en direction de Jackson pour faire bonne mesure, je tournai ensuite la tête vers l'extérieur...

Le soleil avait... disparu.

La nuit tombait. Dans le ciel, des lumières surnaturelles dansaient, rouges et violettes, comme des cotillons de Mardi gras. Je lâchai un hoquet en voyant des flammes créer un arc au-dessus de l'école ; les étranges lumières tremblotaient au-dessus du feu comme une couronne scintillante.

Au sol, une rivière de serpents enchevêtrés les uns dans les autres ondulait. Leurs écailles reflétaient les lueurs dans le ciel. Des rats paniqués filaient aux côtés des reptiles qui, d'habitude, les mangeaient.

Les flammes descendirent, les transformant en cendres, transformant absolument tout en cendres.

L'apocalypse. Exactement comme dans les visions que j'avais eues au printemps. Je pensais... je pensais que j'étais guérie, au moins de ça. Mais cette sensation fiévreuse dans ma tête me disait le contraire.

Rejette cette illusion. Ressaisis-toi. Tu contrôles la situation, tu es concentrée.

Malgré mes efforts, tout ce que je parvenais à penser, c'était : *Tu flippes, tu es sur le point d'hyperventiler, tu ne contrôles rien du tout !*

Bordel, j'avais pourtant pris mes pilules !

Je détournai le regard, chantant intérieurement : *Ce n'est pas réel, ce n'est pas réel.* Dans la classe, tous les autres parlaient, Broussard lisait avec enthousiasme.

Jackson avait les yeux rivés sur ses poings et prenait de profondes inspirations. Pour maîtriser la « bête » en lui ? Il ouvrit la bouche pour parler...

Un autre coup d'œil vers la fenêtre. Un garçon se baladait à travers les flammes à l'extérieur ; il s'arrêta à quatre ou cinq mètres de la fenêtre. Et malgré le feu qui dansait tout autour de lui, il était intact.

Il avait des traits réguliers, une tignasse de cheveux brun foncé et des yeux marron et profonds. Il était grand, avec un physique de nageur et une musculature mince. Séduisant.

Je n'avais jamais vu de personnes dans mes hallucinations jusque-là ! Sauf si l'on comptait les croquemitaines buveurs de sang...

— *Evie !* (Le garçon imaginaire s'adressait à moi ?!) *Où sont tes alliés ? Il te reste tant à apprendre. Tu ne connais aucune ruse ! Les alliances se forment !* dit-il, tourmenté. *Méfie-toi des anciennes lignées ! Ils savent ce que tu es. Méfie-toi du leurre : une créature blessée, une lumière dans les ténèbres, un festin quand ton ventre se déchire ! Les alliés, Evie ! Méfie-toi !*

Il était... en train... de *me parler*. Peut-être que lui répondre signerait mon entrée indubitable dans la folie ? J'entendais vaguement Jackson qui me parlait, lui aussi. Quoi ? Quoi ? Je me sentais décalée, comme si le sol vacillait. *Conduis-toi normalement, Evie. Tu te rappelles comment on fait. Réponds au Cajun comme si tout allait bien.*

— Je, heu... suggère qu'on aille parler à M. Broussard à la fin du cours pour qu'il nous attribue d'autres binômes.

— Tu connais rien de moi, fit-il avec une mine renfrognée.

— J'en sais assez... (*Finis ta phrase*)... assez pour ne pas te confier quarante pour cent de ma note.

C'était sorti beaucoup plus brutalement que je ne l'aurais voulu.

Son expression devint menaçante.

— Est-ce que tu écoutes seulement ce que je t'ai dit, toi ?

— *Tu ne te prépares pas*, murmura tristement le garçon imaginaire. *Je passe par-dessus bord, le chien sur mes talons, mais la lune est un croissant, Impératrice. Tu dois te tenir prête. Champ de bataille. Arsenal. Obstacles. Ennemis. Ça commence à la Fin. Et le Commencement est proche.*

Impératrice ? Le mot fit remonter des souvenirs interdits de Grand-mère qui me disait : « Est-ce que l'Impératrice Evie veut de la crème glacée ? »

À l'extérieur, le paysage changeait. Les jardins de l'école avaient brûlé. Tout était mort. C'était comme si je regardais la surface de la lune. La nausée monta.

— *Contemple le champ de bataille*, dit le garçon en désignant le désert de cendres. *Arsenal ?* questionna-t-il d'un ton plein d'espoir. *Obstacles ? Ennemis ? Non ? Ah, tu écoutes mal.* (Puis son visage s'illumina.) *La prochaine fois, je parlerai plus fort. Plus fort. Toujours plus fort.*

Lui et la scène entière disparurent.

Plus fort ? Déjà que je n'arrivais pas à gérer ça, alors *plus fort* ?

Je plaquai mes mains tremblantes sur mes genoux pour essayer de dissimuler ma panique. Est-ce que Jackson avait dit quelque chose d'autre ?

— On va se trouver d'autres partenaires, lui répétai-je.

Il garda le silence un long moment, avant de dire d'un ton grinçant :

— Tu penses que je suis pas capable de faire ce boulot, que je suis pas assez intelligent ?

Mon troisième jour de cours. Les visions apocalyptiques étaient de retour. J'étais folle.

Deux ans et sauvée ? Je n'allais pas tenir deux semaines. Je lâchai un rire amer.

— Tu te moques de moi ?

Il serra ses gros poings bandés comme s'il mourait d'envie de frapper quelque chose. Mon visage, très probablement.

— Pour quelle autre raison voudrais-tu que je rie ? répliquai-je vivement, sur la défensive.

Il me fallut une seconde pour comprendre que je venais d'insulter le Cajun.

J'avais envie de pleurer. Le traitement ne marchait pas, je n'allais pas tenir les deux années avant l'université, et je venais d'être horrible avec Jackson, même si ça n'avait pas été totalement volontaire.

Peut-être que je pourrais m'excuser, plus tard, lui dire que je ne m'étais pas sentie bien…

— *P'tite pute*[1], me ricana-t-il au visage.

Je me raidis. Les excuses n'étaient plus d'actualité.

Je tournai de nouveau la tête vers la fenêtre, incapable de m'en empêcher. Le garçon avait disparu, et le soleil était de retour, rayonnant sur les pelouses vertes et les fleurs qui brillaient d'un éclat presque douloureux.

---

1. En français dans le texte. (*N.d.T.*)

Peut-être que j'avais rêvé cette terre dévastée. Peut-être que cette journée tout entière était un rêve ! La sensation de sortir de son corps était l'un des effets secondaires de mon traitement.

Et j'avais l'impression d'être à des kilomètres.

Ou peut-être que cette scène était un résidu du printemps dernier – un signe, un *test* – pour voir à quel point je m'engageais à vouloir être normale.

Et s'il s'agissait là d'une épreuve du feu, je l'avais passée. J'avais même excellé.

Jackson m'observait, les sourcils froncés, serrant son stylo qui n'allait, selon moi, pas tarder à se briser. La tension entre nous augmentait tandis que je luttais contre l'envie urgente de sortir mon carnet pour dessiner le visage sibyllin du garçon.

Au mur, l'horloge tictaquait comme une bombe.

Comment allais-je réussir à cacher cette dernière évolution aux yeux de lynx de ma mère lors de son prochain interrogatoire ? Pendant la majeure partie de ma vie, Karen Greene avait été la maman idéale – drôle, gentille, travailleuse. Mais dernièrement, c'était comme si une étrangère avait pris la relève, une étrangère déterminée à me pincer pour quelque chose.

Si elle venait à découvrir que j'avais de nouveau des hallucinations, je n'avais pas le moindre doute sur le fait qu'elle me fasse enfermer dans un endroit comme le CAE pour le restant de mes jours.

Parce qu'elle l'avait fait pour sa propre mère huit ans auparavant.

La sonnerie retentit enfin. Une fois que tous les élèves eurent quitté la salle, M. Broussard nous déclara :

— Les affectations ne changeront pas. Vous allez devoir vous y faire.

Le stylo de Jackson se brisa dans sa main.

Brandon m'attendait devant mon casier en mangeant une pomme, insouciant, chanceux de ne connaître ni doute ni tourment.

— Que se passe-t-il ? demanda-t-il entre deux bouchées. On dirait que t'es au bord de la crise de nerfs.

Ding, ding, ding. Je me répétai une nouvelle fois que ce qui venait de m'arriver n'était qu'une simple vision résiduelle. Alors pour quelle raison devrais-je piquer une crise ?

— Ça va. Je vais être obligée de faire équipe avec Jackson Deveaux tout un semestre. Broussard refuse de changer les binômes.

— Deveaux m'a donné un coup d'épaule, hier, dit Brandon. Je ne sais pas quel est son problème. Tu veux que j'aille lui parler ?

Brand était un romantique, pas un bagarreur.

— Je ne veux pas que tu fasses quoi que ce soit qui puisse te faire expulser de l'équipe. (De plus, Jackson l'écraserait sûrement comme une mouche.) Ces types du Bassin me rendent folle.

Il hocha la tête.

— Je déteste ces quatre petits voyous. (Des mots étonnant dans la bouche de Brand. D'habitude, il était comme moi, il s'entendait avec tout le monde.) La fille, par contre, ça a l'air d'aller.

Oh, vraiment ? La veille, après le cours de biologie, j'avais souri en voyant que Brand m'attendait, mais il s'était retourné pour loucher sur Clotile, qui ne portait pas de soutien-gorge. Je m'étais alors raclé la gorge en lui lançant un regard réprobateur.

Plus embarrassant encore, Jackson avait assisté à la scène et souri d'un air narquois par-dessus le bord de sa flasque...

Maintenant, Brand semblait attendre quelque chose de moi. *Quoi ?* J'avais le cerveau en compote.

C'est alors que Jackson arriva en trombe devant son casier, Lionel sur les talons. Tout en jetant son cours d'histoire à l'intérieur, Jackson m'adressa un regard assassin. Je plissai les yeux avant de me tourner de nouveau vers Brand.

— J'ai une idée à te proposer, murmura-t-il.

Oh. Nous y revoilà. Depuis mon retour, j'avais soigneusement évité le sujet de ma « promesse » en espérant que Brand comprendrait ce que cela sous-entendait.

En réalité, il avait déjà commencé à compter les jours restants avant mon anniversaire.

Quand je le surpris en train de regarder ma poitrine avec une lueur de désir dans les yeux, je me rappelai soudain un film dans lequel l'héroïne comparait les seins à des bombes capables de réduire l'intelligence des hommes à néant. Ça m'avait fait rire. Je m'émerveillais à présent de la justesse de ces propos.

Je parvins péniblement à afficher un sourire serein sur mon visage.

— Parlons-en après l'entraînement.

Il se pencha en avant.

— Les parents de Spence ne seront pas là un week-end, pas celui-ci mais le prochain. Ce sera donc après ton anniversaire…

Jackson était trop près, il pouvait entendre cette conversation privée !

— Tu pourras dire à ta mère que tu passes la nuit chez Melissa, et rester avec moi.

— Brandon, on se voit *plus tard*. On en discutera à ce moment-là.

— D'accord. Oui, bien sûr.

Quand ses amis l'appelèrent, il s'approcha pour me déposer un baiser rapide sur les lèvres avant d'aller les rejoindre en trottinant.

Alors que je rassemblais mes livres, j'entendis Lionel dire :

— Ça m'étonne que tu lui aies pas fait du rentre-dedans, à celle-là. (Il me désigna d'un petit coup de menton.) C'est pas ton genre, mais elle est jolie.

Le *genre* de Jackson ? Il préférait probablement les pouffes alcooliques du bayou qui étaient déjà à poil avant même que la fête ait commencé.

— Elle est glaciale et c'est une pétasse arrogante, répondit Jackson en français, la voix grondant de colère. Une poupée complètement inutile – jolie à regarder, mais c'est tout.

Je serrai les dents tandis que Lionel ricanait, déterminée à ne pas leur montrer que je comprenais leurs conversations.

Oh, je suis bien plus qu'une petite poupée inutile, le Cajun. Je suis une poupée esquintée. Et si tu savais ce qui se passe dans ma tête, tu ferais un signe de croix et tu prendrais tes jambes à ton cou.

Mais Jackson était perspicace. Il remarqua mes épaules tendues et ma mâchoire crispée.

En plissant les yeux, il se tourna face à moi tout en continuant de s'adresser à Lionel en français :

— C'est *toi* qui devrais lui faire du rentre-dedans, mais assure-toi de la remettre à sa place pendant que t'y es. Jamais vu une fille qui en avait autant besoin.

Je tentai de maîtriser ma réaction, sans savoir si j'y étais parvenue.

Quand la sonnerie retentit et que Lionel s'éloigna d'un pas traînant, Jackson me lança :

— *Tu parles le français cadien*[1] ?

J'hésitai un instant, levai les yeux et jetai un coup d'œil par-dessus mon épaule.

— C'est à moi que tu parles ? demandai-je d'une voix confuse.

Avantage : Evie.

Jackson sembla abasourdi.

— *Tu parles français*[2] !

— Hein ? Qu'est-ce que tu dis ?

Il s'approcha de moi avec un air menaçant, et je dus lever la tête pour soutenir son regard.

— Comme si t'avais pas compris.

Sur le même ton furieux, j'articulai :

— Je ne parle pas le *Bassin*.

Mon ton était encore plus snob que je n'en avais eu l'intention, mais je m'en fichais.

---

1. En français dans le texte. (*N.d.T.*)
2. En français dans le texte. (*N.d.T.*)

Au bout d'une minute interminable, Jackson fit demi-tour et se dirigea vers sa salle de cours, mais il se retourna et pointa un doigt bandé vers moi.
— Je t'ai à l'œil.

5

Jour 3 avant le Flash

J'étais allongée sur mon lit, mes livres étalés autour de moi, mon téléphone en train de vibrer dans la main, la télévision allumée, le son coupé.

Le jeudi soir, Mel et moi regardions toujours *America's Next Top Model* en échangeant nos commentaires par SMS. Ce fut elle qui lança le débat avec : « Je pourrais très bien être à la place de la rousse. »

Mais je n'avais pas l'énergie de répondre.

« T là ? »

Je finis par lui envoyer : « Tu pourrais être à la place du mannequin en bois, ouais. »

« AHAHAHAH, pétasse. »

Je souris, somnolente, avant de retourner à mes devoirs. Je lisais et relisais la même phrase sans la comprendre. Je finis par abandonner et me laissai tomber sur le dos. Affalée comme un corps sans vie, je regardai autour de moi.

Après tout ce temps passé dans ce centre lugubre et sans la moindre décoration, je ne m'étais toujours pas réhabituée au luxe de la maison. Ma chambre était spacieuse, avec une penderie si grande qu'on pouvait s'y perdre, et garnie de meubles antiques dignes d'une vente aux enchères de chez Sotheby's. Le satin de ces draps somptueux me donnait envie de ronronner.

Même ma peinture murale m'avait manqué. Avant de devenir folle au printemps dernier, quand la situation était vraiment désespérée, j'avais dessiné les nuages orageux les plus noirs et les plus sinistres, puis les avais embrasé avec des éclairs. Je me surprenais encore aujourd'hui à les observer longuement…

Le carillon d'un SMS me ramena à la réalité.

« Spence a pas appelé. Putain, Greene ? »

« J'y travaille », répondis-je en bâillant.

Même si beaucoup de choses dépendaient de mes notes, je n'arrivais toujours pas à trouver la motivation pour étudier. En essayant de me convaincre qu'il n'y aurait aucune interro surprise le lendemain – après tout, quelles étaient les chances ? – je décidai de me coucher.

Je repoussai les livres de mon lit d'un mouvement léthargique de la jambe. Mon journal était déjà en sécurité sous mon matelas.

J'écrivis : « Je m'endors, on parle demain ? »

J'avais répondu aux SMS de Brandon avec la même flemme.

« Ms tu loupes jms ANTM. »

Même si je percevais le ton vexé dans son message, je répondis malgré tout : « Bonne nuit. »

J'éteignis mon téléphone et ma télé.

Dans l'obscurité de la nuit, enveloppée dans le brouillard, notre vieille maison résonnait de plaintes fantomatiques. L'humidité faisait gonfler le bois et grincer la charpente comme si elle essayait de trouver une position plus confortable.

Par des nuits comme celle-là, un navire en pleine mer devait faire moins de bruit.

Haven était la seule maison que j'aie jamais habitée. Je connaissais son histoire, pouvais sentir la ferme souffrir en ce moment. Depuis mon retour, on pouvait comparer le temps à un éternuement qui ne cesse de menacer mais qui ne vient jamais : les nuages de pluie grossissaient et s'amoncelaient encore et encore, pour finir par se dissiper sans résultat. La sécheresse continuait…

Quand je fermai les yeux, mes pensées dérivèrent vers une autre source d'inquiétude. Jackson Deveaux. À cause du Cajun, ma semaine n'était allée que de mal en pis. Fidèle à sa promesse, il m'avait gardée à l'œil, sans quitter sa moue grincheuse.

Comme s'il était forcé d'enquêter sur une chose qu'il détestait particulièrement.

En cours d'anglais, la veille, il avait jeté un regard noir à l'élève assis à côté de moi et récupéré la place aussitôt libérée. Pendant que je m'asseyais, raide comme un piquet, il s'était penché si près de moi que sa présence avait imprégné tous mes sens. J'avais pu sentir son souffle, l'odeur des pansements autour de ses doigts et son parfum boisé et masculin qui m'avait fait rougir. Un nouveau front orageux avait de nouveau menacé la ville et assombri la salle de classe.

Puis il s'était mis à murmurer en français, affirmant qu'il savait que je le comprenais, et qu'il comptait le prouver. Cherchant à le frustrer par tous les moyens, je n'avais montré aucune réaction, même quand il avait dit d'une voix rauque que je sentais « comme une fleur ».

Pourquoi ne me laissait-il pas tranquille ?

Tout comme il m'avait observée, j'essayai à mon tour de l'analyser. J'avais remarqué quelque chose chez lui. Quand il pensait que personne ne lui prêtait attention, son regard redevenait inquiet, comme s'il avait voulu être ailleurs, n'importe où sauf là. Et il caressait d'un air absent les pansements autour de ses doigts. Pourquoi les portait-il ?

J'enfouis mon visage dans mon bras. Pourquoi étais-je en train de rêvasser à Jackson ?

Plutôt qu'à mon petit ami ?

Je n'avais pas les idées claires ! Bon sang, il me fallait seulement une vraie bonne nuit de sommeil. Si mes petites pilules amères n'avaient pas empêché l'hallucination de la veille – ou, plutôt, mon « égarement résiduel » –, elles parvenaient toujours à me rendre somnolente.

Je jetai un coup d'œil à mon flacon de pilules. *Aux grands maux...*

Plus tard dans la nuit, je me réveillai debout dans l'allée, en sous-vêtements, sans la moindre idée de la manière dont je m'étais retrouvée là.

Je clignai plusieurs fois les yeux. C'était certainement un rêve, ou même une hallucination.

La dernière chose dont je me souvenais, c'était d'avoir avalé des pilules et de m'être endormie dans mon lit. J'allais donc *vraiment* me réveiller d'une minute à l'autre.

D'une minute à l'autre...

Non. J'étais toujours là, pieds nus dans l'allée en coquilles d'huîtres, vêtue d'un caleçon et d'un vieux tee-shirt d'un camp de pom-pom girls.

Merde.

J'essayai de percer la brume des yeux pour m'orienter, mais je voyais à peine à quelques mètres devant moi. Le brouillard était aussi épais et humide qu'un souffle sur un miroir, et dissimulait à moitié la foudre dans le ciel. Des éclairs jaunes, de la couleur des iris d'un chat, zébraient la nuit au-dessus de moi.

En me répétant qu'il devait y avoir une raison parfaitement logique pour que cette hallucination soit plus réaliste que les autres, je commençai à me diriger vers la maison, grimaçant à cause des fragments de coquilles tranchants comme des lames de rasoir qui s'enfonçaient dans la chair tendre de mes pieds. Naturellement, notre allée était surélevée, bordée par deux fossés de drainage tout le long de notre pelouse. Ce qui voulait dire que j'étais coincée à mi-chemin d'une allée de près de huit cents mètres de long.

Une personne équilibrée se serait demandé pourquoi elle n'avait aucun souvenir de la manière dont elle était arrivée là ; ce n'était pas comme si je pouvais être tombée du ciel.

Peut-être parce que ce n'est qu'un rêve ? Voilà ce que je dus me répéter tout en bredouillant des jurons et en avançant.

Pour empirer la situation, j'eus de nouveau la sensation d'être observée. Je me passai la main sur la nuque. *Ignore cette...*

Un cheval hennit. Je fis volte-face pour scruter le brouillard, mais ne parvins pas à déterminer la provenance de ce bruit. Un nouveau hennissement furieux – ça ne pouvait pas venir de mon gentil canasson qui dormait dans la grange. J'accélérai le pas.

J'écarquillai les yeux en entendant le fracas de sabots sur le chemin de coquilles ; un cheval galopait vers moi. Par-derrière ? Aucune idée !

Ce n'est pas réel. Tout est sous contrôle, tu es concentrée !

Difficile de se concentrer en se tailladant les pieds.

— Merde, merde.

Les sabots se rapprochaient... se rapprochaient tellement que je bondis sur le côté en criant comme un personnage de dessin animé.

Puis je distinguai un bruit de métal qui s'entrechoque, un peu comme le son... d'une *armure* ?

Mes instincts eurent raison de moi. Ignorant la douleur, je me mis à courir franchement.

J'aperçus enfin le bout de l'allée. Sur ma droite s'élevait la Maison Haven. Sur ma gauche s'étendait notre champ de canne à sucre.

La maison était plus sûre, mais le champ était plus proche.

Quelle avance avais-je sur mon cavalier ? Le souffle puissant du cheval semblait presque sur moi.

Le souvenir d'une phrase de Grand-mère s'insinua dans mon esprit : « Le brouillard est trompeur, Evie. »

À l'endroit où l'allée rejoignait la pelouse, j'obliquai à gauche et me précipitai vers le champ.

Si proche de la récolte, la canne était arrivée à maturité et faisait deux fois ma taille. Je pouvais y semer n'importe qui. Je risquai un coup d'œil en arrière mais ne discernai qu'un cavalier flou.

Courir... courir...

J'entendis un sifflement, comme si quelque chose avait fendu l'air. Une épée ? Même dans cet état de panique, cela m'évoqua un vague souvenir.

La canne ne se trouvait plus qu'à six mètres.

Trois mètres.

Quand j'entendis de nouveau ce sifflement derrière moi et que je *sentis* un souffle sur ma nuque, je plongeai vers les premières rangées de canne, les bras tendus en avant. Je me mis à genoux au milieu des tiges, mais le cavalier ne me suivit pas. Son cheval se cabra avec un hennissement, ses jambes battant l'air de ses sabots tranchants.

Je restai bouche bée en voyant mon poursuivant. Il portait une armure noire et un casque effroyable. L'arme dont il s'était servi était une faux, qui reposait maintenant dans l'étui de la selle. Son étalon blanc avait des yeux rouges.

Alors qu'il faisait tourner sa monture sur elle-même devant le bord du champ en lui donnant des coups d'éperon, je refusais de comprendre ce que je voyais.

Une faux. Une armure noire. Un cheval clair.

C'était... la Mort. La représentation classique de la Faucheuse.

La crinière du cheval était agitée par un vent que je ne sentais pas. Les feuilles duveteuses des tiges de canne à sucre au-dessus de moi ne bougeaient pas.

Pendant que je l'observais, les bruits familiers de la ferme – mon propre cheval qui hennissait dans son sommeil, le chant des sauterelles – cédèrent la place au bruit des graviers qui craquaient sous les pas, à cette brise intermittente et à un... sifflement ?

Derrière la Mort, Haven commença à disparaître, se transformant en une masse noire et brillante, encombrée de piliers écroulés et de gravats épars. Comme les ruines d'une ancienne cité ?

Je sentis qu'il s'agissait de son antre, dévasté et sans âme. Son monde semblait entrer en collision avec le mien.

Jugerait-il ma partie du monde – toute verte et brumeuse, à l'air nocturne étouffant – aussi incompréhensible que je trouvais la sienne ?

Après son départ, est-ce que ma maison réapparaîtrait ? Est-ce que ma *mère* réapparaîtrait à l'intérieur ? L'hallucination était passée de « ahurissante » à « terrifiante ». *Je ne peux pas gérer ça !*

Il mit pied à terre et arpenta le bord du champ à grands pas sans y pénétrer. *Pourquoi ?*

Son armure noire provenait clairement d'un siècle reculé, cependant elle ne présentait aucune éraflure, aucun signe d'usure. Parce qu'il n'avait jamais reçu de coup ? Deux épées tranchantes ceignaient ses hanches.

Je finis par retrouver ma voix :

— Qui... qui êtes-vous ?

— Elle demande *qui je suis*. (Ma question l'amusait ?) La vie dans ton sang, qui coule jusqu'au bout de tes doigts. (Sa voix crissait comme des feuilles mortes et il avait un accent étranger que je n'arrivais pas à situer.) Et pourtant, personne ne t'a prévenue de *mon* arrivée ?

Une lueur brillait derrière la visière de son casque, comme si ses yeux étincelaient.

— De quoi parlez-vous ? demandai-je avec tout le courage que je parvins à rassembler. Qu'est-ce que vous voulez ?

Un autre sifflement nous parvint de son antre, au milieu des ruines derrière lui.

La Mort retira ses gantelets, révélant des mains d'homme, pâles et parfaites.

— Tu me connais. Tu m'as toujours connu, bien avant que ma lame ne s'abatte sur toi.

— Vous êtes fou, murmurai-je, même s'il me paraissait effectivement très familier.

Il mit un genou à terre à l'orée du champ et tendit la main dans ma direction.

— Viens à moi, Impératrice.

Impératrice Evie, Impératrice Evie...

Sa main était à quelques centimètres seulement de mon bras, mais j'étais paralysée, pétrifiée par la lueur qui provenait de l'intérieur de son casque – jusqu'à ce que quelque chose attire mon attention.

Derrière la Mort, j'aperçus un horrible garçon muni de cornes – davantage semblable à une bête bossue – qui rôdait furtivement au milieu des ruines. Des filets de salive visqueuse dégoulinaient de sa bouche.

La Mort suivit mon regard.

— Ne fais pas attention à Ogen. El Diablo est l'un de mes vieux alliés.

— *Je vais faire un festin de tes os*, siffla Ogen à mon intention tout en aiguisant l'une de ses cornes contre une pierre. (Le grincement était insupportable et secouait les décombres comme un tremblement de terre, me donnant envie de hurler.) *Sucer ta moelle sous tes yeux.*

— Ignore-le. Ne pense qu'à moi seul. (La Mort se rapprocha de moi.) J'ai tellement attendu de me retrouver de nouveau face à toi. N'es-tu pas prête à en finir ?

La canne à sucre se voûta anormalement autour de moi, comme pour faire barrière. Grand-mère n'avait-elle pas toujours donné aux tiges le surnom de « soldats au garde-à-vous » ?

Les tiges de canne à sucre essayaient-elles de me protéger ?

— Cela commence immédiatement à la Fin, Impératrice.

Il tenta encore de m'attraper.

Je reculai en trébuchant et grimaçai en sentant une douleur me déchirer les jambes. Des traînées de sang coulaient le long de mes cuisses.

Comment m'étais-je coupée ? Je levai les mains et poussai un hoquet d'horreur.

Mes ongles étaient tranchants comme des lames de rasoir, d'un rouge violacé. J'avais déjà vu cette teinte des milliers de fois auparavant – cette *forme* triangulaire des milliers de fois.

Ils ressemblaient à des épines de roses.

— Oh, mon Dieu, oh, mon Dieu…

Mon cœur se mit à marteler ma poitrine et mon souffle devint haletant. Des griffes d'épines comme celles de la sorcière rousse ? Une noirceur envahit mon champ de vision, brouillant la Mort, son repaire et son horrible allié.

Je me mis à rire, un rire hystérique qui bouillonnait dans ma poitrine, noyant les promesses de la Mort, qui jurait de revenir me chercher pour achever notre affrontement une bonne fois pour toutes. Je riais toujours quand je m'effondrai en arrière et que ma tête heurta le sol...

Immédiatement, je me redressai à la verticale dans mon lit, couverte de transpiration. Je parcourus frénétiquement ma chambre des yeux, les murs peints à la main. La Mort avait disparu, Ogen également.

— Ce n'était qu... qu'un rêve ?

Alors que je m'apprêtais à repousser le drap pour examiner mes jambes et mes pieds, j'entendis des pas dans le couloir.

Je me laissai retomber en arrière et fermai les yeux juste avant que ma mère entre dans ma chambre. Sans même prendre la peine de frapper.

— Evie, tu es réveillée ?

La lumière du couloir inonda la pièce.

— Maman ? fis-je en tentant de paraître endormie, tout en pratiquant un examen mental et inquiet de mon corps.

Est-ce que mes pieds ou mes jambes saignaient ? Étais-je couverte de terre et de poussière ? Mes ongles étaient-ils redevenus normaux ?

Mais je ne ressentais qu'un engourdissement, comme si mon corps tout entier était immergé dans la Novocaïne.

— J'ai cru t'entendre crier, dit-elle d'une voix soucieuse.

Sherlock flaire la folie...

— Hein ? Je devais être en train de rêver.

Toujours dans sa tenue de la journée, elle s'assit au pied de mon lit. Ses boucles d'oreilles en diamant étincelaient.

— Tu es si pâle... Est-ce que tu ne serais pas en train de couver quelque chose ?

— Non, pas du tout.

Oh, Seigneur, si mes jambes étaient en sang, est-ce que ça traverserait mes draps ? Si jamais ma mère voyait ces entailles parallèles, elle penserait probablement que je me mutilais, comme mon ancienne voisine de chambre au centre.

— Je m'inquiète pour toi, reprit-elle. Il faut qu'on parle, que tu me dises comment tu te sens maintenant que tu es rentrée à la maison.

— Maman, je te l'ai dit, tout va bien.

Mes jambes étaient *effectivement* en sang.

Nouvel ajustement furtif de mes draps. Trois traînées écarlates filtraient au travers. *Elle va le voir, elle va le voir…*

Il fallait que je superpose le tissu. Voilà. C'était mieux.

— Tu es revenue depuis près de deux semaines, et je ne t'ai pas entendue rire une seule fois. Avant, tu plaisantais tout le temps, comme ton père. (Elle leva les sourcils.) Evie, qu'est-ce que… ? (Elle posa le dos de sa main contre mon front trempé.) Tu trembles ? (Elle me prit dans ses bras et entreprit de me bercer.) Je suis là, mon bébé. Qu'est-ce qui ne va pas ?

Qu'est-ce qui va, plutôt ? J'avais doublé ma dose de médicaments ce soir – et c'était pire encore.

— Je… je crois que j'ai seulement fait un cauchemar.

Elle s'écarta.

— Une hallucination ?

— Non ! Je dormais profondément.

— Chérie, dis-le-moi, et je vais arranger ça.

Tu ne l'as pas fait la dernière fois. La cure n'a pas marché ! Et pourtant, j'étais tellement terrifiée que j'étais une nouvelle fois tentée de tout lui révéler.

Au lieu de quoi, je demeurai muette, déterminée à résister. Je croisai son regard et stabilisai le ton de ma voix.

— Je te le dirai, quand j'aurai besoin de ton aide.

Elle fut décontenancée par mon comportement.

— Oh. (Pendant un bref instant, j'avais paru aussi dure qu'elle l'était habituellement.) Oh, d'accord.

— J'ai une grosse journée demain. Il faut vraiment que je dorme.

Je vais déjà rester éveillée pendant des heures à essayer de me convaincre que j'ai rêvé ces griffes au bout de mes doigts.

Maman se releva, le regard méfiant, presque surpris.

— Bien sûr. Bon, fais de beaux rêves, ma chérie.

Dès qu'elle eut refermé la porte derrière elle, je rejetai vivement le drap en grimaçant à l'idée de ce que j'allais découvrir.

Mes cuisses étaient couvertes de croûtes de sang, mais mes pieds étaient propres et intacts.

Peut-être que je m'étais simplement écorchée avec mes ongles dans mon sommeil. Je voulais m'accrocher à ce raisonnement et nier à quel point la visite de la Mort m'avait semblé réelle.

En revoyant son armure, l'envie me démangea de dresser son portrait. Je glissai la main sous mon matelas et en retirai mon cahier de dessin.

Le stylo volant au-dessus du papier, je ne cessai de répéter : « Plus que deux ans et je suis sauvée… » Une larme tomba sur la page, puis une autre et encore une autre – trois auréoles floues sur l'image de la Mort venue d'un autre monde.

Le temps que je finisse mon dessin, la pression atmosphérique de la tempête faiblissait. Il n'y aurait pas de pluie pour nos cultures cette nuit.

Et parce que j'étais folle, je souffrais pour elles.

Je baissai les yeux sur l'une de mes jambes, convaincue que je m'étais simplement coupée toute seule pendant mon cauchemar. Avec un juron, je grattai les croûtes.

La peau, au-dessous, n'avait pas la moindre égratignure.

6

Jour 2 avant le Flash

Ce vendredi, je passai mon heure de permanence dans la Cour d'Éden, assise sur la table en ciment carrelé pour panser mes plaies en privé.

Au bord des larmes, je tentai d'ignorer qu'un parterre de marguerites s'était tourné vers moi plutôt qu'en direction du soleil.

Au moins, les roses et le lierre restaient immobiles.

La veille, avant de m'endormir – la première fois – je m'étais demandé : *Quelles sont les chances pour que j'aie une interro surprise ?*

Et, effectivement, je n'en avais pas eu une.

J'en avais eu *deux*. Et pour porter l'injustice à son comble ? Quand nous avions rendu nos contrôles d'anglais rangée par rangée, celui de Jackson contenait toutes les réponses notées d'une écriture assurée.

Alors qu'auparavant je n'avais jamais obtenu de note en dessous de B + en quoi que ce soit, je venais de récolter deux F en une semaine. À cette idée, mes yeux se remplirent de larmes. Je posai mon visage rougi contre la pierre froide en luttant pour contenir mes pleurs.

Quand j'avais demandé à mes professeurs des sessions de rattrapage…

Ces garces avaient répondu non.

Mon estomac se serra. Une chute des notes. Je ne pouvais pas revenir au CAE, je n'y retournerais jamais.

Je me demandais quand j'allais finir par toucher le fond. Quel était ce terme savant qui désignait le point le plus bas possible ? Le *nadir*. Où était mon nadir ?

Jusqu'où pouvais-je encore échouer/me perdre/halluciner ? Après ma rencontre de la nuit dernière avec la Mort, j'aurais pu croire que j'allais avoir un répit dans l'horreur. Pas vraiment !

Après cette interro d'anglais, je m'étais endormie et j'avais de nouveau rêvé de la sorcière rousse. Je me mettais à présent à la dessiner. Naturellement, elle avait commis un meurtre. Le sang de ses victimes dégouttait des plantes grimpantes dans ses cheveux et maculait sa peau ; elle savourait le spectacle qu'elle offrait.

J'avais été en mesure de la voir beaucoup mieux qu'auparavant. Son visage était pâle et rond, et deux tatouages brillants couraient le long de ses joues. Non, pas des tatouages, plutôt des glyphes – des marques d'un vert éclatant. Malgré les taches de rousseur de fillette sur son nez, elle paraissait plus âgée, peut-être dans les vingt-cinq ans ? Ses yeux d'émeraude brillaient d'une lueur démoniaque.

Je l'avais regardée approcher d'un magnifique rosier, planter ses griffes épineuses dans l'une des tiges. Elle en avait absorbé toute l'énergie, d'une manière ou d'une autre, avant de rejeter la tête en arrière en poussant un cri de plaisir.

La plante s'était flétrie, comme à l'agonie, cependant, la sorcière était impitoyable et l'avait asséchée jusqu'au bout pour ne laisser qu'une écorce rabougrie. Elle était comme un parasite, asservissant précisément toutes les choses que j'aimais.

Quand je m'étais réveillée en sursaut, tout le monde était en train de rassembler ses affaires – sauf Jackson.

Je m'étais alors aperçue qu'il n'observait pas mon visage mais mes mains, mes articulations blanchies tant j'agrippais fermement les bords de ma table. J'avais aussitôt relâché mon emprise.

— Un cauchemar ? avait-il demandé avec un hochement de tête.

Avait-il eu un accès de compassion ? Sans pouvoir m'en empêcher, j'avais répliqué :

— Est-ce que... est-ce que tu en fais aussi ?

— Ouais. (Il avait semblé sur le point d'ajouter quelque chose, avant de se rappeler subitement que nous n'étions pas amis. Il se contenta de répéter :) Ouais.

— Et qu'est-ce que tu fais ?

— Je ne dors que d'un œil.

Il avait avalé une gorgée de sa flaque avant de s'éloigner.

Moi, j'aurais été heureuse de dormir tout simplement.

Un message de Brandon fit grésiller mon téléphone. S'il s'agissait d'une pression supplémentaire, j'allais pousser un cri de rage.

« Petite fête samedi. 4 couples. Tes amis et les miens. Spence et Mel. »

Il avait réussi à convaincre Spencer ? Enfin quelque chose de positif ! Je lui répondis avec excitation :

« Où ? »

« Raffinerie de sucre. »

Je fronçai les sourcils. Au fin fond de Haven se trouvait une raffinerie croulante sur les rives du bayou. Elle était si vieille que seuls les murs de brique et une cheminée tenaient encore debout. Il n'y avait plus de verre dans les hublots, ce qui lui donnait un air de vieux colisée romain.

Si certaines personnes pensaient que Haven était peut-être hanté, elles étaient tout à fait convaincues que l'usine l'était. Des rumeurs de morts sanglantes survenues dans les broyeurs de canne circulaient à foison.

Mais en pensant à Mel, je savais que j'accepterais d'y aller...

— Et vous, les filles de Sterling, vous osez vous moquer de Clotile et de ses minijupes ? dit Jackson en traversant la cour à grands pas, le regard rivé sur mon uniforme de pom-pom girl.

Je refermai mon cahier à la hâte et le posai avec mes autres livres.

— Hum, hum, hum, Evie. Te voir dans cet accoutrement me rend beaucoup plus… joyeux.

Quand j'étais entrée en salle de cours le matin, il m'avait jeté un regard et un sourire narquois par-dessus le bord de sa flasque. Il m'avait accusée de ressembler à une poupée. Et quand je m'étais préparée pour aller à l'école, en mettant ma jupe rouge vif et mon gilet à col en V, avec un ruban assorti surdimensionné, c'était aussi un peu l'impression que j'avais eue.

Par-dessus mon épaule, il me dit, d'une voix piquante : « *Je t'aime en rose*[1]. » Je fus en mesure de traduire. Puis il s'assit à côté de moi sans y avoir été invité.

Attendez, quoi ? Je ne portais rien de rose. Seulement mon soutien-gorge…

Il avait regardé par-dessus mon épaule, et directement sous mon haut ! N'avait-il aucune limite ?

Et je ne pouvais rien répliquer sous peine de perdre notre bataille. Je n'avais pas besoin de ça ! Mais je refusai de changer de place, de capituler face à cette intimidation.

— Dis-moi comment tu as appris notre langue, dit-il, sans avoir l'air… fâché.

— Encore une fois, je ne comprends pas ce charabia ridicule que tu ne cesses de murmurer. Et plus encore, j'en ai assez de parler de ça.

Je commençai à taper ma réponse à Brand.

— Tu parles à ton petit ami ?

Jackson affichait de nouveau cette expression frustrée. Il était sujet à des sautes d'humeur étonnantes.

— J'écris un SMS, oui.

— Il a pas envie d'se battre avec moi après que je t'ai traitée de pute ?

« Ça me dit b… »

Mon pouce s'immobilisa sur le clavier.

---

1. En français dans le texte. (*N.d.T.*)

— Bon, bien sûr, je l'avais dit en français, reprit Jackson. Mais maintenant faut que je revienne en arrière et que je réfléchisse à tout ce que tu as pu comprendre d'autre.

J'essayai de garder une expression neutre.

— Peu importe. Tout ce que je sais, c'est que Brandon ne se battra pas avec toi.

— Parce qu'il sait que je lui botterais le cul.

— Non, parce qu'il a réellement quelque chose à perdre en se bagarrant.

Jackson n'apprécia pas du tout ce commentaire. Son regard gris jeta des éclairs.

Je compris alors où j'avais déjà vu cette couleur auparavant. Sur le mur de ma chambre.

Ces nuages menaçants sur ma peinture, ceux qui étaient embrasés par la foudre... ce gris, c'était la couleur des prunelles de Jackson quand il était furieux.

— Tu crois que toi, Radcliffe et tous vos amis coincés, vous valez mieux que tout le monde.

Il serrait les poings. Le sparadrap se décolla sur l'une de ses mains, laissant apparaître une profonde entaille en travers de ses doigts. Un horrible tissu cicatriciel s'était formé tout autour.

Oubliant notre affrontement, je m'exclamai :

— Qu'est-ce qui t'est arrivé à la main ?

Avec une lueur cruelle au fond des yeux, il me pinça le menton et ramena lentement son autre poing vers mon visage, comme s'il me donnait un coup de poing au ralenti.

— Les dents, ricana-t-il en dévoilant les siennes. Elles coupent comme une lame.

Il avait participé à tant de bagarres que des cicatrices recouvraient d'autres cicatrices. Je retirai ma tête d'un geste brusque et il laissa retomber ses mains, une expression indéchiffrable sur ses traits.

Mais j'avais bien reçu le message. Ce garçon était dangereux. Je pivotai pour finir mon SMS.

Jackson s'empara brusquement de mon carnet à dessins et mit une certaine distance entre moi et son nouveau trophée.

Alors que je bondissais sur mes pieds, il ouvrit le cahier et fronça les sourcils en inclinant une page à un angle différent.

— Rends-le-moi, Jackson !

— Ah, ah, *bébé*[1]. (Il le souleva au-dessus de ma tête tout en reculant et en me tournant en ridicule.) Laisse juste le vieux Jack jeter un coup d'œil.

— Rends-le-moi TOUT DE SUITE !

Il chancela soudain et se redressa à peine avant de tomber. Le cahier lui échappa des mains et alla atterrir par terre.

Je me précipitai pour le récupérer.

— Plus ils sont grands… ! dis-je d'une voix cassante.

Heureusement pour moi qu'il avait trébuché. Peut-être qu'il s'était pris les pieds dans une racine cachée au milieu des herbes.

Mes lèvres s'entrouvrirent. Des brindilles étaient encore enroulées autour de ses chevilles et se libéraient l'une après l'autre.

Derrière lui, la verdure ondulait alors qu'il n'y avait pas un souffle de vent. Jackson ne semblait pas savoir sur quoi il avait buté, mais moi si.

Ces tiges avaient jailli pour lui entraver les chevilles. La flore interagissait avec une autre personne ?

Les mouvements des plantes avaient obéi à ma folie – avaient suivi mes réactions, ma confusion. C'était un spectacle absolument effrayant.

Mais leur but était-il de m'aider ? Comme la nuit dernière, quand les tiges de canne s'étaient refermées autour de moi en un geste protecteur ?

À présent, les herbes folles avaient presque fait mal à mon adversaire et sauvé mon carnet de croquis.

Je me mis à rire à voix haute. *Vous venez de m'aider, n'est-ce pas ?*

---

1. En français dans le texte. (*N.d.T.*)

Une nouvelle fois, Jackson crut que je me moquais de lui. Ses pommettes ciselées s'empourprèrent. Il se releva et se redressa de toute sa hauteur, me lançant un regard noir plein d'aigreur avant de s'éloigner.

Quand il eut disparu, je m'agenouillai près des plantes ; j'avais envie de les effleurer du bout des doigts, mais j'avais encore trop peur. Je fixai les marguerites des yeux, puis les roses.

Comme je perdais de nouveau les pédales, j'avais bien le droit de me poser des questions vraiment bizarres.

Que voulaient les hautes herbes en remerciement de leur aide ? Les pâquerettes avaient-elles un objectif ? Les roses : amies ou ennemies ?

D'une façon ou d'une autre, il fallait que je comprenne ce qui m'arrivait.

Je décidai qu'une fois rentrée à la maison, là où personne ne pourrait me voir, j'allais tester la canne à sucre.

Quand Brand me déposa devant chez moi après les cours, il se gara hors de vue de la fenêtre de la cuisine.

— Est-ce que tout va bien, Evie ? demanda-t-il en tapotant nerveusement le levier de vitesse. Tu es étrange depuis ton retour.

— Tout va bien, répondis-je, impatiente de rejoindre le champ.

— D'accord, dit-il simplement en me prenant au mot, alors que mon comportement criait : « Tout fout le camp ! »

Il posa la main sur ma cuisse, suffisamment haut pour que je lui jette un regard, sourcils froncés. Un sourire était plaqué sur son visage, mais un sourire tendu. Il dessina des cercles au-dessus de mon genou.

— Alors, tu as pensé à cette histoire de week-end chez Spencer la semaine prochaine ?

— Probablement pas autant que toi.

— Mon esprit est en mode aléatoire, dit-il en se tapotant la tempe. Evie, football, Evie, football.

— Au moins, je passe en premier.

— Toujours, répondit-il sans effort en m'adressant son sourire de star de cinéma.

— Je te donnerai ma réponse ce week-end, promis.

Je me laissais moins de quarante-huit heures pour décider ?

Une fois qu'il fut parti se préparer pour le match du soir, je me dirigeai vers le champ de canne avant que ma résolution ne flanche. J'étais bien décidée à avoir le fin mot de cette histoire. Deux issues tout aussi catastrophiques l'une que l'autre m'attendaient. Soit je délirais complètement, soit...

Je ne voulais même pas m'aventurer sur cette voie.

Je redressai les épaules, déglutis et tendis la main vers un plant de canne.

Et que je sois maudite si je ne le vis pas répondre à mon geste.

Je reculai de quelques pas en titubant. Profonde inspiration. Profonde expiration. *Tu es concentrée. Totalement concentrée.*

Je me forçai à tendre de nouveau la main. Encore une fois, la tige s'étira vers mes doigts. Et cette fois-ci, elle se referma doucement autour de ma paume.

Cette feuille courbée ne l'était pas juste avant. Elle bougeait. Comme un enfant qui agrippe le doigt d'un parent.

Oh, merde.

Je n'avais pas ressenti cette sensation de picotement dans ma tête pendant aucune des interactions avec les plantes parce que je n'avais pas halluciné. Il ne s'agissait pas de visions – ni de délire ; c'était tout ce qu'il y avait de plus réel.

N'est-ce pas ?

Je me raidis et pénétrai à l'intérieur du champ parmi les tiges de canne. Aussitôt, les cultures semblèrent soupirer, les feuilles murmurer autour de moi.

Je m'enfonçai dans une rangée, les feuilles m'effleurant le visage au passage. Mes paupières s'alourdirent, comme si une amie me brossait les cheveux.

Les tiges ployaient et dansaient vers moi et je fus vite prise de vertiges de plaisir, happée par un stupéfiant sentiment d'unité. S'il s'agissait vraiment là de soldats au garde-à-vous, alors j'avais la plus grande armée du monde – forte de six millions de tiges.

Si je les imaginais bouger d'une certaine manière, elles répondaient aussitôt. Plier, onduler, balancer. Gauche, droite, en avant, en arrière. Parce que nous étions totalement connectées.

Parmi elles, j'étais en sécurité, la reine d'un échiquier entourée de ses pions. Et avec cet apaisement nouvellement acquis, les souvenirs commencèrent à affluer et à franchir la digue mentale que le CEA m'avait aidée à construire. Je me rappelai de nouvelles bribes de ce que ma grand-mère m'avait raconté.

Ce dernier jour que j'avais passé avec elle, alors qu'elle nous conduisait sur la grosse autoroute en direction du Texas, elle avait dit :

— Je suis une *Tarasova*, Evie, une chroniqueuse du Tarot. Je sais des choses que personne d'autre sur Terre ne sait. Et tu es l'Impératrice. Comme dans mon jeu de cartes. Un jour, tu contrôleras toute vie pourvue de racines et tout ce qui fleurit.

Je l'écoutais à peine, l'esprit occupé à rêver de cette glace qu'elle m'avait promise.

Impératrice ? Était-ce la raison pour laquelle j'aimais autant les plantes ? Était-ce la raison pour laquelle elles soupiraient quand elles étaient près de moi ? La Mort et le mystérieux garçon m'avaient eux aussi appelée « Impératrice ».

Comme tout cela semblait insensé ! Qu'est-ce qui était le plus vraisemblable ? Des plantes qui bougent sur commande ? Ou une adolescente – avec un passif de maladie mentale – en proie au délire ?

Je ralentis le pas alors que des doutes surgissaient. N'avais-je pas fait des cauchemars à propos de la sorcière rousse dans lesquels elle contrôlait les plantes, leur faisait du mal ? Tout cela était-il connecté dans mon cerveau surmené ?

Ou peut-être que rien de tout cela n'était réel. Peut-être que mon état empirait parce que Grand-mère m'avait communiqué sa folie – et que je ne me battais pas assez pour la vie normale que je voulais désespérément retrouver.

Evie, comprends-tu pourquoi tu dois rejeter tous les enseignements de ta grand-mère... ?

Je fixai des yeux les tiges vacillantes. Il se pouvait que j'hallucine – là, à cet instant précis.

Je retournai vers la maison dans un état second. Sous le porche, je me préparai à affronter ma mère. Plus facile à dire qu'à faire.

Maman pouvait vraiment se montrer sévère. Une vraie dure à cuire. Ce qui pouvait être super dans certains cas, comme quand elle avait repris la ferme de Grand-mère pour en faire la plus grande et la plus florissante du comté en moins d'une décennie.

Mais pas si super dans d'autres cas – comme lorsqu'elle décidait de me tomber dessus comme il fallait.

Devant la porte d'entrée, je pris trente secondes pour me calmer. *Je dois apprendre à siffler.* Ma voisine de chambre au centre m'avait appris cette ruse. Les parents ne soupçonnaient jamais leur enfant d'être malheureux, fou, ou défoncé si ce dernier sifflotait. Leurs esprits ne pouvaient simplement pas le concevoir.

Tout en me glissant à l'intérieur, je pinçai les lèvres et soufflai de l'air, sans réussir à produire un seul son. Siffler, ça craint.

J'entendis ma mère parler au téléphone dans la cuisine. Était-elle en colère ? Je me figeai. Elle devait parler avec Grand-mère. De temps en temps, celle-ci parvenait à échapper aux infirmiers et à téléphoner à la maison.

— Je me battrai bec et ongles. Ne t'avise pas d'essayer de la contacter ! dit Maman avant de faire une longue pause. Tu ne me convaincras pas de ça ! (Silence.) Mais écoute-toi un peu ! Tu as fait du mal à ma petite fille – il n'y a aucun pardon ! Pleure autant que tu veux, demain j'aurai changé de numéro !

Quand elle raccrocha, j'allai la rejoindre dans la cuisine.

— Grand-mère ?

Maman lissa ses cheveux.

— Oui.

J'ouvris la bouche pour lui demander comment elle allait, mais Maman me devança :

— Y a-t-il quelque chose que tu aimerais me dire, Evangeline Greene ?

Je détestais quand elle m'appelait comme ça. J'aimais cette question autant que mon sentiment de culpabilité.

Par où commencer ?

Les notes, les garces, l'année sans doute foutue en l'air. Pour la première fois depuis des mois, j'ai eu des hallucinations. Ou alors, je sais faire des tours avec les plantes. Je n'arrive pas à décider quel scénario je préférerais. Je suis tentée de perdre ma virginité juste pour que mon copain magnifique et d'habitude si merveilleux me lâche un peu – bordel.

Au lieu de cela, je répondis :

— Hmm, non ?

— Tu n'as pas parlé à ta grand-mère ?

— Pas du tout.

Pas depuis que j'étais petite et que Maman l'avait fait interner dans une maison sur les Outer Banks[1] de la Caroline du Nord. Ou du moins, c'était ce qu'avait décidé le tribunal.

Je me souvenais que Maman avait essayé de me rassurer en l'appelant « l'endroit où l'on envoie les parents atteints de démence ». J'avais eu un hoquet d'horreur.

Même si Grand-mère avait réussi à m'appeler sur mon portable, je n'aurais jamais répondu. Ma propre libération du CEA tenait à deux conditions : une médication suivie et zéro communication avec elle.

J'avais donné mon accord pour les deux. Sans hésitation. À la fin de mon séjour au CEA, ma déprogrammation avait

1. Les Outer Banks constituent une bande de sable au large de la Caroline du Nord qui sépare la baie de l'océan Atlantique. (*N.d.T.*)

fonctionné ; j'étais convaincue que Grand-mère était tout simplement dérangée.

Plutôt que prophétique.

À présent, je remettais tout en question.

— Je ne lui ai pas parlé depuis huit ans.

Maman se détendit légèrement.

— C'est une femme très malade, Evie.

Alors il faudrait qu'elle soit à la maison avec nous, faillis-je répondre. *Non, plus que deux ans et je suis sauvée.*

— Je comprends.

— Non, je ne crois pas. Elle est très convaincante. Elle a réponse à tout. Bon sang, elle est capable d'effrayer tout le monde à propos de cette sécheresse, la reliant à ses scénarios insensés de jour du jugement dernier et d'apocalypse.

— Qu'est-ce qu'elle dit ? demandai-je vivement.

Maman plissa ses yeux bleus étincelants.

— Mauvaise question. On ne se préoccupe pas de ce qu'elle dit. (Elle pointa un doigt sur moi.) Elle a perdu notre considération le jour où elle a essayé de... t'enlever.

Je détournai les yeux ; une partie de moi avait envie de se rappeler cette journée, une autre partie le redoutait.

— Je sais, Maman.

— Elle t'avait emmenée à la frontière du Texas avant que les flics l'interpellent. Dieu seul sait où elle comptait aller. Tu te souviens de ça ?

— Je me souviens de l'arrestation.

À son crédit, Grand-mère avait suivi calmement les officiers de police, avec une expression de satisfaction. D'une voix sereine, elle avait murmuré :

— Je t'ai enseigné tout ce que tu dois savoir, Evie. Tu t'en sortiras très bien. Tout ira très bien.

Mais moi, j'étais devenue hystérique. Quand ils lui avaient passé les menottes, j'avais donné des coups de pied aux policiers en hurlant.

Je relevai les yeux vers Maman.

— Je ne me souviens pas beaucoup du trajet, en revanche.

Je ne me rappelais pas tout ce que je devais savoir. Et si je m'en tenais à Grand-mère, alors ça signifiait que tout n'irait pas très bien.

Rien n'irait bien. À moins que je ne me souvienne. *Mais pas de pression, Evie.*

— Je suis certaine qu'elle te bourrait le crâne d'absurdités.

Oui, bien sûr. D'absurdités. Les médecins m'avaient dit que j'avais intériorisé certaines des choses qu'elle m'avait dites. Ça me paraissait logique. Peut-être.

— Sa mère était malade avant elle, et mon arrière-grand-mère aussi.

Je détestais qu'on me le remémore.

— J'ai étoffé l'historique familial du CEA, Maman, répliquai-je d'un ton cassant.

Je n'étais que la dernière génération d'une lignée touchée par la folie depuis des lustres.

— Evie, écoute, nous sommes sur la bonne voie. On peut y arriver. Tu dois seulement me faire confiance.

Une légère brise souffla, agitant mes cannes à sucre.

— Et la ferme ? Qu'est-ce qui va se passer s'il ne pleut pas ?

— Il va se passer que ta mère trouvera une solution. Ne te préoccupe que de l'école.

L'école. Les études. La seule idée d'ouvrir un livre me donnait la nausée.

— Mais, Maman...

— Je trouverai une solution.

Les épaules dressées, le menton levé, les yeux brillant d'une lueur de détermination – une vraie force de la nature.

La sécheresse me causait presque de la peine.

Un jour, un ami de la famille m'avait dit que, quand mon père avait disparu au cours d'une virée de pêche dans le Bassin, Maman avait mené elle-même les recherches. Elle s'était aventurée profondément dans le marais de quatre cent mille hectares, résolue à ratisser chaque centimètre pour retrouver son mari, l'homme jovial au grand cœur qu'elle adorait tant.

En vain. Il avait disparu sans laisser de trace. Je n'avais que deux ans.

Même si Karen Greene avait une façade élégante, avec ses cheveux et ses manières impeccables, je n'avais pas de mal à l'imaginer en cuissardes, à la barre d'un petit bateau de pêche, toisant les alligators.

Et dire qu'à une époque je lui avais ressemblé. J'avais tellement voulu la rendre fière. Jusqu'à ce que mon piédestal s'écroule lamentablement.

J'étais à présent la dernière fille cinglée à vivre à la Maison Haven.

7

Jour 1 avant le Flash

Tandis que Mel me faisait asseoir sur un siège devant mon miroir, je lui demandai :

— C'est comme *ça* que je suis censée rivaliser avec Clotile ?

Avec des vêtements empruntés – un collier rouge Versace rutilant, une micro-jupe, des bottes italiennes qui montaient jusqu'aux genoux – et un maquillage tapageur ?

Couleur du rouge à lèvres : prostituée.

Mel était passée chez moi m'aider à me préparer pour la soirée, parce qu'elle avait éprouvé le besoin de « putiser » ma tenue pour me donner une chance contre le loto gagnant des nibards de Clotile.

La veille, elle était arrivée au match en bustier et short moulant de garçon.

Je me dis que Brand aurait peut-être manqué ces passes de toute manière. Et puis, au final, on avait réussi à gagner un match de plus.

Mais même Grace Anne m'avait rejointe au petit trot sur la ligne de touche pour me dire :

— Tu vas devoir coucher avec Brandon si tu veux le garder.

Et, comme si cela ne suffisait pas, j'avais eu une nouvelle vision. Au milieu d'une chorégraphie, j'avais éprouvé cette sensation fiévreuse dans ma tête. Tout en haut des gradins, j'avais repéré une fille étrange, assise de profil, le visage trop flou pour distinguer ses traits.

Elle tenait un arc et un carquois et semblait briller, même sous les lumières du stade. Ses cheveux, d'une teinte argentée, paraissaient littéralement chatoyer.

Quand elle avait encoché une flèche sur son arc et ajusté une cible à distance, la chair de poule m'avait saisie. J'avais failli manquer un pas. Je l'avais ignorée avec un sourire factice, sautillant le long de la ligne de touche en clamant : « Allez les Stars ! » Allez la folle !

Des visions aussi rapides et rapprochées signifiaient que j'étais en pleine escalade. Comme deux des cinq psychiatres d'Atlanta l'avaient prédit.

Je pouvais tout aussi bien profiter de mes quelques derniers jours à Sterling. Au train où allaient les choses, ils étaient comptés.

Je m'adressai à Mel :

— Est-ce que je ne devrais pas porter une tenue dans laquelle je me sens à l'aise ? Plutôt que ça...

Je désignai mon haut – une bande de tissu fluo et moulant, noué derrière la nuque et dénudé dans le dos.

Mel se mit à rire.

— Evie, sur une échelle entre la fille sage et la pouffe, tu es presque une Amish.

Je lui jetai un long regard noir.

— Tu as deux choix, petite sauterelle. Surpasser la pouffitude de Clotile – ou bien lui tomber dessus. Je suis partante pour t'assister dans les deux scénarios.

L'idée d'entrée en concurrence avec Clotile me laissait un goût amer dans la bouche. Pourtant, j'acceptai les conseils de Mel, qui me choisit une tenue et des accessoires adéquats : des boucles d'oreilles chandelier noires et un large ruban rouge en guise de bandeau – parce qu'elle avait décrété que mes cheveux devaient avoir du volume.

Tandis qu'elle commençait à transformer mes mèches ondulées en boucles dévergondées, je lui demandai :

— Mel, c'est vraiment nécessaire ?

Même si je ne l'aurais jamais admis, je trouvais le rouge à lèvres plutôt amusant.

— La ferme, Greene. Tu as déjà de la chance que je ne dégaine pas la laque tenue extraforte. Parce que j'aurais très bien pu aller jusque-là.

— Et toi, quand est-ce que tu vas te préparer ?

— Je t'en prie. Ça ne me prendra que cinq minutes. On ne peut pas améliorer la perfection.

Puis elle se mit à bavarder et à m'exposer son plan pour séduire Spencer.

Même si nous étions exemptées de couvre-feu – j'avais dit à Maman que je passais la nuit chez Mel après notre double rencard, et Mel avait dit à Mme Warren qu'elle rentrerait « quand son cul aurait envie de passer la porte » – cette soirée me rendait nerveuse.

Alors que j'essayais de trouver la source de mon malaise, je n'offris qu'une réponse vague au plan de Mel. *Ouais, ça paraît pas mal, peut-être.*

— Sérieusement, Evie. Qu'est-ce qui ne va pas chez toi ? (Elle reposa la bombe.) Tu as été bizarre toute la semaine. Il y a un problème entre nous ?

— Non ! Tu es ma meilleure amie.

— Évidemment. Mais il y a quelque chose. On dirait la fille du film *Une vie volée*. (Elle observa mon expression dans le miroir, sans savoir à quel point elle était proche de la vérité.) Tu ne m'envoies plus de messages. Tu as loupé notre émission favorite, ce qui est inconcevable. Tu ne me calcules pas après l'entraînement.

Elle se hissa sur ma fragile commode, qui grinça pour protester.

— Et que s'est-il passé cet été ? Tu ne pouvais pas passer *un seul* coup de fil ? Tout ce que j'ai eu, ce sont de maigres lettres de ta part. Qui écrit encore des lettres ? Pourquoi tu n'as pas envoyé de signaux de fumée tant que tu y étais, ou des pigeons voyageurs avec des petits messages enroulés ?

Je mourais d'envie de tout lui raconter. Mais alors que je cherchais comment je pourrais lui expliquer, je me rappelai que l'autre mot pour *délirante* était… *psychotique*.

— Écoute, ma mère flippe à cause de la sécheresse. Brand me met la pression. Les cours s'annoncent impossibles cette année. J'ai déjà eu deux F ! Je suis complètement à la rue !

Faisons les scores de la semaine, juste pour rigoler. Hallucinations : deux confirmées, peut-être plus. Cauchemars : innombrables. Devoirs à la maison achevés : zéro.

Nouveaux pouvoirs surhumains, mais possiblement imaginaires : j'avais vu des griffes en formes d'épines pousser au bout de mes doigts, contrôlé des plantes et spontanément régénéré ma peau après une blessure.

Peut-être.

Mel balaya mes préoccupations d'un geste de la main.

— Arrête de penser à ta mère, fais ce qu'il faut pour Brandon. Blinde tes notes. Si tu échoues, je me ferai recaler avec toi. On restera ensemble quoi qu'il arrive. Affaire classée.

J'aurais aimé que ce soit aussi simple.

— Et si je n'ai pas envie de céder à Brandon ? Hein ? Je ne réagis pas bien à la pression ! (Preuve numéro un : mon regard hagard dans le miroir. Je pris une profonde inspiration pour me calmer.) J'ai seulement l'impression que tout m'échappe. J'ai peur en permanence de le perdre, de perdre tous mes amis.

— De perdre ta popularité, tu veux dire ? demanda Mel avec un regard malicieux, et je lui répondis par un sourire réticent. Est-ce si important que tu veuilles... (Elle s'interrompit.) Si, pour toi, la popularité représente un petit monde idéal tout droit sorti de *Mon Petit Poney*, alors d'accord. Qui suis-je pour ruiner tes rêves ? Mais sache bien cela : l'école continuerait de tourner sans toi, et ça ne va pas changer uniquement parce que tu es longue à la détente et que tu te drogues sans ta meilleure pote.

— Je suis passée toute la semaine devant les gens sans dire bonjour ! J'arpentais les couloirs comme un zombie.

— Tout le monde pensera que les Anglais ont débarqué chez toi cette semaine. Moi, quand j'ai mes ragnagnas, je déboule dans les couloirs comme Godzilla. Alors ton petit délire, c'est mignon comparé au souffle de véritables flammes.

La semaine prochaine, je pourrais peut-être faire en sorte d'arranger tout ça. Bon sang, je m'étais presque habituée aux plantes. Si je retirais la peur de l'équation, alors peut-être…

— La chose la plus importante dont tu dois te souvenir, c'est que tu es ma meilleure amie, déclara Mel d'une voix plus douce que jamais. Sais-tu à quel point ça te rend rare et merveilleuse ?

Je soupirai et me tournai pour la prendre dans mes bras.

— Ah, Mel…

Mais elle saisit mon visage entre ses mains et caressa mes cheveux.

— Tu m'as toujours maintenue dans le droit chemin, Greene. Ne va pas rompre avec moi ou quoi que ce soit, d'accord ?

— C'est complètement flippant, dit Mel tandis que nous progressions d'un pas prudent sur les terres desséchées près de la raffinerie.

Nous nous étions approchées le plus près possible avec sa BM avant de nous enfoncer dans les bois. Le brouillard était si épais que je voyais à peine où je mettais les pieds. Un autre dicton de Grand-mère me vint à l'esprit : *Méfie-toi de la sécheresse – les serpents se glissent partout.*

— Ce n'était pas mon idée, Mel.

— J'espère sérieusement que non. Deux pom-pom girls qui avancent dans les bois, la nuit, vers une usine désaffectée supposément hantée ?

— Je ne sais pas trop si ça ressemble au début d'une blague ou d'un film d'horreur.

— Hé, tu as toujours ton hymen menacé. Ce qui veut dire que tu arriveras jusqu'au générique de fin – moi, je suis la putain de malchanceuse.

— Tu penses que les autres sont déjà là ? Ils se sont peut-être garés du côté opposé ? Je devrais essayer de les appeler.

Je me souvins alors que j'avais laissé mes affaires pour la nuit et mon téléphone dans la voiture, avec mon précieux carnet à dessins. Je me retournai, mais impossible de distinguer la BM à travers le brouillard.

— Les appeler ? dit vivement Mel. Ne sois pas stupide. On y est presque, non ?

Tandis que nous approchions de ce qu'il restait de l'usine, je murmurai :

— Tu entends quelque chose ?

Je me frottai la nuque avec la sensation d'être épiée une nouvelle fois...

Des lumières m'aveuglèrent. Des corps se jetèrent sur moi.

Je me mis à hurler à pleins poumons.

Les cris de « Surprise ! » s'estompèrent, et le groupe de lycéens fit silence, étonnés par ma réaction. Grace Anne, Catherine. Brandon. Tous paraissaient médusés.

Oh. Mon. Dieu. C'est une fête d'anniversaire surprise. On avait accroché des lumières sur tous les murs. Des haut-parleurs étaient perchés au sommet des broyeurs de canne rouillés. Des fûts de bière étaient installés dans de vieux chaudrons en fer.

Je venais de me ridiculiser devant des dizaines de personnes.

En m'entendant crier, la mâchoire de Mel était tombée. Alors que j'étais sur le point de fondre en larmes, elle se ressaisit et s'exclama d'une voix forte :

— Evie ! Petite maligne, tu étais au courant, n'est-ce pas ? Garce ! Les effrayer comme ça !

Puis elle imita mon cri en le ponctuant d'un chant tyrolien.

En voyant les autres s'esclaffer, je m'efforçai de sourire.

— Ouaip. Bien sûr que je savais. J'ai attendu ce moment toute la journée !

Continue de sourire, Evie !

Tout le monde se détendit, et certains me donnèrent des petits coups de poing amicaux dans l'épaule, comme si je venais de leur faire une bonne blague. *Bien joué, Mel.*

Du coin des lèvres, elle murmura :

— Tu t'en doutais pas, si ?

— Pas une seconde.

— Je crois qu'une réunion au sommet s'impose ?

— Ça me paraît inévitable.

— Alors amuse-toi ce soir, petit soldat. Parce que demain, tu y auras droit.

C'est alors que Brandon fondit sur moi et me fit tournoyer dans ses bras jusqu'à ce que je me mette à rire sincèrement.

— J'espère que ça ne te dérange pas.

Je me mordis la lèvre. Si la fête ne prenait pas plus d'ampleur et que la musique n'était pas trop forte, ça irait.

Un klaxon retentit. Puis un autre. Mel, Brand et moi nous tournâmes vers l'entrée. Sur un vieux sentier de tracteur, une série de phares perça le brouillard. On aurait dit qu'une évacuation massive se dirigeait vers l'usine.

La dernière chose dont j'avais besoin, c'était que ma mère appelle les flics sans savoir que c'était sa fille qui était à l'honneur de la beuverie.

— Écoutez, les gars, ce n'est peut-être pas une si bonne idée.

Mel et Brandon me regardèrent en clignant les yeux, confus. Evie Greene n'utilisait pas souvent ces mots-là.

— Ce n'est pas comme si on allait saccager ta maison, dit Brand. On est dehors.

— Ma mère...

— ... ne le saura jamais. Il y a des kilomètres entre chez toi et nous. Et les murs atténuent le son.

— Il marque un point, souligna Mel. Et pense aux photos ! Tu peux tirer de sacrées pépites d'une fête comme celle-là. (Après une pause, elle ajouta :) Célébrer son anniversaire dans une raffinerie de sucre hantée, c'est le genre de choses que font les filles populaires.

Est-ce que je ne venais pas de m'inquiéter de la perte de ma popularité ? Ne serait-il pas anormal pour moi de ne pas avoir de fiesta pour mon seizième anniversaire ? Bon sang, Maman trouverait même que ce serait plutôt bon signe. Elle-même avait été rebelle avec Grand-mère et n'était d'ordinaire pas trop stricte avec moi.

D'un autre côté, elle pourrait reconsidérer son avis sur le « bon garçon » qu'était Brandon, ou atteindre son seuil de tolérance avec les frasques de Mel.

Plus tôt dans la soirée, Mel avait appelé ma mère « la femme qui a engendré Evie ». Devant elle. Maman n'avait pas vraiment trouvé ça amusant.

Je ne savais pas ce que je ferais si elle m'interdisait de voir l'un des deux.

— Je te promets que tout ira bien, dit Brand. Parole de scout.

Au lieu des trois doigts levés, il fit le signe peace and love.

Je choisis de penser qu'il blaguait.

J'hésitais quand, soudain, Brand plongea la main dans sa poche.

— Oh, j'allais oublier ! Ton cadeau d'anniversaire. Je le gardais pour lundi, mais je me suis dit que tu voudrais le porter ce soir.

Il me tendit un écrin emballé avec un ruban écrasé. Je déchirai le papier et découvris un énorme solitaire au bout d'une chaîne en or blanc. *Impressionnant.* Elle irait à la perfection avec mes boucles d'oreilles en diamant.

Mel joignit ses mains sur sa poitrine, et dit d'un ton cajoleur :

— Et tout ce qu'il veut, c'est organiser une fête dans ton usine à sucre ? (Puis elle fronça les sourcils.) Heu. Dit comme ça, ça sonne un peu cochon.

— Ça te plaît ? demanda Brand, l'air nerveux.

Ce qui était adorable.

Jeu. Set. Match.

— Je l'adore. Et j'adore ma fête surprise. (Je me dressai sur la pointe des pieds pour lui déposer un rapide baiser.) Merci.

Il sourit et me tendit un gobelet de bière.

— À la tienne, Evie !

Je levai mon verre en hésitant. Est-ce que l'alcool mélangé à mes pilules n'allait pas avoir des effets secondaires ? Mais bon, est-ce que ça pouvait encore empirer ? Peut-être même que j'allais commencer à… halluciner ? *Ah ah.*

Je n'allais pas faire long feu ici, de toute façon.

— À la vôtre !

Pendant l'heure qui suivit, tout le monde s'attela à vider les fûts dans la bonne humeur, jusqu'à ce que nous soyons – pour reprendre l'expression de Brandon – farpaitement déchirés.

De nouvelles personnes ne cessaient de faire leur apparition, transformant ma fête en véritable beuverie sauvage. Je voyais des visages que je ne reconnaissais pas, repérais des vestes frappées de l'emblème d'autres écoles.

Tout au long de la nuit, j'avais été témoin de plusieurs tentatives malheureuses de Mel pour flirter avec Spencer. Malgré tout, alors que nous dansions à présent toutes les deux sur un rebord de fenêtre, je le surpris à ne pas la quitter des yeux.

Elle et moi chantions si fort que j'étais en train de perdre ma voix, et nous dansions avec tant de frénésie que le monde vacillait autour de moi. Pour une fois, je ne luttai pas. Nous étions en train de rire de quelque chose quand je vis Jackson Devaux s'appuyer contre le mur en brique croulant au fond de la raffinerie.

Puis je repérai les autres nouveaux qui commençaient à se mêler à la foule. La tenue de Clotile, ce soir, me faisait toujours passer pour une Amish.

Mais je ne ressentais pas la moindre indignation face à leur présence ce soir. Avec fatalisme, je songeai : *ça devrait bien se finir.*

Et pendant que je dansais, c'était sur moi que les yeux de Brandon étaient rivés, *pas* sur Clotile. Je jetai un regard satisfait en direction de Jackson ; son regard sombre était lui aussi fixé sur moi.

Troublée, je tendis les mains vers Brand pour qu'il m'aide à descendre. Mais au lieu de cela, il me fit pivoter dans ses bras. Je me mis à rire en rejetant la tête en arrière. Tournoyant... tournoyant...

Picotement nasal ?

Et soudain, j'aperçus le garçon mystérieux. Il m'adressa un haussement d'épaules espiègle, comme s'il avait fait quelque chose susceptible de me rendre furieuse.

À ma pirouette suivante, il avait disparu, mais je vis de nouveau la fille au visage brouillé.

Je réprimai un hoquet et aperçus un mouvement dans les branches d'arbres au-dessus. Il y avait un autre garçon ! Il portait des vêtements désuets, de longs cheveux bruns et des ailes d'un noir de jais.

Un dernier garçon se joignit aux autres. Le corps de celui-ci était parcouru d'un arc électrique.

La fille et ces deux garçons semblaient attendre le bon moment pour fondre sur moi.

Je me tortillai dans les bras de Brandon jusqu'à ce qu'il me repose. Avec un rire enjoué, il dit :

— Tu vas vomir, ou quoi, Evie ?

Ou quoi ! Ou quoi !

Je posai ma main sur mon front – parce que, à présent, en regardant autour de moi, je ne voyais plus rien qui sorte de l'ordinaire. Ces personnages avaient disparu comme un voile de brume.

8

Quelqu'un gravissait les marches vers ma cachette.

Après m'être dépêtrée de Brandon en lui assurant que j'irais mieux après un petit moment de répit – de nouveau, il m'avait prise au mot sans rien remettre en doute – j'avais grimpé sur un bord de fenêtre près de la vieille cheminée ; j'avais besoin d'être seule, de *continuer ma surveillance*.

Je m'étais assise, laissant mes jambes pendre sur le côté, en prenant soin de ne pas écraser les trèfles qui poussaient entre les briques. D'ici, je pouvais observer la fête dans son intégralité, comme on regarderait une maison de poupées grandeur nature.

Plus le temps passait, plus la foule grossissait.

Déconnexion. Pourquoi ne pouvais-je pas m'amuser en bas avec les autres, comme une adolescente normale ? Pourquoi fallait-il toujours que je me sente menacée ? Dans la ligne de mire de quelqu'un ?

Et pourquoi ma fête d'anniversaire battait-elle toujours son plein – sans moi ?

Comme pour illustrer mes propos, un joueur de football gratifia la foule d'un gros plan sur sa raie des fesses. Je soupirai. Je ne pourrais jamais effacer cette vision de ma rétine. Jamais.

C'est alors que j'ai senti la présence de quelqu'un dans les escaliers. Qui pouvait seulement savoir comment monter là-haut ?

Jackson. Avec deux gobelets en plastique à la main.

Je poussai un soupir d'exaspération.

— Comment tu m'as retrouvée ?

— Aucune minijupe noire ne m'échappe, ma chère. (*Le dragueur du pays cajun.* Il s'assit à côté de moi et me proposa un gobelet.) Tiens.

Je l'acceptai à contrecœur et jetai un coup d'œil suspicieux au contenu.

— Tu l'as drogué ?

— Peut-être.

Avait-il du mal à articuler ? Il semblait définitivement éméché ce soir ; son accent était plus prononcé et ses cheveux noirs tout ébouriffés.

— Charmant.

Et *moi*, avais-je du mal à articuler ?

Apparemment. Car Jackson enchaîna :

— Evie Greene, la petite fille modèle, s'est bourré la gueule, on dirait bien. Si j'avais su que t'étais une telle délinquante juvénile, j'aurais peut-être demandé un autre binôme pour le devoir d'histoire.

— Délinquante juvénile ? Hmm. Est-ce que tes initiales ne sont pas D.J. ? De nous deux, je pense qu'il est facile de voir qui mérite le plus cette étiquette...

Il but une gorgée de sa bière, mais je voyais à ses lèvres qu'il était irrité.

— Alors nous y voilà, le délinquant cajun et une pompom girl du lycée de Sterling qui dessine des trucs bizarres et gothiques. J'ai réussi à cerner assez facilement tous les autres crétins, mais toi... (Il secoua la tête.) Quelque chose cloche chez toi. J'aime pas les énigmes non résolues. *Evangeline,* ajouta-t-il sur un ton ouvertement sensuel. Tu as un prénom cajun – t'as du sang cajun ? C'est pour ça que tu connais ma langue ?

— Comment connais-tu mon nom complet ?

Il haussa les épaules en levant une paume, la plus exaspérante des reparties cajuns, avant de boire une autre gorgée.

— Qu'est-ce que tu fais ici, Jackson ?

— Est-ce que les fêtes de Sterling sont interdites aux Cajuns ?

— Disons que je ne vous attendais pas, toi et tes amis, à ma fête d'anniversaire.

— C'est *ta* soirée ? On a entendu parler d'une petite sauterie dans un autre comté et on a suivi l'appel des boissons gratuites.

— Une beuverie ordinaire.

Je repoussai mes cheveux derrière mon épaule en m'éventant le visage.

Voyant qu'il gardait le silence, je me tournai vers lui et le surpris à regarder mon cou, les paupières mi-closes.

— Bon sang, Evie, tu sens bon.

Pourquoi tout le monde me parlait de mon odeur ? Mel m'avait même demandé la veille si elle pouvait m'emprunter mon parfum. Un seul problème : je n'en portais pas.

Jackson était toujours en train de me dévisager. Je m'éloignai de lui avec un regard méfiant.

Il cligna les yeux avant de toussoter dans son poing.

— Pourquoi tu n'es pas en bas, à ta propre fête ?

— J'avais besoin d'un petit moment de calme.

— Hum, hum.

Il vida son verre et l'accompagna d'une gorgée de sa flasque.

Je sentis une odeur de whisky dans son haleine, sans trouver cela désagréable pour autant.

— Tu tournes à ce truc en permanence. Pourtant, je ne t'ai jamais vu ivre.

— Tu veux me voir ivre, toi ? Pour profiter du vieux Jack ?

— Je parlerai de moi à la troisième personne avant de vouloir profiter de toi, Jackson.

— Hé. Alors, *ma chère*[1], maintenant que tu t'es arrangée ce rendez-vous avec moi, quelles sont tes intentions ?

Je bus une gorgée de mon verre.

---

1. En français dans le texte. (*N.d.T.*)

— T'es vraiment pas net.

— Je vois bien ta façon de me regarder, de me déshabiller des yeux.

— C'eeeeest ça. J'ai un petit copain.

— Alors comment ça se fait qu'il soit pas avec toi en ce moment ? Et comment ça se fait qu'il porte pas tes livres à l'école ?

Pourquoi Jackson avait-il remarqué cela ?

— Il devrait ? Uniquement parce que je suis une fille ? Je suis son égale, je pourrais autant porter les siens que lui, les miens.

— D'où je viens, un homme porte les affaires d'une femme parce que c'est poli – et pour faire savoir aux autres types qu'elle est prise. Comment veux-tu que les autres sachent que tu lui appartiens ?

— Je n'*appartiens* à personne. Est-ce que tu débarques du fond des marais... ou d'une capsule temporelle ?

Il se pencha vers moi jusqu'à ce que nos visages ne soient qu'à quelques centimètres l'un de l'autre, avant de dire d'une voix ronronnante :

— Ça, c'est pas sympa, Evangeline. Tu ne veux pas être *douce avec moi*[1] ?

Il glissa un doigt entre mes seins...

— Jackson !

Puis je compris qu'il soulevait mon collier.

— Ça doit coûter une jolie somme, ça, non ?

Son regard était voilé.

— C'est un cadeau d'anniversaire en avance de la part de Brandon.

— Et je sais exactement ce que tu vas lui donner.

Il lâcha la chaîne.

— Tu ne sais rien de moi. Tu comprends ce que je dis ? *Rien*.

L'un des trèfles se recourbait par-dessus mon doigt, ce qui me procurait une curieuse sensation d'apaisement.

---

1. En français dans le texte. (*N.d.T.*)

— Je commence à me faire une idée. Est-ce que Radcliffe te connaît ?

— Bien sûr, répondis-je, même si j'avais quelques doutes.

Pourquoi ne sentait-il pas la pression que je subissais ? Pourquoi en rajouter ?

— *Mensonge*[1].

— Ce que tu dis n'a pas la moindre importance. Je connais mon copain et je suis sûre de moi.

Il eut un rire méprisant.

— Tant que ça te dérange pas de le partager avec des petites brunes du peuple cajun. Il tourne franchement autour de Clotile. Et tu le sais. C'est pour ça que t'es habillée comme ça.

Il me désigna d'un geste vague.

— Comme *quoi* ?

Nouveau regard voilé. Nouvelle gorgée de sa flasque.

— Différemment.

— Brandon ne lui... tourne pas autour. Il est *amoureux* de moi. Il me dit qu'il pense constamment à moi. (Autant qu'au football !) Et toi, tu ne t'inquiètes pas au sujet de ta copine ?

— Copine ? Bon sang. Clotile est probablement ma sœur.

Mes lèvres s'entrouvrirent. *Probablement ?* Jackson et moi ne venions pas seulement de deux mondes différents, mais de deux univers différents.

— Regarde Radcliffe là-bas. Tu crois qu'il n'a que toi à l'esprit en ce moment ?

Brand était entouré d'un essaim de pouffiasses tandis qu'il buvait directement au fût comme si c'était une fontaine à eau. Le boute-en-train de la fête, adoré et vénéré.

Où était passée Mel ? Normalement, elle aurait dû être en train de donner des coups de coude à toutes ces filles. Je ne l'avais pas vue – ni Spencer – depuis un moment. Je me

1. En français dans le texte. (*N.d.T.*)

levai immédiatement et enjambai Jackson pour partir à sa recherche.

— Où tu vas, Evie ?

Je l'ignorai, mais il me suivit malgré tout dans les escaliers. De retour au rez-de-chaussée, je distinguai une silhouette furtive au milieu des voitures garées. Je plissai les yeux, mais le brouillard m'empêchait d'y voir clair. Une nouvelle hallucination ?

Je m'approchai prudemment, quand Jackson me barra la route. Je me glissai sur la gauche ; il me bloqua de nouveau.

— Je n'ai pas le temps de jouer à ça.

Il commença à me guider vers l'usine.

— Arrête, Jackson, fis-je d'une voix cassante quand je me retrouvai dos à un mur de brique.

Les basses étaient si fortes que je sentais les vibrations à travers la pierre.

Il se pencha en avant en fronçant les sourcils.

— Tu portes un parfum cher ? J'ai jamais rien senti d'aussi bon.

— Je ne porte pas de parfum.

Il me regarda comme si je lui mentais.

— Tu sens presque comme… le chèvrefeuille.

— Je ne porte *rien*.

— Mon vœu le plus cher.

Il retroussa le coin de ses lèvres – la première fois que je voyais son expression se rapprocher d'un sourire sincère.

Malgré moi, ce demi-sourire me toucha et fit accélérer les battements de mon cœur.

Jackson était-il en train de *flirter* avec moi ? Comme le ferait un garçon normal ? Et pas seulement pour me mettre mal à l'aise ?

Dommage. Entre Brandon, la Mort et le garçon mystérieux, mon carnet de bal était plein.

Et ce côté dragueur chez Jackson me rendait méfiante. Même si le Cajun était séduisant, dans le genre exagérément bourru, je faisais probablement plus confiance à la Mort en armure.

— Laisse-moi tranquille.

— Je le ferai à deux conditions : tu admets que tu parles français, et tu me dévoiles le reste de tes dessins.

Je regardai par-dessus son épaule, j'en avais assez de cette conversation.

— Pourquoi tu te montres aussi intéressé ? Pourquoi est-ce que tu me parles d'ailleurs ? Tu me détestes, tu te souviens ?

— Ouais. (Il posa la paume à plat sur le mur derrière ma tête, se pencha en avant et me murmura :) Mais peut-être que j'ai aussi un peu envie de toi.

Je venais d'apprendre quelque chose que je n'aurais jamais soupçonné. Un garçon pouvait avoir envie de coucher avec moi sans m'apprécier le moins du monde. En fait, il pouvait même me détester.

— Peut-être que j'ai décidé de te pardonner de m'avoir fait *la misère*[1].

Je soupirai, fatiguée de ce petit jeu. Fatiguée de *tout*.

— Jackson, écoute...

— Appelle-moi Jack.

— Non. Parce qu'on n'est pas amis. (Puis, imitant son accent, j'ajoutai :) Et seuls tes amis t'appellent Jack, non ?

Il me sourit de nouveau, dévoilant ses dents blanches et régulières.

— On est peut-être pas amis, mais je suis sur le point de me montrer très amical avec toi.

Je pouvais percevoir la chaleur de son corps. Il sentait délicieusement bon, comme les bois, légèrement sauvage.

Il avait une expression indéchiffrable dans les yeux. Il semblait me faire une promesse silencieuse, mais je ne savais pas laquelle.

— Amical avec moi ?

— Je vais t'embrasser, *ma chère*[2].

---

1. En français dans le texte. (*N.d.T.*)
2. En français dans le texte. (*N.d.T.*)

Mes pensées s'éparpillèrent. Même si l'instant avait commencé à ressembler à un rêve, je ne voulais pas tromper mon copain.

— Je dois… aller rejoindre Brandon.

Je posai les mains sur le torse de Jackson pour le repousser, mais ses muscles frémirent au contact de mes doigts ; sa chaleur m'attirait comme un aimant.

— Je te laisserai pas rejoindre ce gars – pas avant que tu ne m'aies accordé un *doux baiser*[1].

Puis il tendit la main et dénoua le ruban dans mes cheveux.

— Qu'est-ce que tu fais ? murmurai-je.

— En souvenir.

Il le rangea dans sa poche et, pour une raison inconnue, je trouvai que c'était le geste le plus sexy que j'aie jamais vu.

L'énergie commença à m'envahir. *Fatiguée* ? Plus maintenant. Je me sentais excitée et vivante pour la première fois depuis des mois.

Où était passée mon indifférence pour les baisers, les garçons et le sexe ?

À cet instant précis, je *mourais d'envie* que ce garçon m'embrasse. Je me fichais de ma réputation, des amis que je risquais de décevoir, de ma cote de popularité ou qu'il se vante d'avoir gagné.

Il fallait que je sache ce que promettait l'expression dans ses yeux.

Il fixait mes lèvres du regard et, avant que je m'en rende compte, j'étais en train de les humidifier.

— C'est ça, *bébé*, dit-il d'un ton à la fois rauque et câlin.

Il passa un bras dans mon dos et me prit le menton de sa main libre.

— Evangeline, je vais t'embrasser à te faire perdre la tête, jusqu'à ce qu'on respire l'un pour l'autre.

---

1. En français dans le texte. (*N.d.T.*)

Voilà la promesse...

Dans le lointain, j'entendis quelqu'un crier : « Jack ! »

Il ignora la voix tout en continuant de se rapprocher de moi.

— Jack !

Nos lèvres étaient sur le point de se toucher...

— JACK DANIELS !

Je pris conscience que Lionel était en train de le tirer par le bras.

En se retournant, Jackson lança à son ami le regard le plus effrayant que j'aie jamais vu sur un visage d'homme.

— Qu'est-ce que tu veux ? tonna-t-il.

— C'est l'heure d'y aller, mon pote.

Jackson secoua violemment la tête en resserrant son bras dans mon dos.

— On a fini ici. Il est l'heure de partir, répéta Lionel en insistant lourdement sur chaque mot.

Quoi que cela puisse vouloir dire, Jackson l'écouta.

— On te cherche à l'intérieur, Evie, me dit Lionel.

— Oh. Oh !

Je me glissai hors de l'étreinte de Jackson, mais je ne pus m'empêcher de jeter un regard par-dessus mon épaule.

Quand je me mordis la lèvre inférieure, je m'attendis à ce qu'il me suive, toutefois Lionel lui tirait toujours le bras. Jackson grommela à son ami :

— Je veux goûter à cette fille.

L'expression dans ses yeux enflammés...

Lionel dit quelque chose que je n'entendis pas. Et qui renfrogna Jackson.

— Vas-y, Evie, lâcha-t-il. Pars ! Va retrouver tes amis.

Cette manière brutale de me congédier me blessa, ce qui me déconcerta encore plus. Je me pressai à l'intérieur en posant le bout des doigts sur mes lèvres. Oh, Seigneur, j'avais failli embrasser un autre garçon. J'avais presque trompé Brandon, qui ne le méritait pas.

Je me figeai net. Clotile se glissait près de Brand et il semblait totalement ravi, la main tendue vers elle. Ma mâchoire tomba quand il l'aida à faire un *keg-stand*[1], profitant de la tenue pour le moins légère que sa partenaire offrait. Les joueurs de foot les acclamèrent.

Quelle humiliation ! Et au milieu de cette situation pour le moins embarrassante, une supplication mentale se démarquait de tout le reste : *Faites que Jackson ne voie pas ça.*

Je fendis la foule en direction du fût. Quand Brandon m'aperçut enfin, il rougit jusqu'aux oreilles et aida Clotile, en plein fou rire, à se remettre sur ses pieds.

J'étais mortifiée que tout le monde ait assisté à cette scène – et furax. Avec témérité, je plantai mon regard dans celui de Brandon.

— Hé, le bourreau des cœurs. Pourquoi tu n'embrasserais pas ta *petite amie* ?

— Ici ? Devant tout le monde ? demanda-t-il.

Hésitation ?

— Oui. *Ici.*

Finalement, Brandon se pencha vers moi. Avec un gémissement étouffé, il approfondit son baiser et je le laissai faire pendant une seconde, le laissai couvrir la moitié de mes fesses avec la paume de sa main. Puis je souris contre sa bouche et mordillai sa lèvre inférieure.

Mais au lieu de glousser, il s'écarta, les paupières lourdes.

— Ah, Evie, tu ne sais pas...

— Tu m'accompagnes à la rivière ? l'interrompis-je.

Avec une expression hébétée sur le visage, il murmura :

— Ma belle, je te suivrais jusqu'en enfer.

À l'extérieur, la satisfaction de ma petite victoire retomba, car j'avais maintenant un garçon bourré et excité à gérer.

Dès que l'eau fut en vue, Brandon m'attira contre lui.

— Tu sens tellement bon, Evie.

---

1. Quand deux personnes suspendent une troisième par les pieds au-dessus d'un fût pour boire l'alcool le plus rapidement possible. (*N.d.T.*)

Quand il se mit à m'embrasser dans le cou – avec empressement – je ne pus nier la vérité. J'avais retrouvé mon indifférence habituelle.

Non, Evie, sois maline. Je me rappelai combien il était facile de lire en Brandon, combien il était ouvert, insouciant. C'était le type de garçon dont j'avais besoin dans ma vie.

Je ne pouvais pas le perdre. Et certainement pas au profit d'une autre fille.

— Hé, attends.

— Hum, hum.

Il ne voulait pas attendre. Je m'emparai de son visage à deux mains pour qu'il me regarde dans les yeux.

— J'ai pris ma décision.

La tension raidit son corps entier.

— Ouais ?

— J'ai beaucoup réfléchi à la question, et je...

Des sirènes retentirent.

Un chœur de cris résonna :

— Les flics !

J'écarquillai les yeux. Le shérif était là ?

— Oh, merde ! Brandon !

Je chancelai lorsque la musique s'arrêta.

Il m'attrapa par le coude.

— Evie, je m'en occupe ! Je dirai au shérif que ce n'était que moi et quelques autres joueurs de foot, et que la fête a dégénéré.

— Ils vont t'arrêter !

— J'en doute. Mon père joue au golf avec le shérif. Tout se passera bien ! Tu n'es jamais venue ici.

Il me jeta un sourire d'ivrogne.

À cet instant, il me paraissait totalement héroïque.

— Attends ici. Je vais retrouver Mel et lui dire de te rejoindre.

Il se retourna et s'éloigna au pas de course.

— Brandon ? l'appelai-je. (Quand il regarda par-dessus son épaule, je m'apprêtai à lui dire « Je t'aime », mais tout ce qui me vint fut :) T'es le meilleur.

Il me fit un salut vacillant avant de partir au combat.

Une fois seule, je fus gagnée par la nervosité. Brandon arriverait-il à calmer le jeu avec la police ? Je m'attendais presque à entendre d'autres sirènes approcher, ou peut-être même un convoi de fourgonnettes pour procéder à des arrestations.

Mon premier réflexe fut d'appeler Mel, mais mon téléphone – ainsi que toutes mes affaires – était enfermé dans sa voiture !

Une légère brise souffla autour de moi, dispersant la brume et envoyant des feuilles d'arbre glisser à la surface de la rivière. Je me frottai les bras, soudain gelée dans cette tenue.

La brise apporta ensuite de gros nuages sombres. Une tempête à l'approche ? En Louisiane, nous avions sans cesse des micro-rafales. Je n'étais pas trop inquiète, j'aurais adoré que la pluie tombe.

Non, pas trop inquiète – jusqu'à ce que des frissons remontent le long de mon échine.

Chaque bruissement ou bruit d'animal autour de moi semblait amplifié. Je fis volte-face, mais ne vis personne. Je n'arrivais pourtant pas à me débarrasser de la sensation d'être observée. Simple paranoïa ? Seulement un nouveau symptôme ?

Puis, de nouveau, cette sensation de picotement. Oh, non, non ! *Ignore-la. Résiste...*

La foudre vint s'abattre à moins de vingt mètres de moi.

Je poussai un cri, momentanément aveuglée, guettant le fracas assourdissant du tonnerre. Qui ne vint pas.

Un second éclair silencieux atterrit plus près encore. Il frappa le sol avec une force telle que de la terre et des étincelles jaillirent dans le ciel.

Je restai figée, comme pétrifiée. Des grains de poussière fumants dérivèrent devant moi, portés par le vent ; cette vue me secoua de ma torpeur. Je pris mes jambes à mon cou en direction du bord de la rivière.

Un troisième éclair m'incita encore à me rapprocher de l'eau, et des roseaux, sans doute infestés de vipères.

— Merde, merde !

Mes pieds atterrirent dans la boue. Mes bottes faisaient un bruit de succion dans la légère couche de vase.

Alors que la foudre continuait de s'abattre, je pris conscience qu'elle semblait me suivre.

Ça ne pouvait pas être réel. Parce que, à la place des éclairs, je voyais maintenant des lances – comme des javelots. Elles étaient d'un argent étincelant, gravées de symboles, mais explosaient comme la foudre après l'impact.

Ce n'est pas réel, ce n'est pas réel, me répétai-je comme une hystérique, balançant mes bras pour gagner de la vitesse. *Rejette cette hallucination !*

Une de ces hallucinations crépita à quelques centimètres seulement de mon pied. Quelqu'un essayait de me tuer ! Je fis volte-face en reprenant la direction de l'usine. Je préférais encore être arrêtée !

— Oh, mon Dieu !

Je contournai les arbres, esquivant les branches qui semblaient se tendre à mon passage pour me toucher, pour me retenir.

— Ahhhh !

Je risquai un regard par-dessus mon épaule. Quelqu'un, ou *quelque chose*, était définitivement à ma poursuite. Je remarquai que mes griffes en forme d'épines étaient revenues, ce qui était presque plus bouleversant encore que...

Je percutai le torse solide d'un homme.

9

Je rebondis et manquai atterrir sur les fesses, mais une main bandée me rattrapa par le bras. Je relevai la tête.

Jackson.

— Qu'est-ce qui cloche chez toi, jeune fille ?

Je le dévisageai en reprenant mon souffle.

— L-la foudre !

Je repliai les doigts pour dissimuler mes griffes, en attendant qu'elles se rétractent lentement.

— T'as eu peur d'un petit éclair de rien du tout ? (Il m'observa d'un air curieux, comme si je le décevais.) Je savais que tu étais sensible, mais tout de même, Evie.

Ce regard était vexant. Je reculai, redoutant de me mettre à pleurer devant lui.

— Les éclairs étaient si proches.

— Je ne devrais pas m'attendre à autre chose de la part d'une fille de Sterling.

— Non, là c'était différent ! C'était...

Comme de la foudre, mais non. Électrique et grésillant, mais froid. Et quand je levai la tête, le ciel était dégagé, la nuit calme.

— Tu étais là-bas toute seule ?

Je hochai la tête en tremblant.

— Je suis censée retrouver Melissa.

— Tout le monde est éparpillé.

— Alors qu'est-ce que tu fais ici ?

En réalité, je me sentais plus en sécurité en sa présence. Je ne ressentais aucune menace venant de lui, et il était tout de même un criminel endurci qui avait l'habitude de se battre. Je savais qu'au moins certains de ses coups avaient atteint leur but.

— Je croyais que tu étais parti.

Il me regarda et dit :

— Peut-être que je suis revenu réclamer ce que je voulais goûter, toi.

La mâchoire crispée, je répondis :

— Encore une fois, j'ai un petit ami.

— Encore une fois, on dirait pas. J'ai plutôt l'impression que Radcliffe t'a abandonnée dans les bois. Si tu étais à moi, je ne te laisserais jamais hors de ma vue – et encore moins toute seule ici.

Qu'est-ce que c'était que cette fixation sur les filles qui *appartenaient* aux garçons ?

— Brandon est allé apaiser les choses avec le shérif.

D'une voix suintante de mépris, il dit :

— Ah, évidemment.

— Je vais aller retrouver mes amis.

— Non, attends une minute. Tu ne peux pas retourner là-bas. Tu vas te faire gauler. (Comme je restais interdite, il ajouta :) Arrêter, épingler, embarquer.

— Heu, tu t'attends à ce que je parle le cajun *et* le délinquant juvénile.

Il se passa la main dans les cheveux.

— J'imagine que je peux pas te laisser ici.

Il commença à m'escorter loin de l'usine. Du moins, à ce qu'il me semblait. J'étais tellement secouée que j'avais du mal à me repérer.

— Pourquoi tu es gentil avec moi ?

— Je le suis pas. Je veux seulement te faire monter sur ma moto, avec cette jupe. Où je te dépose ?

Je clignai les yeux.

— J'habite ici.

— Tu vis dans *cette* ferme ? Dans ce manoir étrange en haut du chemin ? Pas étonnant que t'aies une case en moins.

Je ne démentis pas la description de Haven – ni le commentaire sur ma « case en moins ». *Parce que, au fond, c'est vrai.*

— Tu as vu ma maison ?

Il regarda au loin derrière moi.

— Je l'ai vue depuis la route une fois, après les récoltes. Quand j'étais petit. (Il se caressa la mâchoire d'un air pensif ; il aurait clairement voulu être ailleurs.) Je vais te ramener.

Je m'aperçus que nous étions arrivés près de sa moto, garée dans les bois.

Et où étaient ses amis ? Où était Clotile ?

— Attends, je ne peux pas rentrer à la maison ! J'ai bu. Et je suis censée passer la nuit chez Mel.

Il haussa les sourcils avec un regard qui disait : *En quoi ça me concerne ?*

— Deux choix, *peekôn*.

Je fronçai les sourcils. *Peekôn* signifiait « épine » en cajun, dans le sens « casse-pied », « une épine dans le pied ».

— Je peux te ramener chez moi. Ou te laisser ici. Toute seule.

Et si la foudre revenait ? Je ne voulais pas me retrouver seule dans ces parages, du moins pas avant d'avoir rejoint les champs de canne. Mais je ne pouvais pas rentrer chez moi sur une moto pétaradante.

— Aucun de ces choix ne me convient.

Il but une gorgée de sa flasque.

— Dommage, c'est tout ce que j'ai à te proposer.

— Alors va-t'en.

Il n'allait certainement pas m'abandonner.

— *Bonne chance*[1], *peekôn*.

Il me planta là et se dirigea vers sa moto.

— Attends, Jackson ! Je ne peux pas monter avec toi. Ma mère déteste les motos et elle m'entendra en train d'essayer

1. En français dans le texte. (*N.d.T.*)

de rentrer en douce. (Je baissai les yeux vers mes bottes italiennes pleines de boue et marmonnai :) Tu ne veux pas marcher avec moi ? Au moins jusqu'aux champs de canne ?

Il soupira avec une irritation non dissimulée.

— Je t'accompagne jusque là-bas.

Il retira la béquille et se mit à pousser sa moto.

Des volutes de brouillard dérivaient tandis que nous progressions en silence.

Même s'il était éméché, Jackson semblait alerte. Il faisait preuve de tant de mauvaise grâce à me raccompagner que j'étais tentée de lui dire de partir.

Mais j'étais toujours effrayée par la foudre. Même si elle n'avait pas été réelle.

Je détestais avoir peur. Et je détestais avoir envie de lui près de moi.

Tandis que nous continuions d'avancer, je lui jetai un regard à la dérobée par-dessous mes cils. J'avais bien du mal à comprendre l'excitation que j'avais éprouvée quand il avait été sur le point de m'embrasser – par rapport au désintérêt que j'avais ressenti quand Brandon m'avait, lui, bel et bien embrassée.

Je me représentai Brandon avec ses airs soignés, ses boucles brunes, sa veste à l'effigie de l'école et son avenir brillant.

Les perspectives de Jack ? Angola, le pénitencier d'État de la Louisiane. La seule question était de savoir quand il y serait envoyé.

Si Brandon était un bon garçon, mais pas encore un type génial, Jackson, lui, était un mauvais garçon – et un mauvais garçon accompli.

Et pourtant, avec le Cajun, j'avais eu un aperçu de ce que c'était que de désirer un garçon, de *vraiment* le désirer…

Il me tendit sa flasque.

Je déclinai avant de lui demander :

— Pourquoi est-ce que tu bois autant ?

— Tu es douée pour faire la discussion, toi. (En voyant que j'attendais toujours une réponse, il ajouta :) Donne-moi une raison de ne pas boire.

— C'est mauvais pour la santé.

— Tu crois que je vais vivre assez longtemps pour mourir des effets de l'alcool ? Voilà une raison de trinquer.

Je penchai la tête vers lui en repensant à toutes les rumeurs qui circulaient à propos de lui – les coups de couteau, le centre de correction, les vols à Sterling.

— Jackson, es-tu aussi mauvais que tout le monde le dit ?

Par-dessus le bord de sa flasque, il répondit :

— Mille fois pire, *fillette*[1].

Le tonnerre gronda au loin, comme pour ponctuer sa déclaration.

Quand nous atteignîmes la piste poussiéreuse qui courait entre deux grands champs de canne, je lui dis :

— Merci de m'avoir accompagnée jusqu'ici. Je peux continuer toute seule maintenant.

— Je vais pas te laisser au beau milieu d'un champ, marmonna-t-il, même si chaque pas semblait le mettre de plus en plus mal à l'aise. Dans le bayou, les gens disent que cet endroit est hanté. (Il me lança de nouveau ce regard inquisiteur.) C'est vrai ?

— Peut-être un peu.

Quand la canne se mit à murmurer dans la nuit immobile, je m'approchai des rangées et passai mes doigts écartés sur les tiges, cherchant à me rassurer après mon hallucination. Ici, j'étais en sécurité.

Une sensation d'apaisement m'envahit. Je m'imprégnai de l'air chaud, savourant le bourdonnement des insectes, l'odeur douce de la rosée, les animaux qui s'ébrouaient autour de nous.

Tout était tellement vivant, grouillant de vie. Je soupirai, les paupières mi-closes.

— *Drôle de fille*[2], murmura Jackson.

— Qu'est-ce que tu as dit ?

1. En français dans le texte. (*N.d.T.*)
2. En français dans le texte. (*N.d.T.*)

— C'est une nuit brumeuse et on est en train de marcher le long de cannes à sucre qui bruissent. Une fille comme toi qui se balade comme ça, sans le moindre souci au monde ? Tu ne devrais pas être à mon bras ?

— Pas vraiment.

Quand quelque chose remua non loin, Jackson reprit :

— Ces cannes te rendent pas... nerveuse ?

— Je les adore. Ça doit être des ratons laveurs que tu entends.

Ou des *serpents*.

Je remarquai qu'il n'avait pas porté la main à sa flasque depuis que nous étions encerclés par les cannes. Peut-être qu'il sentait que quelque chose clochait chez moi, à cet endroit. Peut-être qu'il croyait à ces histoires de fantômes et qu'il voulait rester sur ses gardes.

Quand je pus distinguer les lumières de Haven au loin, je lui demandai :

— Es-tu superstitieux, Jackson ?

— Ouais. C'est pas parce que je suis catholique que je peux pas être superstitieux. (Il poussa un soupir de soulagement quand nous émergeâmes des champs. Puis il siffla d'admiration face au spectacle qu'offrait la Maison Haven.) Encore plus grand que dans mes souvenirs.

J'essayai de la voir avec ses yeux. Les lampes à gaz vacillaient au-dessus des douze fières colonnes. Du jasmin qui fleurissait la nuit grimpait sur les nombreux treillages, comme s'il cherchait à atteindre la vieille demeure avec convoitise. Mais les chênes majestueux s'en étaient déjà emparés et encerclaient jalousement la structure.

Le regard de Jackson parcourait l'endroit avec un tel enthousiasme que je songeai que nous étions bons pour entrer directement par effraction.

— Tu sais ce que je pense ? finit-il par dire. Je pense que tu es exactement comme cette maison, Evangeline. Belle et délicate à l'extérieur, mais personne n'a la moindre idée de ce qui se passe à l'intérieur.

Il pouvait parfois se montrer étonnamment perspicace.

— Tu me trouves belle, le Cajun ?

Il leva les yeux au ciel ; on retournait enfin en terrain connu.

— Et tous les deux, toi et cet endroit, vous êtes beaucoup trop bizarres.

T'as pas idée, Cajun. Pas. Idée.

Je haussai les épaules et me dirigeai vers l'écurie. Il finit par me suivre et par me rattraper. Quand j'ouvris la porte, les chevaux m'accueillirent avec un hennissement. Enfin, tous sauf ma bonne vieille Allegra – nommée ainsi avant l'apparition du traitement contre l'allergie du même nom ; elle ronflait.

Dehors, Jackson gara sa moto et s'appuya dessus.

— Une vieille baraque aussi grande que ça, et il n'y a que toi et ta famille qui vivez là ?

Bien qu'il n'y eût que le SUV Mercedes gris métallisé de Maman devant la maison, je lui laissai croire que j'avais un père sur place.

— Vous êtes vraiment la famille la plus riche du comté, alors ?

— Non. Tout le monde sait que ce sont les Radcliffe.

Le muscle de sa joue se crispa.

— Tu vas rester là, dehors ? T'auras pas peur ?

Peur ? *Je suis forte d'une armée de six millions de têtes.*

— Si tu me le demandes gentiment, je pourrais rester et te servir de garde du corps, reprit-il.

Comme je me contentai de lui répondre par un petit rire, il se rembrunit.

— Tu adores te moquer de moi, hein, *peekôn* ? Profites-en, parce que ça ne durera pas.

— Qu'est-ce que ça veut dire ?

Il se contenta de plisser les yeux, l'air menaçant sous la lueur des lampes à gaz.

— Sens-toi libre de partir quand tu veux, Jackson. Parce que je n'ai pas besoin de garde du corps et que je n'aurai pas peur. De toute façon, je n'ai pas le choix puisque tu refuses de m'emmener retrouver Melissa ou Brandon.

— Encore Radcliffe ? (Avec un juron, Jackson s'écarta de sa moto et se dirigea vers la porte.) Même après qu'il a aidé Clotile à faire ce *keg-stand* ? Après ça, j'aurais cru que tu arrêterais de prétendre être « sûre de toi ».

— Tu... tu as vu ça ?

— *Tout le monde* l'a vu. Et à ta propre fête d'anniversaire, en plus. Tout le monde t'a aussi vue essayer d'attirer son attention ensuite. T'avais l'air désespérée, si tu veux savoir.

De la bile monta dans ma gorge. Jackson avait dit que j'avais besoin qu'on me remette à ma place. Mission accomplie.

— Je ne vois pas ce que Clotile a de plus que toi. Tu es jolie dans cette jupe, tu danses bien et tu sens aussi bon qu'une fleur. Que peut-on ne pas aimer chez toi ?

Quand il m'adressa un petit sourire satisfait, il dépassa les bornes. *Ça suffit !*

— Ça t'amuse !

— *De bon cœur*[1].

— Ça ne m'étonne pas. Parce que tu es un garçon cruel et sans classe qui se délecte du malheur des autres. (Je soutins son regard.) Brandon vaut bien mieux que toi. Et ce sera toujours le cas.

L'expression de Jackson devint plus menaçante que jamais.

Exaspérée, je lui claquai la porte au nez avant de me rendre dans le bureau situé au fond de l'écurie. Furieuse, je me mis à faire les cent pas. *Arrêter de prétendre être* « sûre de toi » ?

J'avais envie de l'étrangler !

Non, non, j'avais mieux à faire que de penser à Jackson Deveaux ; je devais me concentrer sur la personne – ou la chose – qui m'avait attaquée.

Ou du moins déterminer si j'avais réellement été attaquée. Une fois que j'eus passé en revue tous les détails dont je me souvenais – et bon sang, j'étais vraiment pompette – j'arrivai à la conclusion suivante : j'étais foutue.

---

1. En français dans le texte. (*N.d.T.*)

Je pouvais accepter le coup des plantes – hallucinations ou pas, elles avaient commencé à me rassurer. Mais les javelots de foudre ? La Mort sur un cheval blanc ? Le garçon mystérieux que j'avais vu en cours ?

Foutue. « Deux ans et je suis sauvée », ça ne marcherait jamais. Changement de plan. Oui. J'avais promis à Maman de ne pas contacter Grand-mère – mais j'étais vouée à retourner au CEA de toute façon.

La Mort avait dit : *Personne ne t'a prévenue de mon arrivée ?* Peut-être que si, finalement ?

Je comptais passer un coup de fil furtif à ma grand-mère le lendemain.

Alors que je me demandais comment j'allais entamer notre première conversation en huit ans, ma tête et mon visage commencèrent à me picoter. Puis à me faire *mal*. Très vite, l'écurie sembla disparaître.

— Non, non !

C'en est trop ! Je ne peux plus supporter ça ! Je fermai les yeux de toutes mes forces, comme si ça pouvait changer quelque chose.

Quand je les rouvris, je me tenais dans une pièce sans fenêtre, avec des sofas usés disposés sur un sol carrelé et des posters de *Star Wars* aux murs. Une salle de jeux en sous-sol ?

Puis je remarquai le garçon mystérieux, qui se tenait debout juste devant moi !

— Tu dois te préparer, Evie, dit-il.

La sensation de pétillement que j'éprouvais d'habitude ressemblait désormais plus à une migraine, comme si on m'avait enfoncé cette vision sous le crâne avec une cloueuse.

— L-laissez-moi tranquille ! (Puis, pour moi-même, je murmurai :) Combien de visions puis-je avoir en une seule nuit ?

— Beaucoup, répondit-il. Nous sommes au soir du Commencement. Beaucoup de travail en perspective !

Génial. Il comptait être aussi incompréhensible que la première fois que je l'avais vu.

— Qui es-tu ?

— Matthew Mat Zero Matto. Mais c'est plus facile de penser à moi comme la carte du Fou.

Une carte. Oh, Seigneur, j'avais en effet intériorisé les enseignements de tarot de Grand-mère. Un personnage avec lequel elle avait toujours joué était maintenant en train de parler avec moi.

— Et je suppose que l'espèce de chevalier qui est venu me rendre visite – et qui voulait me tuer – était la carte de la Mort.

Il hocha la tête.

— Un Arcane Majeur.

Grand-mère ne m'avait-elle pas expliqué les Arcanes Majeurs, un jour ? Il s'agissait de cartes spéciales, peut-être les atouts du tarot ?

N'y avait-il pas eu une époque où je jouais avec les cartes sur son bureau, des cartes qui paraissaient si grandes dans mes petites mains… ? Je n'arrivais pas à me souvenir !

— Et la sorcière rousse ? demandai-je. Quelle carte est-elle ? Comment peut-elle – *peut-on* – contrôler les plantes ?

C'était là toute l'étendue de nos similarités.

J'étais bienfaisante et elle était démoniaque. Point final. Je serais Glinda la gentille sorcière du royaume des plantes, qui n'apporterait que paix, amour et unité, et elle serait notre fléau.

La Mort elle-même disait que j'incarnais tout ce qui avait trait à la vie – et la sorcière manifestement tout qui avait trait à la mort.

Je me pinçai l'arête du nez. *Aucun* de ces personnages n'était réel !

— La sorcière rousse ? (Matthew fronça les sourcils.) Ah, elle fait son apparition. Nous nous en occuperons quand le moment sera venu.

— S'en occuper ? Tu veux dire la *combattre* ?

— Elle est forte. Et toi non. Du moins pas encore.

La douleur dans ma tête devenait atroce. Mes yeux s'humidifièrent.

— Matthew, ça fait *mal* !

Je sentis le goût du sang au fond de ma gorge, ce qui augmenta la sensation de nausée.

La pression s'allégea légèrement, mais pas totalement.

— Je ne veux pas que tu aies mal, dit-il gravement.

— Pourquoi ne cesses-tu pas de surgir partout autour de moi ?

— Champ de bataille. Arsenal. Obstacles. Ennemis. Je te les ai tous appris ; tu écoutes mal, tu prends des médicaments, tu bois.

Quand du sang se mit à couler de mon nez, j'appuyai le dos de ma main dessus.

— Je suis sur le point de sombrer, petit. Je veux dire : me mettre à hurler, me tirer les cheveux et devenir carrément cinglée. Je ne peux pas continuer à avoir ces visions.

Il me regarda d'un air solennel.

— Je ne te laisserai pas tomber. Evie, tu es ma seule amie.

Ses paroles, venues du fond du cœur, me prirent au dépourvu. Il semblait effectivement si familier... Pile au moment où je commençais à me demander pourquoi j'avais confiance en lui – il avait fait tout ce qui était imaginable pour ne pas la mériter – je me rappelai à moi-même qu'il n'existait pas.

Je secouai violemment la tête, juste assez pour que la vision disparaisse. Je me dirigeai vers la porte en attrapant l'une des couvertures pour chevaux au passage, puis sortis en direction de la canne à sucre. Des nuages de pluie s'étaient amassés au-dessus du champ ; le tonnerre grondait.

— Non, Evie ! appela-t-il. Pas sous les nuages ! *La pluie...*

Je jetai un regard en arrière. Il semblait effrayé, incapable de me suivre. Peur des précipitations ?

Il n'avait pas besoin de savoir que les nuages de Sterling n'étaient que des escrocs qui n'avaient pas tenu leur promesse de tout l'été. Je continuai.

— Tu n'es pas prête ! lança-t-il. Tes yeux vont devenir brillants si tu regardes les lumières !

— Laisse-moi tranquille, Matthew !

— Détourne-toi des lumières. Détourne-toi ! Je veux que tu sois en sécurité !

— Moi aussi !

Juste avant que j'atteigne la limite du champ de canne, il m'avertit une dernière fois : *Le Commencement est proche...*

10

Jour J

À midi, toujours sans nouvelles de Mel ou de Brandon, je commençai à paniquer. Pourquoi ne décrochaient-ils pas ?

Ils ne s'étaient sûrement pas fait... gauler.

Surtout que personne ne semblait avoir été arrêté. Comme je n'avais toujours pas récupéré mon téléphone, j'avais dû chercher des infos sur mon ordinateur en lisant les messages postés en ligne par les autres élèves.

Toute la matinée, j'avais regardé les photos de la soirée partagées sur les réseaux sociaux. J'avais lu des statuts de gamins qui se vantaient d'être allés à la fête de l'année.

Pas un mot sur les flics. Et apparemment, Maman n'était au courant de rien...

Je m'étais réveillée à l'aube au milieu du champ de canne ; j'avais dormi pendant des heures. Étonnamment, je n'avais pas eu la gueule de bois – un miracle quand on sait dans quel état j'étais, tellement ivre que mes hallucinations avaient été pires que d'habitude.

J'avais alors désespérément besoin de me doucher et de me brosser les dents, mais j'avais voulu éviter que Maman ne voie dans quelle tenue j'étais sortie. Au bout d'un moment, je ne m'en étais plus inquiétée.

Elle était tellement obnubilée par la sécheresse, en pleine conversation téléphonique avec un autre agriculteur, qu'elle n'avait même pas remarqué que je portais un collier Versace et un pantalon d'équitation rongé par les mites qui datait de l'année précédente.

Maman aurait déjà dû entendre parler de la descente des flics à l'heure qu'il était, mais elle n'avait rien dit ; elle m'avait seulement déposé un baiser sur la joue d'un air absent avant de courir à une autre réunion de crise des cultivateurs.

Après m'être douchée et habillée, j'avais commencé à croire que mon petit copain avait vraiment réussi à étouffer l'affaire.

Comme il l'avait dit. Mon chevalier bourré en armure étincelante avait remporté sa bataille.

J'étais en train de toucher le solitaire en diamant autour de mon cou quand je pris conscience que Brandon Radcliffe n'était pas seulement le genre de garçon dont j'avais besoin dans ma vie ; c'était celui que je voulais – fiable, insouciant, facile à cerner.

Et pas du genre à broyer du noir, mystérieux et impossible à déchiffrer.

Je décidai de faire avancer les choses avec mon copain pour arrêter d'avoir des pensées stupides à propos des Cajuns destinés à finir en taule.

J'appelai donc Brandon sur son portable depuis ma ligne fixe, avec l'intention de laisser un message cette fois-ci.

— Salut, Brand, j'espère que tout va bien. Je commence à m'inquiéter. (Je me mordillai la lèvre, cherchant comment lui annoncer cela.) La nuit dernière, à propos de notre conversation... on a été interrompus – quand tu es parti me sauver la mise. Et je voulais juste te faire part de ma décision.

Je fis une pause, sachant qu'il n'y aurait pas de retour en arrière possible.

— Ma décision, c'est... oui. Je passerai la nuit avec toi le week-end prochain. (*Voilà, c'est dit.*) Je... je suis... (*Soulagée ? Nerveuse ?*) Heu, rappelle-moi. À la maison.

À trois heures, il n'avait toujours pas rappelé quand Mel surgit dans ma chambre.

— Bon sang, où tu étais passée ?

J'étais d'une humeur infecte. Mes projets de parler à Grand-mère avaient été contrecarrés. Je n'avais pas osé l'appeler depuis le téléphone de la maison.

— Qu'est-ce qui t'est arrivé hier soir ?

— Spencer et moi, on est allés dans sa voiture, on a complètement accroché. Je lui ai mis le grappin dessus, j'ai relâché un peu la vapeur, et maintenant, il est fidèle comme un chiot. (Elle imita un bruit de fouet.) Melly a des charmes magiques – il veut qu'on soit ensemble.

Une relation exclusive ? Déjà ? J'étais ravie pour elle... avant de me rappeler que j'étais furieuse.

— Et au moment où on finissait, les flics ont débarqué, reprit Mel. On est partis par-derrière.

— Pourquoi tu n'es pas venue me rejoindre ici ? demandai-je.

Elle cligna les yeux.

— C'est ce que je viens de faire. Et toi alors, qu'est-ce qui t'est arrivé, Evie ?

— Hmm. Après que Brandon est parti apaiser les choses avec le shérif et te trouver, je suis restée assise seule dans les bois. (*J'ai été attaquée et j'ai eu la trouille de ma vie.*) Au final, je suis rentrée à la maison à pied – avec cet agaçant Jackson Deveaux – et j'ai passé la nuit dans l'écurie. (Ou plutôt dans le champ de canne.) Tu m'as laissée comme ça dehors, Mel. Tu as fait passer un mec avant ton amie, dis-je alors que le rouge me montait aux joues.

Elle hoqueta.

— Je croyais que tu étais avec Brandon ! Pour me punir, je vais rompre avec Spencer !

Le problème avec Mel... c'est qu'elle l'aurait vraiment fait. Comment pouvais-je rester fâchée contre elle alors que je lui cachais tellement de choses ? Je finis par murmurer :

— Tu es pardonnée.

— Merci, Greene ! Je ne voulais pas briser le petit cœur de Spencer. (Elle s'allongea sur mon lit, avant d'ajouter d'un air malicieux :) Pas encore.

Mon ordinateur émit un tintement sonore.

— Un e-mail de Brandon ?

Curieux. On n'échangeait quasiment que des SMS. Son téléphone lui tenait lieu d'ordinateur la plupart du temps.

« Tout va bien avec les flics. Mais je vais me faire sermonner par mon père. On se parle plus tard. »

— C'est bizarre. Pourquoi n'a-t-il pas envoyé de SMS ? Il ne savait pas que j'étais coincée sans mon téléphone.

Et pourquoi ne mentionnait-il pas mon message vocal ?

— Il ne pouvait pas t'écrire de message, dit Mel en levant les mains pour examiner ses ongles. Tout le monde s'est fait voler son portable.

— Quoi ?

Je bondis sur mes pieds.

— Pourquoi crois-tu que je ne t'ai pas appelée ce matin ? (Elle se leva en fronçant les sourcils.) Quelqu'un a pris les portefeuilles et les portables directement dans les poches des gens, et ils se sont introduits dans nos voitures aussi. Mais ne t'inquiète pas, ton sac n'a pas été emporté.

Je jaillis hors de ma chambre et dévalai les escaliers pour foncer jusqu'à la BM de Mel. *Mon journal !*

— Qu'est-ce qui ne va pas, Evie ? demanda-t-elle en trottinant derrière moi, maintenant facilement l'allure.

Quand j'arrivai à la voiture, je tapai sur la porte jusqu'à ce qu'elle s'ouvre avec un cliquetis.

— Seigneur, Evie, relax.

J'attrapai mon sac d'une main tremblante. Un voleur ne l'aurait sûrement pas laissé en volant simplement le journal. *Faites que mes dessins soient à l'intérieur...*

Je chancelai sur mes pieds.

Mon carnet avait... disparu. Le carnet rempli de rats et de serpents sous un ciel d'apocalypse, de corps enchevêtrés dans des barbelés, et de croquemitaines horribles aux visages arrachés. J'en avais dessiné un en train de lécher du sang directement sur la gorge de sa victime. Comme un animal devant son auge.

Mon dessin de la Mort sur son cheval blanc, taché de larmes, datait d'à peine deux jours. C'était le journal que

Jackson avait sans cesse demandé à voir. J'écarquillai les yeux. La silhouette qui rôdait parmi les voitures la nuit dernière – c'était Lionel.

Il avait volé les téléphones et mon carnet à dessins. Mon aller simple pour le CEA.

Et Jackson m'avait tenue occupée, avait fait comme s'il s'intéressait à moi... pour que Lionel...

Oh, mon Dieu.

Luttant pour ne pas vomir sur place, je dis à Mel :

— Je sais qui a nos téléphones. Et si tu m'aides, je compte bien aller les récupérer.

11

— Tu as eu de meilleures idées, murmura Mel en plissant les yeux pour voir à travers son pare-brise barbouillé d'insectes écrasés.

Au crépuscule, les insectes pullulaient. Ils venaient s'aplatir les uns après les autres sur le verre jusqu'à former une pellicule épaisse et grasse.

— Peut-être, mais je dois le faire. (Je n'avais jamais été aussi furieuse de toute ma vie, et que je sois maudite si je laissais Jackson s'en tirer comme ça.) Tu ne peux pas aller plus vite ?

Le soleil allait bientôt se coucher et nous n'avions même pas encore atteint les quais du comté. Il nous avait fallu des heures pour trouver l'adresse du Cajun sur l'ordinateur de Mme Warren, et j'avais perdu plus de temps encore à persuader Mel de me conduire au Bassin.

— Tu as déjà de la chance que je sois de la partie tout court, Greene. Je ne compte pas perdre mon permis à cause d'un cinquième PV cette année…

Elle rouspétait toujours quand l'imposante digue surgit devant nous.

— Appelons simplement les flics.

Et alors, ils me confisqueraient mon journal.

— Jackson n'a fait ça que parce que c'est un petit tyran et parce qu'il peut se le permettre. Personne ne se met jamais en travers de sa route. Mais il est temps que ça change.

— Comment tu sais que c'est lui qui a nos téléphones ? Tu m'as dit qu'il avait seulement fait le guet.

Je n'avais pas raconté précisément à Mel combien Jackson s'était investi dans sa mission, seulement qu'il m'avait distraite pendant que Lionel volait nos affaires.

— Je le sais, c'est tout, d'accord ?

Ce qui n'était pas exactement la vérité non plus. Il n'avait peut-être pas les téléphones, mais il aurait mon carnet à dessins, ce qui était ma priorité absolue.

Non pas que les téléphones n'étaient pas importants. Même si je bloquais le mien par un code – bonne chance pour accéder à mes infos – Brandon ne verrouillait jamais le sien. Et il possédait encore tous nos SMS échangés au cours des sept derniers mois, sans parler du dossier rempli d'innombrables photos et vidéos de moi.

Ces Cajuns étaient-ils en train de reluquer en ce moment même des photos de moi en maillot de bain, ou de rigoler devant les grimaces que j'avais faites devant la caméra de Brand ? Ou les blagues débiles que j'avais racontées.

Avaient-ils écouté le message vocal que j'avais laissé plus tôt ? *Oui, je passerai la nuit avec toi.* Mon visage me brûlait et ma colère atteignit de nouveaux sommets.

Tandis que nous traversions le nouveau pont qui enjambait des hectares de marécages, je pinçai les lèvres. Sans cette ligne de ciment gris et morne, je n'aurais même jamais connu Jackson Deveaux.

Quand nous atteignîmes le bout du pont, nous nous trouvions officiellement dans un nouveau comté. Le pays des Cajuns. Cela foisonnait de criques au milieu du bayou et de petits ponts qui passaient par-dessus des étendues fangeuses.

Mel soupira.

— Pourquoi me forces-tu à jouer le rôle de la voix de la raison ? Tu sais que ça ne fonctionne jamais pour nous.

— Il faut que je le fasse, répondis-je simplement.

Quand j'avais compris que Jackson s'était moqué de moi, que ce presque-baiser n'avait été qu'une ruse – j'avais eu *mal*. Même si je n'avais jamais souhaité qu'il m'embrasse.

Pourquoi avait-il éprouvé le besoin de me faire croire qu'il m'aimait bien ? C'était une farce mesquine. Lionel et lui avaient bien dû rire de ma crédulité !

— Il commence à faire vraiment sombre, dit Mel tandis que nous approchions de la sortie du Bassin.

Elle ne voulait pas seulement parler de la lumière du jour.

Des nuages menaçants s'amoncelaient au-dessus des marais.

— Ouais, mais quelles sont les chances qu'il pleuve vraiment ?

Ces nuages me rappelaient la scène que j'avais peinte sur mon mur, et les yeux brûlants que j'allais bientôt voir.

Les gens ne se rendaient habituellement pas en terre *plus basse* quand ils étaient confrontés à une tempête comme celle-là. Je ne savais pas quelle tempête serait la pire – le temps, ou la colère de Jackson.

Peu importait ; j'étais bien décidée à mettre les choses au clair ce soir. Je demandai à Mel de tourner sur la route poussiéreuse qui menait au Bassin.

Après quelques kilomètres, elle dit :

— Nous sommes loin du comté.

Nous vîmes des crevettiers, des cabanes au milieu du bayou et des chantiers navals encombrés de tas de ferrailles. Les statues de la Vierge Marie étaient omniprésentes. Je savais combien les gens du Bassin étaient de fervents catholiques, mais je fus tout de même surprise.

Nous approchions de la fin de la route et de l'adresse de Jackson. Les bâtiments étaient plus épars mais il y avait plus de palmiers, de bananiers et de cyprès. Les poubelles s'entassaient tout autour de massifs de lys.

Le temps que nous arrivions en vue du marais, il faisait noir et les voitures que nous croisions avaient allumé leurs phares. Des yeux rouges brillaient dans les roseaux. Des alligators. Ils étaient si gros que certains des plus petits reposaient sur d'autres.

Des pairs de petits points rouges globuleux empilés comme des barreaux d'échelle.

Mel ajusta nerveusement ses mains sur le volant mais continua d'avancer. La voiture s'enfonça sous une voûte de branchages et de plantes entremêlés, comme si l'on entrait dans un tunnel hanté.

Quand la route aboutit à une piste défoncée, la maison de Jackson apparut, longue, étroite, pourvue d'entrées aux deux extrémités. Les bardeaux étaient un fouillis de peinture écaillée. Des peaux d'alligator avaient été fixées aux endroits les plus endommagés.

Le toit était un assemblage rouillé de plaques de tôle dépareillées. Sur un côté, une poubelle métallique avait été aplatie et clouée.

Cet endroit était aussi éloigné de la fière Maison Haven que possible. Je pensais avoir déjà vu la pauvreté. Je me trompais.

— C'est ici qu'il vit ? fit Mel en frissonnant. C'est horrible.

Je regrettai soudain qu'elle voie cela, comme si j'avais trahi un secret de Jackson, ce qui n'avait absolument aucun sens.

— Evie, ma voiture va s'embourber si j'avance encore. Et ce n'est pas comme si on avait nos téléphones avec nous.

— Pas encore. Reste ici, je vais y aller à pied. Je reviens avec nos affaires.

— Et s'il n'est pas là ?

Je pointai sa moto du doigt, garée sous un auvent à côté du porche branlant.

— C'est la sienne.

Quand j'ouvris la portière de la voiture, elle ajouta :

— *Réfléchis* bien.

Je l'avais fait. Toute cette situation était tellement insensée… Rien de tout cela n'aurait dû arriver. Tout ça parce que Jackson m'avait volée ! Il avait violé mon intimité et avait probablement vu et entendu mes échanges intimes avec Brandon.

Et il avait vu mes dessins.

Cette liberté que j'avais juré ne jamais prendre pour acquise ? Ses actes étaient en train de la menacer !

En me rappelant ce qui était en jeu, je claquai la portière et m'aventurai vers la maison. Des mouches jaunes vinrent s'agglutiner autour de moi, mais je poursuivis mon chemin entre les pneus, les paniers à crabes rouillés et les racines de cyprès.

En approchant, je vis qu'il n'y avait pas de gazon, il n'y avait même pas d'herbe. Dans ces régions, certaines personnes ne pouvaient pas se permettre d'acheter de tondeuse pour défricher leurs terrains et empêcher la végétation de les envahir – ainsi que les serpents. Son jardin n'était qu'une parcelle de terre battue.

En approchant encore, je vis des outils qui pendaient du toit du porche. Une machette et une scie cliquetaient sous le vent qui soufflait de plus en plus fort. Même sous mon léger poids, la première marche ploya. Comment un garçon aussi grand que Jackson pouvait-il les gravir ?

Il n'y avait pas de heurtoir sur la porte en contreplaqué dépourvue de peinture, seulement une poignée rouillée. Le bas du panneau était déchiqueté.

Quelle sorte d'animal avait gratté pour entrer ?

Avec un frisson, je levai la tête vers le ciel et les nuages qui noircissaient de minute en minute. Je jetai un coup d'œil à Mel au loin, pensive dans sa voiture. *Peut-être que c'est... stupide.*

Non. Il fallait que je récupère ce journal. Je frappai à la porte.

— Il y a quelqu'un ?

La porte s'ouvrit en grinçant.

12

— Monsieur ou madame Deveaux ? (Pas de réponse.) Je voudrais parler à Jackson, lançai-je en pénétrant à l'intérieur.

Je ne vis personne mais j'en pris plein la vue. *Aussi atroce que l'extérieur.*

La pièce principale était étroite et le plafond si bas que je me demandai si Jackson ne devait pas se voûter pour y tenir. Une seule ampoule y était suspendue, bourdonnant comme une abeille.

L'unique fenêtre avait été barricadée. J'aperçus une porte fermée, mais j'entendais le son d'une télévision qui hurlait de l'autre côté.

Sur la gauche se trouvait une cuisine ridiculement petite. Six poissons écaillés étaient posés à côté d'une poêle qui crépitait. Une sorte de gibier était haché en petits morceaux, déjà panés dans de la farine de maïs. Jackson avait-il pêché, piégé ou tué tout ce qui se trouvait sur le comptoir ? Pourquoi laisser la gazinière allumée ?

— Jackson, tu es là ?

Je jetai un coup d'œil désespéré autour de moi. Contre le mur de droite était accolé un canapé en tissu écossais avec des trous de cigarette sur les accoudoirs. Des housses effilochées recouvraient les coussins tout aplatis.

Ses bottes reposaient sur le sol au pied du canapé. *C'est là qu'il dort ?*

J'entrouvris les lèvres. Il n'avait même pas sa propre chambre.

Un livre à la couverture déchirée, *L'espagnol pour les débutants*, gisait par terre, ouvert au milieu, à côté d'un vieil exemplaire de *Robinson Crusoé*.

Ce livre ne figurait pas sur notre liste de lecture. Le lisait-il pour le plaisir ? Voulait-il aussi apprendre une autre langue ?

Je sentis une drôle de sensation au fond de moi. Alors que je le voyais comme un adulte, il n'était qu'un garçon de dix-huit ans avec ses rêves et ses projets.

Peut-être rêvait-il de fuir pour le Mexique ou de prendre la mer, loin de cet enfer.

Je fus frappée de constater combien j'ignorais tout ou presque de lui.

Tandis que ma colère s'estompait, je me rappelai que du peu que je savais de lui, je détestais tout. Quoi qu'il en soit, je me surpris à m'approcher de la poêle pour éteindre le feu avant que la maison parte en fumée.

Je me mordillai la lèvre. *Où est-il ?* Et si mon carnet à dessins était chez Lionel ? Je ne voyais aucun téléphone non plus.

Après avoir éteint le feu, j'entendis crier à l'arrière. Ce n'était pas la télé ?

Soudain, quelque chose se mit à marteler le toit fin. Je poussai un cri de stupeur, mais il fut étouffé par le bruit.

— Ce n'est que la pluie… murmurai-je pour moi-même. Les gouttes sur la tôle.

Enfin !

L'eau commença à s'infiltrer le long des joints bosselés et à s'égoutter sur le sol, sur le canapé. Jackson n'aurait pas d'endroit sec où dormir ce soir.

Je sursautai quand de lourds bruits de pas ébranlèrent la maison, comme si quelqu'un gravissait des marches à l'arrière. Quand une porte claqua tout au fond, celle qui était fermée jusque-là s'ouvrit en grinçant sous l'effet du courant d'air.

Une curiosité invincible m'attira plus près. *Un coup d'œil et je sors d'ici…*

Sur un matelas taché, une femme d'âge moyen était affalée, inconsciente, ses longs cheveux noirs de jais répandus autour de sa tête comme un halo. Elle était presque indécente, sa robe remontée sur ses jambes. Un chapelet muni de perles en onyx brillait à son cou.

Son bras pendait sur le côté, non loin d'une bouteille de bourbon vide. Une assiette d'œufs brouillés intacte était posée sur une boîte à côté du lit.

S'agissait-il de Mme Deveaux ?

Un homme à la peau brûlée par le soleil et qui portait une salopette humide apparut dans mon champ de vision. Il se mit à faire les cent pas à côté du lit en criant sur la femme avachie et apathique et en gesticulant avec sa propre bouteille d'alcool.

Cet homme était-il son mari ? Son petit ami ?

Je savais que je devais partir, or, j'étais figée sur place, ne pouvant pas plus détourner les yeux de cette scène qu'arrêter de respirer.

Puis je vis Jackson, de l'autre côté du lit, rajuster la robe de la femme. En la secouant par l'épaule, il murmura d'un ton pressant :

— *Maman, réveille-toi*[1] *!*

Elle marmonna quelque chose mais ne bougea pas. La façon dont Jackson la regardait, d'un air si protecteur… je compris que c'était lui qui avait préparé son petit déjeuner le matin même.

Quand l'ivrogne s'approcha d'un pas pesant, Jackson repoussa son bras.

Tous deux se mirent à crier en français. Malgré ce que je comprenais, j'avais du mal à suivre. Jackson essayait-il de le jeter dehors et lui disait de ne jamais revenir ?

L'homme tenta une autre approche vers Mme Deveaux. Jackson s'interposa une nouvelle fois. La tension monta

1. En français dans le texte. (*N.d.T.*)

encore d'un cran. Les éclats de voix s'intensifièrent et les deux hommes se mirent à se tourner autour.

Cet idiot ne voyait-il pas la lueur dans les yeux de Jackson ? Celle qui promettait la douleur ?

Au lieu de tenir compte de cet avertissement, l'homme attrapa sa bouteille par le goulot et la brisa contre le rebord de la fenêtre. Puis, avec une rapidité surprenante, il frappa avec le tesson dentelé. Jackson para le coup avec son avant-bras.

Je vis l'os avant que le sang ne gicle. Je plaquai le dos de ma main sur ma bouche. *Je n'ose même pas imaginer la douleur !*

Mais Jackson ? Il souriait simplement. *Un animal qui montre les dents.*

Enfin, l'ivrogne recula, apeuré. Trop tard. Jackson se précipita en avant et fit parler ses poings.

Un filet de sang jaillit de la bouche de l'homme, puis un autre, et encore un autre. Jackson ne s'arrêtait pas. Sa force était bestiale ; ses yeux brillaient d'une lueur sauvage...

Pourquoi ne pouvais-je pas prendre la fuite ? Laisser cet endroit sordide derrière moi ?

Laisser ces horribles sons derrière moi – la pluie sur la tôle, les insultes de la femme, les grognements de l'ivrogne sous les coups de Jackson.

Puis... un dernier coup sur la mâchoire de l'homme. Il me sembla entendre un os craquer.

Le choc fit pivoter l'homme sur un pied, du sang dégoulinant de sa bouche pendant qu'il s'effondrait par terre.

Avec un rire cruel, Jackson railla :

— *Bagasse.*

Pulpe de canne. Battu et réduit littéralement en pulpe. Je me couvris les oreilles avec mes avant-bras pour combattre mon vertige.

Maintenant que l'homme avait été corrigé, la colère de Jackson sembla s'estomper. Jusqu'à ce qu'il tourne lentement la tête dans ma direction. Il haussa les sourcils avec stupéfaction.

— Evangeline, qu'est-ce que tu… ?

Il balaya la maison du regard, comme s'il la voyait à travers mes yeux. Comme s'il voyait cet enfer pour la première fois.

Même après cette démonstration de brutalité, je ne pouvais m'empêcher d'éprouver de la pitié pour lui.

Il dut le lire sur mon expression, car son visage se mit à rougir d'embarras. Une fois sa confusion évaporée, sa colère reparut. Elle emplissait son regard.

— Qu'est-ce que tu fais ici, bordel ?

Les tendons de son cou étaient gonflés tandis qu'il s'approchait de moi.

— Tu vas me dire ce que tu fous dans ma putain de maison !

Je ne pus retenir un hoquet tout en reculant. *Ne lui tourne pas le dos, ne détourne pas les yeux…*

— Une fille comme toi dans le Bassin ? *Bonne à rien*[1] *!* À rien si ce n'est à s'attirer des ennuis !

Son accent n'avait jamais été aussi prononcé.

— Je… je…

— Tu voulais voir comment on vit de l'autre côté du pont ? C'est ça ?

Je reculai jusqu'au porche, presque jusqu'aux marches.

— Je voulais récupérer le journal que tu m'as volé !

Un éclair zébra le ciel, illuminant la fureur sur son visage. Le tonnerre éclata instantanément, secouant la maison si fort que le porche grinça. Je poussai un cri et titubai avant de retrouver mon équilibre.

— Le journal avec tous tes dessins de folle ? Tu es venue me réprimander !

Quand Jackson tendit son bras blessé vers moi, je reculai et trébuchai sous la pluie violente.

La marche fragile et branlante sembla se dérober sous mon pied ; une douleur me traversa la cheville.

---

1. En français dans le texte. (*N.d.T.*)

Je me sentis tomber... tomber... et atterris sur les fesses dans une flaque.

Je hoquetai en crachant de la boue et de la pluie, trop choquée pour pleurer ou crier.

Des mèches de cheveux mouillés se plaquèrent sur mon visage et mes épaules. Je tentai de me relever mais la boue m'aspirait. Je balayai les cheveux qui me gênaient et, par la même occasion, barbouillai mon visage de crasse.

En clignant les yeux à cause de la pluie, je hurlai :

— Toi !

J'avais envie de me jeter sur lui, de le traiter de tous les noms pour ma douleur et mon humiliation. Et tout ce que je parvenais à répéter, c'était « Toi ! ». Je finis par crier :

— Tu me dégoûtes !

Il éclata d'un rire amer.

— Vraiment ? C'était pas le cas hier soir quand tu t'humidifiais les lèvres en espérant que j'allais t'embrasser, non ? À ce moment-là, t'avais envie de moi !

Je rougis de honte. Puis je me souvins.

— Tu m'as piégée pour que ton minable copain puisse nous voler nos affaires. Tu as fait comme si tu m'aimais bien !

— Ça semblait pas te déranger ! (Il leva son bras blessé pour passer ses doigts dans ses cheveux.) J'ai entendu le message que t'as laissé à Radcliffe ! T'allais m'embrasser ? Et laisser ce type t'avoir à peine quelques jours plus tard ?

— Rends-moi mon carnet !

— Ou bien quoi ? Qu'est-ce que tu vas faire ? La petite poupée n'a rien dans le ventre.

Je fus submergée par la frustration, parce qu'il avait raison. Le Cajun avait tout le pouvoir ; je n'en avais aucun.

À moins que *moi*, je ne puisse étouffer quelqu'un avec des plantes grimpantes ou le réduire en charpie ?

Alors que mes ongles commençaient à se transformer, je ressentis quelque chose de semblable à la merveilleuse unité que j'avais partagée avec la canne à sucre. Je croulais sous la conscience de toutes les plantes qui m'entouraient – leur emplacement, leurs forces et leurs faiblesses.

Au-dessus de la maison de Jackson, un cyprès tourna ses branches vers moi. Au loin, j'entendis la vigne vierge siffler et gémir, ramper vers moi pour me défendre.

Et, pendant un bref instant, j'éprouvai l'envie irrésistible de lui montrer qui détenait réellement le pouvoir, l'envie de le punir pour m'avoir fait mal.

Le punir ? Non, non ! Aussitôt, je luttai pour refréner la fureur que j'avais libérée.

— Tu veux tes dessins ? (Jackson se rua à l'intérieur et reparut avec mon carnet.) Tiens !

Il jeta le cahier comme un frisbee. Les pages s'envolèrent pour atterrir sur le terrain boueux.

— Nooooon ! hurlai-je en les regardant s'éparpiller, sur le point d'hyperventiler.

Le temps que je parvienne à me mettre à genoux, je respirais si fort que je m'étouffais avec les gouttes de pluie. Je tendis la main vers les feuilles les plus proches de moi, mais chaque dessin faisait naître une vision dans mon esprit.

La Mort. Les Croquemitaines. Le soleil qui brille la nuit.

À chaque page, je lui criai :

— Je te hais ! Tu es une brute répugnante !

Son beau visage masquait la violence qui bouillonnait en lui.

Même s'il avait protégé sa mère, il avait *aimé* tabasser cet homme jusqu'à l'inconscience. Jackson venait juste de prouver à quel point il était cruel en réalité. *Bagasse...*

— Je te DÉTESTE ! Ne m'approche plus jamais !

Il cligna les yeux, et son expression meurtrière se transforma en incrédulité. Il secoua fermement la tête comme pour dissiper une hallucination.

Que voyait-il ?

— Evie ! cria Mel.

Elle était venue me chercher !

Tout en passant un bras autour de mes épaules pour m'aider à me relever, elle hurla à Jackson :

— Ne t'approche plus d'elle, espèce d'ordure de petit con !

Après un dernier regard sidéré sur mon visage, il fit demi-tour et rentra.

À l'instant précis où il claquait la porte de sa cabane, mes plantes rampantes atteignaient le porche. Mel était trop occupée à vérifier si j'étais blessée pour s'en apercevoir, mais je les regardai se déployer à la verticale comme des cobras, dans l'attente d'un ordre de ma part.

— *Non*, murmurai-je.

Elles se retirèrent aussitôt dans les buissons comme des élastiques que l'on aurait relâchés. Puis je me tournai vers Mel.

— Je... j'ai besoin de ces dessins. De tous.

Sans un mot, elle se laissa tomber à genoux à côté de moi. Toutes les deux dans la boue, nous ramassâmes ma folie.

13

— Tu es bien calme, dis-je à Mel tandis qu'elle m'aidait à monter les marches de mon perron. (La pluie faiblissait et le vent nocturne avait ouvert la porte moustiquaire. Nous étions toujours toutes les deux barbouillées de boue.) Je déteste quand tu ne dis plus rien.

Sur le chemin, j'avais parlé à Mel du CEA, de mes visions, de ma mère, de ma grand-mère – mais pas des plantes – et j'avais terminé pile au moment où nous nous étions garées.

À présent, après ma confession, je me sentais meurtrie, comme l'une de ces poupées qui reprennent toujours leur forme quand on appuie dessus. Mais voilà – on martyrisait d'autant plus ces fichues poupées parce qu'elles semblaient toujours revenir à l'identique.

Quand cette journée va-t-elle prendre fin ? Ma lèvre se mit à trembler et je refoulai mes larmes.

— J'attends que tu me racontes ce qui s'est passé dans la cabane du Cajun, dit Mel. Tu faisais une de ces têtes, tu avais une expression inoubliable – genre : « Papa, j'ai vu quelque chose dans le grenier. »

— Peut-être qu'un jour, je te raconterai.

Pour le moment, le souvenir était trop brut.

— Et sinon, comment se fait-il, que je sois la dernière au courant de tes visions ? La femme qui t'a engendrée le savait avant moi. Et ça fait mal.

— Je ne voulais pas que tu me regardes différemment. (Une fois devant la porte, j'ajoutai :) Je comprendrais que tu ne veuilles plus que l'on soit amies.

Je tendis la main vers mon sac, bourré de feuilles détrempées.

Mel me le donna en levant les yeux au ciel.

— Et manquer l'occasion de vendre tes petits dessins dérangés sur ARTdéviant.com ? Certainement pas, ma petite tarée de friponne.

Elle passa un bras autour de mon cou et me força à baisser la tête pour frotter le sommet de mon crâne avec son poing.

— Je vais être riche ! Alors fais-moi d'autres dessins qui ne soient pas abîmés par ce Cajun.

— Arrête ça !

Mais étonnamment, j'étais sur le point de rire.

— Tu es sûre que tu ne veux pas que j'entre avec toi ? me demanda Mel quand elle finit par me relâcher.

— Non, c'est bon, répondis-je. Je pense que je vais me laisser aller à pleurer et que ce ne sera pas beau à voir.

— Bon, ma sauterelle, on en reparlera demain, m'assura Mel. Mais écoute bien – tu ne retourneras *pas* dans ce CEA. Jamais. S'il le faut, on s'enfuira ensemble, on fera un mariage civil et on vivra de ton art.

Ma lèvre inférieure se remit à trembler.

— Tu as toujours été là pour moi, à supporter mes conneries.

Mel me jeta un regard noir.

— Tu commences à devenir gnangnan, Greene. Arrête tout de suite ces conneries sentimentales et demande-toi : qu'est-ce que j'ai comme choix ? *Hellooooo.* Tu es ma *meilleure* amie. Maintenant, file à l'intérieur avant que je me lâche.

Avec un hochement de tête grave, je me faufilai dans la maison et me retournai pour faire un signe de la main à Mel qui repartait avec son iPod à fond et ses trois coups de klaxon habituels.

Quand j'entrai en clopinant dans la cuisine, Maman était en train de faire du pop-corn.

— Salut, chérie, lança-t-elle par-dessus son épaule, d'un ton joyeux. Tu te rends compte qu'il a plu... (Elle écarquilla les yeux en voyant mon état.) Evie ! Qu'est-ce qui t'est arrivé ?

— Je suis tombée dans la boue. C'est une longue histoire.

— Tu es blessée ?

Je haussai les épaules en saisissant la bandoulière de mon sac. *Précise ce que tu entends par* blessée.

— Je me suis un peu tordu la cheville.

— Je vais chercher de la glace et de l'Advil. (Maman avait-elle détourné son attention vers la porte derrière moi ?) Ensuite tu me raconteras ce qui s'est passé.

Pendant qu'elle enveloppait de la glace dans un torchon, je me laissai tomber sur une chaise en gardant mon sac rempli de dessins près de moi.

— Ce n'est pas grand-chose, Maman.

Alors que j'essayais de trouver comment lui expliquer cet incident, le vent se leva et souffla à travers la moustiquaire.

Même si nous avions eu de la pluie, l'air semblait chaud et sec. Comme une écharpe tout juste sortie du sèche-linge et frotté contre ma joue.

En l'entendant souffler de plus en plus fort, Maman fronça les sourcils.

— Hum, laisse-moi juste jeter un coup d'œil à la chaîne météo.

Elle s'empara de la télécommande de la télé de la cuisine et l'alluma.

L'écran était divisé entre trois journalistes de terrain aux mines soucieuses qui s'adressaient les uns aux autres. L'un d'eux était le type qui s'était montré si blasé quand il s'était rendu sur les lieux après le passage de l'ouragan Katrina.

Alors pourquoi transpirait-il autant aujourd'hui ?

« Des phénomènes météorologiques très étranges ont été observés dans les États de l'Est... regardez derrière moi... regardez ces lumières... est-ce le *soleil* en train de se lever ? »

Le second journaliste semblait ne pas avoir cligné les yeux depuis une semaine.

« Les pics de température... les incendies au nord-est... Il n'y a aucune raison de paniquer, déclara-t-il d'une voix angoissée. Les pointes de radiation... des signalements d'aurores boréales jusqu'au Brésil... »

Le micro du troisième journaliste tremblait dans sa main.

« Nous avons perdu le contact avec les bureaux de Londres, Moscou et Hongkong... tous signalaient des événements similaires... (Il appuya sur son oreillette.) Qu'est-ce que... New York ? *Washington ?* dit-il, la voix montant d'une octave. M-ma famille est à Wash... »

L'une après l'autre, les transmissions se coupèrent. *Bip. Bip. Bip.*

— Maman ? murmurai-je. Qu'est-ce qui se passe ?

Pourquoi as-tu le visage aussi pâle ?

Elle regardait derrière moi ; soudain, ses doigts faiblirent. Les glaçons tombèrent par terre.

Je vacillai sur mes pieds, ma cheville hurlant de protestation. J'avais trop peur de me retourner, trop peur de ne pas le faire. Je finis par suivre le regard de Maman. À travers le ciel désormais dégagé, des lumières clignotaient.

Cramoisies et violettes, comme des serpentins de Mardi gras.

C'était exactement ce que j'avais vu au cours de la première visite de Matthew. C'était une aurore boréale. Une aurore boréale en Louisiane.

C'était absolument fascinant.

Alors que Maman et moi nous dirigions vers la porte d'entrée, le vent se réchauffa encore et se mit à hurler, faisant cliqueter les carillons autour de la ferme. Les chevaux se mirent à hennir dans l'écurie. J'entendais leurs sabots marteler leurs stalles, le bois se fendiller.

Ils étaient terrifiés...

Mais regarde ces lumières éblouissantes ! J'aurais pu les regarder pour toujours.

À l'est, les cannes bruissèrent. Un groupe d'animaux en fuite surgit des champs. Des ratons laveurs, des opossums, des ragondins, même des cerfs. Des fossés jaillirent un si grand nombre de serpents que notre pelouse semblait briller et onduler.

Une vague de rats apparut. Des oiseaux envahirent le ciel en se cognant les uns aux autres ou descendant en piqué vers le sol. Des plumes flottaient dans le vent.

Mais les lumières ! C'était si beau que j'en aurais pleuré de joie.

Et pourtant, j'avais la sensation que je n'aurais pas dû les regarder. Matthew avait-il dit quelque chose pour me prévenir ? Je n'arrivais pas à réfléchir, seulement à contempler le spectacle.

Les chênes massifs de Haven se mirent à gémir, détournant mon attention. Maman ne sembla pas le remarquer, mais ils bougeaient et resserraient leurs branches détrempées autour de nous. Ils déployèrent un bouclier de feuillage au-dessus de notre maison, comme s'ils se préparaient à la défendre.

Mes cannes semblaient assommées, rigides, même sous ce vent. *Comme en état de choc.*

Elles savent ce qui se prépare. Elles savent pourquoi je devrais...

Me détourner des lumières !

— Maman, ne regarde pas le ciel !

Je la poussai vers la porte.

Elle cligna les yeux, comme si elle sortait de transe.

— Evie, quel est ce bruit ?

Un grondement s'intensifiait dans la nuit, le vacarme le plus fort et le plus déchirant que j'aie jamais entendu.

Pourtant, le comportement de Maman devint glacial.

— Nous n'allons pas nous mettre à paniquer. Mais nous allons nous enfermer à la cave dans les trente secondes. Compris ?

L'apocalypse... c'était maintenant. Et Mel était dehors, toute seule.

— Je dois appeler Mel ! (Puis je me souvins qu'elle n'avait pas de téléphone.) Si je traverse la propriété en voiture, je peux essayer de la rattraper !

Maman m'agrippa par le bras et me fit pivoter en direction de la cave.

— Je ne vais pas là-dedans sans Mel ! Je dois aller la chercher !

Je me ruai vers la porte d'entrée, mais Maman me retint avec une force surnaturelle.

— Va dans la cave IMMÉDIATEMENT ! cria-t-elle par-dessus le grondement. Nous ne pouvons pas prendre ce risque !

Le ciel s'éclaircit... se *réchauffa*.

— Non, non ! hurlai-je en essayant de la repousser. Elle va mourir, elle va mourir, tu le sais ! J'ai *vu* tout ça !

— Vous mourrez toutes les deux si tu essaies de la rattraper !

Je me débattis mais ne parvins pas à échapper à la poigne de fer de Maman. Les bras tendus vers la porte, je me mis à sangloter et à me débattre de plus belle tandis qu'elle me traînait vers les marches qui menaient à la cave.

Quand je m'agrippai à l'embrasure de la porte, elle arracha un à un mes doigts du chambranle.

— Non, Maman ! *Je... je t'en prie !* Laisse-moi aller chercher Mel...

Il y eut alors un éclair lumineux – une explosion de feu qui secoua le sol –, mes tympans éclatèrent...

Une fraction de seconde plus tard, la force de l'explosion nous projeta dans les escaliers et la porte claqua derrière nous.

14

Jour 246 après le Flash
Requiem, Tennessee

— Arthur, qu'est-ce que c'était ? demanda Evie.

Je cligne les yeux. Encore une fois. Je m'étais laissé totalement emporter par son récit du Flash.

— Quoi donc ?

Elle secoue vivement la tête – comme pour se débarrasser du brouillard causé par la drogue.

Tu peux toujours essayer. Je suis le maître des concoctions, inégalé dans le domaine de la chimie ; la seule raison pour laquelle elle est toujours éveillée, c'est parce que je le veux bien.

Tout se déroule selon mes plans.

— J'ai cru entendre un bruit sourd en bas.

Certainement. Ma cave spacieuse fait office de laboratoire et de structure de confinement. L'une des petites garces en bas était probablement en train d'essayer d'atteindre le seau à déchets. Je l'avais laissé juste assez près pour leur donner de l'espoir.

Je ne manque jamais une occasion de démontrer le pouvoir divin que j'exerce sur mes sujets.

— Sans doute des rats, dis-je à celle qui se trouve devant moi, riant de ma blague en mon for intérieur. N'y prête pas attention. Continue, je t'en prie.

Je suis pressé d'entendre la suite de l'histoire d'Evie.

Même si je n'en crois pas un mot.

Elle penche la tête et me scrute.

— Arthur, qu'est-ce que *tu* faisais avant le Flash ?

Je suis pris au dépourvu. Aucun de mes visiteurs ne m'a jamais posé cette question auparavant et, pendant un instant, je cherche une réponse avant de me décider pour un mensonge.

— Je m'apprêtais à entrer à l'université au printemps. Spécialisation en chimie au MIT[1].

Du plus loin qu'il m'en souvienne, j'ai toujours été intéressé par l'élaboration de produits, par la transformation d'une substance en une autre. Un diplôme dans ce domaine m'aurait fourni une bonne base pour ce que je voulais réellement étudier.

L'alchimie – l'art occulte et immémorial des potions et des élixirs.

— J'avais l'intention de devenir chimiste.

Un *alchimiste*. Mais le MIT ne voulait pas de moi. Apparemment, mon projet de thèse sur l'intérêt des tests effectués sur les humains avait « levé des drapeaux rouges ».

— Waouh. (Evie est sincèrement impressionnée. Ses expressions sont tellement parlantes...) Tu dois être très intelligent.

— Je m'y étais préparé toute ma vie, répondis-je avec une fausse modestie.

Mon niveau d'intelligence est exceptionnel, impossible à calculer même par les systèmes de mesure les plus sophistiqués.

— Maintenant, j'étudie par moi-même, je travaille toujours à mon rêve.

Mes propres recherches indépendantes – conduites dans le sous-sol de mon repaire volé.

Seigneur. J'adore... apprendre.

1. Massachusetts Institute of Technology. (*N.d.T.*)

Mais je ne veux plus parler de moi. Evie aura tout le temps de découvrir exactement qui je suis – et ce que je fais.

— À côté, je compile ces récits. Tu es prête à m'en dire plus ? (Comme elle hoche la tête, j'appuie sur le bouton d'enregistrement.) Que vous est-il arrivé, à toi et ta mère, après le Flash ?

— Je suis tombée dans les pommes après l'explosion. Quand je me suis réveillée, nous avons attendu dans le noir pendant des heures. À l'aube, nous avons jeté un coup d'œil à l'extérieur. Tu peux imaginer ce que nous avons vu.

Je l'imagine sans peine, effectivement. Des rayons de soleil semblables à des lasers s'étaient abattus sur la planète entière pendant toute une nuit. Ces champs de canne dont elle se souvenait rêveusement avaient été réduits en cendres. Tout organisme – toute chose vivante à l'extérieur de cet abri – était carbonisé.

D'innombrables personnes s'étaient aventurées loin de leur maison, attirées par les jolies lumières, avant que celles-ci ne les calcinent. Des papillons qui se brûlent à une flamme.

Comme à dessein.

Tous les voyageurs qui m'ont rendu visite à cette croisée des chemins – ceux qui m'ont involontairement cédé leurs vêtements, leur nourriture et même une rare fille à l'occasion – m'ont raconté l'histoire de leurs régions. Avant que je les élimine.

Certains détails restent les mêmes.

Les plans d'eau ont été asséchés par le Flash, mais aucune goutte de pluie n'est tombée en huit mois. Toute vie végétale a été anéantie de manière définitive ; rien ne pousserait plus jamais. Et seul un petit pourcentage d'humains et d'animaux a survécu à la première nuit.

Au cours des jours qui ont suivi, des centaines de millions de gens ont péri, incapables de survivre à ce nouvel environnement toxique.

Pour une raison inexplicable, la plupart des femelles sont tombées malades avant de mourir.

Un nombre inconnu d'humains a muté en « Épouvantails » – des créatures contagieuses semblables à des zombies, atteintes d'une soif intarissable et d'une aversion au soleil.

Certains les appellent les hématophages – les buveurs de sang. Je pense que ce sont des buveurs de *tout*, mais sans eau, ils se sont tournés vers les gens, des poches de liquide sur pattes.

Ils boivent, boivent encore, mais leur soif ne peut jamais être étanchée. Tout comme ma quête de connaissance.

— Selon toi, pourquoi c'est arrivé, Evie ?

Elle hausse les épaules et ses boucles blondes rebondissent sur sa fine clavicule. De nouveau, je suis envoûté.

Pendant un instant, j'envisage sincèrement d'en faire ma compagne. Bien que je sois dénué de compassion, j'ai tout de même quelques besoins émotionnels.

La solitude me ronge. J'ai peut-être enfin trouvé une fille capable de comprendre mon génie et l'importance de mon travail.

Ayant elle-même goûté à la douceur de la folie, elle excusera peut-être mes excentricités.

Ou peut-être, pensé-je sombrement, *essaiera-t-elle de me distraire de mes études*.

J'élimine impitoyablement toute forme de distraction.

— D'une certaine manière, toutes les théories que j'ai entendues ont leur logique, dit-elle. Personnellement, j'imagine que c'était une éruption solaire.

Oui, mais nous en avons eu souvent, par le passé. Qu'est-ce qui a rendu celle-ci aussi catastrophique ? Pourquoi la planète entière est-elle devenue stérile ?

Certains disent que l'axe de la terre a dévié, perturbant l'équilibre de notre monde, affaiblissant ses défenses. D'autres prétendent que la couche d'ozone – déjà à l'état de croûte pelée – s'est complètement déchirée et nous a exposés à la chaleur et aux radiations.

Fondamentalement, nous en savons autant sur le Flash que les charlatans moyenâgeux en savaient sur la peste noire. Se pourrait-il que la réponse soit quelque chose d'aussi simple que des puces porteuses d'une maladie propagée par les rats ?

— Je ne sais vraiment pas quoi penser, dit Evie. J'essaie de ne pas m'attarder sur les choses que je ne peux pas contrôler.

Maligne.

— Quelle est ta théorie, Arthur ?

— Je partage ton avis. Il vaut mieux ne pas en faire une obsession, dis-je alors que je suis continuellement obsédé, obsédé par la destruction parfaite du règne organique tandis que certaines maisons et bâtiments ont été épargnés.

Ma théorie ne ferait que l'effrayer ; et je n'ai pas envie de mettre ses nerfs à l'épreuve. Pas encore.

— Est-ce que certains de tes amis ont survécu ? Ton petit ami ?

Ses yeux s'humidifient.

— Aucun. Mel... Elle n'est jamais rentrée chez elle.

Evie baisse les yeux et recommence à se balancer dans son fauteuil. J'ai remarqué qu'elle se balance plus quand elle se sent particulièrement déstabilisée.

— Elle est morte toute seule, sans sa famille, sur une autoroute déserte.

— Comment le sais-tu ?

— Sa voiture était dans un fossé. La portière était ouverte, et à l'intérieur, il y avait... des cendres.

— Je vois.

Les piles de cendres étaient devenues les pierres tombales de la plupart de la population mondiale – jusqu'à l'arrivée des vents qui ont dispersé les restes dans l'air, l'air que tout le monde respire.

— Je suis désolé, dis-je, même si je ne le suis pas le moins du monde.

Mon manque d'empathie est une bénédiction pour un scientifique comme moi. Cela me permet de faire des expériences sans hésitation. Je ne ressens que de la joie quand mon scalpel incise la chair – comme deux rideaux qui s'écartent pour révéler leurs secrets à mon regard inquisiteur.

D'une manière ou d'une autre, Evie parvient à contenir ses larmes. Quelle brave petite. La sensation n'en sera que plus gratifiante quand je lui arracherai des sanglots.

— Est-ce que tu as perdu toute ta famille pendant le Flash ? demande-t-elle, me surprenant de nouveau avec l'intérêt qu'elle me porte.

— Oui, pendant le Flash.

Je me compose un regard endeuillé.

Elle m'offre sa naïve compassion :

— C'est la maison de ton enfance ?

Je hoche la tête, alors que c'est ma sixième maison depuis l'apocalypse. J'ai déménagé comme un bernard-l'hermite, de coquille en coquille. Par le passé, j'épuisais toutes les ressources d'un lieu donné avant de l'abandonner.

Mais j'aime cette ville à la croisée des chemins, j'aime que les ressources viennent directement à moi.

J'ai prévu de rester un certain temps.

Un nouveau coup retentit au sous-sol. Evie se raidit, penche la tête. Je serre les poings. *Ces petites garces…*

Je tends la main vers l'enregistreur, arrête la bande. Contenant ma fureur à grand-peine, je me lève et dis :

— Excuse-moi un instant, je vais aller vérifier mes pièges à souris.

Je suis tellement en colère que je redoute de commettre un meurtre et de mettre du sang sur mon velours côtelé.

— Ne bouge pas. (Comme si elle pouvait vraisemblablement s'échapper.) Je reviens tout de suite.

Je sors mon trousseau de clés en me dirigeant vers la porte du sous-sol, et je l'ouvre en silence. En descendant les marches sombres, j'entends les murmures de mes sujets de test. Elles savent qu'elles sont censées garder le silence à moins que je ne m'adresse à elles.

Elles me désobéissent ? Oubliant mon velours côtelé impeccable, je suis à bout de patience.

En entrant dans mon laboratoire faiblement éclairé, l'odeur familière me calme instantanément. Tous les établis sont occupés par des flacons bouillonnants et des distillateurs, des flasques mijotant sur des becs Bunsen. Une myriade d'organes sont préservés dans des bocaux de formol.

Les globes oculaires qui flottent dans l'un d'eux semblent suivre mes mouvements, ce qui m'amuse beaucoup.

Dans un bocal en cristal, j'ai distillé une nouvelle potion qui va augmenter mon adrénaline, et décupler ainsi ma force et ma rapidité. Une autre flasque contient un sérum pour accélérer le processus de guérison.

J'ai mis au point d'autres formules. Les Épouvantails – dont on dit qu'ils sont allergiques au sel – n'auront aucune chance contre mon vaporisateur de chlorure de sodium.

Si l'une des nombreuses milices vient à patrouiller dans cette ville, les soldats auront une petite surprise quand je leur jetterai mes flacons d'acide au visage...

L'autre moitié du sous-sol est cachée derrière de lourdes bâches en plastique. Je l'appelle le cachot. C'est là que je fais le sale boulot. Il y a un bloc de boucher démesuré, une table d'opération en acier inoxydable, des systèmes de drains et des instruments chirurgicaux.

C'est aussi là que je garde mon écurie de filles. J'en ai trois, actuellement, toutes entre quatorze et vingt ans, enchaînées au mur, les fers autour du cou.

Les jeunes femelles en bonne santé comme Evie sont devenues des raretés, des *ressources*. Et comme tous les survivants, je fais des provisions.

Et ça ne fait aucune différence que j'aie commencé à le faire avant l'apocalypse. J'avais besoin d'elles, pour tester mes concoctions.

Certains diraient que je torture uniquement parce que j'ai moi-même été torturé par mon père, un tyran qui a essayé de « faire sortir le diable » de mon corps. Mon enfance n'a été qu'un enchaînement de fractures et de contusions répétées – jusqu'au jour où je l'ai chloroformé, ligoté dans une cuve, avant de le dissoudre lentement à l'acide chlorhydrique.

Il s'était réveillé à temps pour affronter le diable de très près.

Et ma mère, la femme qui n'avait rien fait pour l'arrêter, et qui m'accusait même de déclencher ses accès de fureur ?

Elle méritait pire.

Cependant, mes premières expériences sont hors sujet. Je ne me sers de ces filles que pour faire avancer mes recherches. C'est mon travail. Leur faire mal n'est pas un but en soi. Le plaisir que j'y prends n'est qu'accessoire.

Non, il n'y a que la recherche qui compte.

Quand je m'approche du cachot, le trio retombe dans le silence derrière la bâche en plastique, et leurs chaînes cliquettent quand elles se précipitent pour reprendre leur place contre le mur.

Je franchis le plastique et allume la lampe à piles accrochée au mur. Elles s'abritent les yeux de la lumière et je les observe une par une.

Vêtues de haillons, elles sont recroquevillées sur la terre battue, les mains barbouillées. Elles avaient creusé dans le sol afin de se créer de petites niches, pour garder la chaleur pendant leur sommeil.

Un cadavre couvert de vers et de mouches est blotti dans l'un de ces lits de fortune, toujours enchaîné. Celle-ci a succombé à ma dernière expérience : une potion que j'avais créée pour amoindrir le besoin du corps en fluides.

Pendant des semaines, ça avait marché sans faute. Jusqu'au jour où… ça avait cessé de fonctionner.

Je regarde ses restes sans passion. Ce sang coagulé, ces tissus, ces organes étaient auparavant une *personne* – une ancienne titulaire de bourse d'excellence d'une université de l'Ivy League[1]. Ce tas de viande incarnait autrefois une âme.

À présent, ce n'est plus qu'un ensemble d'éléments.

1. Groupe d'universités comptant parmi les plus anciennes et les plus prestigieuses des États-Unis. (*N.d.T.*)

Evie va prendre la place de la boursière. Elle vivra peut-être plus d'un mois. Peut-être que mon nouvel élixir – la vie éternelle dans une bouteille – va finir par tromper la mort.

Il le faut.

Pourquoi tout le monde croit-il que nous avons vu le pire de l'apocalypse ? Je serai prêt le moment venu.

J'attrape la chaîne de la plus âgée des filles et tire dessus pour qu'elle se lève.

— Pourquoi y a-t-il eu du bruit ? demandé-je en postillonnant.

Un filet de sang coule de la série de cloques qui encercle son cou. Les carcans en fer rouillé leur ont causé à toutes ce genre de blessures.

Celle-ci a besoin que je lui remette du baume. Mais je ne vais pas le lui appliquer tout de suite.

Elle envisage de répondre, avant d'y réfléchir à deux fois. Au début, elle était rebelle, insolente même. À présent, elle a les yeux creux et elle tremble.

— Si j'entends encore du bruit, je te fais boire l'élixir doré. (C'est une potion de douleur qui déchire les intestins. Je savoure leurs expressions affolées.) Compris ?

— Oui, Arthur, bredouillent-elles.

Quand je remonte les escaliers, je trouve Evie détendue dans son fauteuil, observant le feu. Son regard aux paupières tombantes suit le mouvement des flammes.

Le dernier feu qu'elle verra jamais. *Profites-en bien, tant que tu le peux.*

— Désolé, lui dis-je. Une meute de rats semble avoir emménagé au cours de l'hiver. (J'espère que ma déclaration ne paraît pas arrogante. Une infestation de rats, par les temps qui courent, est une bénédiction.) Si seulement ils arrêtaient de taper contre les seaux de peinture vides. Bon, où en étions-nous ? (J'enclenche de nouveau l'enregistreur et me rassois.) Dis-moi à quoi ont ressemblé ces premières semaines.

— Ma ville natale comportait quelques milliers d'habitants. Presque tous ont vu le Flash – seule une poignée a survécu. Tout de suite après, ils se sont terrés dans ce qu'il restait d'une église encore fumante, mais pas Maman et moi, déclare Evie. En voyant qu'aucune de nos voitures ne démarrait, nous avons pris le seul cheval qui avait survécu, y avons attelé un chariot et nous sommes parties en mission.

Elle se penche en avant, de plus en plus agitée.

— Le temps d'arriver, la moitié de l'épicerie avait brûlé. Alors nous nous sommes attaquées aux allées encore intactes. Maman a jeté mes biscuits et mes chips en me disant de prendre des aliments chargés en calories, comme le beurre de cacahuète. La pharmacie avait complètement brûlé, alors nous avons pillé les réserves d'antibiotiques du vétérinaire. Nous avons récupéré des armes et des munitions dans les maisons des victimes. Nous étions comme des sauterelles.

Evie le dit avec fierté. Elle peut se le permettre. Sans des âmes entreprenantes comme elle, je n'aurais aucune provision.

— Même si Maman était convaincue que l'armée allait finir par surgir dans les rues de Sterling et nous sauver – que le gouvernement allait intervenir d'une manière ou d'une autre et instaurer de nouveau l'ordre – nous nous sommes préparées comme si nous étions livrées à nous-mêmes. Nous nous sommes activées comme des fourmis jusqu'à ce que notre sous-sol soit rempli de réserves. Puis on a observé, bras dessus bras dessous, le spectacle de ces milliers de conserves, de sacs de haricots, de boîtes de poudre pour prendre du poids.

Elle secoue la tête d'un air désolé et ajoute :

— Je me souviens d'avoir pensé que nos provisions nous dureraient des années. Quand Maman nous eut préparées du mieux possible, elle s'est... effondrée.

— Qu'est-ce que tu veux dire ?

— Elle était rongée par la culpabilité d'avoir fait interner sa mère, de m'avoir envoyée, moi, dans cet horrible endroit à Atlanta. Tu imagines ? Sa mère avait eu raison pendant tout ce temps, et les visions de sa fille avaient tapé en plein dans le mille. Mes « croquemitaines » étaient des Épouvantails gluants, l'œil pâle. Sans parler des détails du Flash... En fait, toute sa conception du monde était bouleversée. Toute sa confiance avait disparu.

— Est-ce que ta grand-mère lui avait appris quelque chose qu'elle pouvait te transmettre ?

— Maman avait rejeté toutes les prédictions apocalyptiques – elle les avait toujours dénigrées. Alors elle ne savait pas grand-chose. Et chaque fois que j'insistais pour qu'elle essaie de se souvenir, elle pleurait. Elle n'était plus le roc que j'avais toujours connu.

— Il devait bien y avoir quelque chose ?

— Maman ne savait que trois choses. Mes visions avaient un rapport avec les cartes de tarot. Mon titre, si l'on peut dire, était Impératrice. Et je serais destinée à... (Evie marmonne le reste)... sauver l'humanité.

Je ris par-devers moi. Cette fille est aussi faible de corps que d'esprit, aussi impuissante que crédule ; si le sort de l'humanité est entre ses mains, alors nous sommes condamnés.

— C'est beaucoup pour les épaules d'une fille de seize ans, non ?

— Je sais ! C'est tellement frustrant ! Si Grand-mère avait raison et que je sois vraiment une sorte d'impératrice, alors qu'est-ce que ça veut dire ? Que j'aurais pu sauver mes amis ? Était-ce le but de toutes ces visions ? J'étais moi aussi hantée par ma propre culpabilité.

— Est-ce que les visions (*hallucinations*) ont continué après le Flash ?

Elle secoue la tête pour s'éclaircir les idées et cligne les yeux pour se concentrer.

— Celles sur les différents personnages sont devenues plus rares, mais je voyais Matthew environ une fois par semaine. Il semblait de plus en plus incohérent à chacune de ses visites. Et pourtant, je désespérais de voir quelqu'un de mon âge alors je l'ai accueilli, avec les migraines, les saignements de nez et tout ça. Mais j'avais aussi un tout nouveau symptôme. J'entendais des voix dans ma tête. Le Flash m'a entraînée dans un accès de folie que je n'avais encore jamais atteint – cauchemars de morts atroces, visions, voix.

Des voix ? Cela correspond à sa pathologie.

— Que disaient-elles ?

— Pendant des mois, je n'ai entendu que des murmures et du charabia. Rien d'intelligible. Elles devenaient plus nettes jour après jour, mais aussi plus fortes. Tous les maux continuaient de s'aggraver. (Elle se balance plus vite sur son fauteuil.) Le stress, la faim, les cauchemars, les voix. Qui ne cessaient de s'intensifier.

Evie était seule dans cette ferme avec sa mère, comme échouée sur une île déserte. Pas étonnant qu'elle se soit créé des voix, pour se donner un sentiment d'appartenance. Comme des amis imaginaires.

Et naturellement, elle s'est aussi inventé des superpouvoirs. Dans un monde rempli de dangers, où les filles comme elle sont prises pour cible à tous les tournants, elle a besoin de se sentir puissante.

Mon diagnostic serait qu'elle souffre d'une schizophrénie paranoïde à caractère délirant. C'est grâce à ma propre folie que je peux aussi facilement identifier celle des autres. Mais la mienne est une folie géniale, une étincelle qui confine à la divinité.

Avec tous les élixirs qui coulent dans mon sang, je suis un dieu. Evie va bientôt s'agenouiller, frappée de terreur, quand je lui révélerai ma vraie nature.

En comparaison, sa folie est assommante. Une banale schizo ne retiendra pas mon attention très longtemps.

— Alors qu'as-tu fait de ces voix ?

— Là encore, je n'en savais rien ! (Elle ronge l'un de ses ongles roses et délicats – pas vraiment les griffes en forme d'épines qu'elle a décrites.) Elles sont arrivées le lendemain du Flash. Et finalement, elles se sont transformées en avertissements.

Elle lève la tête, croise mon regard.

Pour voir si je marche ? Je lui adresse une expression compatissante – ou du moins ce qui s'en rapproche le plus.

— Parallèlement, j'ai commencé à avoir le sentiment qu'il me fallait être ailleurs, que j'avais quelque chose à accomplir. La Mort et Matthew avaient dit : « Ça commence à la Fin. » Quelque chose avait commencé, mais j'étais incapable de savoir quoi.

— Et au sujet de tes autres... capacités ? Les as-tu conservées ?

— Il n'y avait plus de plantes à contrôler. La régénération de ma peau était devenue aléatoire. Mais parfois, quand j'avais une vision effrayante, mes ongles se transformaient.

Je lève les sourcils en direction de ses mains, une invitation silencieuse à me faire une démonstration.

— Oh, il faut vraiment que je sois émue. Je ne peux pas les faire apparaître à ma guise. (Elle écarte ses doigts pâles pour moi.) Tu ne me crois pas, n'est-ce pas ?

— Honnêtement ? Je ne suis pas sûr.

Ce dont je suis sûr, c'est qu'elle ment, ou bien qu'elle délire. Le mouvement spontané des plantes qu'elle décrit est impossible d'un point de vue biomécanique – sans parler de la transformation de ses ongles en épines.

La science peut expliquer tous les autres événements de l'apocalypse – mais pas les « pouvoirs » d'Evie.

Qui se sont d'ailleurs évanouis, comme par hasard. Puisque la terre est devenue stérile et qu'elle n'est pas « émue », il n'y a aucun moyen de prouver ou d'infirmer son récit.

Je commence à me demander si elle ne se joue pas de moi, si cette fille ne serait pas en train d'improviser une histoire au fur et à mesure pour collecter des informations sur ma maison, sur ma personnalité. Mais cette perspective dissipe l'ennui que je sentais poindre.

Va-t-elle se mettre à parler d'incendies – à cause des flammes qu'elle vient de regarder – ou de ragoût, comme celui qu'elle a mangé plus tôt ?

— Je craignais que tu ne répondes pas la vérité pour me faire plaisir, dit Evie. J'apprécie ton honnêteté, Arthur.

(Elle soutient mon regard, comme pour bien me faire comprendre combien elle est sérieuse.) Il n'y a rien de pire que de mentir, tu sais ?

Dit la fille dont la bouche déverse des flots de mensonges. Mais j'en viens à m'interroger : qui lui a menti, à elle ? *Qui t'a fait du mal, Evie ?*

— Je serai toujours honnête avec toi.

Elle m'accorde un sourire. Une blonde de seize ans. Si facile à duper.

Je lui fais signe de continuer, elle s'assombrit.

— Il y a un peu plus d'un mois, tout a empiré. Sérieusement empiré.

— Comment cela ?

— J'ai découvert un nouveau genre de don, Jackson Deveaux est reparu dans ma vie, et ma mère... a été blessée.

Sa voix se brise quand elle évoque sa mère, mais la mention de ce garçon me fait dresser l'oreille. Quelque chose dans la manière dont Evie l'a décrit – comme si le Cajun était quelqu'un d'extraordinaire pour elle – me donne des envies de meurtre.

Alors non seulement il a survécu, mais il est revenu la chercher ? Je vois les chances d'Evie de devenir mon acolyte diminuer dangereusement.

Pourquoi les mauvais garçons comme Jackson Deveaux attirent-ils toujours les filles comme Evie ? Ça fonctionnait déjà comme ça au lycée. La seule attention que *moi* j'avais reçue de la part de jolies filles, c'était leur rire quand j'arrivais en cours avec une lèvre coupée ou un nouveau plâtre.

Elles m'avaient rejeté et méprisé pour des choses dont je n'avais pas le contrôle.

Je me souviens alors que j'ai pris le contrôle de mes parents – et que je n'ai plus à m'inquiéter de l'attention d'une fille : j'ai une audience captive de superbes femelles.

Oui, désormais, c'est Arthur qui ramasse toutes les filles. *Je les garde au sous-sol.* Je me retiens de glousser. À la place, je dis :

— Parle-moi de ta mère.

Le ton de ma voix est gentil et préoccupé alors qu'en moi-même je songe : Si tu aimes les mauvais garçons, fillette, alors tu vas être servie. Tu as trouvé le pire de tous.

— Je vais te raconter la suite. (Nouveau regard confus.) Mais, Arthur, dit-elle de cette voix douce et traînante qui fait accélérer les battements de mon cœur, il faut tenir compte du même avertissement que tout à l'heure.

15

Jour 214 après le Flash
Sterling, Louisiane

Il était l'heure.

Un pichet d'eau tremblait dans l'une de mes mains. Dans l'autre, je serrais un bandage propre.

Mais j'hésitais, redoutant ce que j'étais sur le point de voir. Et je détestais me comporter ainsi, en poule mouillée.

Les voix qui me harcelaient – les chœurs de menaces bizarres – se calmèrent pour devenir un bourdonnement plus faible et plus tolérable. Comme pour mieux me laisser subir les prochaines vingt minutes avec ma mère dans toute leur horreur.

Aucune distraction, aucune interruption…

— Salauds, murmurai-je. Allez tous pourrir en enfer.

Profonde inspiration. Expiration. Que le spectacle commence.

Avec une attitude joviale, j'entrai dans la chambre plongée dans la pénombre de Maman et posai le pichet à côté de la bassine sur sa commode.

— Bonjour. Comment tu te sens ?

Un rayon de soleil perça à travers une persienne cassée, illuminant son visage. Elle semblait si petite dans son grand lit à baldaquin, une ombre de la femme qu'elle était avant le Flash. Ses joues creuses étaient encore plus pâles que la veille.

Si elle avait vraiment une blessure interne comme elle le pensait, alors ça signifiait que du sang s'était accumulé dans les hématomes gonflés et marbrés sous son bandage élastique.

— Tu es prête pour que je change ton pansement ?

Si je poussais un cri devant ce que j'allais voir, j'allais me haïr pour l'éternité. Si je craquais, d'une manière ou d'une autre…

Quand je m'assis au bord du lit, elle leva une main pour la poser sur mon visage.

— Et toi, comment te sens-tu, ma chérie ?

Ma lèvre inférieure faillit trembler. J'avais tellement envie de parler à Maman, de lui dire tout ce qui se passait dans ma tête…

J'entends plus d'une douzaine de voix. Quand je dors, je suis tourmentée par des cauchemars. Nous atteignons la fin de nos réserves de nourriture. En ce moment même, je lutte pour ne pas me ruer hors de ta chambre et courir hurler ma frustration. Notre cheval est en train de mourir de faim. Ton état empire.

Es-tu en train de mourir ?

Mais à la place, je répondis :

— Comment je vais ? Le mieux du monde. Aujourd'hui, c'est soupe de pois. (Mon attitude ne la trompait pas, mais j'étais décidée à jouer le jeu.) Alors, voyons ce que nous avons là.

Je posai ses bras sur mes épaules pour l'aider doucement à se redresser pendant que je remontais les oreillers derrière elle.

Des gouttes de sueur perlaient sur son visage – sous l'effort que cela demandait de retenir un cri de douleur ? Nous étions elle et moi des actrices en train de tenir leur rôle. Et pire, nous le savions toutes les deux.

Je commençai à dérouler son bandage qui était imbibé de transpiration. Je changeais son pansement chaque matin. Chaque matin depuis qu'elle avait été attaquée.

Une semaine avant, elle était partie à cheval vérifier le niveau du puits de notre défunt voisin. L'une de nos pompes à eau crachait du sable en faisant le bruit d'une paille au fond d'un milk-shake. Elle avait donc décidé de partir en reconnaissance, tôt un matin, alors que je dormais encore. Dans le mot qu'elle m'avait laissé, elle indiquait qu'Allegra pouvait à peine la porter, alors encore moins nous deux, et elle m'assurait qu'aucun Épouvantail ne serait dehors en plein jour.

Tant qu'elle avait son sel et qu'elle revenait avant le coucher du soleil, elle serait en sécurité.

Aucune de nous n'avait jamais vu d'Épouvantail, sauf dans mes dessins. Au début, j'étais terrifiée à l'idée qu'ils puissent nous traquer, mais les mois avaient passé sans qu'on en voie un seul. Je n'étais donc pas devenue hystérique quand j'avais trouvé son mot.

Pour m'occuper, j'avais nettoyé la maison de fond en comble. Je ne supportais plus la cendre qui recouvrait tout, et penser que je pouvais respirer les restes de quelqu'un me rendait malade.

Pendant ce temps-là, Maman se trouvait à des kilomètres – et tombait sur trois Épouvantails dans une station de pompage.

Deux des trois créatures étaient en train de lécher une tête de puits. Une autre s'était interposée entre elle et la porte. L'Épouvantail avait fait tomber le sel de sa main, alors elle avait chargé et l'avait poussé sous les rayons du soleil ; ils avaient tous deux dégringolé les marches en ciment…

Maintenant que je retirais la première couche du bandage, je me souvins d'avoir été sidérée par son courage en écoutant son récit. Karen la dure à cuire était revenue à la maison – sans la moindre morsure d'Épouvantail, seulement deux ou trois contusions aux côtes.

C'est du moins ce qu'on avait pensé.

Deuxième couche du bandage. Comme une idiote, je m'étais demandé si l'attaque n'avait pas été une bonne chose, un élément déclencheur qui allait lui redonner son sang-froid et sa détermination à toute épreuve.

Troisième couche. Je n'étais pas préparée à une tâche aussi éprouvante.

D'où m'était venue cette pensée ? *Honte à toi, Evie.*

Honte. À. Toi.

Dernière couche. *Ne t'avise pas de hoqueter devant le spectacle. Ne prends pas une seule inspiration. Du calme. Fais comme si ça paraissait mieux.*

Le verdict. Je pinçai les lèvres pour réprimer l'afflux de vomi dans ma bouche. *Ravale ça, espèce de poule mouillée avec tes stupides mains qui tremblent.*

La blessure était atroce.

Au début, ce n'était qu'un groupe d'ecchymoses. Puis la peau était devenue spongieuse. À présent, elle était tendue par l'accumulation de sang et semblait sur le point d'éclater. Comme une tumeur qui se serait développée dans son flanc.

Le bandage ne servait à rien d'autre qu'à me soulager – en m'apportant l'illusion de me montrer utile.

— C'est... mieux, aujourd'hui, dis-je d'une voix étouffée. Vraiment.

Les genoux tremblants, je m'emparai du vieux pichet et de la bassine – que nous utilisions auparavant comme de pittoresques décorations, aujourd'hui remises en service.

Pendant que j'humidifiais un linge pour lui nettoyer la peau, je pris un instant pour rassembler mes esprits, jetant un coup d'œil au reflet de la chambre dans le miroir.

Cet endroit aussi n'était plus que l'ombre de lui-même. Les teintes crème et bordeaux, les tentures murales en soie riche et la dentelle du lit à baldaquin étaient désormais ternes.

Malgré tous mes efforts, la cendre continuait de voler à l'intérieur et de recouvrir tout ce que nous possédions. Couche après couche, cette cendre effaçait tout ce que nous avions connu, tout ce que nous avions été.

J'arrachai mon regard du miroir pour croiser celui de Maman. Oh, Seigneur, elle était en train de me regarder pendant que je réfléchissais ! *Honte à toi, Evie.*

Avait-elle saisi un aperçu de la frustration et de l'abattement qui me rongeaient de l'intérieur ? Bien sûr – ses yeux brillaient de larmes contenues. Mais elle ne dit rien, continuant à jouer son rôle.

— Je vais te nettoyer tout ça, dis-je vivement, déterminée à ne pas rester impuissante.

Pour ne pas dire inutile ?

Exactement comme ce garçon cajun m'avait décrite, une fois. *Bonne à rien*[1].

En lavant le buste de Maman, je compris qu'il avait eu raison. Je ne savais pas cuisiner, coudre, bricoler, ni chasser la vermine et les serpents qui avaient survécu. J'étais une garde-malade empotée et inefficace.

Jamais au cours de l'histoire de l'humanité il n'y avait eu de pire moment pour être inutile.

Mais je n'allais pas le rester longtemps...

Une fois que j'eus fini de la nettoyer et d'envelopper de nouveau son torse du mieux possible, je lui dis :

— Maman, aujourd'hui, je vais aller te chercher un médecin. (J'aurais tout aussi bien pu lui dire que j'allais chercher une connexion Internet. Ou un arc-en-ciel.) Si je galope assez vite, je peux atteindre le comté voisin avant la nuit.

La seule idée de quitter cet endroit et de me plonger dans le monde extérieur me fit frissonner d'excitation de la tête aux pieds. Puis je me sentis coupable. Comment pouvais-je être impatiente de laisser ma mère ?

Avais-je une envie si désespérée de fuir la misère de la Maison Haven ?

Chaque fois que j'éprouvais ce besoin urgent de partir, je craignais d'être une vraie trouillarde, au fond.

1. En français dans le texte. (*N.d.T.*)

Ou bien cela pouvait-il être plus que ça ? Quelque chose avait-il effectivement commencé à la Fin, à la fin du monde ?

Qu'est-ce que j'aurais donné pour avoir une réponse ! Comme j'avais arrêté de prendre mon traitement, de nouveaux souvenirs avaient commencé à refaire surface à propos de cette dernière balade avec Grand-mère. Mais ces minuscules bribes ne suffisaient pas à faire sens.

Je me rappelais qu'elle m'avait demandé de sortir son jeu de tarot de son sac et de regarder les Arcanes Majeurs. Je me souvenais de l'odeur de son sac – des chewing-gums aux fruits et de la crème pour les mains aux gardénias. Les cartes m'avaient paru si grandes dans mes mains...

— Quelles sont tes chances de trouver un médecin, Evie ? demanda Maman. Et même si tu en trouves un, le docteur n'aura jamais le matériel nécessaire pour me soigner. Sois réaliste. (Sa voix était-elle plus faible encore que la veille ?) Et ton idée de galoper vite ? Il y a une semaine, Allegra était sur le point de s'effondrer rien que pour aller chez le voisin. Maintenant, elle ne pourrait même plus aller jusqu'à la limite de la propriété.

Maman pensait-elle que j'allais rester les bras croisés et jouer au pendu avec elle ? La dernière fois que j'étais restée là à ne rien faire, ça n'avait rien amené de bon pour nous.

Et si j'avais pu me servir de mes visions pour sauver nos amis et nos proches... ?

Bon sang, la seule chose positive à propos des voix, c'était qu'elles m'empêchaient de ressasser le passé et d'imaginer comment les choses auraient pu tourner autrement. Plus d'une dizaine d'adolescents parlaient dans ma tête à divers moments, de manière aussi énigmatique que Matthew. Ce matin, alors que j'envisageais d'apporter le petit déjeuner à Maman – en sachant qu'elle n'y toucherait pas – elles avaient divagué :

— *Écrasée sous le Poids des Péchés...*

— *Rouge des dents et des griffes !...*

— *Nous t'aimerons. À notre manière...*

— Evie, reprit Maman. Je veux que tu t'habilles bien et que tu apportes un panier à M. Abernathy.

L'ancien inspecteur vétérinaire du comté ?

— Un *panier*. Qu'est-ce que tu crois… qu'on est riches ?

Le sous-sol rempli de boîtes de conserve, qui était censé nous durer des années ? Il se réduisait désormais à quelques semaines et nous nous rationnions déjà au point d'avoir faim en permanence.

— Fais ça pour moi, chérie. Soulage mes inquiétudes.

D'un ton feignant l'horreur, je répondis :

— Ma mère me sacrifie à un inspecteur vétérinaire de cinquante ans.

— Il n'a que trente et quelques. Et il est veuf désormais.

— Tu es *sérieuse* ?

Ma mère, pourtant si indépendante, voulait que j'aille me jeter à la merci d'un homme.

La femme qui avait combattu les vieux garçons d'un réseau d'agriculteurs exclusivement masculin – et qui l'avait dominé – prévoyait aujourd'hui de donner sa fille au premier venu.

Ne crie pas ; vas-y doucement avec les railleries.

— Alors pourquoi se contenter d'un panier de boîtes de conserve, Maman ? Autant débarquer en me présentant directement comme sa future épouse ?

— C'est l'un des derniers survivants de Sterling, chérie.

À l'extérieur, le vent se levait, battant contre les volets clos, ébranlant la Maison Haven jusqu'à la faire grincer et gémir.

Quand le vent remuait les cendres et obscurcissait le soleil, la température chutait. J'installai une autre couverture sur elle.

— Alors peut-être que c'est toi qui devrais sortir avec Abernathy.

— J'ai quarante et un ans, et en ce moment, je ne suis vraiment pas en état pour aller m'acoquiner avec un homme. Evie, et s'il m'arrivait quelque chose ? Qu'est-ce que tu ferais ? (Elle ne cessait de me poser cette question depuis l'attaque.) Il n'y a personne ici pour prendre soin de toi, personne pour te protéger. Ça me ronge de t'imaginer seule ici.

— Je t'ai demandé d'arrêter de parler comme ça. Il y a quelques jours, tu me disais que tout irait bien. Et maintenant, tu fais comme si je devais faire moi-même une sélection naturelle, te jeter à la dérive sur un iceberg ou je ne sais quoi.

Elle soupira et se mit aussitôt à tousser. Quand la crise se calma, je lui tendis un verre d'eau en notant mentalement d'aller à la pompe dès qu'il y aurait une accalmie.

— Oh, Evie. Qu'est-ce que tu ferais ? demanda-t-elle de nouveau.

Je croisai son regard, déterminée à me montrer convaincante :

— Ça n'arrivera pas, Maman. (Dès que je quitterais la chambre, j'irais jusqu'à l'écurie. Si Allegra en était capable, je partirais à la recherche d'un médecin.) Pourquoi est-ce que tu ne te concentres pas sur ta convalescence en me laissant m'occuper des soucis ? (Je lui déposai un baiser sur le front.) Je vais aller terminer mon piège.

C'était un mensonge crédible. Même si personne ne s'était introduit dans la propriété de Haven – ni n'était passé rendre visite – depuis le Flash, je m'inquiétais pour la sécurité de la maison et de Maman.

Son expression se fit méfiante.

— Evie, c'est tellement dangereux, et tu es... tu es...

— Empotée ? Même moi, je suis capable de suivre un manuel avec des images.

— Mais, la tempête ?

Les cendres étaient répugnantes, mais gérables. Je remontai sur mon visage le bandana que je portais toujours autour du cou, puis mimai un pistolet avec deux doigts comme un bandit. Maman sourit, mais ne rit pas.

— Repose-toi, lui dis-je. Je serai de retour pour t'apporter ton déjeuner.

— N'oublie pas de prendre du sel, dit-elle d'une voix faible.

Mon sourire disparut à la seconde où je me retrouvai seule. Nous étions à court de nourriture, à court de chance, à court de temps.

De retour dans ma chambre, j'enfilai mes immenses lunettes de soleil ainsi qu'un sweat à capuche, avant de sangler mon fusil de chasse dans mon dos. Entre cet équipement et le sel dans mes poches, j'étais prête à affronter d'éventuels malfrats – et des Épouvantails.

Le sel était censé repousser les zombies – si l'on en croyait les âmes perdues aux yeux hantés qui avaient traversé Sterling. Ils nous avaient également appris que la peste avait touché le nord, que des incendies continuels faisaient rage dans l'ouest, que des esclavagistes régnaient sur les grosses villes du sud, et que des cannibales s'étaient emparés de la côte est.

En entendant ce genre de récit, j'étais reconnaissante d'être ici, cloîtrée à Haven – même si j'avais le sentiment écrasant que j'aurais dû être ailleurs, à faire autre chose.

Mais que pouvait-il y avoir de plus important que de veiller sur Maman… ?

Après avoir ouvert les volets anti-ouragan qui couvraient ma fenêtre, je déployai l'échelle de secours et la regardai se dérouler le long de la façade latérale de la maison.

Cette fenêtre était notre seule issue. Dès le début, j'avais barricadé toutes les portes avec du bois et cloué méthodiquement les volets du rez-de-chaussée.

Je refermai la fenêtre derrière moi avant de descendre l'échelle jusqu'aux cendres tourbillonnantes, comme si j'étais en cours de gymnastique des damnés. Le sol recouvert de suie craqua sous mes pieds quand j'atterris.

Je dus aussitôt me voûter pour ne pas être renversée par le vent.

La seule constante dans les conditions météorologiques ? Il n'y avait plus jamais de pluie. La plupart du temps, la tempête faisait rage. Et quand elle se calmait, un ciel bleu sans nuages et un soleil torride prenaient le relais.

Les nuits étaient terriblement calmes. Pas un murmure d'insecte, pas un bruissement de feuille, pas une oscillation de branche. Un silence stérile.

Sauf quand un séisme grondait quelque part au loin.

Après avoir dépassé les restes de ce qui était autrefois les chênes majestueux de Haven – aujourd'hui des squelettes noircis aux doigts dépourvus de feuilles – je ralentis pour poser la main sur un tronc effrité.

Comme chaque fois, je ressentis un pincement au cœur ; ils avaient sacrifié leur vie pour nous protéger.

La nuit de pluie qui avait précédé le Flash avait saturé d'eau les vieilles planches assoiffées de la Maison Haven et de l'écurie. Entre ça et le couvert des chênes, les structures avaient été épargnées par les feux célestes – alors que la plupart des constructions de bois du comté avaient été entièrement brûlées.

Je ne distinguais rien à plus de quelques centimètres devant moi, et c'était pour moi une bénédiction. Au moins, autour de la maison, nous avions un semblant d'arbres. Mais les champs...

Mon armée de six millions de têtes était entièrement décimée. J'entendis un son, un doux gémissement – et constatai avec surprise qu'il provenait de mes propres lèvres.

À l'écurie, j'ouvris la porte à double battant suffisamment pour me glisser à l'intérieur sans que le vent risque de l'arracher.

Une fois à l'abri, je retirai mon bandana et me dirigeai vers la stalle d'Allegra. J'espérais bien pouvoir lui poser une selle et partir avec elle.

Je ne vis pas mon cheval dans son box avant d'atteindre l'entrée, parce qu'elle était couchée sur le flanc, les côtes bien plus saillantes que je ne le pensais. Sa respiration était laborieuse.

Elle parvenait à peine à soulever ses paupières mais elle essaya tant bien que mal pour m'accueillir.

S'était-elle demandé pourquoi je ne lui apportais plus de pommes, désormais ? Était-elle effrayée ? Comment pouvais-je la laisser souffrir plus longtemps ?

Ses yeux expressifs roulèrent vers l'arrière de son crâne et elle perdit connaissance. Plus d'Allegra. Pas de médecin pour Maman.

Le chagrin et la frustration qui gonflaient en moi devaient trouver un exutoire. Je rejetai la tête et poussai un cri à pleins poumons.

Je hurlai et hurlai encore.

Quand ma gorge brûla et que j'arrêtai enfin, je criai aux voix :

— Allez, venez ! C'est votre tour ! (Je pivotai sur moi-même.) Il y a encore une part de moi à tourmenter. Ne soyez pas timides.

Trois voix différentes répondirent à mon appel et s'exprimèrent toutes à la fois :

— *Les yeux au ciel, mes enfants, je frappe d'en haut !...*

— *Je t'observe comme un faucon...*

— *Je ferai un festin de tes os !...*

Je reconnus le sifflement grinçant d'Ogen. J'avais compris que certaines de ces voix appartenaient aux personnages que j'avais vus dans mes visions.

Je me rappelai le garçon ailé que j'avais aperçu le soir de ma fête d'anniversaire. Peut-être était-ce lui qui disait : « *Je t'observe comme un faucon.* »

Et celui qui faisait des étincelles et qui paraissait dégager de l'électricité ? Les javelots de foudre avaient-ils été son œuvre ? C'était peut-être la voix à l'accent irlandais qui disait : « *Les yeux au ciel, mes enfants.* »

J'avais vu ces garçons et l'archer au visage brouillé à l'affût. À présent, ils étaient dans ma tête, parmi tant d'autres. Ces gamins pouvaient-ils vraisemblablement être réels ?

Des garçons avec des ailes et des javelots de foudre. Des créatures à cornes comme Ogen. La Mort...

Avant le Flash, je n'avais jamais été folle. Après ? J'étais sur une pente dangereuse et ces voix continuaient de me pousser, de me pousser encore jusqu'à ce que je sois certaine de tomber.

Je retirai le fusil et m'adossai au mur, puis me laissai glisser en me tapant la tête contre le bois. Encore et encore.

Je m'étais toujours demandé pourquoi les gamins faisaient cela au CEA – ça semblait faire foutrement mal – mais maintenant, je comprenais. La douleur me détournait de ma détresse.

Hélas, ça n'avait aucun effet sur les voix. Elles ne cessaient de bourdonner dans ma tête.

— *Nous t'aimerons... Festin de tes os... Je frappe d'en haut !...*

— Matthew ! appelai-je. Je préfère la migraine. Viens. S'il te plaît ?

Naturellement, mon attitude envers lui, et envers toutes les visions, avait changé. À présent j'attendais impatiemment ses visites. Au cours de la dernière, il m'avait dit : « *Il souffre quand il aide.* »

Avais-je la moindre idée de ce que cela signifiait ? Hé non, mais j'aimais que Matthew soit à proximité.

Une autre fois, il était apparu uniquement pour m'informer, sombrement : « *Tu es la seule amie que j'aie jamais eue.* »

Voyant qu'il ne venait pas cette fois-ci, je refoulai ma déception et m'efforçai de me concentrer pour bloquer toutes les voix. Réfléchis à ce que tu dois faire !

Maman m'avait demandé, une fois, si nous serions capables de manger Allegra si la situation devenait vraiment désespérée. J'avais songé alors que la véritable question qu'elle se posait était plutôt : *Comment Evie pourrait-elle regarder son cheval dans les yeux, le tuer et ensuite le* découper ?

J'étais sur le point de le découvrir.

Si Allegra ne pouvait plus servir de moyen de transport, alors elle servirait... de repas. Maman devrait aller mieux avec plus de nourriture ; en tout cas, son état ne pouvait pas empirer.

C'était la seule chose que je pouvais faire pour l'aider.

Découper ma gentille Allegra.

Avec un sanglot, je me pris le visage dans les mains, les yeux débordant de larmes. Bientôt, je me mis à pleurer plus fort que je ne l'avais fait le lendemain du Flash, quand j'avais d'abord cru que la plupart des gens sur terre étaient morts.

La douleur me transperça le crâne. Les larmes inondèrent mes joues – et mon *front* ?

Je baissai les yeux et vis du sang sur mes paumes.

— Merde !

Je m'étais coupé le front avec mes griffes aiguisées, et maintenant du sang dégoulinait sur mon visage. Il coulait de mon menton et imbibait mon bandana.

Laissant une traînée écarlate derrière moi, je parcourus les alentours de mes yeux plissés, à la recherche d'une chose qui ne soit pas recouverte de poussière pour panser mes blessures, mais je ne voyais rien à travers le rideau de sang.

Je m'essuyai frénétiquement les yeux, aveuglée. Les blessures au cuir chevelu saignaient toujours abondamment, et je devais en avoir une dizaine !

Ne trouvant aucun bandage de fortune, j'appliquai mon bandana sur mon visage et l'appuyai contre mes coupures.

Je me figeai en entendant un murmure sur ma droite. Puis un autre sur ma gauche. Je sentis du mouvement tout autour de moi, mais j'étais trop terrifiée pour fuir, ou pour retirer le bandeau ensanglanté de mes yeux.

Un rat ! Plusieurs rats ? Je poussai un cri en bondissant sur le côté, et je tombai à la renverse en arrachant le bandana. Les rats allaient me dévorer vivante dans cette écurie !

Je m'essuyai les yeux d'un revers de main et pus finalement voir…

J'ouvris la bouche de stupeur et tout l'air quitta mes poumons. Finalement, je parvins à murmurer :

— Oh, mon Dieu.

Je regardais… *des plantes*.

Des pousses de végétation jaillissaient dans la poussière tout autour de moi. Partout où mon sang avait touché de la vieille avoine et du foin, ces derniers avaient germé.

Je me redressai prudemment. Cela faisait très longtemps que je n'avais pas été à proximité d'une plante vivante ; je m'étais presque convaincue que j'avais bel et bien halluciné à propos de ma connexion avec la nature.

Les voix s'élevèrent dans ma tête en un concert assourdissant, mais j'étais tellement fascinée par ma nouvelle découverte que, pendant un bref instant, j'en fis totalement abstraction.

Alors que je remettais sérieusement ma santé mentale en question, les plantes s'étirèrent vers un faible rayon de lumière qui filtrait entre deux planches. Cela pouvait-il être réel ? Je tendis la main pour toucher timidement une tige avec une autre goutte de sang.

Elle poussa d'un coup, passant d'un état de semis à la maturité en quelques secondes. « *La vie dans ton sang* », avait dit la Mort. Mon esprit parvenait difficilement à concevoir cette possibilité. Il me fallait...

— Plus de graines.

Je me précipitai vers la maison en filant sous les vents violents. Le temps que j'atteigne la cuisine, mes griffes s'étaient rétractées, ma tête s'était arrêtée de saigner et mes coupures cicatrisaient déjà.

Dans le garde-manger, je m'emparai d'un paquet de graines. Maman et moi les avions emportées en pensant pouvoir faire pousser notre propre nourriture.

Seulement, rien n'avait jamais pris. Rien n'avait jamais pris pour personne d'après ce que nous avions entendu.

Mais à présent...

Mes pensées défilaient aussi vite que les battements de mon cœur. Il y avait un endroit à l'arrière de l'écurie où le toit s'était effondré, créant une brèche à ciel ouvert. Nous avions eu l'intention de la colmater, redoutant que la pluie n'inonde l'intérieur.

Or, aucune goutte de pluie n'était jamais tombée. Rien que le soleil, la poussière et la cendre. Je pourrais maintenant y faire pousser des cultures.

Je fourrai les paquets de graines dans les poches de mon jean. Si Maman avait assez de nourriture – de bonne nourriture –, alors elle pourrait aller mieux. Oui, bien sûr ! Elle ne guérissait pas comme elle le devrait parce que la faim l'affaiblissait.

Je tournai mes yeux plissés vers la grange. Je pouvais y remédier. Je pourrais même remettre notre cheval sur pied et partir avec lui à la recherche d'un médecin.

À court de nourriture, à court de chance et à court de temps ? Je pouvais tirer avantage de cette chance, faire pousser de la nourriture et gagner du temps.

Avec une simple lame de rasoir, rien d'autre.

Après tout, de quel volume de sang une fille pouvait-elle avoir besoin pour vivre ?

16

Jour 220 après le Flash

Je crus entendre le bruit d'une moto.

Ce matin, les vents étaient calmes. Sans plus de feuilles, de voitures ou de cris d'animaux, le son portait différemment désormais.

Est-ce possible ? me demandai-je en m'éloignant de la maison d'un pas chancelant, affaiblie par la perte de sang. Depuis ma découverte de la semaine passée, je m'étais mise à pratiquer intensivement... l'agriculture.

Ce bruit de moto réveilla des souvenirs d'une vie passée, d'une époque de confort et d'abondance qui semblait dater d'un millier d'années.

En fermant les yeux et en écoutant ce vrombissement, je pouvais presque faire comme si je vivais toujours cette vie.

Presque. L'odeur amère des cendres et les voix discordantes dans ma tête m'empêchaient d'y croire vraiment.

Tu es en plein délire, Evie. Il n'y avait aucun bruit de moteur – pas plus qu'il n'y aurait plus jamais d'avions dans le ciel.

Oui, en plein délire. Hélas, c'était l'un des risques de la profession d'agricultrice de sang. Surtout avec des cultures aussi abondantes que les miennes.

J'avais pensé que les effets secondaires de la saignée de la veille s'étaient estompés. Mais apparemment non, puisque je ressuscitais des bribes du passé.

Après tout, que me faisait un son imaginaire de plus ? *Rejoins le chœur, rugis avec les voix !*

Je me dirigeai péniblement vers la grange, décidée à me mettre au travail. Le ciel était dégagé pour le moment. Ce bleu immaculé au-dessus de ma tête aurait dû me paraître de toute beauté, mais on aurait dit qu'il essayait de compenser avec un peu trop de zèle l'absence de verdure.

Pour moi, ce ciel bleu ressemblait à un sourire forcé...

Je me souvins de Brandon qui m'avait dit, un jour, que ses pensées alternaient de manière aléatoire entre le football et moi. À présent, c'était ma vie qui était en mode lecture aléatoire, comme un iPod jouant seulement trois misérables chansons.

Morceau 1. Le matin, je changeais le pansement de Maman. Je me faisais peut-être des illusions, mais sa blessure ne me paraissait pas pire. Et pourtant, ses pensées semblaient de plus en plus brumeuses et elle dormait tout le temps.

Après m'être occupée de Maman, je me dirigeais vers la grange pour le morceau 2 avant le déjeuner. Mes nouvelles rangées de cultures semblaient mettre les voix en sourdine, consolidant ma santé mentale pendant de précieuses heures – mais avec un prix à payer.

Morceau 3. Quand j'étais seule dans mon lit, la nuit, les voix *explosaient*. Comme si mes cultures bien-aimées les avaient simplement contenues de force dans une bouteille que l'on secouait plus tard jusqu'à ce que la capsule saute.

Au point d'avoir envie de m'arracher les cheveux. Si je parvenais d'une manière ou d'une autre à dormir malgré ce bruit, j'étais récompensée par des scènes de la sorcière rousse d'un réalisme troublant...

Quelques minutes plus tôt, je m'étais de nouveau repassé le morceau 1. J'avais laissé Maman somnoler après une crise de larmes. Les siennes, pas les miennes.

Plus sa santé déclinait, plus elle devait émotive.

— Pourquoi n'ai-je pas... écouté ? avait-elle dit d'une respiration sifflante. Grand-mère m'a dit que tu étais spéciale, et je me suis *moquée* d'elle. Pourquoi n'ai-je pas cru en elle – ou en toi... les deux personnes que j'aimais le plus au monde ?

Même si je m'étais moi aussi posé cette question, j'avais essayé de l'apaiser en lui disant que tout irait bientôt mieux.

Après cette crise, je sus que je ne pouvais lui révéler mes récents dons. J'y avais réfléchi pendant des jours, mais comment réagirait-elle face à de nouvelles preuves de ma « particularité » ? Davantage de larmes et de quintes de toux ?

Ma corne d'abondance ferait l'effet d'une gifle à la femme qui m'avait expédiée dans le Centre d'Apprentissage pour Enfants. J'avais donc décidé de garder ça pour moi.

Si elle était à plat, je pouvais lui glisser des petites parts de miellat et de fraises. Le matin précédent, elle avait murmuré : « Je dois être en train de rêver. »

D'autres fois, j'avais simplement vinaigré les légumes et lui avais dit que j'avais trouvé des bocaux en réserve ou chez un voisin.

Est-ce que je savais conserver de la nourriture dans du vinaigre ? Bon sang, non. Mais je savais manger des cornichons à même le pot avant d'y plonger les nouveaux légumes dans le jus restant.

Aux portes de la grange, j'ouvris le cadenas. Non, nous n'avions eu aucun visiteur ou intrus ; malgré tout, j'étais suffisamment paranoïaque pour enfermer le précieux contenu à clé.

À l'intérieur, Allegra hennissait avec un peu plus d'énergie. Au moins, elle était debout sur ses jambes. Après un manque d'appétit au début, elle se faisait désormais un régal de ses écorces de melon quotidiennes.

— Salut, ma fille.

Je caressai son cou en effleurant son museau. Je comptais lui laisser deux jours supplémentaires avant de me risquer à la monter.

Trop tôt, je pourrais la tuer, et ainsi perdre tout espoir de trouver un médecin. Trop tard, et…

N'y pense même pas, Evie.

Au fond de la grange, je me baissai sous les poutres du toit effondré pour entrer dans mon jardin. Après avoir remonté une manche de mon sweat, je sortis une lame de rasoir du paquet que j'avais dans la poche de mon jean.

Je pris une profonde inspiration avant de poser la lame sur la veine bien visible qui remontait jusqu'à mon coude. *Si seulement les médecins d'Atlanta pouvaient me voir en ce moment !*

Ah, mais ces charlatans suffisants étaient probablement réduits en cendres.

Comme si j'allumais un feu, je me servis de mon sang pour amener les graines de carotte et de pomme de terre à la vie. Je versai quelques gouttes sur les semis et regardai les tiges brillantes germer sous mes yeux.

Pourtant, un vertige et un frisson me saisirent. Je comprenais maintenant pourquoi les personnages agonisants dans les films murmuraient toujours « J'ai froid… tellement froid » pendant qu'ils se vidaient de leur sang. La chaleur corporelle s'écoulait en même temps que le fluide vital.

Je soupirai quand ma peau se mit à cicatriser. Malgré le tremblement de ma main, je rouvris cette veine tendre d'un autre coup de lame, avec une grimace de douleur.

Alors que le sang s'écoulait de nouveau, je luttai pour garder les yeux ouverts. La grange se mit à tournoyer et mes frissons s'intensifièrent.

Le délire devait *effectivement* s'emparer de moi car j'entendis de nouveau cette moto imaginaire – qui remontait l'allée en coquilles de Haven.

Imaginaire ou pas ? Ma première pensée fut : le Cajun avait-il… survécu ?

Je pensais à lui de temps en temps, généralement pour le maudire d'avoir volé le téléphone de Mel – même si j'avais commencé à me demander si j'aurais vraiment pu la ramener au sous-sol de Haven à temps.

Est-ce que je le tenais pour responsable de sa mort ? Oui, chaque fois que j'imaginais Mel incinérée dans sa voiture.

C'était moins pénible que d'assumer mes propres erreurs : ne pas avoir forcé ma mère à voir la vérité, ne pas avoir eu confiance en ma santé mentale, ne pas avoir averti les gens.

Ne pas avoir dit : « Tu déconnes, Mel, tu restes ici cette nuit. »

Le bruit de moteur se rapprochait. Qui que cela puisse être, il fallait que je reprenne mes esprits et que je prépare mon fusil. Je m'essuyai le bras et rabaissai ma manche.

Je sortis d'un pas chancelant, l'arme coincée sous le bras, et verrouillai la grange derrière moi.

Le motard m'aperçut et ralentit avant de s'arrêter en penchant sa tête casquée. Il portait une veste en cuir noire, un jean déchiré et des bottes. Une arbalète tordue pendait dans son dos.

Je reconnus sa carrure, la largeur de ses épaules. Sous le choc, j'entrouvris les lèvres. *Jackson Deveaux.*

Il était en vie.

Je vacillai, comme si le sol tremblait sous mes pieds. Puis je fronçai les sourcils. Le sol avait *effectivement* brièvement tremblé.

Il coupa le moteur et mit la béquille. Quand il retira son casque, je vis que ses cheveux d'un noir de jais étaient plus longs et que son visage était moins hâlé. Ses yeux étaient toujours d'un gris vif, mais des cercles noirs s'étiraient au-dessous.

Il semblait épuisé. Et son visage affichait une dureté qui n'y était pas auparavant.

Je ne sus pas ce que j'éprouvais de le revoir. Dans mon esprit, c'était un vaurien. Mais c'était aussi un ancien camarade de classe – même pour une courte durée.

N'avais-je pas désespéré de voir quelqu'un de mon âge ? Celui-ci était bien là, *en chair et en os*.

Avais-je besoin de parler à quelqu'un au point de supporter la présence de Jackson ?

Nous nous dévisageâmes un long moment. Il prit son temps pour m'examiner, exactement comme la première fois qu'il m'avait vue de sa vie.

Comme je paraissais différente aujourd'hui ! Mon allure n'était plus celle d'une pom-pom girl bien apprêtée ; j'étais maintenant un désastre ambulant et postapocalyptique. Mes vêtements étaient effilochés et barbouillés de suie, mes cheveux revenus à l'état sauvage. Je devais être pâle comme la mort.

De sa voix profonde dont je me souvenais nettement, il murmura :

— *Dépouille*[1].

Je me raidis. *Dépouille* voulait plus ou moins dire que je ressemblais à une épave. Il comptait se pointer ici pour m'insulter ? Après notre dernière rencontre ?

Comme si je n'avais pas suffisamment de problèmes à gérer !

— J'aurais dû me douter que tu avais survécu.

Il descendit de sa moto avant de s'y appuyer.

— Pourquoi ça, Evangeline ?

— Les reptiles et la vermine s'en sont tirés.

Je devais avoir *l'air défoncée*. Je m'efforçai de me secouer et d'ouvrir grand les yeux.

— Je ne vois rien de changé chez toi. Toujours bonne à rien.

— Et rien n'a changé chez toi non plus. Toujours impoli et sans classe.

— Tu as l'air un peu faible. Tu as le visage pâle. Tu as attrapé la peste, à tous les coups ?

Non, je faisais juste un peu de jardinage. Ça demande du sang, de la transpiration et des larmes.

---

1. En français dans le texte. (*N.d.T.*)

Je faillis glousser mais pressai le dos de ma main contre mes lèvres. Je finis par dire :

— Qu'est-ce que tu veux ?

— Je pars pour le Texas. Je me suis arrêté ici pour faire du troc. (Il ouvrit sa veste avant de sortir sa flasque de sa poche.) Des gens à Sterling disent que vous avez des réserves de nourriture. Je me suis dit qu'avec ta mère, vous deviez dormir sur vos deux oreilles.

Dormir sur nos deux oreilles ? Qu'est-ce que c'était censé vouloir dire, *ça* ? Je n'arrivais pas à réfléchir. Malgré les rayons du soleil, j'avais tellement froid que je devais me retenir pour ne pas claquer des dents.

— De quoi tu parles ?

— Tu savais ce qui allait arriver, non ? Je suis sûr que tu t'y étais préparée. C'est pour ça que t'as encore de la nourriture.

— Préparée ? (Mon vertige s'amplifia.) Si nous avons *encore* des réserves, c'est parce qu'on a récupéré tout ce que l'on pouvait pendant que tout le monde priait.

Le vent se leva de nouveau et je frissonnai de plus belle.

— Tu as suffisamment dessiné le Flash, dans tous ses détails. Qu'est-ce qui se passait ? Tu avais des visions ? Des rêves ? C'est ce que tu faisais tous les jours en cours.

Jackson m'en voulait pour quelque chose qui ne m'avait aidée en aucune façon.

Il plissa les yeux.

— Pas étonnant que tu aies voulu récupérer ce carnet… c'était le foutu scénario de l'apocalypse. J'ai vu les Épouvantails dans tes dessins avant de les voir dans la réalité. J'ai vu le soleil briller la nuit sur une de tes feuilles avant que ça n'arrive en vrai. Merci pour le tuyau, dit-il avec ironie.

— Oh, parce que tu m'aurais crue ! *Moi-même* je ne croyais pas à mes dessins ! criai-je alors que toute la frustration de la semaine et des mois passés refaisait surface. Je pensais que j'étais folle ! Comme tous ceux qui connaissaient l'existence de ce cahier ! (Devant son air indifférent, j'ajoutai :) Laisse-moi te dire à quel point j'étais préparée.

J'étais tellement préparée que mon petit ami et sa famille sont devenus un tas de cendres. Tous nos amis sont morts. Et Mel... (ma voix se brisa, mais je poursuivis :)... était comme une sœur pour moi, et elle est morte toute seule, à moins de cinq kilomètres de chez moi !

Son regard s'adoucit légèrement... jusqu'à ce que je dise :

— Tu es responsable de sa mort !

— Mais qu'est-ce que j'ai fait, bon sang ?

— Quand j'ai vu les lumières, j'ai commencé à comprendre que les choses que j'avais vues étaient peut-être réelles. Je voulais appeler Mel et lui dire de revenir. Mais elle *n'avait pas son téléphone* !

— Je n'ai pas volé son téléphone.

— Tu m'as occupée pendant que Lionel le volait.

— S'il a fait ça, alors il a payé. Il est aussi mort qu'elle.

— Tu étais tout autant responsable.

Je me pris le front dans une main, refusant de discuter davantage. Jackson ne valait pas la peine que je perde mon temps. À moins...

— As-tu vu un médecin – n'importe quel genre de secours médical – en venant ici ?

— Pourquoi ? T'es malade ? Ou ta mère ? Une rumeur court en ville.

— Contente-toi de répondre ! Est-ce que tu peux ramener un médecin ici ? Nous avons des choses de valeur, des choses qui dédommageraient le trajet.

— *Non*[1]. C'est pas... c'est pas possible.

Vacillant sur mes pieds, je répliquai :

— C'est la seule chose qui m'intéresse, Jackson. S'il n'y a pas de médecin, tu peux partir.

— Tu sais même pas ce que j'ai à offrir.

— Je ne veux rien – et je n'ai besoin de rien – sauf d'un médecin.

— Et ce dont j'ai besoin, moi ? Peut-être que je vais simplement aller me servir.

---

1. En français dans le texte. (*N.d.T.*)

Une vague de peur me submergea. Il ne devait pas s'approcher de ma mère. Nous étions si vulnérables ! Je retirai la sécurité de mon fusil.

Il but tranquillement une gorgée de sa flasque.

— Tu sais te servir de ce truc, toi ?

Seigneur, il me faisait enrager !

— Je t'ai dit de partir !

Je levai le fusil.

Il rempocha sa flasque et s'écarta de sa moto.

— Pointe pas ça sur moi, lança-t-il d'une voix grinçante en faisant un geste dans ma direction.

Quand il s'approcha, il avait cette flamme dans le regard, la même qu'avec l'ivrogne.

Celle qui promet la douleur.

Je frissonnai de peur. Ce qui me rendit encore plus furieuse. J'avais une arme chargée pointée sur lui ! Il ne savait pas que je ne serais même pas capable de toucher la façade de la grange.

— Eh ben, Jackson, on dirait que la petite poupée a du cran...

Il bougea si vite que je n'eus pas le temps de réagir avant qu'il ne repousse le canon du fusil sur le côté. J'effleurai à peine la gâchette et le coup partit. Le recul me projeta en arrière plus fort qu'une ruade. Je vis Jackson se précipiter vers moi – trop tard – avant de sentir ma tête heurter le sol.

Quand il s'accroupit à côté de moi pour tâter l'arrière de mon crâne, ma vue se brouilla.

— Tu survivras, espèce de *couillonne*[1]. Et maintenant, t'es pas soulagée que j'aie écarté le canon ?

Mes yeux roulèrent vers l'arrière. Les ténèbres.

1. En français dans le texte. (*N.d.T.*)

17

La sorcière rousse se tenait sur une estrade surélevée, face à une foule de silhouettes sombres.

Des villageois. Qui se recroquevillaient devant elle.

Une envie meurtrière crépitait dans ses veines tandis qu'elle les toisait. Elle allait tous les détruire, jusqu'au dernier, avec une colère insondable.

Elle leva ses doigts munis de griffes vers un ciel matinal et dégagé, puis exhorta les plantes à proximité à libérer leurs épines. Avec un cri, elle forma une véritable tornade.

Comme un essaim d'abeilles, la tempête d'aiguilles s'abattit sur ses proies. Les gens se poussèrent et se bousculèrent, piétinant ceux qui étaient à terre pour s'enfuir, mais aucun n'en réchappa.

Les épines aiguisées comme des lames de rasoir mordirent leurs visages, écorchant leurs traits, leurs nez, leurs lèvres. Centimètre par centimètre, ces barbelés animés tranchaient la chair. Le sang gicla, les cartilages se répandirent sur le sol.

Le scalp d'une femme fut arraché net ; sa magnifique chevelure noire dériva dans les vents tourbillonnants...

La tempête de la sorcière gonfla encore. Même la peau en charpie, les gens parvinrent à survivre un temps étonnamment long – ce qui semblait particulièrement amuser la sorcière.

Pendant qu'elle caquetait de plaisir, ils rampaient sur le sol, embourbés dans une fange de sang et de tripes...

Je me réveillai dans mon lit, en plissant les yeux à cause de la lumière vive. J'étais toujours parcourue de frissons.

Mon regard s'arrêta sur trois bougies allumées. Trois bougies ? Je n'avais jamais autant gaspillé.

J'eus un mouvement de recul en distinguant une silhouette floue. Lentement, mes yeux s'accoutumèrent.

Jackson se trouvait *dans ma chambre* ! Aucun garçon n'était jamais entré dans ma chambre – et encore moins *celui-ci*.

Il portait toujours son arbalète en bandoulière. Et dans sa main ? Une autre bougie.

Tandis que j'essayais de me débarrasser des derniers vestiges de mon cauchemar et que je retrouvais mes repères – comment étais-je arrivée dans mon lit ? Que faisait-il ici ? – je fis semblant de continuer à dormir et le regardai fouiner dans la pièce comme s'il était chez lui.

Il observa les nuages menaçants que j'avais peints sur les murs, jeta un œil dans ma penderie avant de la fouiller, et de reparaître pour aller examiner mes trophées de danse et mes photos de récital. Il parcourut une réserve de cahiers à dessins – tous vides.

Le dessin n'avait plus beaucoup d'intérêt pour moi ces temps-ci. Les voix m'empêchaient de rester tranquillement assise. Et mon esprit était déjà assez tourmenté comme ça.

Comme s'il ne pouvait s'en empêcher, il retourna vers les peintures murales et souleva la bougie pour tracer du doigt les contours des nuages. La flamme vacillante souligna une effroyable cicatrice sur son avant-bras.

Je reconnaissais cette blessure. J'étais présente chez lui quand un ivrogne avait entaillé la peau de Jackson jusqu'à l'os.

J'avais pu me rendre compte de la brutalité dont il était capable – il avait presque battu à mort cet homme, sous mes yeux. Pourtant, il touchait à présent mes peintures avec douceur, presque avec *respect*.

J'avais l'impression d'être une espionne, comme si j'assistais à un moment dont je ne devrais jamais parler. Ça paraissait... intime. Quand il effleura les cannes, j'aurais juré que je pouvais le sentir souffrir, regretter ces champs et cette pluie qui s'apprêtait à tomber.

Puis il retira brusquement sa main. Sans se retourner, il dit :

— Alors c'est ici qu'Evangeline Greene a grandi.

— Qu'est-ce que tu fais dans ma chambre ? Comment suis-je arrivée dans mon lit ?

Il finit par me faire face, mais ignora mes questions.

— Cette penderie, là… pas assez grande, non ?

Je rougis en repensant qu'il n'avait même pas de chambre à lui.

Il ouvrit le tiroir du haut de ma commode.

— Combien de rubans et de fanfreluches une fille peut-elle avoir ? (En haussant les sourcils, il souleva un soutien-gorge rose Victoria's Secret dans le tiroir d'à côté.) Je me rappelle bien celui-là.

— Repose ça immédiatement.

— Oh, d'accord. (Il esquissa un petit sourire narquois avant d'obéir.) Comment tu arrives à suivre avec toutes ces affaires ? J'sais pas si j'aimerais en avoir autant, moi. Ça doit être un boulot à plein temps rien que pour se souvenir d'où se trouvent les choses.

Je revoyais sa maison, ses maigres possessions, ses quelques livres – ce vieil exemplaire de *Robinson Crusoé* à côté du canapé sur lequel il dormait…

— Tu es encore plus riche que je ne le pensais.

Riche ? Pourquoi ramener ça sur le tapis ? Puis je me rappelai qu'il était un voleur – et qu'il avait déclaré sans vergogne qu'il comptait nous prendre nos provisions !

— Où est ma mère ?

— Elle boit le thé que je lui ai préparé en lisant les derniers journaux de l'est.

— Si tu lui as fait du mal ou que tu l'as ennuyée de quelque manière que ce soit, je te le ferai payer.

— Lui faire du mal ? Quand je l'ai trouvée, elle essayait de descendre les escaliers, morte de peur, après avoir entendu ce stupide coup de feu que tu as tiré.

— Oh, Seigneur !

— T'inquiète. J'ai réussi à te remonter chez toi par l'échelle de corde, et j'ai géré la situation. (Il fronça les sourcils.) Tu pèses beaucoup moins que je ne l'aurais cru. Bref, je lui ai expliqué que tu m'avais accidentellement tiré dessus – ce qui l'a pas vraiment surprise – avant de lui montrer que t'étais tombée dans les pommes, aussi molle qu'une nouille.

— Maman ! appelai-je.

Alors que je rejetais la couverture pour me précipiter dans sa chambre, je l'entendis répondre :

— Je suis là, chérie.

Elle semblait aller parfaitement bien, même *mieux* qu'avant.

Mon soulagement fut de courte durée quand je vis Jackson braquer son regard sur mes jambes nues. Avec un hoquet, je tirai de nouveau sur la couverture pour me dissimuler. Pourquoi est-ce que je ne portais plus mon jean et mes bottes ? Est-ce que je les avais retirés ?

Ou bien *Jackson* ? Il n'aurait pas...

Oh, mais si.

— Tu m'as déshabillée ? sifflai-je tout bas.

Il me jeta un regard ennuyé.

— En partie.

Je parcourus ma chambre d'un regard frénétique, puis je lui demandai :

— Où est mon fusil ?

— Je l'ai rangé avant que tu tues un honnête homme. T'as peut-être été maligne avec l'échelle et les portes barricadées, mais t'es vraiment pas une tireuse d'élite.

Alors que je préparais l'insulte la plus infâme et la plus incisive que je puisse imaginer, il ferma la porte de ma chambre.

J'écarquillai les yeux.

— Qu'est-ce que tu fais ?

Au lieu de me répondre, il retira nonchalamment son arbalète, avant de venir s'asseoir sur mon lit et de poser la tête contre le montant.

Et je ne pouvais absolument rien y faire. Je me raidis en reculant tout au bord du matelas. Il semblait encore plus grand que dans mon souvenir, et occupait bien trop de place dans mon lit.

— Tu sais, je ferai jamais de mal à ta mère, non. Elle m'a jamais rien fait. Contrairement à son impitoyable fille.

Qu'est-ce que je lui avais fait ? C'était *lui* qui nous avait volés, mes amis et moi, et qui m'avait hurlé dessus sous la pluie.

— *Non*[1], Karen et moi avons eu une longue et intéressante conversation.

— *Karen ?* (Il en était déjà à appeler ma mère par son prénom ? Combien de temps étais-je restée dans les vapes ?) Elle ne te laisserait jamais rôder dans la maison ! (Je remarquai alors que ses cheveux étaient humides, et que son tee-shirt noir et son jean déchiré étaient propres. Alors j'ajoutai :) Et si c'est le cas, elle n'aurait pas dû. Elle ne te connaît pas.

— Je lui ai expliqué que toi et moi étions de vieux potes d'école. (Avec un sourire vicieux, il ajouta :) Je lui ai dit que tu étais même déjà venue chez moi… et que tu avais rencontré ma mère.

Je déglutis au souvenir de cette nuit, et à la menace implicite que contenait sa voix en mentionnant cet épisode. Il semblait me mettre au défi de dire quelque chose à ce sujet.

Voyant que je n'en faisais rien, il reprit :

— Après ça, Karen a bien voulu que je reste.

J'agrippai ma couverture.

— Je ne suis pas désolée d'être venue chez toi, cette nuit-là. Tu n'avais aucun droit de me voler mon carnet.

— J'aime pas les mystères irrésolus, moi. Tu voulais pas me montrer tes dessins, alors j'ai demandé à Lionel de te les emprunter.

---

1. En français dans le texte. (*N.d.T.*)

— Vu le contenu de ce cahier, tu peux comprendre pourquoi je voulais absolument le récupérer.

— Depuis combien de temps tu avais des visions ?

Sa question à brûle-pourpoint me prit au dépourvu.

— Je n'ai... je ne... comment peux-tu parler de ça aussi... aussi calmement ?

— J'avais un cousin qui pouvait lire l'avenir dans le marc de café. Ma grand-mère pouvait prévoir les ouragans un mois à l'avance.

Il semblait que tout le monde en Louisiane avait connu quelqu'un doué de « clairvoyance. »

— Je ne compte pas parler de ça avec toi.

— Peu importe. Ta mère m'a expliqué certaines choses.

Lui avait-elle raconté que ma grand-mère était une fanatique du tarot qui pensait que j'incarnerais un jour le salut du monde ? *D'ailleurs, je m'en sors impec, Grand-mère !*

— Qu'est-ce que Maman t'a expliqué, exactement ?

— Que t'es censée être douce, charmante et amusante. (Il me cloua sur place d'un simple regard.) C'est pas ce que j'ai pu constater.

— Tu dois quitter Haven. Tout de suite. (Et s'il voyait le contenu de l'écurie ?) Tu n'es pas le bienvenu ici.

Il ricana.

— Karen n'est pas d'accord avec ça.

— Je doute qu'elle continue de t'accueillir si je lui dis que tu m'as déshabillée.

— Peut-être qu'elle ne m'accueillera qu'*en partie*.

Petit malin.

— Bon, maintenant, il est temps qu'on parle, Evangeline. Je ne suis pas venu ici que pour faire du troc. Je suis venu pour t'avertir.

— M'avertir de quoi ?

— Il y a du monde qui va débarquer ici dans un jour ou deux. Une armée. Trois mille hommes.

— Et alors ? C'est une très bonne nouvelle. (Puis mon cœur bondit.) Ils doivent avoir des médecins !

— Je vois ton raisonnement, mais ça se passera pas comme tu le crois. Pas avec l'Armée du Sud-Est.

— Qu'est-ce que tu en sais ?
— J'étais dans la milice de Louisiane.
— Alors laisse-moi résumer. Tu as rejoint la milice. Il doit encore y avoir de l'activité là-bas. Et pourtant, tu es ici. Est-ce que ça ne fait pas de toi un déserteur ?
Il hocha la tête sans aucune honte.
— Quand cette grosse armée a pris le contrôle de mon unité, on s'est retrouvés avec un nouveau général et un nouvel objectif.
— Qui était ?
D'une voix sans timbre, il répondit :
— L'enrôlement involontaire des femmes.
— Je ne comprends pas. Pour les former comme soldats...
Je m'interrompis devant son expression. L'hésitation que je pouvais lire dans son regard allait à l'encontre de son rôle de gros bras. Qu'est-ce qui pouvait toucher un garçon aussi endurci que lui ?
L'impensable me vint à l'esprit à l'instant précis où il murmura :
— Pas des soldats.
— Je vois.
De quoi Jackson avait-il été témoin sur la route ?
— Il n'y a personne pour les libérer, ou pour lutter. Cette armée continue d'absorber toutes les unités militaires qu'elle croise sur son chemin. Le Texas devrait être leur prochaine destination. Personne ne sait pourquoi ils y vont, mais je me suis dit que s'il y avait bien quelqu'un qui pouvait arrêter ces hommes, ce seraient les Texans. Je suis en route pour aller avertir la milice de là-bas. (Puis il fronça les sourcils.) T'as rien vu de tout ça dans tes visions ?
— Arrête d'en parler comme... comme...
— Comme si elles étaient réelles ? (Il avait fini par lâcher le mot fatidique.) Je les devance mais ils sont sur mes talons. Ils campaient juste au nord de Sterling. S'il n'y a pas de tempête, ils pourraient être là dès demain. Si vous partez pas, ils vont vous emmener, ta mère et toi.

— Pourquoi devrais-je te croire ? Si ça se trouve, ils arrivent pour nous sauver. C'est ce qu'on attend depuis le Flash.

— Ils arrivent, Evie. Je te le jure.

Il souleva la chaîne qui pendait autour de son cou, un chapelet noir caché sous son tee-shirt. Les perles brillaient sous la lueur des bougies. La croix inhabituelle était petite mais ornée.

— Et je te jure devant Dieu que tu regretteras qu'ils aient seulement posé les yeux sur toi.

Je faillis... le croire. Je notai d'un air absent que j'avais déjà vu ce chapelet auparavant, puis lui demandai :

— Tu en as parlé à ma mère ? (Il hocha la tête.) Qu'est-ce qu'elle a dit ?

Il baissa le regard sur ses mains, et passa un doigt sur une cicatrice.

— Que la décision de partir ou de rester t'appartenait.

Et si je décidais de partir définitivement ? *Allez ! Enfin catapultée dans le monde !*

Comme toujours, je réprimai cette impulsion, assaillie par la culpabilité.

Et pourquoi serait-ce à moi de décider, de toute façon ? Je ne me savais pas si avide d'autorité !

— Même si tu dis vrai, je ne peux pas voyager avec elle. Elle est blessée et nous n'avons qu'un cheval – qui est encore mal en point. Comment veux-tu que je la fasse échapper à une armée ?

— Tu pourrais me demander de l'aide. Ou bien tu es trop fière pour ça ?

— Je ferais *n'importe quoi* pour la garder en sécurité. (Je croisai son regard.) Cette armée aura des médecins, peut-être même un chirurgien. Il y en a peut-être un qui se dirige vers nous en ce moment même. Je ne vais pas prendre le risque de fuir la seule personne capable de l'aider.

— Tu ne m'écoutes pas, Evie...

— C'est toi qui ne m'écoutes pas, fis-je d'une voix basse et furieuse. J'ai dit : « n'importe quoi ».

Soudain, je compris ce qui avait amené ma mère à faire ce qu'il fallait pour que j'aille mieux l'année passée. Je n'avais pensé qu'à l'enfer que j'avais vécu au CEA. Je n'avais pas imaginé une seconde ce qu'il avait dû lui en coûter d'expédier sa fille là-bas.

— Tu dis « n'importe quoi » parce que tu sais pas ce que ça signifie, avec ces gens.

Il semblait sur le point d'avancer d'autres arguments, mais ce qu'il vit dans mes yeux le fit changer d'avis.

— *Tête dure*[1], murmura-t-il. On en reparlera après le dîner, ouais.

— Le dîner ?

— J'ai ramené de la viande d'alligator. Ça va fondre dans ta bouche.

Je gardai le silence. Ce serait la première viande que j'allais manger depuis qu'Allegra avait écrasé un crotale sous son sabot deux mois plus tôt. Peut-être qu'avec des protéines, Maman guérirait plus vite !

Comme s'il pouvait lire dans mes pensées, il ajouta :

— Ta mère pourrait avoir besoin d'un peu de viande.

Jeu, set et match.

Puis je me rappelai que le sous-sol ressemblait à un buffet de Noël. Avait-il trouvé tous mes stocks ? J'avais pris soin de conserver mes dernières récoltes dans du vinaigre pour qu'elles ne soient pas aussi visibles.

— C'est ça, Evie. Je me suis dit qu'avec tous ces légumes frais, nous devrions faire un ragoût.

Merde ! Je relevai le menton, sans dire un mot. Le dirait-il à Maman ? L'avait-il déjà fait ?

— Et dehors, dans la grange, j'ai trouvé des rangées de cultures. Des vraies cultures vivantes. Tu veux m'expliquer ? Je me suis trituré les méninges tout l'après-midi pour essayer de résoudre ce mystère.

— Tu t'es introduit dans la grange ?

---

1. En français dans le texte. (*N.d.T.*)

— Après que tu as verrouillé les portes juste devant moi ? (Il haussa les épaules.) Tu dois savoir maintenant que si Evie Greene fait quelque chose qu'elle veut me cacher, je trouverai un moyen de le découvrir.

— Tu en as parlé à ma mère ?

— Je me suis dit qu'elle était peut-être pas au courant. J'ai préféré la fermer.

— Ça ne ferait que la bouleverser.

— Pas moi. Alors parle-moi de ces cultures. Tu les as peintes sur tes murs – tu les as fait pousser sur une terre en friche ? Tu as peut-être d'autres dons que celui qui consiste à voir l'avenir ?

— Arrête de parler de ça !

— Tu as dit à quelqu'un d'autre ce qu'il y avait dans ta grange ?

— Bien sûr que non !

Il croisa mon regard, les yeux sombres et farouches.

— Ne le dis *jamais* à personne d'autre, surtout. T'imagines pas ce que les gens seraient capables de faire pour ces cultures. Tu m'entends ?

Des frissons parcoururent ma colonne vertébrale.

— Personne sauf toi, c'est ça ?

— Il faut que je sache comment tu as fait pousser ces plantes, Evangeline.

Je plissai les yeux.

— Avec de la poudre de perlimpinpin.

Des gouttes de sang, des rêves flippants et pas mal d'étourdissements.

Le coin de ses lèvres se recourba.

— Toi et tes secrets. Ah, *peekôn*, quand je pense avoir percé un de tes mystères, tu en sors un autre. Mais j'arriverai à te comprendre, un jour. *En garde, ma chère*[1]. Tu es prévenue.

1. En français dans le texte. (*N.d.T.*)

18

— Je n'arrive pas à croire que tu l'aies accueilli dans notre maison. Sans même m'en parler ? dis-je à Maman tout en lui tressant les cheveux.

Elle voulait être « présentable » pour notre premier dîner cuisiné depuis des lustres, et pour notre premier visiteur depuis le Flash.

Elle m'avait suppliée de m'habiller moi aussi, de me montrer respectueuse pour l'effort que Jackson fournissait, seul qui plus est – puisqu'il avait refusé toutes les offres de ma mère pour que *je* lui vienne en aide.

J'avais ri jusqu'à ce qu'elle dise :

— Habille-toi, Evie. Ou descends et insiste pour te rendre utile.

Un vrai ordre de Maman ? Des deux maux, j'avais choisi le moindre et opté pour l'une des rares tenues qui m'allaient encore, une robe portefeuille Nanette Lepore avec des chaussures compensées assorties. Je portais même mes boucles d'oreilles en diamant et j'avais mis une touche de gloss.

Avec un pincement de cœur, j'avais enfilé le collier que Brand m'avait offert la veille de sa mort.

— Comment aurais-je pu te parler de Jack ? me dit Maman. Tu étais évanouie.

— Et tu ne t'es pas dit que c'était peut-être lui qui m'avait assommée ?

— Honnêtement, Evie, son explication semblait plus plausible – je suis surprise que tu ne te sois pas encore tiré une balle dans le pied. En plus, j'ai un bon pressentiment à propos de lui.

— Qu'est-ce que tu lui as dit sur moi ?

J'avais fini sa tresse et j'arrangeais une mèche par-ci, par-là.

— Que tu étais spéciale. Que tu avais de grandes choses à accomplir dans ce monde. Et que tu allais avoir besoin de soutien pour y parvenir.

Pas trop mal, comme révélation. Quelle mère ne dirait pas ça de sa fille ?

— Je t'en prie, ne dis rien d'autre sur nous, sur nos affaires. Il n'est pas le garçon charmant que tu crois. Pas comme l'était Brandon.

Je repensai à la dernière fois que j'avais vu mon premier et unique petit ami, repensai à son sourire quand il était parti au front pour moi, pour éviter que je ne me fasse prendre. J'aurais dû lui dire que je l'aimais – plutôt que « t'es le meilleur ».

Et c'était à cause du Cajun que je ne parlerais plus jamais à Brandon.

— Ne sois pas si dure avec Jack, chérie. Tout est différent à présent. Il a même dit qu'il allait réparer ma voiture cette nuit. Imagine un peu. (Elle soupira.) Avoir une voiture.

Un peu plus tôt, Maman et moi avions évoqué l'idée de partir en Caroline du Nord chercher Grand-mère.

— Tu crois vraiment qu'elle est encore en vie ? lui avais-je demandé.

— *Il le faut*, avait répondu Maman en pleurant.

Trois choses nous avaient retenues ici : l'absence de véhicule, l'attente d'un retour à l'ordre, et une source d'eau à disposition.

Cependant, les puits se tarissaient et, apparemment, l'ordre n'était pas près de revenir. Mais peut-être qu'une voiture, si.

— Tu crois ce qu'a dit Jackson au sujet de la milice ?

Elle hocha la tête.

— Si aussi peu de femmes ont survécu, et si ces hommes pensent vraiment qu'il n'y aura plus jamais de gouvernement… Evie, les gens qui n'ont plus d'espoir en l'avenir peuvent être très dangereux. (Elle fit une pause, comme si elle choisissait soigneusement ses mots.) Je sais que c'est difficile à comprendre pour toi, mais les choses peuvent vraiment empirer pour nous, pour tous les survivants.

— Mais ils auront probablement un médecin qui pourrait te remettre sur pied.

Elle secoua la tête.

— Et ils te marieront de force à un quelconque vieil homme. Si tu as de la chance.

— Tu essayais de me caser avec l'inspecteur vétérinaire !

— Jusqu'à ce que Jack arrive. Il est tellement prévenant. Sans parler de sa beauté ! Tu as vu un peu ses épaules ? Et son sourire canaille ?

J'avais toujours considéré ça comme un sourire narquois.

— Il est fort, plein de ressources, et intelligent. Il peut s'occuper de toi.

Et toi ?

— Si je dois vraiment épouser un mec pour que tu ailles mieux (*pour te sauver la vie*), c'est à moi d'en décider.

— N'y compte pas, Evie.

— Pourquoi est-ce que tu devrais te sacrifier, alors que tu m'interdis de faire la même chose pour toi ?

— Parce que je suis ta mère.

— Tu crois que je ne serais pas capable de faire n'importe quoi pour t'obtenir des soins médicaux ?

— C'est précisément ce qui m'effraie.

Elle se mit à tousser, ce qui ne fit que renforcer ma résolution.

— Pourquoi ne pas attendre de voir comment tu te sens demain matin ? dis-je en me demandant si son flanc pouvait se tendre ou s'assombrir encore plus au cours de la nuit. On pourra décider à ce moment-là.

J'avais déjà décidé.

Je pensais qu'elle allait protester, mais elle laissa couler.

— Malgré tout, nous avons *besoin* de Jack. (Devant mon regard écarquillé, elle ajouta :) Tu pourrais le convaincre de rester avec nous, si tu étais gentille avec lui.

— J'admets que ce serait pratique de l'avoir sous la main. Mais tout en moi me dit de ne pas lui faire confiance.

Il m'avait menti, volée, et il s'était moqué de moi.

— C'est dommage. Parce que je lui ai demandé de faire attention à toi – si jamais il m'arrivait quelque chose.

Je me figeai.

— Oh non. Tu viens de le rencontrer !

— Comme je te l'ai dit, il m'a fait très bonne impression. Et il m'a dit qu'il en tiendrait compte ! Il t'aime bien, Evie. Il ne serait pas revenu jusqu'ici pour nous prévenir, sinon. Maintenant, promets-moi que tu vas essayer de t'entendre avec lui.

J'ouvris la bouche pour contester, mais elle se mit à tousser encore plus violemment.

Je me précipitai pour lui tapoter le dos en disant :

— D'accord, d'accord, je te promets d'essayer. (Quand sa crise fut calmée, je lui tendis un verre d'eau.) Je vais voir s'il a besoin d'aide.

Son visage s'illumina, apaisant la tension sur ses traits pâles.

— Merci, chérie.

Marmonnant toujours en mon for intérieur, je me dirigeai vers les escaliers plongés dans l'ombre. Aussitôt, les voix s'amplifièrent. Oh, et maintenant il y en avait une nouvelle, celle d'une fille.

— *Voici la Porteuse de Doute...*

— Ahh ! fis-je dans ma barbe. Qu'est-ce que ça veut dire encore ? Laissez-moi tranquille !

— Tu parles toute seule ? dit Jackson.

Il s'était arrêté à mi-chemin des marches avec une table pliante dans les bras – pour que Maman n'ait pas besoin de descendre.

Ce qui était très... prévenant de sa part.

Il monta jusqu'à la marche au-dessous de moi et murmura, de sa voix profonde :

— Hum, hum, Evangeline. Tu t'es faite belle pour moi ?

Au diable la prévenance.

— Pas vraiment. (Voyant qu'il se contentait de me regarder, je plissai les yeux.) Depuis quand tu étais là ?

— Depuis assez longtemps pour savoir que tu es sur le point de rompre cette promesse que tu viens de faire. Alors sois polie, ma belle.

Petit con, tu n'as pas la moindre idée de ce qu'est la politesse. Avec un sourire feint et un ton faussement enjoué, je dis :

— Oh, Jackson, j'ai tellement hâte d'être au dîner ! Je vais chercher les couverts !

Mais il me bloqua le passage en posant la table sur une marche. Ses yeux semblaient briller d'une lueur intense dans la faible lumière.

Il mit une main sur le mur à côté de ma tête et se pencha vers moi – exactement comme il l'avait fait tous ces mois auparavant quand il avait failli m'embrasser. Quand il manœuvrait pour Lionel.

Je me rappelais combien j'avais été stupide ce soir-là. Je me souvenais de l'excitation – et de l'attraction – que j'avais ressentie.

Qu'est-ce qu'il avait été beau, à ce moment-là. Aujourd'hui il était sublime ; était-il encore plus sournois ?

— Bon sang, *ma chère*[1], vous sentez encore aussi bon qu'une fleur. J'ai pas vu de fleurs depuis si longtemps que j'avais presque oublié leur parfum. (Il s'empara d'une mèche de mes cheveux et la fit jouer entre son pouce et son index.) Tu t'es faite belle *et* tu portes un parfum chic ? Le vieux Jack flaire un piège. Considère que je suis tombé dedans.

— Qu'est-ce que tu trafiques ? Pourquoi es-tu vraiment ici ?

---

1. En français dans le texte. (*N.d.T.*)

— Peut-être que je suis pas le mauvais garçon pour lequel tu veux me faire passer.

— Ce qui est exactement ce que dirait un mauvais garçon.

Je forçai le passage, mais il me retint par le bras.

— Écoute-moi bien, Evie. Et laisse-moi t'expliquer comment va se dérouler cette soirée.

Je hoquetai devant son ton condescendant.

— Comment oses-tu...

Il m'interrompit.

— Nous allons avoir un dîner délicieux, aussi charmant que possible, et tu seras aussi douce qu'un *ange*[1]. Après manger, toi, moi et ta mère, nous allons faire une *veillée*[2] jusqu'à ce qu'elle aille se coucher. Ensuite, tu me donneras ta réponse pour demain, et je me mettrai au travail. Parce que *moi*, je pars d'ici avant l'arrivée de la milice. *Tu comprends*[3] ?

— Je... je...

Mon visage se mit à palpiter. Oh non, non. *Pas maintenant !* Pas devant son regard perspicace.

Une douleur lancinante me transperça le crâne. Les escaliers et Jackson commencèrent à disparaître. Plus je combattais la vision, plus j'avais mal à la tête.

Je tentai de m'éloigner en chancelant, pour avoir un peu d'espace, mais il m'attrapa par le bras.

— Evie ? Qu'est-ce que t'as ?

À la place de la maison, je voyais une forêt en cendres tout autour de moi.

— Jackson, murmurai-je en finissant par m'agripper désespérément à lui. Je t'en prie, ne laisse pas...

Mes jambes cédèrent sous moi et je m'accrochais à lui, je m'accrochais...

Mais il avait disparu. Tout avait disparu.

1. En français dans le texte. (*N.d.T.*)
2. En français dans le texte. (*N.d.T.*)
3. En français dans le texte. (*N.d.T.*)

J'étais dehors par une nuit glaciale, debout dans un nuage de fumée, les yeux brûlants, le nez coulant. J'entendais des hommes hurler de terreur tout autour de moi, seulement je ne comprenais pas pourquoi.

Quand des explosions secouèrent le sol sous mes pieds, la panique s'installa, *l'effroi*. Mes êtres chers se trouvaient là, dans le chaos, mais je n'arrivais pas à les atteindre, je ne pouvais rien faire pour les protéger.

Jusqu'à ce qu'*elle* apparaisse. La fille à l'arc.

Même si je ne parvenais pas à distinguer ses traits, je la voyais se mouvoir à travers la brume comme un spectre. Elle était resplendissante, une véritable déesse. Elle banda la corde de son arc, visa…

Vers moi.

— Non ! criai-je. Attends !

Sans hésiter, elle décocha sa flèche. J'eus le temps de fermer les yeux. Et de les rouvrir, avec hésitation.

Elle avait touché un homme sans visage à la gorge, un homme qui avait eu l'intention de me faire du mal, de faire du mal à mes proches.

Quand elle se tourna vers moi, sa peau luisait d'un éclat légèrement teinté de rouge, comme une lune sanguine.

— Je suis désolée, murmurai-je. Je ne savais pas.

Elle eut un rire amer.

— Oui, tu ne sais jamais rien. L'Archer garde *toujours* une flèche pour toi dans son carquois ; interromps encore une fois mon tir et je la décoche directement sur toi.

Je reconnaissais sa voix. C'était la Porteuse de Doute…

— *Evie, bébé*[1], disait doucement Jackson en me ramenant à la réalité. Je te tiens.

Je battis des paupières plusieurs fois. Quand ma vision s'éclaircit, il me regardait droit dans les yeux. J'étais entre ses bras forts, sur le sol, au pied des escaliers. Il avait appuyé une serviette en papier sur mon nez. Je saignais ?

---

1. En français dans le texte. (*N.d.T.*)

Je ne pouvais supporter ça plus longtemps. Encore quelques nuits comme ça et j'allais me ruer dans la ligne de mire de l'Archer.

— Tu as eu une vision, non ?

— Ça ne va jamais s'arrêter, marmonnai-je.

J'étais aussi condamnée que ma mère si je n'obtenais pas très vite de l'aide. Et ma grand-mère était la seule à savoir ce dont j'avais besoin.

Je m'écartai de Jackson, mais il ne voulait pas me lâcher.

— Dis-moi ce que t'as vu. C'était à propos de demain ? De l'armée ?

— Non. Ça n'avait aucun sens.

Qui était cette fille ? Une alliée ou une ennemie ? Existait-elle seulement ? Je repoussai son torse en retenant la serviette sur mon nez.

— S'il te plaît, laisse-moi partir. Maintenant, Jackson !

— Partir où ? lâcha-t-il.

— ... Dîner, répondis-je sur le même ton.

Quand il finit par me libérer, je m'éloignai en chancelant en direction de la cuisine.

Une part de moi voulait rejeter l'Archer comme un pur produit de mon imagination. Or, toutes mes autres visions s'étaient avérées. Avant le Flash, j'avais écouté tout le monde sauf moi. J'avais ignoré ce dont je pouvais me souvenir des enseignements de Grand-mère, même après avoir commencé à y croire.

Désormais, j'allais suivre *mon* instinct – et il me disait que l'Archer était quelque part dans le monde, en ce moment même.

Ce qui signifiait que toutes les voix appartenaient à de vraies personnes.

Des filles avec une peau rouge et brillante, des garçons qui pouvaient voler. Pourquoi pas ? Je pouvais bien faire pousser des légumes avec mon sang et contrôler leurs mouvements par la seule force de mon esprit.

Matthew était réel, lui aussi. Il était là, quelque part. Mon ami. Un jour, je le retrouverais.

Mais le reste de ces jeunes... ? Mon instinct me soufflait que je ferais aussi bien de les éviter.

En voyant Maman finir son assiette de ragoût, l'espoir grandit en moi.

La semaine précédente, elle picorait sa nourriture, mais son appétit était manifestement revenu. Peut-être était-elle bien en rémission.

— Jack, c'était absolument délicieux.

Je devais admettre que c'était la vérité. Il n'avait pas lésiné et avait préparé un repas incroyable, porté table et chaises par égard pour Maman, et m'avait fait sortir la porcelaine et les verres en cristal.

Il avait froncé les sourcils en me voyant préparer la vaisselle de tous les jours.

— Allez, petite fille riche, je sais que tu peux faire mieux que ça.

J'avais éprouvé une certaine gêne devant le nombre de bougies qu'il avait allumées – c'était extravagant – mais ces flammes vacillantes se reflétaient dans le cristal et effaçaient la cendre, peignant la pièce d'une teinte agréable.

Même les joues de Maman s'étaient colorées.

— C'est vraiment très aimable, lui dit-elle. Ou devrais-je plutôt dire *merci*[1].

Avec un sourire « canaille », il répondit :

— *De rien, ma chère*[2].

Elle gloussa sottement. Était-elle pompette ? Il semblait bien.

À mon grand étonnement, elle l'avait laissé accéder à l'armoire à alcool – à condition qu'il lui fasse son thé à l'irlandaise. La main lourde, il avait versé du whisky hors de prix dans sa délicate tasse de thé, avant de se remplir un grand verre en Baccarat pour lui-même.

Il avait été adorable avec elle toute la soirée, pendant que moi j'avais rongé mon frein, essayant de deviner à quoi il

1. En français dans le texte. (*N.d.T.*)
2. En français dans le texte. (*N.d.T.*)

jouait, me demandant ce qu'il pensait de mon évanouissement d'avant le dîner.

Mais si c'était ce qu'il fallait pour effacer la tension du visage de Maman, alors je jouerais le jeu. Pour l'instant.

— Jack, savais-tu qu'Evie parle couramment le français ?

Il se renversa dans son siège avec un air radieux.

— Je le sais, en effet.

— Le dîner était excellent, n'est-ce pas, chérie ? me demanda-t-elle.

Je m'efforçai de sourire. Maman n'était pas la seule à avoir fini son assiette. Mais au lieu de complimenter Jackson et de flatter son ego, je l'interrogeai :

— Qui t'a appris à cuisiner ?

— *La nécessité*[1].

Maman saisit la tension soudaine et préféra intervenir :

— Tu pourrais peut-être apprendre à Evie ?

Son sourire de retour, il répondit :

— Quelque chose me dit qu'elle ne sait même pas faire cuire un œuf.

Maman sourit mais s'empressa de dire :

— Notre Evie apprend très vite.

Notre *Evie ? Tu essaies de lui donner un droit de propriété sur moi, Maman ?*

Il se contenta de hausser les épaules d'un air évasif.

— Es-tu tombé sur des gamins de votre âge dans la milice ?

— Seulement d'autres garçons.

— Alors notre Evie est une sorte de rareté.

Il afficha de nouveau ce sourire suffisant par-dessus le rebord de son verre.

— Oh, elle est une rareté.

Je lui jetai un regard méprisant.

— N'est-elle pas jolie ce soir, Jack ?

— Maman ! (J'avais l'impression d'être sur Meetic.) Bon, je vais faire la vaisselle.

---

1. En français dans le texte. (*N.d.T.*)

— Ça peut attendre. Chérie, nous devrions regarder ton album de bébé ! Oh, et ton premier récital de danse.

Cette nuit n'aurait donc jamais de fin ?

— Les photos sont toutes sur la clé USB. Nous nous étions mises à l'informatique, tu te souviens ?

Ce qui signifiait qu'elles étaient totalement inaccessibles, de même que tous mes e-books et mes e-mails. Malgré la présence d'un générateur, peu d'appareils électroniques fonctionnaient encore après l'apocalypse. Maudite technologie.

— J'ai fait une sauvegarde papier. Elles sont dans la salle de couture.

J'étais sur le point de la supplier d'arrêter de me torturer comme ça – moi ou Jackson – quand elle se mit à tousser dans sa serviette.

Impuissante, je lui frottai le dos pendant que son visage virait au rouge. Quand elle se calma enfin, elle paraissait... effrayée. Elle tenta de le cacher mais je vis du sang foncé sur sa serviette blanche.

Je jetai un regard à Jackson. Même si son visage demeura impassible, j'aurais pu jurer avoir vu un muscle de sa joue tressaillir.

19

— T'en veux une gorgée ? proposa Jackson en me tendant sa flasque, tandis que je le regardais bricoler sous le capot de la Mercedes.

Je jetai un regard autour de moi en frottant nerveusement le sel dans la poche de mon sweat à capuche. Le silence était si total et sinistre que le moindre des sons était amplifié, comme dans un auditorium.

— Prends-en un peu, Evie. T'as l'air d'en avoir besoin.

J'étais mal pour ma mère. Je me tournai vers sa fenêtre, vers la lueur vacillante de la bougie que l'on voyait derrière le volet. Je devais me rendre à l'évidence. Elle pensait mourir bientôt.

Un peu plus tôt, alors que je l'aidais à se mettre au lit, elle s'était montrée sentimentale, ne cessant de me répéter qu'elle m'aimait et de vouloir me tenir la main.

Elle m'avait dit que mon père aurait été fier de moi. Elle m'avait fait promettre que si quelque chose devait lui arriver, j'irais retrouver ma grand-mère.

En d'autres termes, Maman ne m'avait pas crue quand je lui avais dit qu'elle allait se remettre.

J'acceptai la flasque de Jackson.

— Oh et puis pourquoi pas ?

Il fronça les sourcils en me voyant nettoyer le bord de la flasque avec ma manche.

— Seigneur, Evie. T'allais me laisser t'embrasser, cette fameuse nuit à la raffinerie, mais tu ne veux pas boire après moi ?

— Je n'allais *pas* te laisser m'embrasser ! Et pourquoi reparles-tu de ça, d'ailleurs ? Tu ne crois pas que cette histoire devrait rester aux oubliettes ?

Il se remit à la tâche.

— C'est pas tous les jours qu'un garçon du Bassin sort avec une pom-pom girl de Sterling. Ça aurait fait de moi un héros, encore plus que je l'étais déjà.

— Waouh. Tu veux dire que tu avais plusieurs raisons de me duper ?

Le Cajun haussa les épaules.

Je levai les yeux au ciel, bus une gorgée et la sensation de brûlure me fit pincer les lèvres.

— Tu n'es pas inquiet au sujet des Épouvantails ?

Il releva les yeux sous le capot.

— Rien ne peut prendre l'avantage sur moi.

Son arbalète était posée juste à côté. J'avais remarqué qu'il la gardait toujours à portée de main.

Quand je lui rendis la flasque, il me dit :

— Garde-la le temps que je finisse.

— Tu crois vraiment pouvoir la réparer ?

— Je travaillais sur les camions de la milice. C'est pas bien compliqué si tu sais ce que tu fais.

— Et tu sais ce que tu fais ?

— *Ouais*[1]. Alors, est-ce que c'est ta mère qui t'a envoyée ici pour te montrer sympa avec le Cajun ?

C'était exactement ce qui s'était passé. Juste avant que je le rejoigne, elle m'avait donné un ordre clair :

— Fais en sorte que Jack t'apprécie.

Puis elle avait ajouté :

— Tu n'imagines pas combien je serais soulagée si je te savais aux côtés d'un garçon aussi fort et capable que lui. Nous avons *besoin* de lui, Evie. S'il te plaît, pour notre bien

1. En français dans le texte. (*N.d.T.*)

à toutes les deux. Prépare-lui la chambre d'ami. Et va l'aider avec la voiture.

J'avais rechigné à la laisser.

— Tu ne veux pas que je reste ? (Elle avait secoué la tête et je l'avais embrassée pour lui souhaiter bonne nuit.) Tu iras mieux, tu verras.

— Laisse la bougie allumée, chérie.

— Je t'aime.

Mais en chemin pour aller rejoindre Jackson, je n'étais toujours pas convaincue de pouvoir faire table rase du passé.

J'avais fini par opter pour une trêve. Il avait patiemment regardé toutes mes photos de bébé. Pendant que Maman s'extasiait devant chaque portrait de moi sans dents – « Regarde ce sourire ! » – Jackson y avait consciencieusement prêté toute son attention alors qu'il devait trouver cela pitoyable.

Il était monté d'un cran dans mon estime.

Et je m'étais dit que s'il avait simplement voulu nous dévaliser, il ne se serait pas infligé tout ça.

Je bus une nouvelle gorgée, qui brûla un peu moins que la précédente, avant de dire :

— Maman t'aime beaucoup. Elle voulait que je prolonge l'invitation pour que tu restes avec nous. Aussi longtemps que tu veux.

Il ralentit ses gestes.

— Je suis surpris que tu le fasses vraiment.

— J'ai déjà fait le lit dans la chambre d'ami. (Il haussa les sourcils.) Quoi ?

— Bon sang, Evangeline, je pensais que t'allais me faire dormir dans la grange, cette nuit.

— Pourquoi tu dis ça ?

— Parce que tu me considères toujours comme inférieur. (En reportant son attention sur la voiture, il murmura :) Et tu ne changeras certainement jamais d'avis.

Il se trompait. Je ne le voyais pas ainsi ; je le voyais comme un criminel endurci par la vie. De plus, je n'aurais jamais voulu qu'il se retrouve de nouveau près de mes cultures dans la grange.

— Peu importe, Jackson, fais comme tu veux.

— Je ne serai plus là quand l'armée débarquera. (Il pointa une clé anglaise vers moi.) Tu peux compter là-dessus. Et je vous conseille de pas traîner non plus.

— Pourquoi es-tu aussi certain qu'ils viendront ici ?

— La Maison Haven est le plus gros bâtiment encore debout de la région – et l'un des plus vieux.

— Et pourquoi c'est aussi important ?

— Les puits et les pompes de moulin à vent. Tu n'as pas besoin d'électricité pour accéder à l'eau. Le général suit une sorte de guide pratique de toutes les grosses fermes du Sud, et il se rend toujours dans celles qui ont les plus vieux puits. Vous en avez combien ? Deux ou trois ?

— Cinq, admis-je.

— Je vois. (Il posa la main sur son front, laissant une trace de cambouis sur sa peau.) Ils viendront.

— J'ai du mal à imaginer qu'il y ait un groupe de trois mille soldats et qu'ils soient tous mauvais.

— Pas forcément. Le général l'est en tout cas, ainsi que ses deux enfants. Et si tu suis pas les ordres, tu te fais exécuter.

— Ou tu deviens un déserteur.

— Il faut que tu arrêtes d'employer ce mot, Evie. Tu vas finir par me vexer. Quoi qu'il en soit, reste ici et tu découvriras très vite pourquoi j'ai déserté.

— *Si* je pouvais déplacer Maman et *si* tu arrivais à réparer cette voiture, je partirais. Je partirais au crépuscule pour trouver un médecin, et ensuite, nous irions en Caroline du Nord pour rejoindre ma grand-mère.

— Qu'est-ce qui te fait croire que ta grand-mère est encore en vie ? Ça m'étonnerait.

— Je le sais, c'est tout.

Comme l'avait dit Maman, il *fallait* que j'y croie. L'alternative – ne jamais comprendre tous les mystères qui m'entouraient – était insupportable. N'avoir aucun recours contre les voix... ?

Je m'empêchai de frissonner.

Sans parler de ne jamais revoir ma grand-mère. Plus je pensais à elle, plus j'aimais mes souvenirs. Ses yeux étaient d'un brun pétillant qui ressemblait aux stries les plus sombres d'une coquille de noix de pécan. Quand elle riait, ses pattes-d'oie se plissaient. Et elle riait beaucoup. Elle fredonnait aussi la plupart du temps, surtout quand elle jouait avec son jeu de tarot tout écorné.

— Tu *sais* qu'elle est vivante ? demanda-t-il. Genre, grâce à une vision ?

— Je ne suis pas constamment en train de voir le futur, Jackson. Et la plupart du temps, ce que je vois n'a aucun sens.

— Parle-m'en.

— Je ne peux jamais prévoir quand elles arrivent. Elles sont... douloureuses, dis-je, ce qui était l'euphémisme de l'année. J'ai toujours l'impression qu'on me les enfonce dans le crâne.

— Tu es prête à me dire ce que tu as vu tout à l'heure ?

Non, Jackson. Pas du tout. J'éludai la question.

— J'ai des visions récurrentes avec un garçon qui me parle de choses qui ne veulent rien dire pour moi. Il m'a fait un sermon et il parle parfois dans une autre langue. (Et pourtant, je ressentais toujours un lien très fort avec lui.) Dans tous les cas, la majorité de ce que je vois ne se réalise jamais.

Mais avec un peu de temps...

— Peut-être pas *encore*.

Perspicace, Jackson. Je changeai de sujet.

— Ça ressemble à quoi, là, dehors, sur les routes ? Et réponds-moi franchement.

Il soupira ; j'avais réussi à le détourner de notre conversation à propos de mes visions.

— À l'extérieur des villes, on peut passer des jours entiers sans voir âme qui vive. Et en réalité, c'est mieux comme ça. Il reste deux types de personnes : ceux qui ne veulent rien avoir à faire avec toi et ceux qui te veulent du mal.

— Et à l'intérieur des villes ?

— Beaucoup de cadavres. De plus en plus de survivants meurent, maintenant, et les corps les plus vieux ne se décomposent pas comme ils le devraient ; ils s'entassent.

Je frissonnai devant cette image.

— Est-ce que tout est brûlé comme à Sterling ?

— Plus rien de vert, si c'est ce que tu veux dire. Tout est recouvert de cendres, mais tout n'est pas brûlé. Certaines villes paraissent avoir été quadrillées par les lignes de feu qui se sont abattues sur elles. *C'est surprenant*[1]. Comme une intervention divine, si tu veux.

Voyant que je demeurais perplexe, il ajouta :

— Une maison reste debout alors que celle d'à côté a été entièrement brûlée. Ça ne rime à rien, ça n'a aucune logique, comme le passage d'une tornade.

Il referma le capot. Après s'être essuyé les mains sur son jean, il ramassa son arbalète, monta sur le siège conducteur et posa l'arme sur ses genoux.

— Monte.

Quand je l'eus rejoint, il reprit :

— Tu n'arriveras jamais en Caroline du Nord, Evie. C'est le chemin qui mène tout droit dans le ventre de la bête.

— Pourquoi tu dis ça ? À cause des Épouvantails ?

Il croisa mon regard.

— Peut-être que tu n'auras jamais à le découvrir. Demande-le-moi gentiment et je t'emmènerai peut-être au Texas.

Seigneur, ses yeux étaient vraiment à couper le souffle. En m'y plongeant, je me permis d'imaginer comment ce serait s'il nous emmenait à l'ouest, Maman et moi. Elle l'appréciait déjà tellement…

Une autre chose que j'avais remarquée ? Les voix étaient beaucoup plus silencieuses quand il était à proximité. Je supposais qu'elles s'estompaient quand il y avait du monde autour de moi pour me distraire.

---

1. En français dans le texte. (*N.d.T.*)

Je dus admettre de mauvaise grâce qu'il ne serait pas *horrible* de l'avoir avec nous.

— Pourquoi nous aides-tu comme ça ?

— Ta mère a été gentille avec moi.

— Il doit bien y avoir autre chose.

Plus tôt, j'avais dit à Maman : « Il n'insisterait pas comme ça s'il n'avait pas un intérêt là-dedans. »

Elle m'avait souri.

— Son « intérêt » ? C'est sûrement que tu es une jolie fille et qu'il est un garçon de dix-huit ans.

M'aimait-il vraiment de cette manière ?

— J'ai mes raisons. C'est tout ce que tu dois savoir pour l'instant.

— Ça ne suffit pas. À cette heure-ci, demain, elle pourrait être examinée par un vrai médecin.

Les mains sur le volant, il hésitait, luttant manifestement pour prendre une décision. Puis, en claquant des doigts pour réclamer la flasque, il dit :

— Clotile a survécu au Flash.

En voilà une surprise.

— Comment ? demandai-je en lui tendant le whisky. Et d'ailleurs, comment as-tu fait, toi ?

Il se toucha l'avant-bras d'un air absent.

— Ça voulait pas s'arrêter de saigner, ça. J'arrivais plus à accélérer sur ma moto. Alors Clotile m'a emmené voir un médecin sans licence dans le comté voisin, et il avait un bureau en sous-sol.

Par une ironie du sort, cet homme ivre avait sauvé les vies de Jackson et Clotile.

— Après le Flash, Clotile et moi avons suivi un autre survivant du Bassin, un réserviste, pour rejoindre sa compagnie. Il nous a sorti le discours « il faut aider son prochain » et toutes ces conneries. Mais qu'est-ce qu'on avait d'autre à faire ? En plus, il avait réussi à faire démarrer sa voiture et on rêvait de pouvoir laisser tout ce comté dévasté derrière nous. Même si Clotile était une vraie tireuse d'élite, les réservistes l'ont collée en cuisine et moi aux champs pour chasser les Épouvantails.

— Tu en as tué ?

— Pendant la journée, on allait les exterminer dans leurs cachettes. La nuit, on faisait des commandos anti-nuisibles. J'en ai liquidé des centaines. (Je plissai les yeux, mais il ajouta :) C'est la vérité. Si jamais je vois un autre Épouvantail...

Il secoua vivement la tête avant de poursuivre :

— Clotile et moi avions un abri et de la nourriture, alors on est restés quelques mois. C'était bien d'être actif, d'avoir l'esprit occupé... (il regarda derrière moi)... pour ne pas se soucier du reste. Bref, il y a deux semaines, la grosse armée est arrivée, guidée par le général Milovníci. Comme on nous a donné le choix entre s'unir à eux ou mourir, le meneur de mon unité a cédé le commandement à Milovníci. Je trouvais le général bizarre, mais ce n'était rien à côté de ses deux enfants.

— C'est-à-dire ?

— Vincent et Violette sont des jumeaux d'environ ton âge, avec des yeux vides, comme un poisson mort. Ils s'habillent pareil, parlent pareil et ont le même tatouage – un dessin un peu gothique – sur la main.

— *Nous t'aimerons. À notre manière...*

Je luttai pour bloquer la voix inopinée. Bon sang, elles avaient été si silencieuses jusque-là !

— Mais qu'est-ce que j'y connais à la politique, moi ? dit Jackson. Un général n'est pas pire qu'un autre, j'imagine. Comme j'avais rien à perdre ou à gagner, j'ai suivi les ordres et je suis parti en patrouille. À mon retour, je suis passé devant le reste du convoi de l'armée – le détachement des prisonniers. Rien que des femmes et des filles, *toutes* les femmes et les filles. J'ai couru prévenir Clotile mais ils l'avaient déjà emmenée.

— Au général ?

— *Non*[1]. C'est là que ça devient... *étrange*[2]. Auprès des jumeaux. (Jackson agrippa de nouveau le volant.) J'ai

---

1. En français dans le texte. (*N.d.T.*)
2. En français dans le texte. (*N.d.T.*)

trouvé leur tente et j'ai voulu retenir les gardes à l'extérieur, mais ils étaient trop nombreux – ils m'ont encerclé et m'ont donné un coup de crosse au visage. Quand je me suis réveillé le lendemain matin, on était en train de me traîner jusqu'au peloton d'exécution. (Il se tourna vers moi.) Tu vois, la raison pour laquelle il n'y a aucun homme prisonnier, c'est parce qu'ils abattent tous ceux qui se rebellent. Ils le font devant tout le monde pour maintenir l'ordre dans les rangs.

— Et que s'est-il passé ensuite ? demandai-je, le souffle court.

— J'ai vu deux potes qui m'ont fait un signe. Ils allaient m'aider à me tirer de ce mauvais pas. J'étais là, à me débattre contre les deux gardes qui me retenaient, quand j'ai vu Clotile sortir en courant de la tente des jumeaux avec un pistolet à la main. Elle avait réussi à se libérer. (À voix basse, il poursuivit :) Mais, Evie, ils s'étaient acharnés sur elle toute la nuit. Elle avait du sang qui coulait de son nez, de ses oreilles, de ses lèvres. Son bras gauche pendait sur le côté. Ses yeux étaient… hantés.

Il sembla s'extraire de ce souvenir.

— Clotile, elle avait roulé sa bosse. Elle en avait vu des choses dans sa vie, mais ce qui s'est passé dans la tente l'a profondément traumatisée.

— *À notre manière, à notre manière…*

— Elle a ouvert le feu sur les deux gardes qui me tenaient. Ces froussards se sont enfuis. J'étais libre, je n'avais plus qu'à l'emmener loin de cet enfer…

— Et alors ?

Je tendis la main vers son avant-bras pour effleurer son horrible cicatrice.

— Elle a secoué la tête vers moi en me faisant signe de m'enfuir avec mes amis. Je l'ai regardée sans comprendre et j'ai continué dans sa direction. C'est là que les jumeaux ont jailli de leur tente. Elle a regardé derrière elle, les a vus et a de nouveau croisé mon regard. J'ai senti mon cœur s'arrêter – je savais ce qu'elle allait faire. Je lui ai hurlé d'attendre, de me laisser le temps de venir la chercher. Elle… cette maudite fille, elle a mimé « Je suis désolée » avec ses lèvres. (Il déglutit.) Et puis elle s'est fait sauter la cervelle.

Ma respiration se bloqua. Voir un être cher se suicider sous ses yeux ?

— Parfois je me demande ce qui l'a poussée à faire ça. Rien que pour sauver ma pauvre pomme ? Ou parce qu'elle ne pouvait plus vivre après ce que ces deux-là avaient pu lui faire ? (Il secoua la tête, troublé.) Une *catholique*. Qui met fin à sa vie ?

Quand il finit par me faire face, il sembla surpris de voir que j'étais au bord des larmes.

— T'avise pas de pleurer, dit-il d'une voix cassante, de plus en plus mal à l'aise. Je voulais pas te raconter tout ça. Mais je voyais pas quoi faire d'autre pour te convaincre. (Puis d'un ton brusque, il ajouta :) J'aime pas les larmes, moi.

— Je ne peux pas m'en empêcher. (Nous gardâmes le silence jusqu'à ce que je reprenne le contrôle de mes émotions.) Pourquoi est-ce si important pour toi de me convaincre ? Qui suis-je pour toi ?

Une nouvelle gorgée.

— J'ai rencontré des personnes de tous horizons, depuis le Canada jusqu'à l'Amérique du Sud. Il y a deux choses sur lesquelles tout le monde s'accorde : rien ne pousse plus nulle part, et il ne pleut pas. Je ne crois pas qu'il y ait encore des océans.

— *Quoi ?*

— Totale évaporation due au Flash. Il n'y a pas que les lacs et rivières qui ont été affectés. La Côte du Golfe est un désert qui s'étend à perte de vue. (Alors que j'assimilais cette terrifiante nouvelle, il ajouta :) Après la mort de Clotile, j'ai arrêté de faire comme si quelque chose valait la peine que je tienne le coup.

— Jackson...

— *Non*[1], laisse-moi finir. J'ai décidé de partir vers l'ouest pour voir s'il n'y avait pas des milices capables de renverser

1. En français dans le texte. (*N.d.T.*)

le général. Je voulais une occasion de les descendre, lui, son fils et sa fille, dit Jackson. (La rage qui sourdait dans sa voix me déstabilisa. Il parlait de tuer trois personnes comme d'écraser des insectes.) Je savais que j'y laisserais ma peau, mais je m'en fichais. Alors je me suis dit que je pourrais m'arrêter à la ferme de cette *belle fille*[1] avec laquelle j'allais à l'école et résoudre un dernier mystère.

— Un mystère ?

— Hum, hum. Au cours des six derniers mois, j'ai vu tout ce qui était dans ton carnet à dessins se réaliser. Il fallait que je sache pourquoi.

— Toi et tes énigmes, dis-je d'un air absent. Et pourquoi pensais-tu que j'étais encore en vie, alors que la plupart des filles sont mortes ?

— Je le savais. (En me voyant hausser les sourcils, il dit d'un ton brusque :) Moi aussi, j'ai mes méthodes. (Avant que je puisse insister, il poursuivit :) Mais j'aurais jamais imaginé trouver ça en arrivant. Dans ce comté perdu de Louisiane, il y a cette gentille petite fille qui cache des cultures dans une grange. (Jackson soutint mon regard.) Que je sois maudit si je laisse le général mettre la main dessus.

— Quand arriveront-ils ?

— Si le temps est dégagé demain, le premier convoi de camions sera là à midi au plus tard. Pourquoi tu ne me crois pas ?

— Peu importe que je te croie ou non. Je ne peux pas déplacer Maman ! Elle souffre atrocement rien qu'en se levant de son lit – comment veux-tu que je lui fasse descendre les escaliers ? Et si je lui faisais encore plus mal ? Je pourrais la tuer ! (En luttant pour garder un ton neutre, je lui demandai :) Qu'est-ce que tu ferais, si c'était ta mère ?

Je venais de songer qu'elle avait dû mourir pendant que Jackson et Clotile étaient chez le médecin…

Il se figea à côté de moi.

1. En français dans le texte. (*N.d.T.*)

— Pas envie de parler d'elle.

Il pouvait évoquer les atrocités qu'avait vécues Clotile, mais pas ce qui était arrivé à sa mère ?

Sa destinée avait-elle été pire encore ?

— Très bien. Je n'en parlerai plus.

— Et si je te promets de trouver un médecin à ta mère au Texas ?

Si quelqu'un m'avait dit la veille que j'envisagerais cela – confier la vie de ma mère à Jackson Deveaux – j'aurais ri aux éclats.

— Est-ce que je peux y réfléchir jusqu'à demain matin ?

— Pourquoi ?

Il avait partagé son histoire déchirante avec moi. Je pouvais au moins être honnête avec lui au sujet de mon hésitation.

— Je ne suis pas habituée à prendre des décisions comme ça, avouai-je. On peut dire que Maman s'est occupée de tous les choix délicats quasiment toute ma vie. Et je ne suis pas sûre de moi sur ce coup-là, et Dieu sait que je ne peux pas me permettre de faire de faux pas. Rien n'est plus important qu'elle à mes yeux. Rien.

— Evie...

— Elle va peut-être commencer à se remettre après un si bon repas.

Il soupira longuement, mais je vis de nouveau son muscle tressaillir dans sa joue.

— On en reparlera demain matin. Tôt. En attendant, je vais bourrer cette voiture de provisions pour qu'on puisse se tirer le plus rapidement possible.

— Quelles provisions ?

— Je vais remplir tous les récipients que je trouverai d'eau et de carburant. Je vais chercher des armes et quelques outils. Et tu auras intérêt à avoir préparé tes affaires et à être prête à partir. Juste au cas où, ajouta-t-il, mais je savais qu'il n'avait aucun doute sur le fait que nous nous en irions.

— Tu es sûr de pouvoir faire démarrer cette voiture, alors ?

Il hocha la tête.

— Maintenant, qu'est-ce qu'on va faire des cultures ?

Je détournai les yeux.

— Faire de... ? *On* ?

— Quand l'armée les trouvera, le général voudra tout savoir. Si tu es là, il te livrera aux jumeaux pour qu'ils te torturent jusqu'à ce que tu révèles toute la vérité. Si tu n'es pas là, il enverra des hommes à tes trousses. D'une façon ou d'une autre, il aura ses réponses. Est-ce que tu as vraiment envie qu'il découvre ça ?

Seigneur, non. Si cet homme était aussi démoniaque que Jackson le disait, il me viderait de mon sang probablement tous les jours. Je frissonnai.

— Evangeline, bordel, dis-m'en plus et je t'aiderai. Comment tu les as fait pousser ? Vaudou ? Magie ? Expérience du gouvernement ? (Devant mon silence, il ponctua d'une voix grinçante :) Allez, après tout ce que je t'ai dit ? (Il émit un son de frustration.) Alors, réponds au moins à ça : si j'emporte cette boîte de graines dans ton garde-manger, est-ce que ces cultures pourront repousser ?

Je pouvais au moins répondre à ça, non ? Je me mordis la lèvre. Maman estimait qu'on pouvait lui faire confiance. *Lance-toi, Evie.* Nous avions besoin de lui.

Alors pourquoi étais-je toujours aussi méfiante ? Était-ce à cause de notre passé, ou parce qu'il était tellement différent de moi, des gens avec lesquels j'avais grandi ?

— Tu m'as dit toi-même que tu étais mille fois pire que ce que tout le monde racontait sur ton compte. Tu as fait comme si tu voulais m'embrasser juste pour que tes amis et toi puissiez voler les miens. Comment puis-je te faire confiance ?

Il me jeta un regard incrédule.

— Tu crois vraiment que c'est la seule raison pour laquelle je voulais t'embrasser ? Tu connais pas grand-chose aux garçons, toi. Cette nuit-là, je t'aurais emmenée si vite dans mon lit que t'en aurais eu le vertige.

Nouvelle gorgée.

Je n'osais plus respirer.

— C-comme je te l'ai dit, on verra demain matin. C'est un point discutable. (Il haussa les sourcils.) Tout ça en supposant que tu puisses réparer notre voiture.

— Elle *est* réparée, *peekôn*.

Je retins mon souffle quand il fit tourner la clé. Lorsque le moteur se mit en route dans le silence de la nuit, je jetai un nouveau regard vers la chambre de Maman.

Je l'imaginais bordée dans son lit, sur le point de s'endormir, souriant d'un air rêveur en entendant ce doux son.

20

Jour 221 après le Flash

Je m'éveillai à l'aube, tous les sens en alerte.

J'étais trop tendue pour avoir la gueule de bois, alors que Jackson et moi étions restés assis dans la voiture à nous échanger la flasque tout en chargeant mon iPod. Selon lui, les appareils électroniques qui n'avaient pas directement reçu le Flash n'avaient pas grillé : « un peu comme les gens ». Il avait eu raison pour mon iPod.

Mais quand il m'avait de nouveau posé la question sur les cultures, je l'avais gentiment remercié pour le dîner et j'étais montée me coucher...

Je me glissai vers la fenêtre pour voir une tempête de poussière matinale dont les sifflements aigus venaient vers nous. Ce qui signifiait que ces hommes seraient retardés et que je pourrais retenir Jack un peu plus longtemps. Peut-être que Maman allait mieux, suffisamment pour décamper.

Je versai de l'eau de mon pichet dans mon évier bouché et me brossai rapidement les dents et les cheveux. Après avoir enfilé un jean, un sweat à capuche et mon bandana habituel, je quittai ma chambre.

Dans le couloir, je ralentis. Jackson était assis en haut des escaliers et ouvrait sa flasque. Il semblait ne pas avoir fermé l'œil de la nuit ; son arbalète était toujours accrochée dans son dos et son bandana était barbouillé de suie.

Je fronçai les sourcils quand il referma la flasque sans avoir bu. Il se contentait de la regarder fixement.

Un malaise s'empara de moi, comme un animal qui pressent l'arrivée d'une tempête. *La pression. Le danger qui approche.*

— Evangeline, ta mère nous a quittés.

Je plissai les yeux.

— Il n'y a qu'un crétin comme toi pour faire ce genre de plaisanterie.

— Elle est décédée dans la nuit.

Alors que je ressentais comme un étau qui m'opprimait la poitrine, je m'écriai :

— C'est pas drôle ! Seigneur, tu n'as pas changé du tout !

— Elle est morte, murmura-t-il de nouveau.

— Non. (Mes craintes grandirent en observant son visage las.) Tu *mens*. (Je pointai le doigt vers lui.) Non !

Il me dévisagea sans rien dire. Alors que le monde se mettait à tournoyer autour de moi, je me précipitai dans le couloir et me ruai dans sa chambre.

Un seul regard et je compris qu'elle était morte. Son visage était totalement serein. Pour la première fois depuis le Flash.

Un son pitoyable sortit de mes lèvres. *Elle est partie. Ma mère est…*

Morte.

Je m'approchai du lit, hébétée, en m'apercevant qu'elle serrait une photo entre ses doigts d'une blancheur fantomatique.

Je me souvenais de cette photo. C'était elle, Grand-mère et moi devant Haven pour Pâques. Je me tenais entre elles deux, brandissant fièrement un panier rempli d'œufs. Les azalées étaient en fleurs, leurs couleurs éclatantes. L'air était empli du parfum des nouvelles cannes, des gardénias et de la marée haute au loin.

Comme je l'avais fait un millier de fois auparavant, je m'assis à côté de Maman sur le lit.

— Tu ne ferais pas ça, dis-je d'une voix que je reconnaissais à peine. Tu ne me laisserais pas toute seule comme ça.

Face à son silence, un sanglot jaillit de ma gorge, puis un autre. Je m'effondrai sur elle, la tête posée sur sa poitrine.

Elle restait muette. Immobile.

Mes larmes se mirent à couler, imbibant le col de sa chemise de nuit.

— *Reviens, Maman*, murmurai-je en priant pour entendre un battement de cœur ou la sentir reprendre son souffle.

Immobile.

— Il faut y aller, dit Jackson derrière moi.

Laisser ma mère ?

— Evie, tu n'as plus de raisons de rester à présent.

Je me levai en chancelant et plissai mes yeux embués de larmes vers lui.

— Elle allait mieux. Et puis tu as débarqué, tu voulais qu'on parte… Qu'est-ce que tu lui as fait ? demandai-je en m'essuyant les joues.

Il ne répondit pas, le visage fermé.

— *Qu'est-ce que tu as fait ?*

Je me ruai sur lui et martelai son torse de mes poings.

— J'ai rien fait ! (Il resta là, me laissant le frapper.) Je suis entré ce matin et je l'ai trouvée comme ça. (Il finit par m'attraper les poignets.) Elle avait une blessure interne.

Nous nous en doutions, mais…

— Comment tu peux le savoir, *toi* ?

— Tu crois que j'ai pas reçu assez de coups dans les côtes pour reconnaître une blessure interne ? Que j'ai jamais rampé jusqu'à l'hôpital le dimanche matin ?

— M-mais elle était en train de se rétablir ! Et maintenant… maintenant elle est… *m-morte*.

Je sanglotai de plus belle.

— Elle était mourante depuis des jours. Et elle le savait ! C'est pour cela qu'elle voulait que je lui fasse des promesses hier soir.

Une partie distante et rationnelle de moi-même savait qu'il avait raison. Sa blessure était si grave qu'elle ne pouvait plus empirer. Je me rappelai ses « et si jamais ». Elle avait fait beaucoup d'efforts pour que Jackson m'apprécie – pour qu'il prenne soin de moi. Et elle m'avait à moi aussi demandé de lui faire des promesses.

Parce qu'elle savait que son temps était compté.

Sans personne sur qui rejeter la responsabilité, je sentis la rage m'abandonner. Mes jambes se dérobèrent et je m'effondrai à genoux.

Jackson se contenta... de me regarder, comme s'il n'avait jamais vu le chagrin auparavant. Au lieu de me réconforter, il dit :

— Tu pars avec moi dans dix minutes.

Puis il se dirigea vers la boîte à bijoux de Maman et se mit à en fourrer le contenu dans ses poches.

Ma mère était étendue là, morte, et il pillait ses affaires.

— C'est quoi, ton problème ? m'écriai-je. Montre un peu de respect !

Il se tourna vers moi et me tira sur mes pieds.

— J'en ai bien l'intention. En sauvant la peau de sa fille. On va avoir besoin de choses à troquer. Laisse-moi jouer le rôle du méchant qui dévalise les bijoux d'une femme morte, d'accord ? Je vais me salir les mains pour que tu n'aies pas à le faire. (Il me traîna dans ma chambre, qu'il parcourut des yeux.) Bon sang, Evie ! Tu n'as pas fait tes bagages ?

Je n'avais pas voulu me préparer au départ sans ma mère, et je n'avais pas voulu la réveiller.

Était-elle déjà morte à ce moment-là ?

Il fouilla dans mon placard et en sortit une valise.

— Tes vêtements là-dedans. *Tout de suite !*

— Je ne p-peux pas laisser Maman comme ça ! On doit l-l'enterrer.

Il se renfrogna comme si j'avais dit une absurdité. Puis il se dirigea vers mes propres bijoux et empocha mes broches et mes perles.

— Tu as autre chose de valeur dans la maison ?

Je n'arrivais plus à penser.

— Je... je ne...

— Des lingots, des montres, des armes que j'aurais pas vues la nuit dernière ?

Je ne pouvais que le dévisager.

En me maudissant en français, il tira un tiroir de vêtements et en vida le contenu dans mon sac, avant de s'emparer d'un autre tiroir.

Je le regardai remplir ma valise et la fermer sans un mot.

Le sac dans une main et mon bras dans l'autre, il commença à me traîner dans les escaliers.

Mais il ne comprenait pas. Jamais je ne pourrais laisser ma mère comme ça.

— Aide-moi à l'enterrer, Jackson.

— On a pas le *temps* pour ça. J'ai encore beaucoup de choses à faire.

— Je t'en prie, Jack.

— Ces hommes arrivent ! Dès que le vent se calmera, tu entendras les tirs des éclaireurs, et ensuite, cette foutue armée tout entière se mettra en marche. Ils s'empareront de toi et je ne pourrai absolument rien faire.

Au pied des escaliers, je recommençai à le rouer de coups.

— Je ne la laisserai pas comme ça ! Encore moins s'ils sont aussi mauvais que tu le dis !

Ses yeux lançaient des éclairs.

— Tu viendras avec moi si je l'enterre ?

Quand je hochai la tête, il remonta son bandana pour se couvrir la bouche et le nez, retira la barricade de la porte d'entrée et plongea au cœur de la tempête.

Il reparut avec une pelle et je crus qu'il allait se mettre à creuser juste là, mais il trouva un endroit sous le moulin à vent, là où se trouvait autrefois la roseraie de Grand-mère.

Après avoir retiré son arbalète, il enfonça sa pelle dans la terre. De la cendre jaillit et tourbillonna dans le vent.

Il me maudissait tout en creusant. Il disait que je n'étais qu'une source d'ennuis et que je n'en valais pas la peine, que nous ne pouvions pas nous permettre le luxe d'enterrer nos proches, que si je ne me blindais pas je ne survivrais jamais au monde extérieur.

J'étais aussi déconnectée de la réalité que je l'avais été pendant les derniers jours de cours. Je m'affaissai en hochant la tête d'un air absent pendant qu'il continuait à pelleter en déversant sa litanie de reproches.

Son front fut bientôt recouvert de sueur qui dégoulinait sur son bandana. Au moment où je me demandais s'il n'allait pas se faire des ampoules aux mains à cause du manche rugueux de la pelle, il ajusta sa prise.

Des traces de sang coloraient le bois. Ses nouvelles cloques s'étaient-elles percées ?

— C'est la *couillonne*[1] la plus stupide que j'aie jamais rencontrée.

Cette tâche semblait le rendre fou. Il accéléra le rythme jusqu'à ce qu'un filet de sang coule sur le manche de la pelle.

Mais alors... le vent se tut.

La cendre retomba sur nous comme de la neige. Nous levâmes tous deux les yeux vers le ciel. Il redevint progressivement d'un bleu immaculé. Un sourire forcé.

Nous n'avions plus le temps. L'armée serait bientôt là.

Un coup de feu retentit au loin, suivi d'un autre, et encore un autre.

— *Putain*[2] ! s'exclama Jackson en arrachant son bandana. Ils arrivent.

— Ils sont à quelle distance ?

— On a pas beaucoup de temps. Evie, je peux pas continuer. Si c'est pas assez profond... (Il ne finit pas sa phrase.) Bon sang, je peux pas continuer. (À sa façon de réagir, on aurait cru qu'il n'avait jamais rien raté de sa vie.) Elle ne voudrait pas que tu restes.

— J-je sais.

Nous n'avions pas d'autre choix que de l'abandonner.

De nouveaux coups de feu retentirent, suivis par des hurlements tapageurs. Ce qui ressemblait à un convoi de

1. En français dans le texte. (*N.d.T.*)
2. En français dans le texte. (*N.d.T.*)

camions approchait en grondant. Je frissonnai en entendant une femme crier – puis un rire d'homme.

Je compris sur-le-champ que tout ce que m'avait dit Jackson était vrai.

— Ils sont vraiment aussi barbares que tu le dis ?

Un bref hochement de tête.

Je pensai à la pauvre Clotile. Je pensai à toutes les filles en danger à cause de cette armée. Et je savais ce qu'il me restait à faire.

— Je reviens !

— Non ! Tu ne peux pas... (Ce qu'il vit dans mon expression lui fit lever deux doigts ensanglantés.) Deux minutes, Evie.

Je me ruai à l'intérieur de la maison, grimpai les escaliers. Dans ma chambre, je ramassai mon sac à dos, ma clé USB remplie de souvenirs et le collier que Brandon m'avait offert. Pour une raison inconnue, Jackson ne l'avait pas emporté.

En sortant, je parcourus ma chambre des yeux, mes trophées et mes peintures, pour les graver dans ma mémoire.

J'allai m'asseoir à côté de Maman une dernière fois. Je m'emparai de la photo qu'elle tenait encore puis lui pris la main ; je la frottai contre ma joue, par-dessus mes larmes.

— Je te le promets, j-je vais aller retrouver Grand-mère. Je découvrirai pourquoi tout ça est arrivé. Et je ferai tout pour y remédier. Je... je t'aime, Maman, murmurai-je avant de déposer un baiser sur son front.

La laisser fut la chose la plus difficile que j'aie jamais eue à faire.

En quelques instants, je sus que je serais amenée à faire pire encore.

Jackson me rejoignit à la porte d'entrée, une lueur menaçante dans les yeux, un briquet à la main.

Je sentis l'odeur de l'essence, entendis Allegra piétiner dans sa grange en hennissant nerveusement.

L'instant sembla se dérouler comme dans un rêve, comme si j'étais sortie de mon propre corps. Un léger brouillard m'enveloppa.

— Ils ne doivent pas voir ces cultures, Evie. Ils se lanceront à ta poursuite. Et ils ne laisseront pas tomber. Elles doivent brûler, même si ce sont les dernières sur terre.

— Il y a de l'essence... partout ? demandai-je en fixant son visage, en fixant le gris saisissant de son regard intense.

Il hocha la tête.

— C'est ma maison, Jackson. La seule que j'aie jamais connue. (Elle renfermait des siècles d'histoire, de rêves perdus ou exaucés.) Je ne vais pas l'abandonner comme ça. Donne-moi ce briquet.

Il posa sa main sur ma nuque et son front contre le mien.

— Je sais que c'est ta maison, *mon ange*[1], mais écoute-moi...

— Non, toi, tu m'écoutes ! (Ma voix était rauque et sifflante, comme envenimée par la fureur. Je m'écartai de lui.) Ils ne peuvent pas *l'avoir*.

Je ne voulais pas que tous ces siècles soient souillés par ces meurtriers, et qu'ils voient ma mère dans un état aussi vulnérable. Ils ne poseraient pas la main sur nos affaires et ne violeraient aucune femme dans mon lit.

Je ne pouvais pas permettre à Haven d'abriter cette armée, de l'aider à se renforcer encore plus qu'elle ne l'était déjà.

J'avais déjà prévu de mettre le feu à la maison avec la dépouille de ma mère à l'intérieur. Jackson avait seulement eu un petit temps d'avance.

— Maintenant, donne-moi ce briquet.

Il écarquilla d'abord les yeux avant de les plisser. Il me regarda comme si nous étions *enfin* sur la même longueur d'ondes. Il me le tendit en murmurant :

— *Ma bonne fille*[2].

J'allumai le briquet et une flamme jaillit ; il prit ma main libre dans la sienne, prêt à détaler.

---

1. En français dans le texte. (*N.d.T.*)
2. En français dans le texte. (*N.d.T.*)

Mon cœur battait sourdement à mes oreilles et mon sang se ruait dans mes veines. Je murmurai :

— Jackson, je peux les faire repousser…

Je lâchai le briquet.

21

Une fois que nous fûmes loin de l'incendie et des éventuels éclaireurs de la milice, Jackson nous emmena à la digue du comté et se gara sur une hauteur.

Je descendis de la voiture en m'abritant les yeux du soleil. D'ici, je pouvais voir la fumée s'élever de Haven.

Le bûcher funéraire de ma mère.

— Elle est dans un monde meilleur, murmura Jackson derrière moi.

Ce fut tout ce qu'il dit.

Et, là-dessus, j'étais totalement d'accord avec lui.

Alors que je parcourais des yeux l'horizon dévasté – le bourbier engorgé de cendres qui était autrefois un marécage, les plaines recouvertes de suie qui étaient autrefois des champs verdoyants, les flammes furieuses qui s'élevaient de Haven – je songeai qu'il ne pouvait pas en être autrement.

— *L'Impératrice entre en jeu.*

Je me réveillai avec cette phrase répétée inlassablement par les voix. Mais ces personnages semblaient différents, plus vifs, peut-être aussi légèrement moins… *suffisants* ?

J'ouvris péniblement mes yeux gonflés, désorientée. C'était le crépuscule, il n'y avait aucun vent, et Jackson s'était garé… dans un chantier naval ?

— Où sommes-nous ? Est-ce que j'ai dormi toute la journée ?

— Pas aussi loin que je l'aurais voulu. On est toujours en Louisiane.

— Pourquoi sommes-nous dans un chantier naval ?

Un chantier naval sur la rive d'un plan d'eau asséché.

— Les gens ont oublié de piller les bateaux en cale sèche. On va passer la nuit ici.

Il s'empara de son arbalète en descendant de voiture. Il savait manifestement très bien ce qu'il faisait avec cette arme ; il était aussi à l'aise avec elle que je l'avais été autrefois en faisant des saltos arrière.

Je me demandai qui lui avait appris à tirer. *La nécessité*[1] ?

Il fut à ma portière avant que j'aie pu retirer ma ceinture de sécurité.

— Suis-moi comme mon ombre, m'ordonna-t-il.

Même si le ton de sa voix fit hérisser mes poils, je lui emboîtai le pas dans les profondeurs du chantier.

— Celui-là me plaît, juste là, déclara-t-il en pointant du doigt un immense crevettier hissé sur un socle de réparation, et dont la peinture était écaillée.

— Qu'est-ce qu'il a de si spécial ?

— Je poserai une échelle pour y monter, et il n'y aura qu'un seul moyen de descendre. Il n'y a pas plus sûr. Mon petit doigt me dit qu'il y aura des conserves dans la cuisine.

En quelques minutes, nous avions trouvé une échelle et montions dans le bateau. Il m'attrapa par le bras pour me hisser à bord, puis remonta l'échelle derrière nous.

Sur le pont, de vieilles crevettes, crabes et coquilles d'huîtres craquèrent sous nos pieds ; ce son d'autrefois semblait ravir Jackson.

À l'intérieur se trouvaient une spacieuse cabine de capitaine ainsi que trois autres, plus petites, équipées de lits superposés déjà faits. Au moins, nous n'aurions pas à dormir dans la même chambre.

---

1. En français dans le texte. (*N.d.T.*)

Après avoir fouillé chaque recoin du bateau, nous retournâmes dans la cuisine. Jackson fureta un peu partout et fut satisfait de son butin : des briques de soupe, des paquets de biscuits intacts, des packs d'eau en bouteille, des sachets de viande séchée et un litre de rhum Captain Morgan.

— J'ai tout de suite su en le voyant que ce bateau serait une mine d'or. J'ai un instinct pour ce genre de choses. Maintenant, te méprends pas, aucun endroit n'est sûr à cent pour cent. Tu dois toujours rester sur tes gardes.

J'émis un petit bruit d'approbation.

— Je me doute que ce n'est pas exactement ce à quoi tu es habituée – en termes de bateau – mais c'est malgré tout une sacrée trouvaille.

Le dernier bateau sur lequel j'étais montée, c'était celui des Radcliffe, un yacht à sept chiffres nommé *L'Inestimable*.

Quand Jackson tourna le robinet de la cuisine et que de l'eau s'écoula, il expliqua :

— Ça vient des réservoirs. Il ne faut pas la boire mais tu peux prendre une douche avec.

— Une douche ?

Je sentis mon moral remonter.

— *Ouais*[1]. Ouvre-nous une ou deux boîtes pendant que je vais chercher ton sac.

Dans un état second, je parcourus les conserves du regard en me demandant ce qu'il aimerait. Il devait y avoir une dizaine de briques de soupe. C'était une sacrée aubaine, mais je savais d'expérience qu'il me fallait environ mille cinq cents calories par jour pour maintenir mon poids. Je choisis une brique de minestrone et fis une grimace en lisant le nombre de calories. Deux cents.

Je n'imaginais pas combien il fallait à un garçon comme Jackson. Nous allions tout liquider – ainsi que les provisions qu'il avait récupérées à Haven – avant la fin de la semaine.

---

1. En français dans le texte. (*N.d.T.*)

Alors qu'il revenait après avoir déposé mon sac sur le matelas en mousse de la grande cabine, je me coupai sur le rebord d'une boîte de conserve.

— Mince, dit-il en me prenant la main. Tu saignes.

— Ça va aller !

— Laisse-moi regarder.

Il souleva mon doigt et le fourra dans sa bouche comme si j'étais un enfant. Je retirai vivement la main et me tournai vers la cabine.

— Bon sang, Evie, comme tu voudras, grommela-t-il. (Puis il ajouta, plus fort :) Souviens-toi, ne bois pas l'eau. Et garde-m'en un peu.

Jack avait installé une lampe de poche dans la petite salle de bains, et je pus fouiller dans l'armoire à pharmacie à la recherche d'un pansement. J'en trouvai au milieu d'un flacon d'aspirine, de pilules de caféine et d'une vieille boîte de préservatifs.

Je retirai mes vêtements crasseux et entrai dans l'étroite cabine de douche en fibre de verre. Le sol était jonché de petits flacons de shampooing et de savons.

Sous le jet dérisoire d'eau tiède, je me frottai aussi vite que possible. Mais j'étais recouverte de cendres et j'empestais la suie.

Parce que, aujourd'hui, Haven a brûlé du sol au plafond.

Cela s'était-il passé seulement quelques heures plus tôt ? J'avais l'impression que c'était il y a une semaine.

Ma mère est morte aujourd'hui.

Je posai le côté de mon visage contre la paroi de la douche en luttant pour retenir mes larmes. Je craignais qu'en me laissant aller, je ne puisse plus m'arrêter...

La douche commença à se voiler et des points noirs apparurent devant mes yeux.

— Non, non, non ! Pas encore, murmurai-je désespérément en collant mes mains contre mes tempes quand je sentis la migraine monter.

Du sang se mit à couler de mon nez et à dégouliner sur les flacons de shampooing. Je baissai les yeux, le regard rivé sur les gouttes écarlates.

Ploc, ploc, ploc…

— Ils savent, Impératrice, dit Matthew.

Je me plaquai contre la paroi. Il était là ! Dans la salle de bains, avec moi !

Je fis volte-face pour lui tourner le dos et regardai par-dessus mon épaule. Mais il ne semblait pas éprouver le moindre intérêt pour ma nudité.

— L'Impératrice entre en jeu, dit-il. Les Arcanes le sentent, comme une perturbation dans la Force.

— *Star Wars*, Matthew ? Sérieusement ?

— Tu es une cible. « *Éliminons-la avant qu'elle devienne trop puissante* », susurrent les mauvaises cartes. Mais tu t'es exprimée si fort qu'elles ont pensé que tu voulais les attirer vers ta ferme. (Il se tapota la tempe.) Méfie-toi des leurres.

Ses paroles attisèrent un souvenir de ma dernière journée passée avec Grand-mère.

— *Je n'aime pas devoir t'emmener loin de la maison, ma chérie*, m'avait-elle dit en engageant sa voiture sur l'autoroute. *Seuls les plus courageux – ou les plus insensés – des Arcanes oseraient se rendre à Haven, le foyer de la grande Impératrice…*

— Je me suis exprimée trop fort ? Qu'est-ce que ça veut dire ?

Je ne me contentais pas de recevoir des voix, j'en *émettais* moi-même ?

Matthew fronça les sourcils.

— *Personne* n'est aussi bruyant que toi. Elles répondent plus fort pour te provoquer.

— Les voix sont celles des personnages que j'ai vus, n'est-ce pas ? L'Archer, le garçon ailé. La Mort.

Il hocha la tête.

— Les Arcanes Majeurs.

Les atouts du tarot.

— Comment leurs voix peuvent-elles être dans ma tête ? Est-ce que j'ai une sorte de don de clairvoyance ?

— De clair*audience*. Tous les Arcanes ont ce qu'on appelle un signal de reconnaissance. Comme les oiseaux. Je suis fou, mais pas à lier.

Si tu veux, gamin.

— Qu'est-ce qu'ils m'entendent dire ? Comment m'exprimer *moins* fort ?

— La voix *intérieure*, Evie, répondit-il d'un ton condescendant.

Je me massai le front, irritée par tous ces doubles sens – qui ne m'apprenaient rien.

— Pourquoi voudraient-ils me provoquer ? Qu'est-ce que je leur ai fait ?

— Tu es un Arcane.

— Je... je ne comprends pas. Et je... je n'en peux plus de tous ces trucs d'« Arcanes » !

— Je continuerai à t'envoyer des visions. (Il se toucha le nez et murmura :) *Ploc, ploc, ploc.* Tu dois apprendre.

— *M'envoyer* des visions ? Es-tu en train de dire qu'elles ne me viennent pas spontanément ?

— Je t'envoie des visions.

— Ou peut-être que je délire complètement, et que je ne fais que t'imaginer en train de me parler en ce moment même. Peut-être que tu n'es même pas réel !

Il leva les yeux au ciel.

— Noooon. Je t'envoie des visions. Pas *ton* pouvoir d'Arcane. Le mien, le mien, le mien.

Je n'avais donc aucun pouvoir psychique ?

— Est-ce que tous les Arcanes ont des pouvoirs ?

— Immenses. Surhumains.

Je plissai les yeux tandis qu'un soupçon me venait à l'esprit.

— Est-ce que tu m'envoies ces cauchemars aussi ? Parce que je n'en peux *plus* !

— Jamais de cauchemars ! Impératrice, nous sommes menés. Dépêche-toi de me trouver.

J'avais prévu de le chercher à un moment ou un autre.

— Mais je dois aller retrouver ma grand-mère. Où es-tu, d'ailleurs ?

— Trouve-moi avant que la Mort ne te trouve.

— Ou sinon ?

Il rejeta la tête en arrière comme si c'était évident.

— Ou elle… te *touchera*. Son pouvoir. Tu es la carte que la Mort convoite.

Je frissonnai en me rappelant la Faucheuse devant moi qui essayait de m'attraper de ses mains nues.

— Me convoiter ? Pourquoi ? Je ne comprends pas.

Mais Matthew avait disparu.

Et toute l'eau s'était vidée.

— Bon sang !

Jackson m'en avait si peu demandé – préparer de la soupe et lui garder un peu d'eau. Deux tâches simples, et j'avais échoué.

Transie de honte, je retournai dans la cabine. Son sac à dos était maintenant posé sur le lit à côté de mes affaires. Il ne s'attendait tout de même pas à ce que l'on dorme dans la même chambre ?

Je venais de finir de me changer quand il ouvrit la porte sans frapper, avec deux tasses de soupe dans les mains.

Il me parcourut du regard. J'avais été contrainte d'enfiler un caraco et une jupe de gym. La valise qu'il m'avait préparée laissait totalement à désirer.

Ma garde-robe contenait désormais en tout et pour tout : un jean et un sweat à capuche – ceux que je portais en partant –, environ dix rubans pour les cheveux, plus de sous-vêtements que je ne pourrais jamais en porter au cours d'une vie, des soutiens-gorge qui m'allaient à peine, des vêtements de sport et une paire de chaussettes dépareillées.

Il ouvrit la bouche pour dire quelque chose, avant de se raviser. *Trop tôt, Jackson, beaucoup trop tôt.*

Après m'avoir tendu une tasse étonnamment chaude, il s'assit devant le bureau encastré pour boire dans la sienne. J'eus un pincement au cœur en voyant qu'il avait dû envelopper ses mains blessées dans des lambeaux de vêtements. Il était couvert de poussière et de cendre d'avoir creusé.

Il avait fait tellement d'efforts pour m'aider…

— Le moment est venu de parler des prochains jours, déclara-t-il.

Je m'installai au bord du lit, en face de lui.

— D'accord.

— J'ai fini par donner quelques… *garanties* à ta mère. Je suis resté assez vague pour être sûr de pouvoir les honorer sans aller tout droit en enfer. Ce qui m'inquiète, c'est que *toi*, tu lui aies aussi fait des promesses.

— C'est le cas.

Il murmura un juron.

— Comme d'aller chercher ta grand-mère, par exemple ?

— C'est cela.

— Laisse-moi te faire le topo, *peekôn*. Entre nous et la Caroline du Nord, tu as les Épouvantails, les branches rattachées aux milices et les sectes apocalyptiques – qui ont le vent en poupe par les temps qui courent, comme tu peux l'imaginer. Les esclavagistes contrôlent les villes…

— Alors les esclavagistes sont réels ? On a entendu des rumeurs…

— *Ouais*[1]. Ils rassemblent les gens pour creuser des puits, comme des esclaves dans une mine d'or. (Devant mon air perplexe, il dit :) S'ils attrapent quelqu'un comme moi, ils m'enchaîneront dans une carrière remplie de cendres avec une pioche, ou alors ils me pousseront dans un puits de mine et ne me libéreront pas avant que j'atteigne la nappe phréatique. Bien sûr, s'ils t'attrapent, *toi*… ce sera différent. Pareil avec les cannibales.

— Les c-cannibales ?

Là encore, j'en avais eu des échos.

Quand il hocha la tête, je tentai d'imaginer à quoi pouvaient ressembler les cannibales américains des temps modernes et ne cessai de me les représenter avec des morceaux de corps humains enfilés sur des colliers. Peut-être brandissaient-ils des gourdins ensanglantés…

Même si ces menaces me faisaient frémir de tout mon être, je lui dis :

— Je pars pour les Outer Banks demain.

1. En français dans le texte. (*N.d.T.*)

— Tu n'as peut-être pas énormément de compétences, mais on dirait que tu maîtrises l'entêtement à la perfection. Aucune chance que je t'en dissuade, hein ?

— Aucune.

Je n'avais pas le choix. En plus de la promesse faite à ma mère, je devais résoudre cette histoire d'Arcanes. *Parce que ça ne cessera jamais.*

— Si tu t'es décidé pour le Texas, je te conduirai jusqu'à ce que tu trouves une autre voiture à réparer.

— Tu me mets dans une situation délicate. Si je te laisse partir toute seule, tu es déjà morte. (J'ouvris la bouche pour protester mais il éleva la voix :) Admets-le, tu n'as aucun moyen de te protéger.

J'en avais eu, à une époque. J'avais des soldats à tous les coins de rue pour me protéger. Je baissai les yeux sur ma tasse en repensant à mes cannes et à mes chênes vaillants. Disparus à tout jamais.

Tout comme ma mère.

— Regarde-moi, Evie. Tu es certaine de vouloir aller dans cette direction ?

— Absolument. (Et j'étais certaine que je serais mieux avec lui.) Est-ce que tu... est-ce que tu m'aideras ?

— Ouais, dit-il d'un air pompeux. Je t'emmènerai là-bas. Mais j'ai certaines conditions.

— Bien sûr.

— Tu me dis tes secrets. Je dois savoir comment tu as fait pousser ces cultures. Et je dois savoir comment tu les feras repousser.

Peut-être fallait-il lui donner une motivation ?

— Je te dirai tout ce que tu veux savoir... dès que j'aurai retrouvé ma grand-mère.

Il hésita.

— *D'accord*[1].

Mon soulagement fut teinté de suspicion.

1. En français dans le texte. (*N.d.T.*)

— Tu ne m'aimes pas. Nous n'avons jamais été amis. (Il ne nia pas.) On pourrait aussi bien être des étrangers, Jackson. Et pourtant tu es prêt à voyager avec moi, à risquer ta vie ?

— Des étrangers ? C'est relatif, non ? Tu me connais mieux que quiconque encore en vie. Et je te connais mieux que quiconque à l'exception de ta grand-mère.

Parce que Maman est partie.

— Bon sang, Evie, il ne reste plus que toi. Personne avec qui parler cajun, personne qui se souvienne du bayou, de son odeur, ou de la façon dont le soleil...

— ... inondait la mousse et les épines de cyprès ?

— *Exactement*[1].

— Alors on est d'accord.

Avec une expression indéchiffrable, il dit :

— *Bien*[2]. Maintenant, deux options s'offrent à nous. L'Armée du Sud-Est balaie la zone depuis la Caroline du Sud jusqu'à la Louisiane – on peut suivre leur piste à distance en se dirigeant vers Atlanta. Les routes principales seront dégagées des décombres et il y aura peu d'Épouvantails. L'inconvénient, c'est que les troupes auront dévalisé les stations-service et les magasins. On a une bonne réserve d'eau de Haven – si on se rationne – mais pour le carburant et la nourriture, ce sera juste. Et chercher à se réapprovisionner nous ferait perdre du temps.

Ça ne semblait pas idéal.

— Et la deuxième option ?

— On peut aller au nord vers le Tennessee, et couper à l'est. On évitera leur piste, mais on risquera de tomber sur des Épouvantails et des routes bloquées.

J'étais surprise – et impressionnée – par ses connaissances.

— Qu'est-ce que tu proposes ?

— Revenir sur nos pas. Le voyage sera plus long, et difficile, mais je pense que c'est le chemin le plus sûr.

---

1. En français dans le texte. (*N.d.T.*)
2. En français dans le texte. (*N.d.T.*)

Plus long ? Maintenant que j'étais en route pour aller retrouver Grand-mère, je brûlais d'impatience.

— Long comment ?

— J'ai roulé toute la journée - et on a fait cent kilomètres à travers la tempête. Je voyais à peine à un mètre. Ça va nous prendre des semaines pour arriver là-bas.

J'entrouvris les lèvres.

— Est-ce qu'on va s'arrêter avant le crépuscule tous les jours ? Les vents se calment la nuit - j'aurais pu prendre la relève et continuer à rouler.

— Les Épouvantails rôdent une fois le soleil couché, alors non.

— Mais si nous sommes en voiture, ils ne peuvent pas nous attraper.

— S'il n'y avait que moi... mais avec toi...

Il passa une main bandée sur sa bouche, comme s'il venait de prendre conscience de l'immense responsabilité qu'il avait acceptée. La vie d'une autre personne.

— As-tu seulement déjà vu un Épouvantail ? Ailleurs que dans tes visions ?

J'hésitai avant de secouer la tête.

— Quand on les chassait, on partait par groupes de dix, entraînés et armés jusqu'aux dents. Toi et moi ? On ne peut pas prendre le risque d'en croiser. Surtout s'ils sont plusieurs. S'il m'arrivait quelque chose sur la route, tu es finie. Il n'y a pas à tergiverser.

— J'ai réussi à survivre depuis le Flash, sans toi.

— Tu étais cachée, avec de la nourriture, de l'eau et un abri solide. C'est la folie, là-dehors. Les gens ont tous perdu la tête.

— J'ai du mal à croire que tout ce qui était bon est passé à la trappe aussi rapidement. (La décence, la moralité.) Ça ne fait que sept mois. Les gens n'auraient pas déjà eu recours au cannibalisme.

— Evie, il n'y a Plus.De.Nourriture. (Il se leva et sortit sa flasque de sa poche.) Même avec le peu de gens qu'il reste, les supermarchés ont été pillés en quelques jours. Il n'y a plus de cultures, presque plus aucun animal. La moitié d'une année, ça suffit largement pour qu'une nouvelle chaîne alimentaire se mette en place.

Je me frottai le front.

— Une chaîne alimentaire ?

— Les plus forts – comme les milices et cette armée – ont toutes les provisions et toute la nourriture. Ils sont au sommet. Ceux qui sont un peu moins forts, ce sont les cannibales. Vers le bas de la chaîne, les faibles sont affamés. Et les faibles malchanceux ? Ils servent de dîner à quelqu'un. (Il but une gorgée en soutenant mon regard.) Alors réfléchis bien à l'endroit où tu veux aller demain, *peekôn*.

Je tentai de dormir au milieu du chantier naval plongé dans le silence.

La Maison Haven était toujours – *avait toujours été* – si bruyante ! Je ne l'entendrais plus jamais craquer et grincer désormais. Je n'entendrais plus jamais le chuchotis apaisant des cannes. Je n'entendrais plus jamais les talons de ma mère claquer sur le sol en marbre.

Les voix elles-mêmes s'étaient tues, comme si elles voulaient que je ressente pleinement mon chagrin. Ou peut-être qu'elles se taisaient parce que Jackson se trouvait à peine à quelques mètres de moi, endormi, affalé sur le bureau. Il m'avait dit que nous dormirions toujours dans la même pièce sur la route car, encore une fois, « aucun endroit n'était sûr à cent pour cent ». Son arbalète était posée à portée de main.

Je me sentais à la fois mal à l'aise et en sécurité de le savoir si proche.

Allongée sur un matelas en mousse trop mou dans une cabine trop silencieuse, je me repassais mentalement la journée. Trois souvenirs avaient été gravés dans ma mémoire et je savais que je ne pourrais jamais les oublier.

Le regard fier que Jackson m'avait adressé quand j'avais laissé tomber le briquet pour brûler ma maison et incinérer ma mère.

La sensation de sa paume rugueuse quand nous avions fui les flammes main dans la main.

Les traits apaisés de Maman dans la mort.

Les larmes montèrent et se mirent à couler – sans que je puisse les arrêter. J'imaginais ses dernières pensées, je l'imaginais en train de serrer cette photo entre ses doigts. Avait-elle compris que c'était sa dernière nuit ?

Pourquoi n'étais-je pas restée à ses côtés ?

Si elle n'était pas morte dans son sommeil, alors j'aurais pu être là pour lui tenir la main, pour la voir... pour l'accompagner.

Je me recroquevillai sur le côté en pleurant, en produisant un effort suprême pour ne faire aucun bruit.

Jackson se redressa brusquement.

— Il faut que t'arrêtes de pleurer.

Je continuai.

Avec un juron, il dit d'un ton cassant :

— Là où nous sommes, il n'y a pas la place pour ça. Tu es trop sensible, Evangeline.

Oui, Jackson commençait seulement à comprendre quelle lourde responsabilité il avait endossée aujourd'hui, et à présent, la réalité le rattrapait. Je m'assis en m'essuyant le visage d'un revers de bras.

— J-je ne peux pas m'en empêcher.

Tôt ou tard, il en aurait assez de moi.

— Ta mère est morte dignement. Qu'est-ce que tu veux de plus pour elle ? J'aimerais bien partir aussi proprement.

Je pleurai de plus belle.

— Bon sang, Evie ! (Il fronça les sourcils et pinça les lèvres.) Et puis merde. Pleure tant que tu veux, mais j'ai pas à voir ça.

Il attrapa son arbalète et sortit de la cabine en claquant la porte.

Je restai figée, misérable, et l'écoutai arpenter le bateau. Tout aussi soudainement, il revint vers la cabine. Je l'entendis se laisser glisser contre la porte, à l'extérieur. Il poussa un soupir sonore.

Je continuai de pleurer ; il se releva pour faire les cent pas.

Ce qui me sembla être des heures plus tard, il ouvrit la porte.

— Tu sais ce qu'est un SPA ?

Je secouai la tête en silence.

— Système de pré-alerte. C'est un moyen d'entendre les ennemis s'approcher en douce. Comme les coquilles qui craquent sur le pont.

— D-d'accord ?

Les larmes dégoulinaient sur mon visage.

Mais il ne me regardait pas et se remit à faire les cent pas.

— Tu peux broyer des ampoules juste devant ta porte, par exemple. Des escaliers qui grincent font également l'affaire. C'est en partie pour cette raison que j'essaie toujours de choisir des maisons avec un étage. Quand je conduirai, tu vas devoir chercher des endroits où on pourra passer la nuit, alors garde ça à l'esprit.

Je hochai timidement la tête.

— Il faut savoir aussi que les Épouvantails peuvent sentir l'eau à des kilomètres, alors ils continuent de se masser autour des anciennes étendues d'eau…

— Alors qu-qu'est-ce qu'on fait sur un chantier naval ?

— Un bateau sur cales est une trop belle occasion. Les Épouvantails sont comme des loups enragés – ils savent chasser mais ils ne savent pas utiliser une échelle. De toute façon, chaque endroit pour passer la nuit a ses inconvénients. Une maison avec une porte ouverte ? Tu dois te demander si un Épouvantail n'est pas entré le premier, comme une vipère enroulée au fond de ta chaussure. Les bâtiments publics ? Il y a des sorties de secours à chaque couloir. Autant d'entrées possibles pour les Épouvantails.

— Tu… tu sais un tas de choses.

— Oui, Evie, répondit-il d'un ton prosaïque. Je sais que les égratignures d'Épouvantails ne sont pas contagieuses, mais leur salive ou leur sang dans le tien peut te transformer en moins de deux jours. Je sais que le seul moyen de les tuer, c'est de les décapiter ou de leur tirer dans la tête. Je les ai vus tout desséchés ou crayeux, au point de croire qu'ils étaient morts – mais tu leur jettes un seau d'eau, et ils se mettent à ramper pour venir te mordre. Je sais qu'ils ne sont pas allergiques au soleil, contrairement à ce que l'on croit. C'est juste qu'ils l'évitent parce qu'il assèche leur peau visqueuse. S'ils ont une bonne raison de le faire, ils n'hésitent pas à braver ses rayons. J'en ai vu lécher la rosée sur les voitures après l'aube, voire à même le sol.

Alors que je frissonnais en imaginant ce spectacle, il pencha la tête vers moi.

— Tu m'écoutes ? J'ai appris tout ça mais j'en ai payé le prix. Et je te le transmets gratuitement.

Je me serais accrochée à n'importe quoi pour m'occuper l'esprit.

— Dis-m'en plus.

— D'acc. (Il posa son sac à dos sur le lit et s'assit en face de moi.) Ça, c'est mon sac de survie. Que des équipements de première nécessité.

Il déversa le contenu sur la couverture, presque... *fièrement* ?

Je vis des paquets de gel énergétique, des barres protéinées, du sel alimentaire, un couteau de l'Armée suisse, une brosse à dents de voyage, des briquets, du sparadrap, une lampe de poche à manivelle, des bâtons lumineux, trois minibouteilles d'alcool fort et une gourde.

Certains objets étaient plus surprenants : un petit marteau et un sachet de clous, une enveloppe de photos qu'il ne semblait pas vouloir me montrer, et un pistolet dans son étui.

— On va aussi transformer ton sac à dos en sac de survie. Et tous les soirs, on fera le tri de nos ressources. (Devant mon air interrogateur, il ajouta :) Pour savoir ce qu'on doit chercher sur la route.

Mes larmes séchaient.

— Comme quoi ?

— Si nos lacets de chaussures nous lâchent, on ne passera pas à côté d'un corps sans vérifier d'abord s'il n'a pas de bonnes pompes.

Je déglutis. Voilà ce qu'était ma vie désormais.

— Si tu as un pistolet, pourquoi est-ce que tu ne portes que ton arbalète et tes flèches ?

— « Que mon arbalète » ? railla-t-il. C'est plus facile à recharger. (Il s'empara de son arme et me montra un chargeur contenant six petites flèches.) C'est silencieux et les flèches sont réutilisables. Pas génial contre les miliciens, mais parfait contre les Épouvantails. En plus, je n'ai qu'une balle dans le pistolet – et je la garde au cas où je me ferais mordre.

— Oh. Et quand est-ce que je récupère mon fusil ?

— Hum... Jamais. (Je le dévisageai.) Je vais scier le canon. Je le porterai avec mon arbalète. Tiens, on va commencer à t'équiper en provisions.

Il me tendit les trois minibouteilles.

Je haussai les sourcils.

— Jack Daniels ?

Il croisa mon regard.

— C'est toujours utile d'en avoir un à portée de main...

Je les posai à côté de moi, trop fatiguée et trop à cran pour relever l'insinuation sur son surnom.

Mais il ramassa les flasques et les laissa tomber avec insistance sur mes genoux.

— Ne dénigre pas l'alcool, Evie. Qu'est-ce qu'il y a d'autre sur terre pouvant à la fois désinfecter, mettre le feu à un ennemi *et* te saouler ? Dis-moi, à quoi pourraient nous servir les bouteilles vides ?

— Hum... du verre pour le SPA ?

Le coin de ses lèvres se retroussa légèrement.

22

Jour 230 après le Flash
Dans les profondeurs du Mississippi

Assise dans la voiture à l'arrêt, qui était entourée de vieux cadavres, je regardais Jackson lutter contre une tempête. Il avait son arbalète à la main, le fusil passé autour de ses épaules et un bidon d'essence accroché à la ceinture.

Vide, bien sûr.

Nous n'avions pas encore quitté la Louisiane que nous avions commencé à être à court de carburant. Cela faisait neuf jours. Depuis, Jackson avait réussi à grappiller quelques litres ici et là, et à dénicher des pièces détachées. Nous étions déjà venus à bout de trois paires d'essuie-glaces et de deux filtres à air.

Avec nos arrêts constants et les tempêtes implacables que nous essuyions, nous parcourions en moyenne une trentaine de kilomètres par jour.

Aujourd'hui, il cherchait de l'essence dans un atelier de réparation de tondeuses à gazon. Il pensait que la milice n'y avait peut-être pas songé.

Mais ils avaient sûrement raflé tout le reste. Comme Jackson l'avait pressenti, la nourriture se faisait rare. Nous n'avions plus aucune boîte de conserve. Heureusement, nous maintenions notre niveau d'eau en trouvant de temps en temps des restes à l'intérieur des chauffe-eau.

Agenouillée sur mon siège, le front appuyé contre la vitre, je plissai les yeux pour ne pas perdre Jackson de vue. La visibilité était faible. La voiture tanguait et la cendre tourbillonnait sur les corps éparpillés tout autour, comme du sable sur des dunes balayées par le vent.

Quand un corps se trouvait sur son passage, il ne prenait pas la peine de le contourner ; il l'enjambait simplement. Quand il conduisait, il faisait de même : il roulait dessus.

Au début, je lui demandais de les éviter. Au bout de deux jours, j'avais pris conscience de la stupidité de ma requête. Sans humidité ni insectes, et très peu d'oiseaux, les corps résistaient et s'accumulaient au fil du temps.

Il m'avait dit que c'était pire encore dans les villes. Je ne pouvais imaginer leur nombre.

Quoi qu'il en soit, j'étais soulagée d'être sur la route avec Jackson, et il me semblait que la pression des derniers mois s'était apaisée.

Même si mon chagrin pour ma mère restait vif, il n'était plus aussi écrasant qu'au début. Au moins, désormais, j'arrivais à contenir mes larmes. Elles paraissaient vraiment contrarier Jackson, comme s'il les prenait pour une insulte personnelle. De toute façon, il passait la majeure partie de son temps à être irrité par ma personne. Je n'avais pas la moindre idée de ce qu'il pouvait me reprocher, je suivais difficilement ses humeurs...

Les vents redoublaient de force. Un sapin de Noël en plastique se mit à tourbillonner dans les airs ; un sèche-linge carbonisé s'approcha de la route. Des gravillons fouettaient la voiture.

Jackson était dehors dans ces terres désolées, exposé au danger. La milice avait effectivement dégagé les routes en démolissant toutes les épaves. Elle les avait empilées le long de la chaussée, jusqu'à ce que les rues ressemblent à des enclos. De véritables souffleries.

Je me mordillai la lèvre en le voyant se pencher à côté d'une tondeuse à siège garée sur le petit parking. Mais

Jackson ne semblait pas connaître le sentiment de peur et se concentrait sur sa tâche, imperturbable.

Je le regardai enfoncer un siphon dans le réservoir de la tondeuse, et souffler dans le tube. Il leva un pouce dans ma direction.

Astucieux, Jackson.

Il s'était avéré très différent du jeune homme que j'avais connu à l'école. Il était plus endurci et tellement maître de ses capacités que j'oubliais parfois qu'il n'avait que deux ans de plus que moi.

Mais en de très rares occasions, j'avais bel et bien un garçon de dix-huit ans à mes côtés.

Certains aspects de Jackson n'avaient pas changé. Il était toujours dangereux, impérieux, impossible à ignorer – et *déroutant*.

Même si je voulais l'aider dans ce genre de tâche, il refusait toujours. Et ensuite, il m'accusait de ne pas faire ma part de travail.

Parfois j'avais l'impression que je ne pourrais jamais être à sa hauteur, comme s'il essayait délibérément d'installer un malaise entre nous.

Après avoir mis en place le bidon à côté du réservoir de la tondeuse, il retira son bandana et prit le tuyau entre ses dents. Je ne manquai pas de remarquer son hésitation à faire remonter le flux. Même s'il était assez habile pour ne pas avaler d'essence, il respirait tout de même les vapeurs…

Du coin de l'œil, j'aperçus une plaque de tôle qui filait dans l'air vers lui, rasant tout sur son passage comme une lame de rasoir géante.

— Attention ! hurlai-je, mais il ne pouvait pas m'entendre.

Il l'évita tout seul.

J'appuyai mes paumes moites contre la vitre en poussant un soupir de soulagement quand il leva la tête vers moi. Ses lunettes de soleil dissimulaient ses yeux mais je sus que nous échangions un regard qui voulait dire « Bordel de merde ! ». Puis il se remit au travail.

Une nouvelle bourrasque secoua la voiture. Plus de vent, plus de cendres. Je le perdis de vue.

Mon cœur plongea quand il disparut, englouti par le brouillard.

Un sentiment de panique me submergea. Je détestais me sentir aussi impuissante ! Sans lui dans mon champ de vision, les voix menaçaient.

J'essayai de m'occuper en observant les cadavres autour de la voiture. Jackson m'avait dit de prêter attention aux plus récents parce qu'« ils te renseignent sur la configuration du terrain ».

Comme j'étais restée perplexe, il m'avait expliqué :

— Une balle entre les yeux, ça veut sans doute dire que c'est une victime de la milice. Comme ça, on peut savoir quand sont passés les derniers hommes armés. Un corps battu ou étranglé ? Un meurtre pour la survie du plus fort. Les gens désespérés tuent pour les ressources, alors tu passes ton chemin. C'est qu'il n'y aura plus de nourriture dans les parages. Un coup de couteau dans le dos ? Un meurtre en interne, famille ou amis qui s'entretuent. Là encore, tu passes ton chemin.

Je savais reconnaître les victimes d'Épouvantails par moi-même. Leurs visages étaient figés dans une expression d'horreur, le cou déchiqueté. Apparemment, une morsure était contagieuse uniquement si la victime survivait à l'agression.

Je gardais toujours du sel dans les poches de mon sweat...

— *Le rouge des dents et des griffes !...*

— *Je ferai un festin de tes os !...*

Je serrai les poings en luttant pour repousser l'appel des Arcanes. J'y parvins au prix d'un effort éreintant. J'en étais arrivée à désirer constamment la présence de Jackson rien que pour la paix qu'il m'apportait.

De nouveaux gamins se mirent à murmurer :

— *Je m'abats sur toi comme la tombée de la nuit...*

— *Malheur à la vaincue en sang !...*

Il me sembla même entendre la voix de Matthew... *Fou, mais pas à lier.*

Voilà donc ce qu'il avait voulu dire ; cette phrase était son propre signal de reconnaissance.

Puis la Mort s'exprima à son tour.

— *Viens, Impératrice. J'ai attendu si longtemps…*

Je la reconnus facilement. Elle me parlait souvent directement, ce qui me mettait les nerfs à vif.

Je me frottai les bras en les serrant misérablement autour de moi. Où était Jackson ? Et s'il ne revenait jamais ? Et s'il y avait une autre plaque de tôle… ?

Je l'entendis à l'extérieur de la voiture. En train de transférer l'essence ? Puis il déposa le bidon à l'arrière. Après avoir lutté pour ouvrir du côté conducteur, il se glissa à l'intérieur juste avant qu'une nouvelle bourrasque fasse claquer la portière.

— Jackson, j'étais tellement inquiète !

Il retira son bandana barbouillé de suie en reprenant son souffle.

Les voix devinrent de faibles murmures, avant de s'éteindre. Tout en me dépêchant de lui ouvrir une bouteille, je me demandai s'il remarquait que je tremblais.

— Je ne te voyais plus.

Il prit son temps pour caler le fusil au canon scié entre son siège et la console, puis déposa son arbalète à portée de main sur la banquette arrière. Il regarda longuement la bouteille avant de me la prendre des mains.

Après une longue gorgée, il s'essuya la bouche du revers de sa manche.

— Mais *moi*, je ne t'ai pas perdue de vue, dit-il assez sèchement.

Il était de nouveau en colère ?

— Je dis juste que j'étais inquiète.

— Ton garde du corps est revenu en un seul morceau. Mais il se peut que tu veuilles en chercher un autre. Je n'ai récupéré que quelques litres. Et pas de nourriture.

Il démarra. Aussitôt, les essuie-glaces grincèrent sur le pare-brise, couvert de cendres et de gravier, comme des ongles sur un tableau noir.

— Quelques litres, mais c'est formidable ! (Je tendis le bras pour serrer l'une de ses mains barbouillées d'essence.) On peut enfin atteindre l'Alabama avec ça. Et on trouvera à manger ce soir. J'ai un bon pressentiment.

Il se radoucit quelque peu et plongea la main dans sa poche.

— Je t'ai trouvé ça. Ça peut être utile contre la faim.

Il me tendit un paquet entamé de chewing-gums aux fruits ; il en restait trois. De la même marque que celle que ma grand-mère adorait.

Je pris soudain conscience de quelque chose. À chaque chewing-gum que je savourais, c'était un de moins dans le monde, et qui ne serait jamais remplacé. Je croisai son regard.

— Merci, Jackson.

Il haussa les épaules d'un air gêné. Le rouge lui monta aux joues. À cet instant précis, il ressemblait exactement à un garçon de dix-huit ans.

Je ne pus m'empêcher de sourire.

— C'est pas comme si on était fiancés ou quoi que ce soit, murmura-t-il. Maintenant, fichons le camp d'ici. J'ai cru voir un rideau s'agiter dans une maison voisine. On nous regarde.

— Il y a des gens ? m'exclamai-je.

Parfois, quand nous cherchions des fournitures ou repérions des maisons, j'avais aperçu une porte se fermer ou une silhouette courir au loin. Contrairement à Jackson, je ne pensais pas que tout le monde était malintentionné. Mais personne ne montrait le bout de son nez.

— Des personnes *en vie* ?

— Ce qui est la pire espèce, répondit-il en fronçant les sourcils.

Je me tordis tout de même le cou dans l'espoir d'apercevoir quelqu'un.

— C'est quoi, cette fixation sur les gens ? Ma compagnie ne te suffit pas ?

De nouveau ce ton bourru.

— Bien sûr que si, c'est seulement…

— Avant d'espérer pouvoir parler à quelqu'un d'autre, garde à l'esprit qu'on est sur le point d'approcher une grande ville – en d'autres termes, un territoire esclavagiste…

Bien que nous détestions tous les deux devoir faire marche arrière, nous fûmes forcés de rebrousser chemin pour atteindre l'autoroute qui reliait les deux États. Jackson estimait que c'était une erreur tactique. Quant à moi, la seule idée de m'éloigner de mon but, même temporairement, me paniquait.

Nous traversâmes de nouveau la route sur laquelle les corps faisaient office de ralentisseurs et passâmes devant le même panneau de signalisation peint à la bombe. Quelqu'un avait écrit « Repentez-vous ! » en rouge. En dessous, quelqu'un d'autre avait peint « Ou sinon, QUOI ? » en noir.

Puis, une fois de retour sur l'autoroute, un silence s'installa entre nous. Un silence béat. Je m'emparai d'un exemplaire jauni de *Cosmopolitan* dans la boîte à gants, seulement mon attention était attirée vers Jackson.

Perdu dans ses pensées, il tenait le volant d'une main et, de l'autre, il caressait distraitement les cicatrices sur ses doigts.

Était-il toujours furieux que j'aie émis l'espoir de voir d'autres personnes ? Frustré que nous n'ayons pas trouvé de nourriture aujourd'hui ?

Comment pouvait-il paraître pensif et agité en même temps ?

Au cours des sept derniers jours, j'avais beaucoup appris au sujet de mon garde du corps cajun, mais tout ce que j'avais découvert suscitait encore plus d'interrogations.

Je savais par exemple qu'il pouvait passer de longs moments muré dans un silence total. Alors que Brandon était aussi facile à déchiffrer qu'un livre ouvert – et parlait sans retenue –, Jackson gardait ses rêveries pour lui.

À quoi un garçon de son âge, un survivant de l'apocalypse, pouvait-il bien penser tout au long de la journée ? Pourquoi touchait-il aussi souvent les cicatrices sur ses mains ? Se souvenait-il de vieilles bagarres ?

D'autres fois, je me disais qu'il valait mieux pour moi ne pas savoir ce qui se passait dans sa tête.

Et simplement savourer ce silence. Les voix avaient été vaincues, ce qui signifiait que j'avais la paix. Du moins pour un petit moment.

Je posai la tête contre la fenêtre et suivis des yeux les panneaux d'affichage roussis qui vantaient des produits que nous ne pourrions plus jamais acheter – un voyage à Hawaii, un nouvel ordinateur, une épilation définitive dans un spa. Dieu merci, Mel m'avait obligée à l'accompagner l'année précédente quand elle s'était fait traiter au laser.

Le paquet de chewing-gums toujours à la main, je fermai les yeux. Chaque fois que les voix m'accordaient un sursis, je pouvais me concentrer pour me souvenir de nouveaux éléments de ma vie précédant mon séjour à la clinique. Profitant de ce nouveau répit, je humai le parfum familier du chewing-gum et mon esprit dériva vers cette virée en voiture fatidique avec Grand-mère...

— Je te ramènerai à Haven bien avant le jour de tes seize ans, disait-elle. Une fois que tu auras été préparée à ta destinée.

Ma destinée ? Pastilles chocolat menthe ou beurre de noix de pécan.

— Il y a un jeu de tarot dans mon portefeuille, dit Grand-mère. Je veux que tu regardes les cartes. Que tu les regardes vraiment.

— D'accord.

Je fouillai dans son sac immense, poussai sa crème aux gardénias, mais je fus distraite par les chewing-gums...

— Evie, le jeu.

Je hochai la tête, sortis les cartes et retournai celles du dessus.

— Les cartes les plus élégantes sont les atouts, les Arcanes Majeurs.

— Arca-quoi ?

— Les Ar-ca-nes Majeurs. Du latin Arcana, qui veut dire « les grands secrets ». Toi et moi, nous en aurons à garder.

(Elle parut soudain triste.) C'est ainsi qu'il en va de notre lignée. (Elle fit un geste de la main.) Les détails des images sont importants. Il faut les lire comme un plan.

Je vis une carte avec un ange ailé, une carte avec un vieil homme en toge et une avec un lion. Deux cartes comportaient des chiens.

Je fus frappée par la représentation d'une femme aux cheveux blonds vêtue d'une robe rouge coquelicot. Elle portait une couronne avec douze étoiles. Derrière elle, des collines vertes et rouges s'étiraient à perte de vue.

Ses bras étaient grands ouverts comme si elle voulait vous enlacer, mais son regard semblait mauvais.

Grand-mère changea de voie avant de regarder la carte.

— C'est toi, Evie. Tu es l'Impératrice. Un jour, tu contrôleras tout ce qui prend racine ou ce qui fleurit. Tu auras leur parfum, et ils reconnaîtront le tien.

J'avais fait une moue, entre le froncement de sourcils et la grimace. Parfois, Grand-mère disait des choses des plus étranges. Puis je fis de nouveau défiler les cartes... jusqu'à le voir, lui – un chevalier en armure noire sur une monture blanche. Le pauvre cheval avait les yeux injectés de sang. J'adorais les chevaux...

— Les détails, Evie, me rappela Grand-mère d'une voix plus dure en vérifiant de nouveau son rétroviseur.

Des gens étaient agenouillés devant le chevalier et l'imploraient. Il tenait une sorte de bâton au-dessus de leurs têtes et ils semblaient effrayés.

— Celle de la Mort te fait peur, n'est-ce pas, ma chérie ? Ou peut-être ressens-tu de la colère en la regardant... ?

— Evie, tu es réveillée ? me demanda Jackson.

J'ouvris les yeux et le souvenir se dissipa.

— Ouais, qu'est-ce qu'il y a ?

Seigneur, j'avais tant hâte de revoir Grand-mère ! Enfin, toutes mes questions exaspérantes trouveraient une réponse.

Jackson ouvrit la bouche pour parler. La referma. La rouvrit.

— Laisse tomber, finit-il par dire.

Je haussai les épaules et tournai les yeux vers le paysage. Il ne m'avait pas échappé que Jackson était dans la même situation que moi. Une fois que nous aurions atteint les Outer Banks, il verrait ses énigmes se résoudre.

Mes secrets le rendaient fou. Il avait continué à m'interroger au sujet des cultures et de mes visions. Hier, il m'avait dit :

— Une fois qu'on sera arrivés en Caroline du Nord et qu'on pourra s'établir quelque part pour un temps, qu'est-ce qu'il faudra que je te rapporte ? Pour que tu puisses faire repousser les graines ?

— Je te dirai tout dès qu'on aura retrouvé ma grand-mère. Jusque-là, il nous faut chercher de la poudre de perlimpinpin.

Maintenant, il me demandait :

— Pourquoi es-tu toujours aussi silencieuse avec moi ? Tu étais un vrai moulin à paroles avec les autres.

Un moulin à paroles ?

— Comment peux-tu dire ça ? Tu me connais à peine.

Oh, mais attendez. Il avait un jour été en possession du guide du tout-Evie.

Le téléphone de Brandon. Qu'est-ce que Jackson avait pu voir, lire ou entendre ?

— Je voulais simplement te laisser te concentrer sur la route.

— Hum, hum. Tu as encore pleuré la nuit dernière, marmonné des choses dans ton sommeil. De quoi tu rêvais ? Et si tu me réponds « de choses et d'autres » encore une fois, je jure que je ne ferai pas un mètre de plus.

— Je ne m'en souviens pas, répondis-je en repensant à mon dernier cauchemar avec la sorcière.

Ils semblaient tous se dérouler le même jour, au même endroit ou presque. Dans celui-ci, elle parcourait la campagne avec un jeune et fervent admirateur. Il avait provoqué sa colère à propos de quelque chose. Alors – évidemment – elle avait décidé de le tuer.

— Approche. Touche, lui avait-elle chuchoté.

Quand il avait approché en trébuchant, elle avait ouvert la paume de sa main et une fleur avait poussé en son creux. Avec un clin d'œil sensuel, elle lui avait envoyé un baiser à travers la fleur, libérant ainsi des spores mortelles.

Il avait commencé à s'étouffer en tombant aux pieds de la sorcière. Sa peau s'était mise à gonfler jusqu'à se craqueler. Des furoncles putrides avaient jailli sur tout son corps. Elle le regarda en lui glissant d'un ton espiègle :

— *Comme nous attirons avec malice, nous, les plantes ; et comme nous punissons à la perfection...*

Je la haïssais un peu plus chaque jour. Puis je fronçai les sourcils.

— Jackson, qu'est-ce que tu m'as entendue murmurer dans mon sommeil ?

— Tu as dit « Approche, touche ». J'ai trouvé que c'était une bonne idée, jusqu'à ce que tu ajoutes « Mais tu en paieras le prix ». Qu'est-ce que ça signifiait ?

L'admirable sournoiserie des ronces.

— Je n'en ai aucune idée.

— Menteuse. (Il jeta un regard dans le rétroviseur.) Qu'est-ce qu'il va falloir que je fasse pour mériter ta confiance, hein ?

— Je ne sais pas, dis-je honnêtement.

J'aurais souhaité pouvoir lui donner une autre réponse. Comme je rêvais de me confier à quelqu'un ! Peut-être rien que pour avoir de nouveau un ami ? Un ami qui soit physiquement présent, du moins.

Mais je n'avais pas besoin de donner à Jackson une autre raison de me laisser tomber. Même s'il avait accepté assez facilement mes histoires de visions, entendre des voix était un tout autre problème. Quant à mes cauchemars incessants de meurtres de sang-froid...

— Tu es toujours en train de chercher d'autres personnes, mais tu parles pas à celui qui t'accompagne, dit-il. J'imagine que j'en vaux pas la peine.

— Peut-être que je te parlerais davantage si tu n'étais pas aussi méchant tout le temps.

— Méchant ? Quand ça ? C'est à cause des lunettes de soleil ?

Ma vieille paire de lunettes était si rayée que je ne voyais presque plus à travers. J'avais repéré des lunettes d'aviateur – sur un corps. Prudemment, je m'étais avancée parmi les dépouilles poignardées – définitivement tuées « en interne » – tant j'avais envie de ces lunettes. Mais Jack m'avait ordonné :

— Ramène tes fesses ici tout de suite, Evangeline, et enlève-moi celles-là ! Tout de suite !

— Oui, *méchant*, insistai-je. Et la fois où j'ai oublié mon sac de survie, l'unique fois. Tu as pété les plombs !

— Si je ne prends pas de gants avec toi, c'est pour une bonne raison.

Prendre des gants avec moi ? Pitié. Au cours des premiers jours de notre voyage, il s'était montré gentil, bien que distant. Mais une fois le pire de mon chagrin derrière moi, sa maussaderie n'avait fait qu'augmenter.

Si jamais il me voyait en train de renifler de tristesse, ou de ne pas manger alors que nous avions de la nourriture, ou de ne pas dormir, il le prenait comme un affront personnel.

— Le lit n'est pas assez moelleux pour toi, princesse ? m'avait-il raillée alors que je ne m'étais jamais plainte. Le repas n'est pas à la hauteur de tes exigences ?

Il détestait tout particulièrement quand je ne disais rien ou que j'étais perdue dans mes pensées. Alors qu'il faisait souvent de même.

En repensant à toutes les fois où il avait paru agité, énervé, j'en avais conclu qu'il détestait simplement être enfermé dans une voiture et se coltiner ma présence. Nous étions coincés ensemble, condamnés à regarder les essuie-glaces grincer sur le pare-brise et à écouter les mêmes chansons en boucle de mon iPod.

La plupart des morceaux provenaient de la liste de lecture de Mel. Curieusement, Jackson n'aimait pas les remix de rap interminables d'Alanis Morissette.

Elle me manquait terriblement, comme Maman…

Ruminant toujours mon accusation, Jackson reprit :

— Toi non plus tu n'es pas parfaite, *peekôn*. Tu te vexes en un clin d'œil… et tu ne veux rien me dire sur toi. T'es la fille la moins bavarde que je connaisse.

— Et pourquoi est-ce que c'est toujours *moi* qui me fais interroger ? Tu as rarement parlé de toi depuis qu'on est sur la route.

Oui, j'avais des secrets, mais il avait un tel avantage sur moi… le téléphone de Brandon !

— Demande-moi quelque chose, dit Jackson alors qu'il serrait le poing sur le volant, comme s'il se préparait à recevoir un coup.

— D'accord. Est-ce que la rumeur du centre correctionnel était vraie ? Est-ce que tu es réellement allé en prison ?

Si c'était le cas, il pourrait être un peu plus à même de comprendre mon expérience au CEA.

Une lueur de colère s'alluma dans son regard.

— Il faut toujours que t'essaies de me rabaisser à la moindre occasion.

— De quoi tu parles ? J'ai une bonne raison de te demander cela.

— Qui est de me rappeler où est ma place !

— Jackson, il faut que tu arrêtes de te sentir persécuté.

— Et pourquoi pas me demander quel est mon livre favori ? Ou quel cours je préférais ?

— J'ai compris que tu aimais beaucoup l'anglais, et je pensais que ton livre favori, c'était *Robinson Crusoé*.

D'une voix grave et menaçante, il dit :

— Des fois, j'oublie que tu es venue chez moi.

— D'accord, on recommence. Alors, Jackson, qu'est-ce que tu as prévu de faire après le lycée ?

Il me glissa un regard perçant.

— Ouvrir un garage de receleur. Voler des voitures pour en revendre les pièces. C'est ça que t'attends comme réponse ?

— Oublie ma question.

— Qu'est-ce que tu comptais faire, toi ?

— Épouser Brandon, avoir deux gosses de riches et jouer au tennis toute la journée. C'est ça que t'attends comme réponse ?

Il parut vouloir étrangler le volant. Au moins, ses mains étaient guéries. Quand j'avais insisté pour les nettoyer et les bander la semaine précédente, il s'était montré bourru, mais je pense qu'il avait secrètement apprécié que quelqu'un s'occupe de lui.

Parce que c'était trop rare ?

Quand j'avais fini de les panser, il avait marmonné :

— Surpris que tu les aies pas guéries par un « baiser magique ».

Je m'étais donc exécutée et avais embrassé chaque pansement, uniquement pour le choquer. Au lieu de quoi, il m'avait appelée sa « *belle infirmière*[1] », d'une voix rauque...

Il était d'humeur changeante. Cette nuit-là, il s'était montré dragueur. Maintenant il ruminait, tendu.

Plus j'essayais d'être gentille avec lui, de le rendre heureux, plus ça se retournait contre moi.

Le silence se prolongea de nouveau. Jusqu'à ce que mon estomac se mette à gronder.

Jackson me jeta un nouveau regard noir. J'avais aussi découvert que les bruits de ma faim l'agaçaient profondément, comme si je le harcelais pour qu'il me trouve à manger.

— On ne mangera pas avant des heures encore, princesse. (Il savait que je détestais ce sobriquet.) On s'est mis d'accord pour continuer vers Atlanta, Evie. Et on savait que ce serait difficile.

— Je ne me plains pas. Je ne me suis jamais plainte.

— Toi non, mais ton estomac, si. Je préférerais presque que tu te mettes à râler contre moi.

Ses articulations étaient maintenant blanches sur le volant.

— Qu'est-ce que ça changerait ?

1. En français dans le texte. (*N.d.T.*)

— Ce serait mieux que de te voir assise toute la journée à fulminer.

— Fulminer ? Pas du tout ! (Il ne comprenait pas. J'étais capable d'encaisser maintenant que les voix s'étaient tues.) J'étais de super-humeur tout à l'heure.

— N'importe quoi ! Pour quelle raison ? Tu es épuisée, affamée, et tu sais pas quand arrivera ton prochain repas.

— Tu ne t'es pas fait décapiter par une plaque de tôle et on a trouvé un peu d'essence. Que demande le peuple ?

— Mais on a rien à *manger*.

Les essuie-glaces semblaient grincer plus fort contre le pare-brise. *Cric, cric, cric*...

Je levai vivement les mains.

— Très bien, tu m'as convaincue. Je suis officiellement d'une humeur de chien.

— Bon sang, t'as pas besoin de sauter des repas pour ça.

Un peu plus tôt, il avait remporté la palme en me faisant remarquer que j'étais « une fille en pleine croissance ».

Il avait alors expliqué :

— Bordel, Evie, j'aime bien ce qui se dessine là-dessous... (il avait désigné ma poitrine)... et je veux voir jusqu'où ça va aller.

Maintenant, il murmurait :

— J'ai pensé essayer de tirer du gibier. (De temps en temps, nous apercevions un oiseau ou un lapin.) Parce qu'on peut pas vraiment dire que tu contribues à remplir la marmite.

Non, mais je *pourrais*. Si les choses venaient à se gâter, je pourrais faire pousser des légumes à l'arrière. Mais, refusant de mordre à l'hameçon, je répondis :

— Il se fait tard.

Les vents se calmaient au coucher du soleil. La cendre s'immobilisait, laissant apparaître une lune croissante.

— Est-ce qu'on ne devrait pas chercher un endroit pour la nuit ?

— Il faut qu'on dépasse cette zone. Trouver de l'essence m'a pris plus de temps que prévu. (Il jeta un regard par-dessus son épaule avant de revenir à la route et d'accélérer.) J'en ai marre de ces tempêtes.

— Et les Épouvantails ? Tu as dit qu'il ne fallait jamais conduire après le coucher du soleil ? Cet après-midi, on a traversé des ponts et des ponts. S'ils se ruent vers les anciennes étendues d'eau, la nuit...

— Je change la règle et j'ajoute : à moins d'être en terre esclavagiste. Il faut qu'on rattrape le temps perdu, de toute façon.

Mon estomac se mit à gronder encore plus fort.

— Contrôle-toi, Evie ! On ne peut pas prendre le risque de chercher à manger pour l'instant. Si jamais il m'arrive quelque chose, tu es foutue.

— Encore une fois, je ne me dispute pas avec toi pour la nourriture, je ne me plains pas, et je pourrais te surprendre en survivant sans toi.

— Tu ne sais ni chasser ni dénicher de provisions. Tu es un parasite. Tu es inutile aux fourneaux...

— C'est reparti.

Je ne pouvais rien nier. J'étais une piètre cuisinière ; je ne savais même pas réchauffer une boîte de ravioli sans la louper.

— Tu devrais terminer chaque journée par un : « Merci, Jack. C'est génial d'être encore en vie. »

Nouveau regard par-dessus son épaule, nouvelle accélération.

— Manifestement, je ne suis qu'une nuisance pour toi, un boulet au pied. Je suis surprise que tu n'en aies pas eu assez et que tu ne m'aies pas encore abandonnée quelque part. Je redoute chaque jour que tu dises « Et puis tant pis », et que tu laisses tomber la Caroline du Nord.

— J'aime pas les énigmes non résolues.

Voilà pourquoi je ne te dirai rien à propos des cultures avant que tu ne m'aies emmenée là où je dois aller.

— En plus... (il me jeta un sourire vorace)... j'ai même pas encore couché avec toi.

Mes lèvres s'entrouvrirent.

— Tu parles de... faire l'amour. Avec moi ?

J'aurais dû me douter que cette conversation finirait par arriver tôt ou tard. Chaque nuit passée ensemble, Jackson et moi semblions être de moins en moins à l'aise l'un avec l'autre.

Quand il se sentait relativement en sécurité pour la nuit, il dormait sans chemise. Mes regards à la dérobée sur son torse – même si je finissais toujours par détourner la tête – me troublaient et m'empêchaient de dormir.

D'autres fois, je jetais des coups d'œil méfiants vers son lit pendant que lui me lorgnait avec avidité.

— C'est au sexe que tu penses, assis dans cette voiture toute la journée ?

Comme je l'avais soupçonné, je préférais ne pas savoir.

Il affichait une expression blasée, comme pour me dire : « Grandis un peu. »

— Et pourquoi pas ? Je suis un mâle vigoureux et tu es le seul gibier en ville. Ose me dire que t'y penses pas.

J'y avais pensé. J'avais fantasmé sur ce qui aurait pu se passer à la raffinerie si nous nous étions embrassés, si nous nous étions abandonnés à cette électricité qui crépitait entre nous. Puis je m'étais sentie coupable et perturbée.

— Je... je ne coucherai pas avec toi ! finis-je par répondre. Je n'arrive pas à croire que tu parles de ça comme ça.

Même si je savais que le monde était différent désormais, je m'accrochais toujours à l'idée que la perte de ma virginité serait un moment spécial – et que ça se passerait avec mon petit ami.

Et pas seulement parce que le type qui m'accompagnait avait le sang chaud.

Il me jeta un regard entendu dans lequel brillait une lueur malicieuse.

— Alors tu nies pas y avoir pensé ?

Je me mis à bredouiller.

— C'est la raison principale pour laquelle tu t'es proposé de m'aider... parce que tu voulais faire de moi l'une de tes conquêtes, m'inscrire à ton tableau de chasse !

— *De bon cœur*[1].

— Toutes ces conneries au sujet de tes souvenirs du bayou et « Avec qui je vais pouvoir parler cajun ? », c'était pour donner le change. Tu te fous éperdument qu'on puisse parler la même langue ou qu'on ait un passé commun !

— Non, c'était la vérité. C'est pas ma faute si tout cela est contenu dans un emballage de jolie blonde que j'ai envie de mettre dans mon lit…

BOUM ! BOUM ! Des explosions retentirent à l'extérieur.

La voiture fit une embardée. Jackson écrasa la pédale de frein mais nous nous précipitions vers un remblai.

Je tendis vivement les mains devant moi pour m'agripper au tableau de bord.

— Jackson !

---

1. En français dans le texte. (*N.d.T.*)

23

— Accroche-toi, Evie ! hurla-t-il en luttant pour garder le contrôle du volant.

La voiture glissa contre la rambarde – qui nous propulsa dans les airs.

Et puis… l'apesanteur.

Jackson lâcha le volant en plaquant son bras en travers de ma poitrine. Le moteur s'emballa tandis que nous planions.

J'avais les pieds au-dessus de ma tête. Quand le toit de la voiture heurta soudain le sol, je poussai un cri ; les airbags se déployèrent.

Nous continuions à dégringoler… à rouler…

Puis l'arrêt brutal. La voiture atterrit à l'envers. Les vitres avaient explosé sous l'impact et le métal grinçait sous la pression.

Jackson et moi pendions à nos ceintures de sécurité. Et il semblait que nous ayons atterri… sur une autre voiture ?

Nos respirations bruyantes étaient audibles par-dessus les froissements de tôle.

— Qu… qu'est-ce qui vient de se passer ?

Je tournai les yeux vers l'ouverture de la fenêtre, déboussolée.

Nous ne touchions plus terre, nous étions à plus de trois mètres du sol.

Jackson sortit aussitôt son couteau et l'enfonça dans les airbags.

— J'espère que tu as bien emballé ton sac de survie. Maintenant, ne bouge pas.

— Tu ne vas pas découper ma...

Il sectionna ma ceinture.

— Aïe !

Je tombai sur le toit de la voiture et tentai de me redresser.

Puis il trancha sa propre ceinture et se tortilla sur le dos.

— Evie, attrape ton sac et tais-toi ! Tu m'entends ?

Je fouillai à l'arrière jusqu'à trouver mon sac.

— Qu'est-ce qui se passe ?

— On est dans la merde.

Il attrapa son sac, son arbalète et le fusil, avant de se faufiler par la fenêtre brisée. Après avoir sauté, il m'aida à sortir.

Puis, quand je fus libre, je commençai à comprendre. Nous avions atterri sur une vieille voiture. Tout autour de nous s'empilaient des épaves.

Un cimetière de voitures.

Aussitôt, des faisceaux lumineux se mirent à bondir vers nous. Puis je perçus ce qui ressemblait à un... aboiement. Alors que je m'émerveillais qu'un chien ait survécu au Flash, Jackson leva son fusil et l'arma.

Il avait les lèvres pincées de fureur, un regard meurtrier.

— Ces gens ne viennent pas nous aider ? murmurai-je. Peut-être que... qu'ils savent que cette route est dangereuse.

— Ils viennent pas nous aider, non. Ce sont des esclavagistes en chasse. Ils guettaient notre passage.

Oh, mon Dieu.

Il tourna les yeux vers le groupe qui s'approchait sur notre droite – puis vers les vestiges sinistres d'une forêt sur notre gauche. Alors je lus la détermination sur son visage.

Il m'attrapa par le bras et m'entraîna vers la ligne des arbres obscurs. Je luttai pour maintenir son rythme, mais la boue – de la vraie boue – aspirait mes pieds. Ce qui signifiait : humidité.

Ce qui signifiait surtout : Épouvantails.

— Jackson, on ne peut pas aller dans cette forêt, murmurai-je entre deux souffles tout en jetant des regards par-dessus mon épaule.

Les hommes gagnaient du terrain. Dans la lumière erratique, je pus en distinguer certains, des types d'âge moyen habillés normalement. Aucune chaîne ni menotte à la main. Ils paraissaient tellement… *normaux*.

— Ce n'était pas une forêt. C'était une mangrove.

— Et si ces gens voulaient *vraiment* nous aider ?

— C'était un piège. (D'une main, Jackson échangea son pistolet contre son arbalète et inséra une flèche.) Une herse a crevé nos quatre pneus. Ces voitures ont toutes été détruites intentionnellement.

— Mais non !

— Oh que si. Ils n'oseront peut-être pas nous suivre. Un vieux marécage, c'est certainement bourré d'Épouvantails.

— Alors laisse tomber ! Tu ne peux pas me convaincre qu'on ferait mieux de s'enfuir là-dedans !

Il me serra le bras.

— Ceux qui ont posé le piège sont des esclavagistes – dans le meilleur des cas. Au moins, les Épouvantails vont droit à la gorge, en général.

J'eus un hoquet et le laissai m'entraîner loin des lumières qui approchaient, des hommes qui hurlaient.

Dès que nous eûmes plongé de l'autre côté de la première ligne d'arbres, des sons résonnèrent tout autour de nous. Le frôlement de brindilles. Le bruissement de feuilles couvertes de suie.

Des branches mortes craquèrent juste sur notre gauche. Jackson lâcha mon bras en me poussant, puis fit volte-face en pointant son arbalète devant lui.

— Cours, Evie !

Avec un cri, je me précipitai en trébuchant vers l'avant. Mais les racines roussies qui jonchaient le sol ralentissaient ma course.

Même si je ne savais absolument pas où j'allais, je fonçai droit devant. Les rayons de la lune filtraient à travers les arbres sans feuilles. Des ombres vacillaient tout autour de moi.

Où était passé Jackson ? Je n'avais jamais été aussi terrifiée. Ne m'étais jamais sentie aussi vulnérable...

— *Je t'observe comme un faucon...*

— *Le sang parlera, le sang s'enfuira...*

— *Ne regarde pas* cette *main, regarde* celle-là...

— Non, non ! Taisez-vous, taisez-vous !

Une entaille. Une douleur explosa dans mes paumes.

Je baissai les yeux et ne sus s'il fallait rire ou pleurer. Mes griffes en épines avaient de nouveau poussé. Les yeux rivés dessus, je débouchai sur une clairière et relevai la tête. Trois Épouvantails se trouvaient à quelques mètres de moi à peine.

Je m'arrêtai net, haletante. L'un se tenait debout tandis que les deux autres, plus petits, étaient à genoux et *léchaient* la boue.

Leurs têtes pivotèrent aussitôt dans ma direction.

Ils étaient encore plus terrifiants que dans mes visions. Du pus dégoulinait de leurs paupières et brillait sous le clair de lune. Leurs iris étaient aussi pâles que de la crème. Et leur peau... brûlée et plissée sur tout le corps, comme des boules de papier froissé – mais visqueuse.

Leurs bouches béantes et leurs vêtements déchiquetés étaient barbouillés de sang et de crasse.

Le regard suintant du plus grand s'arrêta sur ma gorge. D'une démarche traînante, il commença à se diriger vers moi. Je reculai. Allais-je oser hurler pour appeler Jackson à l'aide ? Y en avait-il d'autres derrière moi ?

La créature prit de la vitesse. Paniquée, je plongeai la main pour attraper le sel dans ma poche, tranchai la doublure avec une griffe. Mes réserves commencèrent à se déverser, comme les grains d'un sablier.

Je parvins à en sauver une pleine poignée. Visai l'Épouvantail. Et la jetai le plus fort possible.

Les cristaux allaient-ils lui brûler la peau, l'aveugler... ?

Le sel tomba inutilement sur le sol largement devant lui.

Merde, merde ! Je relevai une nouvelle fois les yeux...

J'entendis un *bang*. Un carreau s'enfonça subitement dans son œil droit.

Alors que la créature s'effondrait, on plaqua une main sur ma bouche. Je sursautai de terreur, mais Jackson me murmura à l'oreille :

— Silence.

Comme je hochai la tête, il me libéra pour encocher deux nouvelles flèches et abattre les deux autres.

Trois monstres, écroulés comme des pantins de carnaval. J'avais pu me rendre compte de ses capacités au combat, mais je ne l'avais encore jamais vu tirer.

Pourtant, alors que je le regardais avec un respect non dissimulé, il fronça les sourcils.

— Evie, qu'est-ce que tu as sur le visage ?

— Je ne sais pas, de la cendre ? Est-ce que les hommes nous ont suivis ?

Il cligna les yeux.

— Non. Mais il y aura de plus en plus d'Épouvantails dans les prochaines heures, et ce, jusqu'à l'aube. Je dois récupérer ces carreaux. (Il se dirigea vers le premier corps et murmura par-dessus son épaule :) Me lâche pas d'une semelle.

Auparavant, je me hérissais quand il me donnait cet ordre. Cette fois, je murmurai :

— Pas de problème, Jackson.

24

— Tu m'avais pas dit que tu avais un *bon* pressentiment pour ce soir ? murmura Jackson en abattant un autre Épouvantail errant.

Après le premier trio, nous nous étions enfoncés parmi des rangées d'arbres morts, effondrés les uns sur les autres. Nous étions protégés par ces empilements inextricables sur trois côtés. Jackson surveillait le quatrième.

— Bon sang, Evie, quel genre de prédicatrice es-tu ? demanda-t-il en se relevant pour aller récupérer sa flèche.

Il se peut que je n'en sois pas une du tout, le verdict n'est pas encore tombé, songeai-je en me dépêchant de le suivre comme son ombre.

Mais j'hésitai à approcher la créature. De près, elle était encore plus répugnante que dans mes dessins, avec du sang séché qui couvrait sa bouche et son cou comme une barbe de peinture. Sa peau visqueuse suintait des gouttes d'un liquide gluant tout autour de lui.

S'ils excrétaient sans cesse cette matière, pas étonnant qu'ils soient toujours assoiffés.

J'avais peine à croire que cette chose avait été une personne. Mais elle portait un jean déchiré, un tee-shirt à l'effigie d'un groupe de rock et des chaussures Timberland. Un adolescent.

Et maintenant, le carreau de Jackson était planté dans son œil. Le Cajun ne ratait donc jamais sa cible ?

— Souviens-toi de cette odeur, petite, me dit-il.

— Ça sent le pourri.

Quand j'étais petite, j'avais eu un chien qui ne pouvait s'empêcher de se rouler dans les restes de vieux animaux morts. Aucun shampooing n'avait pu venir à bout de l'odeur de rance. C'était cette même odeur que je sentais à présent.

— Tu tiens la flèche, je déplace le corps, dit-il. (Mais comme j'hésitais, il me lança du ton rude qu'il avait pris l'habitude d'utiliser avec moi :) Ici, Evie. Tout de suite. Que je sois maudit si je te laisse avoir peur d'un Épouvantail *mort*.

Me *laisser* ? Avait-il été si cruel avec moi pendant des jours uniquement pour... m'endurcir ? Comme un sergent instructeur qui me préparerait à la guerre ?

Ou peut-être parce que je l'avais vraiment mis à bout de nerfs.

— Bien.

Je m'avançai. Je retins mon souffle, posai la main autour du bout de la courte flèche, mais elle refusa de venir.

— *Tire*, princesse.

Avec un regard noir, je tirai plus fort jusqu'à ce que la flèche sorte avec un flot de liquide poisseux et bouillonnant.

Je plaquai le dos de ma main sur ma bouche pour ne pas vomir.

— Celui-là s'est nourri récemment. Sinon, il serait plus crayeux, me dit Jackson.

Je n'arrivais toujours pas à croire que je m'étais retrouvée face à ces choses. J'aurais pu me faire mordre. Bon sang, j'aurais pu mourir dans l'accident ou avoir été capturée !

Bien sûr, la nuit ne faisait que commencer...

Jackson se mit à traîner le corps loin de notre cachette.

— Pourquoi tu fais ça ? demandai-je.

— Les Épouvantails boivent sur leurs morts. J'ai pas envie de les inviter pour un *happy hour*.

On en apprend tous les jours, avec Jackson.

— Tu es sûr que leur peau n'est pas contagieuse ?

— Je sais qu'elle ne l'est pas avec moi. Mais pour être sûrs, ne la touche pas.

Jackson me prit le carreau des mains et l'essuya sur la semelle de sa chaussure, avant de le ranger dans son carquois.

De retour dans notre refuge au milieu des arbres morts, je lui dis :

— Si je me fais mordre…

— Je te flanquerai une flèche dans le crâne directement, ne t'inquiète pas, dit-il sans la moindre hésitation.

— Bien. C'est bon à savoir. (Je me demandai si je serais capable de me régénérer d'une morsure. *Faites que je n'aie jamais à le découvrir.*) Quand les Épouvantails iront se mettre à l'abri, est-ce que ces hommes se lanceront de nouveau à notre poursuite ?

— Espérons qu'une tempête soulève la poussière, dit-il sans jamais quitter les bois de son regard vif. Leur chien ne pourra pas retrouver notre piste.

— Ils ressemblaient tellement à des gens normaux.

Je pouvais presque les imaginer participer à une battue pour traquer un criminel, comme si j'avais pu m'arrêter et crier : « Il est parti par là ! »

— Jackson, pourquoi ont-ils détruit toutes ces voitures ?

Et surtout, pourquoi avaient-ils détruit la nôtre ? Pile quand on avait un peu d'essence dans le réservoir.

Toute notre eau, nos graines… disparues.

— C'est un moyen facile de trouver des provisions, répondit-il. Et ils cherchent probablement des femmes. Je pense que c'est la moitié du problème.

— Qu'est-ce que c'est censé vouloir dire ?

— Rien.

— Dis-moi, insistai-je.

— Partout où je vais, je ne croise que des *couillons*[1] complètement tarés. Je n'ai rencontré qu'une ou deux personnes solides et fiables depuis le Flash. Tu te rappelles

1. En français dans le texte. (*N.d.T.*)

quand tu m'as demandé comment tout avait pu changer aussi vite ? Je pense que le manque de femmes n'a fait que jeter de l'huile sur le feu.

Je levai les yeux au ciel.

— Ohhh, alors si les hommes sont méchants maintenant, c'est parce qu'ils ont, genre, des « besoins » masculins ou une autre connerie de cet ordre ?

— Je ne dis pas que c'est une excuse. Je crois seulement que vous, les femmes, vous nous civilisez. Sans vous dans les parages, on... régresse, ou quelque chose comme ça.

Ah. Après tout, son explication tenait autant la route que tout ce qui pouvait me venir à l'esprit.

— Jackson, je crois que tu es beaucoup plus intelligent que je ne voulais bien le croire.

Il me regarda en fronçant les sourcils. Quand il comprit que j'étais sérieuse, il dit :

— Tu me garderais comme partenaire pour le devoir d'histoire maintenant ?

Là encore, je pensais que c'était une chose qu'il avait oubliée depuis longtemps. Ou du moins, qu'il ne prendrait pas la peine de mentionner. Quoi qu'il en soit, je répondis en français :

— *Sans doute*[1].

Je vis clairement qu'il était ravi.

— Tu devrais essayer de te reposer, *mon ange*[2].

Aucune chance que je puisse m'endormir là.

— Je peux t'aider à monter la garde.

Il rit doucement.

— Je te l'ai dit : rien ne peut m'atteindre. *Rien*. J'ai passé ma vie à surveiller mes arrières.

Je me rappelai l'ivrogne qui avait surgi dans la maison de Jackson, une menace venue de nulle part. Était-ce une habitude ?

« Je ne dors que d'un œil », m'avait-il confié un jour.

---

1. En français dans le texte. (*N.d.T.*)
2. En français dans le texte. (*N.d.T.*)

Et son commentaire à propos de l'hôpital le dimanche matin après avoir reçu des coups dans les côtes ? J'avais supposé qu'il faisait référence à des blessures récoltées au cours de soirées passées à se battre dans les bars.

À moins qu'il n'ait évoqué une autre époque de sa vie, quand il n'était qu'un petit garçon apeuré, battu par les... rencards ivres de sa mère ?

Peut-être était-ce la raison pour laquelle il caressait ses cicatrices. Il s'agissait peut-être de rappels de coups manqués de justesse ou de victoires durement gagnées. Pas étonnant qu'il puisse se montrer aussi brutal.

J'eus honte en comprenant que je l'avais jugé pour avoir rossé cet homme chez lui. Rien de plus.

— Evie, couche-toi. (Puis, observant les alentours obscurs, il murmura :) Tu n'as pas à avoir peur. Je suis là.

Oui, tu es là. Nous étions au beau milieu d'un repaire d'Épouvantails, et je ne craignais pas pour ma vie. Jackson tuerait tous ceux qui s'approcheraient trop près. En fait, c'étaient eux qui auraient mieux fait de le redouter.

J'étais avec ce garçon-là.

Cette idée était réconfortante. Nous n'avions plus de voiture, presque aucune provision, nous venions de réchapper à un accident et nous nous retrouvions piégés dans un marécage grouillant de zombies assoiffés de sang – et pourtant, je commençais à me sentir optimiste.

Tant qu'il avait son arbalète, peut-être que c'étaient *nous*, les croquemitaines.

Je retirai mon sac de survie, soulagée de l'avoir en ma possession. Grâce à l'insistance de Jackson, j'avais encore ma clé USB, une gourde pleine, mes bijoux, une tenue de rechange, quelques barres énergétiques, etc.

— En fait je n'ai pas peur. Tu y crois ? S'il y a vraiment un moment où je devrais avoir peur...

— Tu es peut-être sous le choc.

— Peut-être que je suis en sécurité avec toi. (Puis avec un petit sourire, je lui dis :) Merci, Jackson, c'est super d'être encore en vie.

— Petite maligne, dit-il d'un ton grinçant, mais je vis le coin de ses lèvres se retrousser.

Je me blottis dans les feuilles recouvertes de cendres en me servant de mon sac comme oreiller, et je l'observai. Je l'avais toujours trouvé physiquement attirant, mais je n'avais jamais été en extase devant lui comme Catherine l'était.

Ce soir, je commençais à voir ce qui l'avait tant séduite chez lui.

Le clair de lune illuminait ses pommettes ciselées et ses cheveux d'un noir d'encre. Ses yeux sublimes étincelaient. Il ne s'était pas rasé depuis plusieurs jours, mais sa barbe naissante ne faisait qu'ajouter à son allure.

Quand il tourna la tête, l'oreille tendue, j'admirai son profil, son menton puissant et son nez droit.

Il était concentré, impitoyable, et, à le voir comme ça, j'avais envie de soupirer.

Jamais de la vie je n'aurais pu imaginer que Jackson Deveaux finirait par devenir mon protecteur, un rempart contre les voix et… un ami.

Si je n'y prenais pas garde, je risquais de faire quelque chose d'incroyablement stupide, comme… tomber amoureuse de lui.

Il avait dû remarquer que je le regardais avec insistance.

— Dors.

— Je suis trop remuée par l'accident. Je n'en avais jamais eu. Et toi ?

— Des accidents de moto, tout le temps. Bon sang, tu m'as presque fait tomber.

— Moi ?

Ses lèvres se recourbèrent de nouveau.

— Le premier matin où je t'ai vue, je pouvais à peine détourner les yeux de ton cul dans cette petite robe.

Il se frotta la bouche, comme s'il se repassait ce spectacle dans sa tête.

Ce qui bloqua mon souffle dans ma gorge. Je n'aurais su dire si j'étais flattée, embarrassée ou excitée.

— Et puis j'ai pu apercevoir ton visage. J'ai failli rentrer dans un poteau et faire un vol plané par-dessus le guidon, crois-moi.

Il me jeta un coup d'œil, comme s'il regrettait d'en avoir dit autant.

Définitivement, flattée et excitée…

Soudain, il se raidit. En une seconde, il visa et tira.

Un bruit sourd retentit au loin ; je déglutis.

— Tu déplaces le corps, je retire la flèche.

Il m'aida à me relever.

— Evangeline, tu n'es pas sur le point de laisser ton sac ici, n'est-ce pas ?

À notre retour, une fois réinstallés, je lui dis :

— Jackson, je pensais ce que je t'ai dit tout à l'heure. Merci de m'avoir sauvé la vie ce soir.

Un nouveau regard en biais pour voir si j'étais sérieuse.

— Si tu veux vraiment me remercier, alors dis-moi un secret.

Une partie de moi avait l'impression que je le lui devais, mais d'un autre côté…

— Tu en sais déjà tellement sur moi… Tu as fouillé ma chambre, toutes mes affaires – et même mon tiroir à sous-vêtements.

Il laissa échapper un petit soupir rêveur.

— Et comment.

— Et tu avais le téléphone de Brandon. Est-ce que tu as fouillé dedans ?

— Pourquoi j'aurais fait ça ? murmura-t-il, sans nier pour autant.

— Je suis gênée par ce que tu as pu lire ou voir.

Et entendre.

Il se contenta de scruter la nuit, sans partager ce qui passait dans son esprit mystérieux. Mais je sentais sa tension s'apaiser.

— Tu voulais… finit-il par dire, tu voulais vraiment te marier avec Radcliffe ? Avoir des enfants et jouer au tennis ?

— J'avais l'intention de quitter Sterling le plus tôt possible, répondis-je honnêtement. Aller à l'université de Vanderbilt ou d'Austin.

— Sans lui ?

Aussitôt, son humeur sembla s'améliorer.

— Je comptais fiche le camp, d'une manière ou d'une autre.

— Alors c'était peut-être pas le grand amour de ton côté, non ?

D'une certaine manière, j'avais espéré que ce soit le cas. Je me sentais coupable de ne pas avoir été amoureuse de Brandon, comme si je n'avais pas su apprécier la beauté de nos vies, du moins avant qu'on m'envoie ailleurs.

— Je n'ai plus envie de parler de lui.

— Alors dis-moi où tu étais vraiment l'été dernier, quand tu as disparu de la surface de la Terre. Tu n'étais pas vraiment dans une école spéciale, si ?

Deux choses me frappèrent. Jackson était l'une des personnes les plus perspicaces que j'aie jamais rencontrées. Et il avait étudié absolument toutes les informations contenues dans ce téléphone.

Il avait sûrement remarqué que mes messages à Brandon étaient passés d'un nombre incalculable au néant en l'espace d'une nuit – jusqu'à ce qu'ils recommencent à arriver au compte-gouttes au cours de l'été. Toujours les mêmes jours, à la même heure.

Même si je n'avais jamais dit à personne où j'étais, un garçon malin pouvait déduire que j'avais été enfermée *quelque part*.

— Je n'ai pas l'intention de te dire quoi que ce soit, Jackson. À moins que tu ne te dévoiles toi aussi.

Il parut de nouveau mal à l'aise, comme s'il eût préféré affronter une armée d'Épouvantails plutôt que de parler de lui.

— On n'a pas besoin de faire ça, lui assurai-je. On n'a pas besoin d'apprendre à se connaître – même si on fait la route ensemble et qu'on peut mourir demain. Dès qu'on sera en Caroline du Nord, je te confierai tous mes secrets les plus sombres et les plus profonds, et tu pourras partir, comme un total étranger. Si c'est ce que tu veux.

Il laissa échapper un soupir.

— Pose-moi une question, alors.

Il sortit sa flasque de son sac, comme pour se préparer.

Surprise par sa coopération, je me redressai.

— Qu'est-ce que tu voulais vraiment faire après l'école ?

— Un ami à moi travaillait sur une plateforme pétrolière au large du Mexique. Des missions de huit semaines. Qui rapportaient gros. (Il me fit un sourire contrit.) Et *aucune* fille. Je comptais envoyer de l'argent à Clotile pour qu'elle s'occupe de ma mère. On avait tout préparé, ajouta-t-il d'un ton plus grave.

Un garçon avec des espoirs, des rêves, et un manuel de *L'espagnol pour les débutants*. Exactement comme je l'avais supposé tous ces mois auparavant, il avait bel et bien prévu de quitter cet enfer.

— Tu as dit que Clotile... qu'elle aurait pu être ta sœur. Est-ce que tu savais qui était ton père ?

— Je ne l'ai rencontré qu'une fois.

— Pourquoi ?

— Il était trop occupé à gâter son fils légitime pour passer du temps avec moi – ou pour envoyer un seul centime à ma mère. Il lui disait qu'il refusait d'admettre toute culpabilité, ou une connerie comme ça.

— On dirait un avocat.

Il but une gorgée de sa flasque d'un air songeur avant de murmurer :

— Peuh.

Équivalent cajun pour : « Tu crois ça ? »

— Le temps que j'apprenne que je pouvais lui coller un test de paternité au cul, j'ai préféré lui dire où il pouvait se foutre son argent. (Sa main se crispa autour de son arbalète.) Je savais qui était mon père, mais Clotile ne pouvait réduire la liste qu'à deux ou trois. Et le mien faisait partie de ces pères potentiels. Qu'on ait le même sang ou pas, c'était une sœur pour moi.

— Je suis désolée que tu l'aies perdue.

— Et ton père à toi ? demanda-t-il pour changer de sujet.

Une autre chose que j'avais apprise au sujet du Cajun. Il n'aimait pas aborder les sujets sensibles. En toute circonstance, il avait tendance à répondre de manière purement instinctive par la colère. Qui le poussait parfois à passer à l'acte.

— Je n'ai jamais connu mon père, répondis-je. Il a disparu quand j'étais toute petite. Il est parti pêcher dans le bayou et n'est jamais revenu.

Jackson semblait avoir sa propre opinion sur le sujet, mais la garda judicieusement pour lui.

— C'est bon, maintenant ?

— S'il te plaît, dis-moi pourquoi tu étais en liberté conditionnelle.

Nouveau haussement d'épaules.

— Un de mes anciens beaux-pères ne comprenait pas quand on lui disait *non*[1]. Il terrifiait ma mère. Et il en a payé le prix.

L'instinct de protection féroce qui se lisait dans son regard était bouleversant.

Clotile n'avait donc pas été la seule femme qu'il aimait à avoir été abusée ?

— Je lui ai fait ce que tu m'as vu faire à ce type – et à d'autres.

— *Bagasse* ?

Il hocha la tête.

— Je savais que je serais condamné ; je m'en fichais. Il a réussi à s'en tirer, mais il n'a jamais pu faire de mal à une autre femme.

Alors que je m'interrogeais sur le sens de cette phrase, il reprit :

— Bon, maintenant, on peut revenir à cet été où tu as disparu ?

Il avait partagé tant de choses avec moi que je pouvais bien le lui révéler. Et ne mourais-je pas d'envie d'en parler

1. En français dans le texte. (*N.d.T.*)

à quelqu'un ? Malgré tout, je ne voulais pas qu'il me regarde comme l'avaient fait ces médecins. Parce que, à un moment ou à un autre, au cours des neuf derniers jours, l'opinion que Jackson avait de moi était devenue importante à mes...

— Tu es allée dans une maison de fous, c'est ça ?

— P... pourquoi tu dis ça ?

— Si quelqu'un d'autre avait vu ton journal, tu aurais été enfermée pour de bon.

Je le dévisageai.

— Ou bien tu dis ça parce que tu as vu les messages que j'ai envoyés à Brandon et que tu as assemblé les pièces du puzzle.

— Tu m'as dit qu'il y avait une raison pour que tu me demandes si j'étais allé en prison. Je pense que c'est parce que tu as toi aussi été enfermée. Seulement, toi, c'était chez les *fous*.

— Mais t'es vraiment qu'un con !

— Chut.

Il tourna vivement les yeux, tous les sens en alerte, avant de se calmer peu à peu.

Je n'aurais jamais dû aborder ce sujet avec lui ! Maintenant, il pensait que j'étais dingue.

— Tu y es allée à cause des visions... ou des voix ?

J'étouffai un petit cri.

— Qu'est-ce que... comment tu sais pour les voix ?

Pourquoi prenais-je seulement la peine de cacher *quoi que ce soit* à ce garçon ?

— Je ne suis pas stupide, Evie. Je t'ai surprise en train de parler toute seule. Souvent. Murmurer à quelqu'un de te laisser tranquille ou le supplier de la fermer.

— Je ne... ce n'est pas ça.

— Alors c'est *quoi* ?

— Pourquoi est-ce que je devrais tout te raconter ? Tu ne ferais que te moquer de moi encore une fois, fis-je remarquer, même si je tremblais presque du besoin de me libérer de ce poids. Tu me traiterais de folle.

— Je ne t'ai jamais traitée de folle. Et je ne me moquerai pas.

Allais-je oser me confier à lui ? Je me mordis la lèvre.

— Je ne parle pas toute seule... je parle à d'autres gens. Oui, j'entends des voix, des tonnes de voix. J'ai l'impression qu'elles appartiennent toutes à des jeunes de notre âge.

— Tu penses qu'ils sont réels ? demanda-t-il d'un ton neutre.

Je soupirai en hochant la tête.

— Et j'ai l'impression d'être connectée avec eux, d'une certaine manière. Comme si on appartenait tous à la même ruche ou quelque chose comme ça.

— *Pardon*[1] ?

— Tu sais, comme le moyen de communication des abeilles.

— Tu commences à m'embrouiller, Evangeline, dit-il. (Mais curieusement, il semblait très serein. Rien ne pouvait donc le déconcerter ?) Qu'est-ce qu'elles te disent ?

— Parfois, seulement du charabia. Parfois j'entends des phrases répétées inlassablement. Une fille qui dit : « *Voici la Porteuse de Doute.* » Et ce gamin irlandais qui répète toujours : « *Les yeux levés vers le ciel, mes enfants, je frappe d'en haut.* » Il me donne la chair de poule.

Jackson m'observait, lisant probablement en moi comme dans un livre ouvert, alors que moi je n'arrivais jamais à glaner la moindre information sur lui. Ces révélations allaient-elles achever de le convaincre d'arrêter les frais et de laisser tomber la folle furieuse ?

— Et selon toi, quel est leur but ?

— Je ne sais pas. C'est pour ça que je dois retrouver ma grand-mère. Elle aura toutes les réponses.

— Elle a des dons psychiques ?

Bonne question.

— Honnêtement, je n'en sais rien. Ça se pourrait.

---

1. En français dans le texte. (*N.d.T.*)

Ou peut-être qu'elle avait appris toutes ces histoires d'Arcanes de sa propre mère, comme un héritage qui se transmettrait de génération en génération.

Grand-mère ne m'avait-elle pas dit elle-même qu'elle était une *chroniqueuse* ? Matthew aussi avait évoqué quelque chose de semblable.

— Si ta grand-mère en sait autant, pourquoi diable ne t'a-t-elle pas dit tout ça avant de plier bagage ? demanda Jackson. Laisse-moi deviner : il y avait une cérémonie secrète de « passage de flambeau » pour tes seize ans qui n'a jamais eu lieu...

— Elle a été enfermée quand j'avais huit ans. Tout le monde disait qu'elle était démente. On m'a interdit de parler de ce qu'elle m'avait appris.

— Tu dois bien te rappeler quelque chose.

— Pas assez. On m'a même interdit de penser à elle.

— Personne ne peut contrôler tes pensées, protesta Jackson.

Je laissai échapper un rire amer.

— Oh si, ils peuvent.

Je me revoyais, assise devant une table en métal avec mon psy de l'école primaire. Je baissais les yeux, embarrassée de voir une flaque de salive se former devant moi. Même avec une dose aussi forte – un milliard de milligrammes de je ne sais quel traitement merdique qui s'écoulait en moi – j'avais été *humiliée* de prendre conscience que le filet de bave tombait de ma bouche.

— *Evie, comprends-tu pourquoi tu dois rejeter les enseignements de ta grand-mère... ?* m'avait-il demandé.

Jackson m'enveloppa de son regard.

— Ils sont rentrés dans ta tête ?

Comment lui dire qu'on m'avait bourrée de drogues dans un grand dortoir abandonné, puis hypnotisée jusqu'à ce que je puisse à peine me souvenir de mon propre nom ?

Non, pas *hypnotisée* – ça aurait pu être bénéfique. De l'hypnotisme qui empire les choses ? On appelait ça un *lavage de cerveau.*

— Oui, dis-je simplement.

Voyons voir ce qu'il pense de cette réponse.

Il laissa couler.

— Bon, est-ce que tu entends des voix en ce moment ? (Quand je finis par hocher la tête, il marqua un temps d'arrêt.) Genre... là, *en ce moment* ?

— Ne me regarde pas comme si j'étais un monstre, Jackson. Je déteste ça !

Je fermai les paupières, mortifiée. Son histoire de maison de fous ne m'avait pas franchement aidée à me sentir à l'aise.

Pourquoi lui en avais-je dit autant ?

Ah oui, parce qu'il s'était confié lui aussi. Une seule différence : je ne l'avais pas jugé.

— Est-ce que j'ai encore heurté ta sensibilité sans le vouloir ? Bon sang, *ma chère*[1], je sais pas gérer ça.

Je rouvris les yeux sans le regarder.

— Gérer quoi ?

— Être avec une fille comme toi. (Je haussai les sourcils.) Ouais, avec toutes tes fanfreluches et tes manières de fille. Tu as les mains douces et tu es... douce. Mais je ne pense pas que tu sois un monstre.

— Comment est-ce possible ?

J'imaginai la réaction de Brandon si c'était lui qui avait été assis avec moi ce soir. Aurait-il été capable de supporter cette confession ? Puis je me rappelai que je n'aurais probablement pas survécu aussi longtemps sans Jackson.

— Écoute, Evie, moi aussi j'ai vu des choses avant le Flash, des choses qui ne s'expliquent pas. Bon Dieu, le bruit courait que ma *grand-mère* à moi était une *traiteuse*. Une sorte de guérisseuse cajun.

— Vraiment ?

Il hocha la tête.

— Depuis le Flash, je suis prêt à croire n'importe quoi. Est-ce que cette histoire de voix me gêne ? Bien sûr. Est-ce que ça me démange de savoir ce qui les provoque ? *Ouais*[2].

---

1. En français dans le texte. (*N.d.T.*)
2. En français dans le texte. (*N.d.T.*)

Mais ça veut pas dire que tu baisses dans mon estime parce que tu les entends. (Il posa son index sous mon menton pour que je le regarde dans les yeux – et que je voie qu'il était sincère.) Je suis seulement ravi que tu m'aies confié un secret. (Il pencha la tête.) Même si tu en as encore une centaine en réserve, *non*[1] ?

Tellement plus.

L'une de ces voix appartient à la Mort sur son cheval blanc, et elle veut me tuer. Je communique par « clairaudience » avec un garçon qui me fait saigner du nez quand il estime que je ne l'écoute pas assez attentivement. À peu près chaque matin, je me réveille au son de hurlements d'agonie et à l'odeur su sang.

Je baissai les yeux et il retira sa main.

— Qu'est-ce que les voix disent, en ce moment ?

— Elles sont suffisamment calmes pour que je puisse les ignorer, répondis-je. Quand je suis avec d'autres personnes, elles la mettent en veilleuse. (Je relevai les yeux par-dessous une mèche de cheveux et lui avouai :) Mais jamais autant qu'avec toi.

— Evangeline, soupira-t-il. Ça ne sera jamais facile avec toi, n'est-ce pas ?

Même si je redoutais de plus en plus qu'il n'en ait assez de moi et ne me laisse tomber un jour ou l'autre, je lui répondis honnêtement.

— Non.

1. En français dans le texte. (*N.d.T.*)

25

Jour 235 après le Flash
Dans les profondeurs du Mississippi

— Tu as besoin de ralentir ? cria Jackson par-dessus le bruit du vent.

Je secouai la tête, je voulais continuer. Nous avions laissé Haven derrière nous près de deux semaines auparavant ; je commençais à craindre que nous ne puissions jamais quitter cet État.

Bandana sur le visage, lunettes de soleil sur le nez, nous serpentions à travers une nouvelle ville déserte, en pleine tourmente. De légères secousses sismiques faisaient trembler le sol sous nos pieds.

Heureusement pour nous, les tempêtes étaient devenues plus sporadiques et plus courtes, n'excédant pas une heure ou deux par jour. C'était une bénédiction, étant donné que nous n'avions toujours pas de voiture.

Même si Jackson parvenait à réparer un véhicule, le réservoir serait vide.

À pied, nous avions commencé à apercevoir des survivants décharnés par-ci, par-là, qui nous observaient derrière des fenêtres barricadées. Je leur adressais toujours un signe timide, ce qui agaçait terriblement Jackson. Mais aucun d'entre eux n'avait jamais voulu avoir quelque chose à faire avec nous...

— Reste juste derrière moi, dit-il en continuant.

Il ouvrait toujours la marche, pour faire barrage contre le vent, insistant pour que je sois derrière.

Au plus fort des tempêtes, j'enroulais mon index autour d'un passant de son jean, ce qui semblait beaucoup l'amuser.

Je passais justement un doigt à sa ceinture à cet instant, suivant en silence ses larges épaules le long d'une nouvelle « avenue ». Pendant la journée, Jackson gardait d'ordinaire son fusil à la main, et son sac et son arbalète à l'épaule.

Aujourd'hui, il portait aussi quelque chose de beaucoup plus excitant...

Sans prévenir, ma tête se mit à bourdonner. Mon nez me chatouilla.

Matthew.

À cause de ses apparitions intempestives, l'intérieur de mon bandana était continuellement barbouillé de sang. Jackson tenait peut-être les voix en échec, mais Matthew apparaissait n'importe quand.

Et j'étais de plus en plus convaincue, à chacune de ses visites, qu'en réalité il *m'envoyait* des visions. Je n'avais sans doute jamais été clairvoyante. Lui seul possédait ce don.

Le sang commença à couler sur ma lèvre. Ces visions alors que j'étais en mouvement étaient les pires. J'avais appris à continuer à marcher, même quand Jackson disparaissait et que le seul décor autour de moi devenait le sous-sol de Matthew.

— *Trouve-moi, mon amie...*

Je gardai les lèvres scellées pour m'empêcher de parler à voix haute.

— *Je t'ai dit que je devais d'abord trouver ma grand-mère. Où es-tu, d'ailleurs ?*

— *Sur ton chemin...*

— *Vraiment ? Dans quelle ville ?*

— *Arcanes veut dire secrets ; garde les nôtres.*

— *Je ne comprends pas.*

Si j'avais pu avoir une boîte de ravioli chaque fois que j'avais dit ça à Matthew…

— *As-tu vu la sorcière rousse ?*

— *Malheureusement, je rêve d'elle sans cesse. Est-elle en vie aujourd'hui ?*

— *Elle arrive. Elle vient te trouver. L'Impératrice combat la sorcière rousse. Apprends ses forces et ses faiblesses.*

— *Tu attends de moi que je l'affronte ?*

— *Evie, tu dois te tenir prête.*

Apparemment, la réponse était oui.

— *Seigneur, pourquoi est-ce que je te supporte ?*

— *Pour la même raison que je te supporte.*

— *C'est-à-dire ?*

— *Nous sommes amis.*

Quand il eut disparu, je nettoyai discrètement le sang de mon bandana avec ma gourde. Je venais de terminer quand le vent se calma. Une fois la cendre retombée, la température se mit à monter dans la rue dépourvue d'ombre. L'odeur des déchets s'éleva du sol.

J'ouvris la fermeture de mon sweat à capuche et retirai mon bandana en scrutant les alentours. La vue était nettement plus dégagée désormais. Ce qui n'était pas nécessairement une bonne chose.

Bien sûr, il y avait des corps. Mais il y avait pire que ça…

Par-dessus son épaule, Jackson me murmura :

— Quel cirque !

Je commençais à comprendre sa compulsion à résoudre les énigmes. À chaque pas je tombais sur un nouveau mystère.

Un poids lourd était posé *au sommet* d'une maison. Sur ma droite, quelqu'un avait consciencieusement cloué une robe de mariée et un voile sur une porte d'entrée. Une manche d'une couleur douteuse voletait dans le vent.

Sur ma gauche, les cadavres d'un homme et d'un petit garçon étaient étendus dans un jardin devant une maison, comme s'ils avaient fait des anges de neige dans la cendre jusqu'à la fin.

Sur le côté d'une benne à ordures, quelqu'un avait écrit à la bombe : « L'œil du cyclone, écoute-toi tourbillonner... » Ouais d'accord.

Je m'efforçais de trouver une signification à tout cela, de lire les indices. Mais dans ce monde post-Flash, peu de choses avaient encore du sens. Je fus forcée de me demander si Jackson n'avait pas raison, si tout le monde n'était pas devenu mauvais. Ou du moins fou.

Devant nous apparut un Épouvantail gémissant, enchaîné par le cou à un réfrigérateur, rampant sur place, son pantalon tombant en décomposition. Quelle personne saine d'esprit pouvait croire qu'enchaîner un Épouvantail était une bonne idée ?

Sa peau était plus crayeuse que ceux que j'avais pu voir dans le marécage, et il gémissait plus fort.

Jackson s'arrêta et me tendit son arbalète.

— Tue-le.

Je secouai la tête.

— Allez, ça te fera du bien d'en dégommer un.

— Non, Jackson.

Est-ce que j'estimais que l'Épouvantail méritait de vivre ? Pas du tout. Mais je ne voulais pas être celle qui allait l'abattre. Et si je découvrais... que j'aimais ça ?

La sorcière aimait tuer plus que tout. *Moi, je suis du côté de la vie.*

Avec un froncement de sourcils, Jackson tira dans la tempe de la créature, puis ôta sa flèche. Génial. Il était de nouveau fâché.

Mais il me surprit un petit moment plus tard, quand nous dûmes couper à travers le fuselage fendu en deux d'un avion gros-porteur. Il me prit la main pour m'aider à enjamber les décombres. Je fis la grimace en voyant les corps toujours attachés sur leurs sièges, courbés dans la position d'atterrissage d'urgence.

— L'enfer sur Terre, hein ? dit-il quand nous fûmes ressortis.

Je hochai la tête en frémissant.

— C'est bien le mot, oui.

— Tu sais, au début, je voulais que tu voies ce genre de choses le plus possible, pour que tu t'endurcisses.

Mon sergent instructeur.

— Et maintenant ?

— Maintenant j'aimerais que tu n'aies jamais eu besoin de t'endurcir. Mais ça ne va faire qu'empirer, dit-il en continuant notre route.

Je voulais bien le croire. J'aurais été bien plus désespérée si je n'avais su que chaque pas nous rapprochait de la Caroline du Nord – et si je n'avais éprouvé une fascination grandissante pour Jackson.

C'était ahurissant pour moi de me dire que je l'avais connu à l'école et que je ne m'étais jamais doutée qu'il pût être aussi remarquable.

Malheureusement, ma fascination glissait vers l'entichement. Je ne cessais de me dire que ça ne pourrait jamais marcher entre nous – mieux valait ne pas compliquer les choses.

Alors pourquoi avais-je été absolument ravie quand Jackson avait commencé à *porter mon sac* ?

La nuit précédente, nous avions été forcés de trouver refuge dans une bibliothèque – encore un royaume de la sortie de secours – mais au moins, celle-ci était verrouillée à notre arrivée. Tandis que nous serpentions à travers les rayonnages à la lueur de la lampe de poche, je l'avais taquiné :

— Tu as porté mon sac aujourd'hui. Est-ce que ça veut dire que tu m'aimes bien, Jackson ? Hmm ? Ce n'est pas ce qu'un « jules » ferait ?

Ses épaules s'étaient raidies en entendant le ton que j'utilisais.

— Ou peut-être que je t'ai aidée pour pas que tu me ralentisses.

— Oh, fis-je, sur le point de me vexer.

Je me demandais maintenant si Jackson ne m'avait pas répondu sèchement parce que j'avais trouvé une faille dans son armure.

Ce qui voudrait dire qu'il m'aimait bel et bien, et qu'il se considérait comme mon « jules ».

Ça expliquerait aussi pourquoi il se mettait autant en colère quand mon estomac gargouillait. Un garçon comme Jackson devait se montrer protecteur avec chaque fille qui lui « appartenait », et il devait être frustré de ne pas pouvoir subvenir à ses besoins.

Mais bien sûr, tout ça n'était que spéculation. Ce qui était plus vraisemblable, comme Jackson me l'avait souvent répété, c'était simplement que je ne connaissais rien aux garçons.

Après tout, pourquoi éprouverait-il quelque chose pour moi ? J'étais toujours la même Evie, celle qu'il avait ridiculisée et insultée. Et je n'étais pas vraiment l'atout majeur de notre équipe. Sur la route, mes compétences consistaient à m'occuper de ses blessures, à me retenir de me plaindre et à parler français avec lui à l'occasion ; ça semblait le détendre.

Il me considérait comme inutile avant le Flash. La première fois qu'il m'avait revue après la catastrophe, il m'avait résumée en un seul mot : *dépouille*. Je ne me faisais pas d'illusions : je ne l'avais pas fait changer d'opinion sur moi.

Malgré tout, quand j'avais trouvé un exemplaire de *Robinson Crusoé* sur une étagère de la bibliothèque, je l'avais discrètement glissé dans mon sac pour le lui donner plus tard.

— Derrière moi, Evie ! s'exclama Jackson.

Le fusil à l'épaule, il visait une maison. Je ne posai aucune question et me plaçai derrière lui.

Un homme d'âge moyen se tenait sur le perron de la maison, son fusil pointé sur nous. Trois préadolescents étaient recroquevillés derrière lui. Tout dans la posture de l'homme disait : « Passez votre chemin, étrangers. »

Ce que nous fîmes, Jackson devant, moi derrière. Mais alors, le regard de l'homme passa du fusil de Jackson... à moi, et s'attarda.

Aussitôt, la fureur sembla s'emparer du Cajun.

— Baisse ce truc, vieil homme, ou je te descends sur place.

L'homme ne broncha pas. Confrontation.

— Tes gamins seront les prochains – et je ne gâcherai pas de munitions pour eux, je te le garantis, lâcha Jackson.

Face à la cruauté de la menace, l'homme déglutit et me regarda avec convoitise. Finalement, il baissa son arme.

Tout en le gardant en joue, Jackson m'escorta ainsi sur un pâté de maisons qui me parut interminable. Puis un autre. *Rien à signaler.*

Alors seulement, il m'accorda un regard et fronça les sourcils devant mes cheveux lâchés.

— Il va falloir te chercher une casquette... ou une paire de ciseaux.

Me couper les cheveux ? Je frissonnai malgré la chaleur et mis ma capuche.

— Il envisageait vraiment de t'enlever, dit Jackson. De t'enlever *à moi*.

Je frémis. Quelque chose me disait que cet homme ne cherchait pas seulement une nounou.

Nous continuâmes en silence. Jackson fulminait toujours, et moi, j'étais à cran. Nous venions probablement de voir les quatre derniers survivants de cette ville.

Que des hommes.

Parfois, je me disais que j'étais ridicule de m'entêter à croire que ma grand-mère était toujours en vie. Mais je me souvenais alors que j'avais survécu au Flash et Maman aussi. Peut-être avions-nous quelque chose dans les gènes qui nous avait sauvé la vie ?

Et Grand-mère aurait su qu'il fallait trouver un abri, faire tous les préparatifs nécessaires.

Dans mon cœur, j'y croyais. Il fallait que je m'accroche à cet espoir. Au cours des derniers jours, j'avais parfois regardé la photo que Maman tenait à sa mort en essayant de me rappeler les enseignements de Grand-mère.

Lentement, très lentement, je recollais les morceaux de ma dernière journée passée avec elle. Je m'étais souvenue d'autres détails à propos des cartes qu'elle m'avait demandé d'observer, notamment celle de la Mort.

Sur un fond cramoisi, la Mort, montée sur son destrier blanc et caparaçonnée de son armure noire, brandissait sa faux. Elle portait un drapeau noir arborant une rose blanche. Ses victimes – hommes, femmes et enfants – étaient toutes agenouillées devant elle, les mains jointes dans une attitude suppliante.

Même si l'image m'avait donné des frissons, je me souvenais d'avoir été captivée par cette carte plus que par les autres – même la mienne. Ce qui avait rendu Grand-mère... *nerveuse* ?

Quand elle m'avait demandé si cette carte m'effrayait, ou me mettait en colère, j'avais fermement secoué la tête.

— Elle me rend triste.

Grand-mère n'avait pas du tout aimé cette réponse.

— Pourquoi ressens-tu ça, Evie ? C'est un méchant !

— Son cheval a l'air malade et il n'a pas d'amis...

À présent, je me plongeais de nouveau dans le passé pour essayer d'en apprendre davantage. Pourtant, plus je cherchais à me rappeler, et plus les images se dérobaient.

Une phrase de Grand-mère me revint en mémoire : *Parfois, il faut laisser les choses se faire naturellement, Evie.*

Je craignais de me mettre trop de pression et d'entraver mes propres efforts. Mais je ne savais pas comment faire pour m'en empêcher...

Jackson se redressa brusquement.

— Regarde là-bas, Evie.

Il indiqua du menton une moto un peu plus loin devant nous, couchée sur le côté, sans la moindre trace de cendre.

— Jackson, sois prudent.

— Le conducteur s'est fait choper par des Épouvantails.

Il désigna une flaque de sang séché et une traînée qui menait de la moto jusqu'à une caserne de pompiers plongée dans le noir.

— Ils l'ont emporté dans la pénombre pour se nourrir. (Avec un haussement d'épaules, Jackson redressa la moto et sortit la béquille.) Les clés sont encore dessus.

Derrière mes lunettes, je jetai des regards frénétiques autour de moi.

— Allons-y !

— Non, pas sans cette moto.

Il passa la paume de sa main sur le châssis, avec autant de révérence qu'en explorant mes peintures.

— T'as une idée de ce que c'est ?

— Ça devrait m'intéresser ?

Comme s'il s'adressait à un enfant, il déclara :

— C'est une Ducati.

— Et alors ?

À son expression, on aurait dit que je venais de blasphémer, ou quelque chose comme ça.

— C'est la moto qui surpasse toutes les autres !

Sa voix vibrait d'excitation ; à ce moment-là, il était vraiment un adolescent, prêt à s'extasier devant une moto.

— Et qu'on tombe dessus aujourd'hui ? C'est un signe, Evie. La chance tourne enfin.

Il monta dessus, tourna la poignée.

Le moteur vrombit. Il sourit.

— Et le réservoir est presque plein.

— On ne peut pas mettre cette essence dans une voiture ?

— Aucune voiture autour de nous ne sera en état de marche.

Il fouilla le contenu des rangements de la moto, jetant sans pitié tous les souvenirs et toutes les photos du mort pour y fourrer son propre sac, et caler son arbalète à portée de main.

Il trouva même un holster en cuir pour le fusil.

— Ça s'adapte parfaitement. (Il se tourna vers moi.) T'es prête ?

— Je ne suis jamais montée sur une moto.

— *Pardon*[1] ? J'ai pas dû bien entendre.

---

1. En français dans le texte. (*N.d.T.*)

— C'est vrai. Maman me le défendait. (Je fronçai les sourcils en voyant le peu de place qu'il me restait sur la selle.) Hum, ma capuche va s'enlever et je ne veux pas me couper les cheveux.

— On fera une exception pour cette fois. Allez, monte.

Alors que je m'approchais de lui, il tendit la main vers ma capuche et la rabattit sur ma tête.

— T'as pas peur, si ?

Pour toute réponse, je levai le menton et montai maladroitement derrière lui. Maintenant, nos corps devaient avoir une quarantaine de points de contact. J'observai son dos en me demandant où j'allais poser mes mains.

Au moment où je mesurai à quel point mon jean me serrait les cuisses, je vis son regard plonger vers ma cuisse droite, puis vers la gauche.

Il étouffa un grognement, avant de poser sa grande main hâlée à plat sur mon genou. Même à travers le jean, sa paume me parut brûlante.

— Jackson !

Il crispa le poing. À l'idée que mon contact puisse l'affecter ainsi, mon souffle devint plus court.

Sans prévenir, il passa le bras derrière moi pour me tirer encore plus près, jusqu'à ce que je sois tout contre lui, et que je me sente rougir depuis les genoux jusqu'à la poitrine.

Puis il glissa une main entre nous ! Avant que je parvienne à bredouiller la moindre protestation, il tira sa flasque de sa poche arrière. Puis il la fourra dans sa botte avant de murmurer :

— C'était dans le passage.

Le passage de *quoi* ?

— C'est là que tu dois mettre tes bras autour de moi, *ma chère*[1].

— Ce n'est peut-être pas une bonne idée, finalement.

— Evie. Tes bras. *Tout de suite.*

1. En français dans le texte. (*N.d.T.*)

Je levai les yeux au ciel. Après une hésitation, je finis par passer mes bras autour de lui... pile quand il se redressa pour ôter la béquille.

Mes mains l'effleurèrent pour s'agripper... *là*.

Il eut un hoquet et tous ses muscles se crispèrent ; je retirai vivement les mains, le visage en feu.

— Si tu me touches encore une fois comme ça, Evangeline, commença-t-il d'une voix rauque en se reposant sur la selle, je te fais descendre en un battement de cils de cette moto pour t'allonger sur la première surface horizontale venue. Et je ferai pas le difficile, tu peux me croire.

Alors que je laissais échapper un soupir scandalisé, il expliqua :

— Je suis chaud bouillant depuis des jours, *bébé*[1].

Il avait dû sentir que j'étais sur le point de dégringoler de la moto comme si elle était en feu, parce que ses mains, si rêches et calleuses, capturèrent les miennes et les posèrent bien au-dessus de sa taille.

— Juste pour qu'on se comprenne bien.

Puis il démarra.

Chaud bouillant ? Qu'est-ce que j'étais censée faire de ça, exactement ? Je restai raide comme un piquet derrière lui tandis que nous prenions de la vitesse sur la route isolée, à travers la ville et au-delà ; nous dépassâmes une aire de jeu abandonnée, une église aux portes grandes ouvertes, un champ jonché de cadavres de bétail.

Mais chaque kilomètre m'aidait à me détendre. J'avais remarqué que dès que Jackson et moi nous touchions, les voix se taisaient tout à fait. Elles ne se contentaient pas de la mettre en sourdine. *Pourquoi ?*

Je soupirai, décidant d'y réfléchir une autre fois. Pour l'instant, je me contentais d'apprécier le silence. Et le vent qui soufflait me rappelait l'air conditionné. Il semblait presque *pur*. Je fermai les yeux et rejetai le visage en arrière.

1. En français dans le texte. (*N.d.T.*)

— Ça te plaît ?

Je rouvris les yeux et vis qu'il me regardait par-dessus son épaule. Je me mordis la lèvre et hochai la tête.

Il fit ce mouvement sexy du menton, puis accéléra.

L'adrénaline afflua dans mes veines. J'adorais la vitesse, la sensation de la moto, la façon dont Jackson parvenait à la faire avancer sans le moindre effort.

— Plus vite !

Il haussa les sourcils par-dessus ses lunettes de soleil.

— Accroche-toi.

Dès que j'eus refermé les bras autour de sa taille, il accéléra jusqu'à faire brièvement décoller la roue avant du sol. Je poussai un cri avant de rejeter la tête en arrière et de me mettre à rire.

Depuis quand n'avais-je pas ri comme ça ?

Dans les virages, nous nous penchions ensemble. Quand il fonçait sur une ligne droite, je me penchais en avant avec lui.

Mais bientôt, je fus nettement moins intéressée par le trajet que par le conducteur.

Tandis que ses cheveux trop longs voletaient au vent, je pus apercevoir la peau tannée de sa nuque. Je me demandai comment ce serait de l'embrasser juste là, de passer mes lèvres sur sa peau douce.

Jackson était souvent si rude, si *grossier*, pourtant j'oubliais tout quand je pensais à la sensation de chaleur et de force de son corps contre le mien. Ou quand je me rappelais combien il était intelligent et courageux.

Maman avait dit qu'on pouvait faire bien pire qu'un Jackson Deveaux.

À cet instant précis, je conclus qu'elle avait vu juste.

Qu'est-ce que cela pourrait donner s'il était mon petit ami ? Je soupirai en tentant de l'imaginer, puis posai ma joue contre son dos, totalement détendue. Je ressentis bientôt les effets de la fatigue. Le bourdonnement constant du moteur m'endormait. Mes paupières devinrent lourdes.

— Dors, si tu veux. (De nouveau, il couvrit ma main avec la sienne.) Je te tiens.

J'adorais quand il me disait ça.

— Tu es sûr ?

— Je vais nous dégoter un endroit sympa ce soir. On va s'offrir un grand moment.

J'étais curieuse de savoir ce que Jackson considérait comme un « grand moment » mais la fatigue l'emporta…

26

À mon réveil, la lune était haute dans le ciel et Jackson commençait seulement à ralentir.

— On ne s'est pas arrêtés de la nuit ! (Je jetai des regards autour de moi. Nous semblions nous trouver dans un quartier plutôt riche.) Et les Épouvantails ?

— J'en ai pas croisé, répondit-il. La nuit est si claire qu'ils croient peut-être que le soleil est levé. Qui sait ? (Quand il stoppa la moto, il semblait ivre. Mais il ne sentait pas le whisky – du moins, pas plus que d'habitude.) En tout cas, la route était dégagée.

— La route vers où ?

Il engagea la béquille devant un portail intimidant, avec des lampes à gaz allumées de chaque côté.

— Vers *ici*, j'imagine, répondit-il en se grattant la tête avec un sourire perplexe. Hé, vise un peu la sécurité de cet endroit, Evie, les clôtures. Elles sont sûres contre ces crétins d'Épouvantails sans cervelle. Mais pas contre nous, ajouta-t-il en murmurant.

Quand il descendit de moto, j'eus soudain froid et je me sentis désorientée.

— Pourquoi ces lumières sont-elles allumées, Jackson ? On dirait un piège. Et si on continuait notre route ?

— Mais je parie qu'il y a des tonnes de nourriture à l'intérieur. (Il était déjà en train d'introduire son arbalète entre les deux portes pour faire levier et les ouvrir.) Observe et apprends, *peekôn*.

Avec un petit claquement, la crête ornementée au centre céda et les portes s'ouvrirent.

Il se retourna pour m'attraper par la taille et m'aider à descendre.

— On va pousser la moto à l'intérieur.

Une fois passé l'entrée, il referma le portail derrière nous. Un nouveau claquement quand il se verrouilla derrière nous.

Quand la maison – un immense manoir de brique – apparut, il poussa un sifflement admiratif.

— Bon sang, Evie, tu devrais te sentir comme chez toi, ici.

Je plissai les yeux devant l'éclairage extérieur.

— C'est un éclairage *électrique*.

— Ils ont probablement un générateur à gaz.

— Un générateur qui a dû être rempli récemment, n'est-ce pas ? Cet endroit doit être habité.

Jackson ne ralentissait pas.

— Ou peut-être qu'on a de la chance. Et si le propriétaire est parti chercher des provisions et qu'il a eu des ennuis ? Il a dû se faire attaquer par des Épouvantails errants. Comme le conducteur de la moto.

Je me frottai les bras.

— J'ai un mauvais pressentiment.

— La dernière fois que tu en as eu un bon, on a perdu tout ce qu'on avait, on a failli se faire capturer, et on a passé la nuit dans le marais des Épouvantails. Je compte bien saisir ma chance, là. S'il y a quelqu'un qui vit ici et qu'il est honnête, on pourra échanger les bijoux. Sinon, on s'empare des lieux et on le met dehors.

— Tu veux voler une maison à son propriétaire ?

— Cette maison ? (Il ricana.) *J'pourrais*[1].

---

1. En français dans le texte. (*N.d.T.*)

Après avoir garé la moto près de l'accès latéral, il fit un premier repérage de la maison, arbalète à la main, observant chaque recoin avant de s'approcher de la porte d'entrée.

— Elle a pas encore été forcée. Toujours bien verrouillée.

Du bout de son arme, il cassa l'un des carreaux de la porte. Le bruit résonna incroyablement fort.

Mais au lieu d'entrer, il resta immobile, la tête penchée. Après un long moment, il ouvrit le battant et inspira profondément. L'air sentait le frais. Aucun Épouvantail dans les parages ?

L'arbalète pointée devant lui, Jackson finit par entrer, avec moi sur les talons.

— C'est une erreur, murmurai-je en tentant de me remémorer quelque chose que Matthew avait répété au milieu de ses divagations. (Je l'avais sur le bout de la langue, ça allait finir par me revenir.) Pourquoi est-ce si important pour toi de s'installer ici ?

— Parce que ça va te plaire. Les filles douces comme toi sont à leur place dans un endroit comme celui-là.

— Je préférais le crevettier.

— Je note.

Les lampes brûlaient faiblement, éclairant suffisamment l'intérieur pour que nous puissions fouiller la maison somptueusement décorée. On aurait dit la propriété d'un producteur de cinéma d'Hollywood. Même moi, j'étais impressionnée par tout ce luxe.

Chaque pièce était plus richement décorée que la précédente.

— Ça ressemble à un piège, répétai-je.

— Crois-moi, Evie, cet endroit est un vrai bijou. Tu te souviens ? J'ai un bon instinct pour ce genre de choses. Et réfléchis : s'il y a du courant *et* un puits, alors tu auras droit à une douche chaude.

Cette idée m'arracha un gémissement. Mais en sentant le souffle d'air créé par les ventilateurs au plafond, je répétai :

— Pourquoi le propriétaire est-il aussi dépensier ? À un moment, le gaz finira par s'épuiser.

— Peuh.

— Quoi, « Peuh » ?

— Le gaz s'épuisait déjà avant le Flash. Mais je parie que toutes les pièces de ta grande maison étaient aussi fraîches qu'un frigo pendant tout l'été.

— Cette situation est *légèrement* plus grave.

— Si tu crois que tu peux mourir demain, alors pourquoi ne pas y aller à fond ? Quelque part, j'admire le propriétaire de faire ça.

Parfois, quand il disait ce genre de choses, je me rappelais à quel point nous étions différents. Fondamentalement différents.

— On n'est pas d'accord, on va en rester là…

Nous fouillâmes les ailes de l'étage et du rez-de-chaussée, allant de surprise en surprise. Les placards des chambres étaient remplis de vêtements et de chaussures de créateur. Le garage regorgeait de matériel de camping, d'équipement de survie sophistiqué – et d'un colossal réservoir d'essence.

En revanche, aucune voiture.

Dans l'immense cuisine, Jackson ouvrit l'un des deux réfrigérateurs, qui était rempli de confitures, de condiments et de boissons.

Il ferma brièvement les yeux pour savourer la sensation de fraîcheur, puis déclara :

— Viens. (Il me plaça devant lui pour que je puisse en profiter aussi, puis posa les mains sur mes épaules.) Admets-le, ça valait le coup rien que pour ce frigo.

Malgré ma méfiance, je me rappelai que c'était Jackson le croquemitaine, tant qu'il était en possession de son arbalète. Alors je fermai les paupières à mon tour et nous restâmes là un long moment.

Puis il se déplaça.

— Seigneur, des bières *glacées*. OK, c'est bon, je vais partir à la recherche des trois oursons de Boucle d'or. (Il s'empara de deux canettes et les décapsula. Il m'en donna une et m'emmena dans le plus grand garde-manger que j'aie jamais vu.) Trouve-nous quelque chose à manger, femme.

Je haussai un sourcil ; mais j'examinai les provisions malgré tout. Il y avait de quoi faire tenir deux personnes pendant des mois : des boîtes de conserve, des cartons hermétiques, des jus de fruit. Après avoir rempli à la hâte mon sac de barres énergétiques – au cas où nous devrions fuir – je parcourus les étagères à la recherche de notre dîner.

Un pot de cerises au marasquin me mit l'eau à la bouche. Je m'en emparai, ainsi que de deux bocaux d'olives noires, d'une boîte de cookies et d'un sachet géant de bretzels, et préparai un pique-nique sur le comptoir.

Pour le plat principal, nous nous régalâmes de bières et de bretzels. Pour le dessert, Jackson s'attaqua aux cookies tandis que je me jetai sur les cerises. Quand je déposai la première sur ma langue, je fis rouler mes yeux de plaisir.

— Tu aimes les *cerises*[1], hein ? (Il se rapprocha de moi.) J'ai *envie*[2] de croquer dans ton fruit.

Une insinuation cajun, Jackson ?

— Tiens. (Je lui souris gentiment en lui tendant une cerise par la queue.) Savoure bien le seul fruit que tu obtiendras de moi.

— Ça ressemble à un défi.

Avec une lueur malicieuse dans les yeux, il mordit la cerise directement au bout de mes doigts avec ses dents blanches et régulières.

Troublée, je bus une gorgée de ma bière. Mais il posa un doigt sous la canette en la soulevant jusqu'à ce que je la finisse avec un petit hoquet.

— Essaierais-tu de me saouler ?

Ça fonctionnait. J'avais toujours été un poids plume, et une seule bière me faisait déjà agréablement tourner la tête.

— *Sans doute*[3].

---

1. En français dans le texte. (*N.d.T.*)
2. En français dans le texte. (*N.d.T.*)
3. En français dans le texte. (*N.d.T.*)

Plus de doute possible en effet : il flirtait ouvertement avec moi. Parce que j'étais le seul gibier en ville et qu'il était... chaud bouillant ? Certainement. *C'est la bonne vieille Evie qui reprend le dessus, là.*

Il finit sa bière et l'accompagna d'une gorgée de sa flasque.

— Allons voir ce qu'il y a dehors.

Il ramassa son arbalète et me prit par la main pour me guider vers une série de portes-fenêtres.

Nous débouchâmes dans une immense véranda qui ressemblait au pays des merveilles, équipée de belvédères et d'une cuisine extérieure. Dans le ciel, la lune était pleine et illuminait agréablement les alentours, qui semblaient presque épargnés par l'apocalypse.

Il m'emmena plus loin en déclarant :

— Nous sommes à la maison, Evie Greene...

Il s'interrompit en apercevant une piscine, qui étincelait sous le clair de lune. Une piscine *pleine*.

De l'eau. Un piège mortel.

— Seigneur, murmura-t-il en tournant la tête dans tous les sens. Lune ou pas, pourquoi l'endroit ne grouille-t-il pas d'Épouvantails ?

Je le tirai par la main.

— Jackson, on doit partir d'ici !

— Attends.

Il se dirigea vers la piscine, s'accroupit et plongea un doigt dans l'eau. Après l'avoir goûtée, il se redressa avec une expression ravie.

— C'est de l'eau salée, *bébé*[1].

Salée ?

— Alors ça les rebute, n'est-ce pas ?

Il hocha la tête.

— Et l'eau est *chaude*.

— D'où vient toute cette eau ?

Il posa son arbalète sur une chaise longue.

1. En français dans le texte. (*N.d.T.*)

— D'un puits privé. Exactement comme à Haven.

Mais nous ne l'avions pas gaspillée pour *nager*.

— Jackson, je t'en prie. Le propriétaire peut revenir d'une minute à l'autre !

— Pourquoi est-ce que quelqu'un sortirait aussi tard s'il comptait revenir ? (Jackson retira ses bottes.) Qui va à la chasse perd sa place.

— Tu ne vas pas y aller !

Pour toute réponse, il retira son tee-shirt, révélant d'impressionnantes tablettes de chocolat. Je l'avais déjà aperçu torse nu auparavant – mais c'était la première fois que j'avais le souffle coupé en le regardant.

Son buste musclé était aussi hâlé que son visage, et ses yeux semblaient étinceler sous le clair de lune. Le chapelet en onyx autour de son cou réfléchissait la lumière à chacun de ses mouvements.

Il se déshabillait devant moi, et pourtant je n'arrivais pas à détourner les yeux. Je me mordis la lèvre. J'allais bientôt faire volte-face. Bientôt...

Quand il commença à défaire sa ceinture, les muscles de son ventre ondulèrent.

Mes genoux menaçaient de flancher. *J'allais bientôt faire volte-face.*

Quand il posa la main sur sa braguette, il pencha la tête et croisa mon regard.

J'étais figée, incapable de m'empêcher de le contempler. Il haussa les sourcils vers moi avec un air de défi, et ses doigts baissèrent sa braguette.

Une seconde après que j'ai trouvé enfin la présence d'esprit de pivoter, j'entendis sa ceinture tomber sur le sol carrelé, le bruissement de son pantalon. Les yeux écarquillés, je lançai :

— C'est n'importe quoi, Jackson...

En l'espace d'un battement de cils, il arracha mon sac de mon dos, passa un bras autour de ma taille – et nous fit plonger tous les deux dans la piscine.

27

Je remontai à la surface en crachant de l'eau salée et en essuyant mon visage.

— Tu as perdu la tête ? Beurk ! Je ne compte pas prendre un bain de minuit avec toi !

Devant mon ton scandalisé, Jackson dit :

— *Un bain de minuit ?* Evangeline et son esprit mal placé.

Il baissa les yeux. Je vis qu'il avait gardé son caleçon noir.

— Oh. (Avais-je semblé déçue ?) Quand même, je ne suis pas d'accord. On devrait... comment tu dis déjà ? Surveiller nos arrières.

— Alors tu m'écoutes, de temps en temps ? Qui l'eût cru... Ne t'inquiète pas, je ne laisserai rien t'arriver. Si quelqu'un approche, j'aurai largement le temps de l'entendre. (Voyant que je n'étais pas convaincue, il ajouta :) Je te l'ai dit, personne ne peut prendre l'avantage sur moi. Tu me fais pas confiance ?

Je n'avais pas vraiment le choix.

— Tu n'aurais pas pu me laisser enlever mes chaussures ?

Je les retirai, ainsi que mes chaussettes, et les jetai près de son arbalète.

— Tu as raison. J'aurais dû te laisser te déshabiller.

Puis il m'éclaboussa le visage.

Je crachai de nouveau mais il souriait. Pas un de ses ricanements, non, un *vrai* sourire. Le regard rivé sur ses lèvres, je sentis les miennes se retrousser à leur tour.

Je pointai le doigt derrière lui.

— Oh, regarde !

Puis je l'éclaboussai à mon tour quand il tourna la tête.

Il me regarda avec les yeux écarquillés.

— Ça y est ! Tu as réveillé la bête...

Il me poursuivit dans la partie peu profonde, jusqu'à ce que je me mette à couiner de rire.

C'était incroyable de pouvoir à nouveau se comporter comme des jeunes normaux. Flirter et s'amuser.

Les voix étaient miraculeusement silencieuses.

Juste avant qu'il puisse m'attraper, je plongeai et tournai autour de lui pour lui attraper les chevilles. Il ne pouvait pas savoir que, dans une autre vie, j'avais été une terreur des bassins.

Il fit comme si j'avais réussi à le piéger, et se laissa couler comme une pierre. Quand il reparut à la surface, il sembla surpris – et enchanté – de voir que je le taquinais.

Je ne lui connaissais pas ce côté espiègle et joueur. D'habitude, il ne se départissait jamais de sa nervosité. Je me rendais compte que je ne l'avais jamais vu heureux jusqu'à maintenant.

Et bon sang, ça lui allait bien.

— Tu souris.

— Tu m'étonnes. (Ses cheveux mouillés étaient plaqués sur ses joues.) C'est la meilleure journée que je passe depuis très, très longtemps.

Il commença à me rapprocher du bord de la piscine, et je me laissai faire. L'eau dégoulinait de son torse musclé.

J'ai envie de suivre ces gouttes avec mes lèvres... D'accord, Jackson n'était peut-être pas le seul à être chaud bouillant.

— Hum, la meilleure journée ?

Quand mon dos rencontra la paroi de pierre, il continua à s'approcher jusqu'à ce que je puisse sentir la chaleur émaner de son corps. Je dus lever la tête pour croiser son regard.

Il arbora un petit sourire vaniteux quand il dit :

— J'ai une nouvelle moto, une *jolie*[1] fille qui est douce avec moi, et un manoir où vivre tous les deux.

Je pris alors conscience que j'avais un problème bien réel – un de plus à ajouter à ma note. Jackson Deveaux était irrésistible.

— Douce avec toi ? Tu rêves.

— Je ne crois pas, non.

— Comment ça ?

— Quand tu apprécies le vieux Jack, tu sens le chèvrefeuille.

Oh, mon Dieu. Exactement comme on me l'avait dit, je sentais *effectivement* les fleurs. Pas étonnant que tout le monde n'ait cessé de me complimenter.

— Quand tu es en colère, ajouta-t-il, tu sens la rose. Quand t'es excitée ? Tu sens l'olivier. Je dois encore déterminer le reste.

Alors que sa perspicacité continuait de me stupéfier, je murmurai :

— C... c'est ridicule.

Comment allais-je pouvoir garder mes secrets jusqu'en Caroline du Nord ?

— Vraiment ? dit-il en s'approchant encore.

— En tout cas, on ne peut pas dire que toi, tu sois doux avec moi.

— *C'est vrai*[2]. Mais bon, le choix de filles est plutôt limité, dans les parages.

Je le dévisageai, incapable de dire s'il me taquinait ou non.

— Continue, tu me fends le cœur, Cajun.

Il tendit les mains et les plaqua sur le bord de la piscine de part et d'autre de ma tête, me prenant au piège.

— Qu'est-ce que tu fais ?

— Je m'apprête à t'embrasser pour la première fois.

Mon cœur s'arrêta. *Dis quelque chose, Evie.*

1. En français dans le texte. (*N.d.T.*)
2. En français dans le texte. (*N.d.T.*)

— Tu-tu m'as dit quelque chose dans ce genre-là à mon anniversaire, et la nuit n'a pas très bien fini pour moi.

— Pour moi non plus. Bon sang, j'avais tellement envie de te goûter.

Son regard d'un gris flamboyant était rivé sur mes lèvres. Je les humidifiai, comme je l'avais fait cette nuit-là.

— Est-ce que tu sais combien de nuits j'ai passé à repenser à ce baiser manqué ? Je me souviens de chaque détail. J'aurais été incapable de dire si tu avais les yeux bleus ou verts. Tes lèvres étaient si rouges – c'était sexy, mais j'arrivais pas à décider si ça me plaisait. Parce que c'était pas toi, pas vraiment.

Ce baiser manqué n'avait pas été qu'un piège ! Il avait ressenti la même excitation et la même attirance que moi.

— Evangeline, tu es comme... comme une *peekôn*.

Une épine dans le pied. Comme c'était approprié. *J'imagine que c'est dans ma nature, Jackson.*

— Et je n'arrive pas vraiment à m'en débarrasser, non.

Ses yeux m'hypnotisaient.

Pour la première fois depuis des mois, j'avais envie de dessiner – juste pour capturer ce regard pour toujours.

— Enlève ça, *ma chère*[1].

Quand il tendit la main vers le bord de mon pull trempé, je me surpris à lever les bras pour qu'il puisse le retirer, et je me retrouvai en débardeur blanc.

Qui était maintenant transparent. J'aurais aussi bien pu ne rien porter.

Quand son regard plongea, ses paupières devinrent lourdes et sa pomme d'Adam tressaillit.

— *Ayez pitié de moi*, dit-il d'une voix rauque.

On ne m'avait jamais regardée comme ça, je n'avais jamais eu autant conscience qu'un garçon désirait mon corps – tout en imaginant ce que ce serait s'il le touchait. Mon visage et mon décolleté rougirent d'embarras.

1. En français dans le texte. (*N.d.T.*)

Tout juste quand je m'apprêtais à m'enfoncer sous l'eau pour m'échapper, il dit :

— *Non*[1], laisse-moi te regarder. (Son accent était plus prononcé.) J'ai attendu *longtemps* de te voir comme ça.

— Mais on ne fait la route ensemble que depuis deux semaines.

Il passa le dos de ses doigts le long de mes joues, comme si mon visage était en porcelaine délicate.

— Hum, hum, murmura-t-il en se penchant vers moi pour poser doucement ses lèvres sur les miennes.

Les siennes étaient fermes et chaudes. Je sentis le goût de whisky.

Il était parfait... le baiser *parfait*.

Il entrouvrit la bouche pour m'inciter à l'imiter. Puis il frotta lentement sa langue contre la mienne. Plusieurs fois. Des petites caresses souples et malicieuses.

Je sentis une énergie monter en moi, le plaisir irradier. C'était addictif – aucune indifférence là-dedans !

Nos langues s'entremêlèrent, encore et encore, jusqu'à ce que je ne puisse retenir un gémissement. J'en voulais plus. Je voulais que ça ne s'arrête jamais. J'avais *besoin* de plus.

Je perdais le contrôle ; pourquoi pas lui ? Son baiser était sensuel mais mesuré, comme s'il avait tout le temps du monde.

Comme s'il avait quelque chose à prouver ?

Alors que cette pensée se formait dans mon esprit embrumé, il s'écarta avec un sourire arrogant.

— Voilà. Ça, c'est un baiser. (Il passa son pouce sur ma lèvre inférieure.) Tu ne ris plus maintenant, hein...

— *Encore.*

Je fourrai mes mains dans ses cheveux noirs, m'agrippant pour l'attirer de nouveau à moi.

— Evie ? fit-il d'une voix rauque juste avant que nos lèvres et nos langues se lient de nouveau...

1. En français dans le texte. (*N.d.T.*)

Je passai les mains dans son dos, sur ses muscles tendus. Je ne pouvais plus m'arrêter de le toucher, ne pouvais plus empêcher mon corps de se tortiller contre le sien. À chacune de mes caresses, il approfondissait le baiser. Alors je recommençai, encore et encore.

Bientôt, je haletais et il gémissait. Il posa ses mains sur ma taille, descendit sur mes hanches, qui ne cessaient de remuer contre lui. Il les serra, puis descendit vers mes fesses, qu'il attrapa à pleines mains pour m'attirer plus près encore. Était-il en train de trembler ?

Il n'était plus question de contrôle pour aucun de nous deux.

J'adorais ses soupirs d'abandon, j'adorais les *sentir* tant nous étions serrés l'un contre l'autre. Exactement comme il l'avait promis, nous respirions l'un pour l'autre – mais je n'en avais toujours pas assez.

Pour moi, voilà qui changeait totalement la donne. Rien ne serait plus pareil. Il y avait la vie avant notre baiser ; et après.

Il enroula ses bras forts autour de moi et me souleva pour m'écraser contre sa robuste poitrine. Je m'aperçus à peine que mes pieds ne touchaient plus le fond de la piscine.

Il s'écarta pour m'embrasser dans le cou en murmurant contre ma peau :

— *Tu me fais tourner la tête ! Ton parfum sucré, tes secrets*[1]... (Il continuait ses baisers passionnés.) Ah, Evie, ton goût est aussi enivrant que ton parfum.

— Jackson... soufflai-je.

Il s'écarta légèrement et me laissa glisser entre ses bras pour que je tienne debout toute seule. Il me dit d'une voix rauque :

— Si tu veux encore que je t'embrasse, appelle-moi Jack.

Je n'arrivais plus à réfléchir. Je fis un petit bruit d'approbation.

1. En français dans le texte. (*N.d.T.*)

— Dis-le.

Je relevai la tête et murmurai :

— Jack.

Il prit mon visage entre ses mains calleuses pour que je le regarde dans les yeux. Il y avait quelque chose de possessif dans son expression, quelque chose de masculin et... de plus âgé, que je fus absolument incapable de déchiffrer – tout ce que je savais, c'était que la flamme dans son regard faisait bondir mon cœur.

— Tu as dit que tu en voulais plus ?

Plus de baisers ?

— Mon Dieu, oui.

Il laissa échapper le souffle qu'il retenait.

— *Bien*[1].

Puis il me souleva de nouveau en me prenant dans ses bras. Il monta les marches de la piscine en me déposant une série de baisers dans le cou, me maintenant dans un brouillard de béatitude.

— *Tu fais bouillir mon sang comme personne*[2], susurra-t-il à mon oreille.

Je frémis de plaisir tout en me demandant vaguement où il m'emmenait. Et aussi peut-être pourquoi il se baissa pour récupérer son pantalon ainsi que son arbalète.

Mon dos rencontra des coussins. Le belvédère ? La chaise longue pour deux ?

Ah, encore des baisers ! Il lécha mon lobe d'oreille et je laissai échapper un petit cri en me cambrant. Est-ce que c'était *ma* braguette ?

J'eus l'impression d'être en apesanteur pendant un instant, l'air frais soufflant sur mes jambes mouillées.

Sa respiration siffla.

— Tu es magnifique.

Il s'allongea à moitié sur moi.

Quand je le sentis fouiller dans la poche de son jean, je murmurai :

---

1. En français dans le texte. (*N.d.T.*)
2. En français dans le texte. (*N.d.T.*)

— Jack ?

Il se souleva sur un coude, m'adressa son sourire vorace, tellement sexy qu'il vola mes pensées.

— Je vais m'occuper de toi, *bébé*[1].

Il sortit un préservatif dans son emballage, qu'il cala entre ses dents tout en caressant ma poitrine d'une main chaude en relevant mon débardeur.

Il semblait plus coquin que jamais, et... Oh-Mon-Dieu-était-ce-un-préservatif ?

Pour *moi* ?

— Attends ! (Tout allait trop vite et m'échappait.) Qu... qu'est-ce que tu fais ?

Je n'avais pas donné mon accord pour du sexe ! Je le repoussai.

Il avait eu l'intention de faire de moi sa prochaine conquête – sans envisager que je sois sa *petite amie*. Et si le préservatif cédait ? J'aurais pu jurer qu'il venait de l'armoire à pharmacie du crevettier. Qui sait de quand ils dataient !

Il fronça les sourcils.

— Quel est le problème ?

— Je ne compte pas *coucher* avec toi !

Et si je tombais enceinte ?

Je fulminais d'autant plus que j'avais *adoré* l'embrasser, et puis il avait sauté toutes les étapes – celles que je n'avais *jamais* connues – pour foncer droit au but.

— Pourquoi tu agis comme si coucher avec moi était une idée ridicule ? demanda-t-il avec une expression exaspérée.

Je repoussai de nouveau son torse jusqu'à ce qu'il s'écarte.

— Par où je commence ?

Ton vieux préservatif, l'absence de définition de notre relation, la façon dont tu allais passer à l'action à la vitesse de l'éclair – alors que c'est ma première fois.

1. En français dans le texte. (*N.d.T.*)

Bon sang, pourquoi a-t-il fallu qu'on arrête de s'embrasser ? J'avais besoin de réfléchir, d'avoir les idées claires.

Mais sa propre colère bouillonnait déjà.

— Tu m'as dit que tu en voulais plus.

— De tes baisers !

Je remontai mes genoux contre ma poitrine et enroulai mes bras autour de mes jambes. Sans son corps contre moi, je frissonnais de froid.

Deux semaines plus tôt, je m'étais dit que je garderais ma virginité pour mon petit ami, peu importait combien ça pouvait paraître naïf. Aujourd'hui, sur la moto, je m'étais imaginé que cela pourrait être Jackson.

Il y avait bien *quelque chose* entre nous, quelque chose d'excitant et de... torride. Puis je fronçai les sourcils. Ce soir, il m'avait dit beaucoup de choses pour me faire comprendre qu'il était attiré par moi. Mais pas qu'il m'aimait bien.

D'ailleurs, n'avait-il pas précisé que « le choix était limité dans les parages » ?

Même s'il n'y avait aucune autre fille aux alentours, je voulais tout de même que Jackson et moi soyons sur la même longueur d'ondes quant à ce qui se passait entre nous. Si on ne mettait pas au point une sorte d'accord sur le sujet, alors coucher ensemble ne ferait que compliquer les choses.

Et je ne pouvais pas laisser quoi que ce soit se mettre en travers de mon chemin pour la Caroline du Nord.

Alors comment aborder le sujet d'une relation ?

— Jackson, tu sais que je n'ai jamais... je n'ai jamais fait ça. Et je crois que je cherchais quelque chose de plus pour franchir le pas.

Allusion, allusion.

Son expression s'illumina. Il avait compris.

— Tu penses *toujours* que tu es trop bien pour moi. Tu aurais laissé Radcliffe passer le premier, mais pas moi ?

Je suffoquai d'horreur.

— Ne t'avise pas de le mêler à ça !

Je repensai à l'insouciance de Brandon, aux bons moments que nous avions passés à la plage, dans l'eau. Toujours à rire...

Ces moments avec Brandon avaient été les *derniers* bons moments pour moi. Avant l'apocalypse, avant les Arcanes... mes yeux se brouillèrent.

Jackson capta aussitôt cette faiblesse.

— Tu es toujours amoureuse de lui ! (Il bondit sur ses pieds avant de remettre rageusement son jean.) Tu étais prête à écarter les cuisses pour ce type parce que tu estimes qu'il valait mieux que moi. Mais bon sang, qu'est-ce qu'il a jamais fait d'autre à part conduire une belle voiture et jeter des ballons ? Je t'ai sauvé la vie !

Je me levai à mon tour et me précipitai pour récupérer mon jean trempé, que j'enfilai avec difficulté.

— Est-ce que tu m'as sauvé la vie juste pour pouvoir coucher avec moi ?

— L'idée m'a peut-être traversé l'esprit ! Bon sang, Evie, tu es probablement la dernière fille sur terre pour moi. Est-ce que ça te *tuerait* de te laisser faire ?

— Je n'arrive pas à croire ce que tu viens de dire !

Je me sentais tellement idiote ! Comment avais-je pu penser que nous avions une connexion ? Le dragueur du pays cajun avait seulement eu l'intention d'épingler une nouvelle proie à son tableau de chasse – et j'étais le seul gibier en ville. Je me ruai vers mon sweat et le passai à la hâte.

— Oh, tu peux le croire ! (Il s'approcha de moi.) Souviens-toi, je suis le garçon *cruel* et *vulgaire* du mauvais côté du bayou. C'est tout ce que je serai *jamais* pour toi !

Nous nous faisions face, mais je refusais de reculer.

— Quand tu te comportes comme ça, c'est difficile de penser autrement ! Dieu merci j'ai eu le bon sens de ne *pas* m'impliquer davantage avec toi.

— Le bon sens ? C'est une chose que je ne t'accuserai jamais d'avoir ! T'impliquer davantage avec moi serait la chose la plus intelligente que tu puisses faire. C'est moi qui m'occupe de ta sécurité. *Moi*. (Il se donna un coup sur son torse nu.) Tu te souviens ? « Merci, Jackson, c'est génial d'être encore en vie. »

— Admets-le, c'est la seule raison pour laquelle tu m'as proposé ton aide – parce que tu voulais coucher avec moi !

— Ouais, je te prenais pour une snob, mais j'imaginais pas que t'étais une misérable allumeuse !

— Une *allumeuse* ? Est-ce que tu pensais que c'était dans la poche parce que c'est la fin du monde ? Ou bien parce que toutes tes autres pouffiasses ont cédé ? Dis-moi !

Il me gratifia de son haussement d'épaules habituel.

— Un peu des deux.

J'avais envie de l'*étrangler* !

— Pourquoi tout est toujours aussi compliqué avec toi ? (Il se retourna pour frapper une colonne en bois du belvédère, ce qui ébranla la structure tout entière. Quand il me regarda de nouveau, la poitrine battante, sa main balafrée saignait.) Tu vas me rendre fou !

— Eh bien, tu ferais mieux de t'y faire ! Comme tu l'as dit, il ne reste que moi. On dirait bien qu'il va falloir être un peu plus gentil avec la dernière fille sur Terre. Tu devrais peut-être – oh, je sais pas – essayer d'être agréable ou te comporter comme un petit ami, ou, ou…

— Te faire la cour ?

— Eh bien, oui.

— Peut-être que je l'ai fait – chaque fois que je t'ai sauvé les miches ! Et chaque nuit où j'ai monté la garde à côté de toi ! Mais tout ça, pour toi, c'est normal, c'est acquis. Parce que t'es pourrie *gâtée*[1].

— Je ne suis pas pourrie gâtée !

— Jamais rencontré une fille aussi pourrie gâtée que toi – dorlotée toute sa vie. Mais ça va s'arrêter *maintenant*.

Je me frottai les bras, glacée et abattue dans mes vêtements trempés. Comment avions-nous pu passer d'un baiser à une telle dispute ?

— Qu'est-ce que tu veux de moi ?

1. En français dans le texte. (*N.d.T.*)

Il se plaqua la main sur le front, avant de dire sur un ton étrange :

— J'ai peut-être voulu quelque chose de toi – mais il est clair que tu me le donneras jamais.

Étions-nous toujours en train de parler de sexe ?

— Tu sais pourquoi ma mère buvait ? demanda-t-il d'une voix éraillée. Parce qu'elle désirait des choses qui ne pourraient jamais arriver. Je me suis juré de ne jamais être comme elle. Par le passé, dès que je sentais que mon esprit s'égarait dans la mauvaise direction, je bloquais ces pensées. (Il se passa une main dans les cheveux.) Et il faut que je le fasse maintenant.

— Je ne te comprends pas.

Soudain, ce qui ressemblait à une détonation supersonique explosa dans ma tête.

— *VOICI LA PORTEUSE DE DOUTE.*

Alors que je chancelais sur mes pieds, Jackson se précipita vers son arbalète, la fit pivoter et la pointa derrière nous.

— Qu... qu'est-ce qui se passe, Jackson ? Il y a quelqu'un ?

Il ne pouvait pas avoir entendu la voix, et je n'avais rien détecté autour de nous.

Il désigna du menton un chemin plongé dans l'obscurité.

— Là-bas.

— Comment tu le sais ?

— L'expérience.

Une fille sortit des ombres, pointant un arc sur nous.

— On dirait que j'ai de la compagnie, dit-elle.

Un arc ? Sous le clair de lune ? Quand je l'aperçus entièrement, ma mâchoire tomba. Debout de l'autre côté de la piscine se tenait la fille de mes visions. Même si son visage avait toujours été brouillé, j'aurais reconnu cette silhouette de joueuse de beach-volley n'importe où.

Pendant une fraction de seconde, une image fixe sembla se superposer sur elle, et je vis cet Archer teinté de rouge, qui se tenait comme une déesse sous le clair de lune.

Je déglutis. L'image ressemblait exactement à... une carte de tarot.

Je clignai les yeux. L'instant d'après, elle n'était plus qu'une adolescente normale. Ou plutôt, sublime. Sa longue chevelure d'un blond argenté chatoyait, et ses yeux sombres et vigilants étaient fascinants.

Elle portait un dos-nu noir, un short kaki découpé – qui dévoilait des jambes interminables – et des bottes de motarde.

Un étui en cuir entourait sa cuisse, façon Lara Croft.

— Qu'est-ce que vous faites chez moi, tous les deux ?

Sa voix était exactement celle que j'avais entendue dans ma tête. Avait-elle eu des visions de moi, elle aussi ? Perçu mon propre signal de reconnaissance d'Arcane ? Quel qu'il soit...

Je m'étais doutée que les Arcanes étaient tous de vraies personnes. Elle en était la preuve indéniable.

Elle posa les yeux sur moi – et il me sembla les voir s'agrandir légèrement avant que son expression ne se ferme, et qu'elle reporte son attention sur Jackson.

— Toutes nos excuses, dit-il en lui jetant un coup d'œil des pieds à la tête. On pensait pas qu'il y avait quelqu'un.

Il avait l'air d'apprécier ce qu'il voyait.

Et elle le lui rendait bien, c'était indéniable. D'un ton enjôleur, elle dit :

— Je baisse mon arc si tu baisses ton arbalète, beau gosse.

Il s'exécuta après une hésitation.

J'avais envie de hurler de ne pas lui faire confiance, mais elle retira la flèche de son arc pour la ranger dans son carquois.

Maintenant que la menace immédiate avait disparu, elle détailla Jackson avant de s'arrêter sur son torse nu.

— C'est une belle Ducati que tu as là.

Les épaules de Jackson venaient-elles de se raidir ?

— Je l'ai trouvée aujourd'hui.

Elle repoussa ses cheveux en arrière.

— Je m'appelle Selena Luna.

Je connaissais maintenant le prénom de l'une des voix. Parce qu'elle se tenait juste devant moi. L'un des *Arcanes*

Majeurs. Que pouvais-je découvrir d'autre sur elle ? Il fallait que je lui parle en privé...

— Est-ce que je t'avais pas dit, me murmura Jackson, que cet endroit était un vrai *bijou* ? (Tandis que je me hérissai, il s'adressa à la fille :) Je m'appelle Jackson Deveaux, mais *toi*, tu peux m'appeler Jack. (Il fit un geste désinvolte de la main vers moi.) Et voici Evie.

Après un bref coup d'œil dans ma direction – et pas la moindre lueur de reconnaissance – Selena reporta son regard vers Jackson, comme si elle était captivée.

— Je n'ai pas beaucoup de visiteurs. Si vous voulez, je vous laisse passer la nuit ici.

Tu m'étonnes.

Jackson se tourna vers moi avec un sourire mauvais et me dit en français :

— Tout à coup, Evie, tu n'es plus la seule fille sur Terre pour moi.

28

Le signal de reconnaissance de Selena était : « Voici la Porteuse de Doute. »

Et à cet instant précis, j'en étais submergée.

— Tiens, Evie. Des serviettes propres. (Elle posa une pile de serviettes sur le meuble de la salle de bains de ma luxueuse chambre d'ami.) Les produits de toilette sont dans l'armoire. Et il y a toute l'eau chaude que tu veux, alors profites-en !

Toute ma vie, je m'étais donné beaucoup de mal pour me faire des amis. Et voilà qu'une autre *fille* débarquait. Enfin ! Je n'en avais pas vu depuis des mois, encore moins une fille à laquelle j'étais liée, d'une certaine manière.

Alors pourquoi la détestais-je aussi intensément ?

Plus tôt, quand on s'était serré la main, sa voix dans ma tête était passée d'un ton sonore et discordant au silence. Comme si elle s'était éteinte. Peut-être que j'étais censée retrouver chacun des propriétaires des voix pour les réduire au silence – et préserver ma santé mentale ?

Quant à Selena, elle n'avait rien trahi. En fait, elle avait paru légèrement irritée que je ne la quitte pas des yeux. Mais j'avais la désagréable impression qu'elle jouait la comédie. Ses yeux semblaient presque trop vides de toute expression.

Pourtant, elle nous avait gracieusement accueillis dans sa maison. Elle avait fait un effort pour se montrer amicale avec moi, et s'était montrée aussi gentille et généreuse que possible.

Mes visions d'elle ne m'avaient rien appris de précis. Dedans, elle m'effrayait mais elle sauvait aussi les êtres qui m'étaient chers.

Je commençais à me dire que mon aversion pour elle provenait d'une simple jalousie – parce que l'attention de Jackson s'était immédiatement détournée de moi au profit de Selena et de ses longues jambes.

Jackson était à présent appuyé contre le mur de la salle de bains, m'ignorant royalement, buvant une nouvelle bière tandis que Selena lui disait combien elle était heureuse d'avoir de la compagnie. Elle était seule depuis le Flash et commençait presque à devenir folle.

— Une occasion pareille, ça mérite un barbecue, déclara-t-elle. (Jackson était manifestement emballé par cette idée.) Je suis partie chasser tout à l'heure et j'ai rapporté deux cailles. On va faire un véritable festin.

— Merci, Selena, dis-je. Et merci pour les vêtements.

Elle m'avait laissé faire une descente dans sa penderie et choisir « autant de tenues que je voulais ».

— Ce n'est rien, chérie. Maintenant, viens, beau gosse. Allons voir ta chambre.

Sur la route, Jackson et moi n'avions jamais été séparés.

— Sa chambre ?

En lui accordant un nouveau coup d'œil admiratif, elle roucoula :

— Il profitera de la meilleure vue d'une suite... dans mon aile.

— Je serai seule ici ?

Jackson ne m'avait toujours pas regardée.

— Ne t'inquiète pas, dit Selena en riant, cognant sa hanche contre la mienne. J'ai débarrassé les bois environnants de tous les Épouvantails. Je me suis beaucoup entraînée au tir sur cible. (Elle fit un clin d'œil à Jackson ; il sourit.) J'ai aussi entouré la propriété de lignes de sel. Et de détecteurs de mouvements.

Waouh. Une vraie super-héroïne. À Haven, j'avais seulement réussi à barricader ma porte.

— Dis-moi si tu as besoin de quoi que ce soit d'autre, dit-elle. On dînera sous la véranda dans une heure.

J'ouvris la bouche pour dire quelque chose à Jackson – n'importe quoi pour qu'il reste avec moi – mais il se contenta de m'adresser un bref signe de tête, puis suivit Selena dans *leur* aile du manoir.

Au temps pour son insistance à toujours dormir au même endroit.

Quand ils eurent disparu, les voix se remirent à bourdonner. Je luttai pour les étouffer en essayant de me convaincre que *rien* ne pourrait gâcher ma première vraie douche depuis le Flash.

J'avais tort.

Sous l'eau chaude, mes joues brûlaient là où la barbe de Jackson avait frotté ma peau, me rappelant combien ma soirée déclinait de la manière la plus merdique possible.

Son intérêt ne pouvait certainement pas passer d'une fille à une autre comme ça. Il y avait bien eu *quelque chose* entre nous, non ? *Dit la fille qui a si peu d'expérience avec les garçons.*

Après m'être séché les cheveux, j'enfilai une minijupe en jean noir – qui m'arrivait presque aux genoux mais mettait mes fesses en valeur – et un débardeur rouge moulant. Je décidai de rester pieds nus. Aucune des chaussures de Selena ne m'allait et je refusais de remettre mes bottes humides. De plus, j'allais à un barbecue au bord de la piscine.

Je m'examinai dans le miroir et mon moral remonta. *Pas mal, Greene.* J'avais le regard vif, les cheveux propres et brillants. Le haut épousait ma poitrine, ce que Jackson apprécierait sûrement.

Je n'avais pas dit mon dernier mot. Après un ultime coup d'œil à mon reflet, je descendis les escaliers.

Dans la véranda, Selena et Jackson buvaient des bières en faisant griller les cailles – tout en discutant de *tension des cordes d'arcs*.

Au lieu de m'annoncer, je décidai de les observer un instant depuis la pénombre, pour mieux jauger Selena.

Mon humeur se dégrada de nouveau quand je vis sa tenue de mangeuse d'homme : un corsage haute couture dénudé aux épaules, une micro-jupe et des talons de dix centimètres. Son regard brillait quand elle regardait Jackson.

Avec le visage rasé et ses nouveaux vêtements – un tee-shirt noir, un jean troué et des bottes – il était encore plus beau que d'habitude.

Elle s'esclaffa à quelque bon mot qu'il venait de dire, et passa ses doigts sur la cicatrice de son avant-bras, sans avoir la moindre idée de ce que cette marque signifiait pour lui – ou pour *moi*...

Une nouvelle plaisanterie, un nouveau rire, une nouvelle tournée de bière.

Une nouvelle caresse. Décidément, elle ne ratait pas une occasion de le toucher.

Et il la laissait faire. À peine une heure plus tôt, il essayait de coucher avec moi. Et maintenant, il était en train de se saouler avec cette fille étrange sous le clair de lune.

La Porteuse de Doute ? Oh oui, elle en avait apporté, des doutes.

À l'évidence, *elle*, il ne la prenait pas pour une misérable allumeuse. Et elle ne se gênait pas pour attirer toute son attention. Comment le lui reprocher ? Jackson était beau, fort, un protecteur incroyable.

Non pas que Lara Croft ait besoin d'aide en matière de protection. Son arc était posé juste à côté de l'arbalète de Jackson, tous deux à portée de main.

Comme c'était original.

Elle n'avait même pas idée des baisers diaboliques qu'il était capable de donner.

Jackson semblait suspendu à ses lèvres, tandis que leur conversation dérivait vers la puissance des moteurs de motos et les bandes de roulement.

Bandes. De. Roulement.

Comment Selena pouvait-elle connaître toutes ces choses ? C'était comme s'ils parlaient une langue étrangère que je ne pourrais jamais apprendre.

Mon cœur se serra quand je la vis boire dans la bière de Jackson, avant de la lui rendre, comme s'ils étaient un couple.

À Haven, moi, j'avais essuyé le bord de sa flasque avec ma manche.

Son attirance pour moi n'avait vraiment été qu'une question de choix limité. Il m'avait appréciée *par défaut*. Comme il l'avait volontiers avoué. *Mais il suffit qu'une autre pointe le bout de son nez et...*

Il ne voudrait jamais quitter ce royaume de bières, d'électricité et d'archer aux jambes interminables.

Et moi, j'avais besoin de lui pour retrouver ma grand-mère. Et *seulement* pour la retrouver. Pour aucune autre raison. *Absolument aucune.*

Peut-être que je ne devrais pas m'effacer et la laisser me le piquer aussi facilement. Je me rappelai combien j'étais possessive avec Brandon. Je songeai à ce que Mel aurait dit :

— Arrête de faire la minette et récupère ton jouet. Qu'est-ce que tu es ? De la viande hachée ?

Selena lui demanda :

— Tu veux bien répéter « là-bas » ?

Il s'exécuta. Avec son accent, on aurait dit un tout autre mot.

— Le cajun est teeellement sexy, J.D.

J.D. ? OK, c'était le coup de grâce !

Je m'avançai dans la véranda, un sourire feint plaqué sur mon visage.

— Le dîner sent délicieusement bon.

Jackson me parcourut du regard. Il me sembla déceler de l'approbation dans ses yeux, mais alors il les détourna comme s'il ne supportait pas de me voir.

— Pile à temps, Evie, dit Selena. Tout est prêt.

J'observai la table, dressée de manière impeccable, avec de beaux couverts en argent et des serviettes blanches. Des arômes appétissants s'échappaient des plats sous cloche.

— Au menu : cailles, asperges et risotto aux champignons. Tarte aux pommes pour le dessert.

Je souris faiblement. *Martha Stewart*[1] *a appelé, elle voudrait récupérer son rôle.*

— Je peux vous aider ?

Jackson ricana. Et Selena lui envoya une tape pour rire dans la poitrine, comme s'il était son petit copain espiègle.

Le bougonnement qui me vint spontanément se transforma en *Je vais t'égorger, pouffiasse.*

Non, non, non. Je devais me montrer rationnelle face à cette situation ! Elle pourrait m'en apprendre plus sur les Arcanes.

Mais l'aide de Jackson était cruciale pour mener à bien ma mission, retrouver Grand-mère, pour comprendre *tout*, et j'étais en train de le perdre.

Toujours polie, Selena m'ouvrit une bière.

— Tiens.

La dernière chose dont j'avais besoin, c'était de perdre le contrôle, mais par politesse je bus une gorgée.

— À la nôtre.

— Asseyez-vous donc. J.D., tu es là.

Elle désigna la chaise à côté de la sienne, ce qui me laissait toute seule de l'autre côté de la grande table.

Jackson laissa échapper un gémissement de plaisir après la première bouchée. *Et elle sait cuisiner, en plus.*

J'aurais dû avoir l'eau à la bouche mais j'étais trop nerveuse. Je ne pouvais m'empêcher d'imaginer combien la route allait être dangereuse – et solitaire – sans lui.

C'était la seule raison qui me donnait envie de pleurer. Et non pas parce qu'il m'avait dit, avec toutes les allures d'une promesse, qu'il allait s'occuper de moi.

---

1. Personnalité télévisée et femme d'affaires américaine ayant mis au point un ensemble de techniques permettant de vivre agréablement chez soi. (*N.d.T.*)

— Tu n'as pas faim ? me demanda Selena.

— T'inquiète pas pour elle. (Jackson se resservit du risotto.) *Ça en fait plus pour nous*[1].

Il ne semblait plus se soucier le moins du monde de ma taille de bonnet en pleine croissance. Parce qu'il avait « bloqué toutes ces pensées... »

Au cours du dîner, je pus apprendre tout ce que J.D. et Lara Croft avaient en commun. Je songeai à proposer un nouveau jeu à boire : avaler une gorgée chaque fois que Selena disait à Jackson « Incroyable ! Moi aussi ! »

Ils adoraient chasser et pêcher. Tous deux tiraient à l'arc depuis tout petits ; Selena avoua modestement qu'avant le Flash, elle s'entraînait pour l'épreuve olympique de tir à l'arc.

Jackson semblait bien plus impressionné qu'il ne l'avait été face à mes trophées de danse.

Selena et lui allaient tous deux sur leurs dix-neuf ans. Quand elle prit conscience que j'avais plus de deux ans de moins qu'eux, Selena s'était mise à me parler sur un ton maternel et condescendant, comme si j'étais un boulet, bien brave mais agaçant.

— Oh non, J.D., je lui ai donné une bière ! s'exclama-t-elle en lui donnant un coup de coude. Est-ce qu'on devrait la lui reprendre ?

Je n'en voulais même pas, de cette bière. Mais je la mettais au défi de me la reprendre.

Et pour couronner le tout, Selena était également un as de la moto et avait même couru contre des garçons.

Elle confia gaiement à Jackson :

— Je roulais tellement les week-ends que ma famille m'a offert un réservoir d'essence de taille industrielle. Il est toujours à moitié plein. Hé, on pourrait aller en virée demain, si le temps se maintient. Je connais des pistes géniales, tu ne vas pas en revenir, J.D.

1. En français dans le texte. (*N.d.T.*)

C'était comme si Selena avait été conçue spécialement pour lui. Tous mes espoirs de garder son attention sur moi s'envolaient.

Je m'en fichais. *Je m'en fichais.* Même s'il m'avait aimée, je n'avais rien à lui offrir. Et puis je ne voulais pas d'un motard voleur et cajun de toute façon. Ivrogne qui plus est. Alors que je n'avais pas fini ma bière, Selena et lui les enchaînaient.

Comme si elle avait senti mon regard posé sur elle, Selena se tourna vers moi.

— Si tu n'aimes pas la caille, je peux te faire autre chose. J'ai un bunker rempli de boîtes de conserve, de nourriture lyophilisée et de légumes en bocaux. Tu me dis, chérie.

Chérie ? Personne d'autre que ma mère ne m'appelait comme ça. En repensant à Maman, je m'efforçai de me montrer polie.

— Tu es si prévenante, mais je n'en peux plus. (Je revins à Jackson.) Est-ce que je pourrai te parler après dîner ?

Il releva les yeux, peut-être un peu moins furieux qu'auparavant.

— De quoi ?

— Du voyage de demain.

— *Non*[1]. Il n'y a rien à dire.

Son ton dédaigneux me fit rougir.

Selena cligna les yeux, confuse.

— Le voyage de demain ? Vous allez où ?

Jackson ne lui avait rien dit ? Je ne pouvais plus esquiver, à présent.

— En Caroline du Nord.

— J.D. m'a dit que vous resteriez peut-être un peu pour vous reposer.

— C'est vrai, J.D. ?

Il leva simplement les sourcils vers moi, l'air de dire : « Et alors, tu vas faire quoi ? »

---

1. En français dans le texte. (*N.d.T.*)

Je commençais à comprendre que j'allais vraiment me retrouver toute seule.

— Et pourquoi la Caroline du Nord, Evie ? voulut savoir Selena.

— J'ai de la famille là-bas. Une grand-mère.

— Eh bien, vous n'avez pas besoin de partir si vite. J'adorerais avoir un peu de compagnie, même pour deux jours. Et c'est un endroit vraiment sûr, ici – ni Épouvantails ni aucun type de la milice. (Elle toucha l'avant-bras de Jackson pour la millième fois.) Il y a encore du gibier dans le coin. À nous trois, on pourrait tout nettoyer.

— Evie ? *Chasser ?* (Il eut un rire moqueur. Bon sang que c'était vexant !) Elle sait pas tirer, non. Elle sait pas faire grand-chose, d'ailleurs. (Il claqua les doigts d'un air ivre.) Oh, attends, elle est experte pour se croire meilleure que les autres.

Alors que je restais assise là, à brûler d'humiliation, Selena nous regarda tour à tour.

J'avais fait un effort pour être agréable. Et voyez à quoi ça m'avait menée. Je ne pouvais pas rivaliser avec la fille tombée du ciel qui adorait absolument tout ce que Jackson aimait aussi, qui pouvait parler en connaisseuse de toutes les choses qui le passionnaient.

Alors qu'est-ce que j'avais à perdre ?

— Je suis aussi très douée pour *garder des secrets*, lui murmurai-je avec un sourire serein. Apparemment, ça rend fous certains garçons.

Elle tire ; elle marque.

Il ricana de plus belle.

— Des secrets, ça tient pas chaud le soir dans un lit.

Assez.

— Si tu as l'intention d'être un connard toute la soirée, *J.D.*, je vais me coucher. (Pour Selena, j'ajoutai :) Merci pour le dîner. Désolée de ne pas être de meilleure compagnie. Mais profite bien de lui, c'est un gars tellement *chic*. Un vrai gentleman.

Ses articulations blanchirent autour de sa canette.

Tandis que j'emportais mon assiette dans l'évier de la cuisine, j'entendis Selena glousser en réaction à quelque chose que venait de dire Jackson. Était-il en train de lui raconter une anecdote sur ma maladresse ? Mon ignorance ?

Je me dirigeai vers ma chambre, abattue, parcourant distraitement les portraits de famille dans le couloir. Selena n'était sur *aucun* d'eux. Je ne vis pas la moindre photo d'elle en train de tirer à l'arc dans un tournoi, ou sur une piste de motocross. Étrange.

De retour dans ma chambre, je trouvai du papier et un crayon dans un tiroir du bureau. Je mourais d'envie de dessiner Jackson quand il m'avait regardée dans la piscine, le visage illuminé par le clair de lune.

Mais ça me faisait trop mal de le faire ; et trop mal de me retenir. Je venais tout juste de m'emparer du crayon d'une main tremblante quand on frappa à ma porte.

Combien j'aurais voulu que ce soit lui ! J'aurais tant aimé qu'i vienne dormir dans la même chambre que moi, comme on le faisait depuis des semaines !

Mais il ne frappait jamais aux portes.

— Entrez.

Selena entra, visiblement éméchée.

— Hé, Evie, on peut parler entre filles ?

Au lieu de s'asseoir au bout du lit, comme le veut le protocole dans ce genre de situation, elle se dirigea vers l'armoire à glace pour inspecter sa chevelure qui lui arrivait presque à la taille.

— Bien sûr. Moi aussi je voulais te parler de quelque chose.

— Oh ? Quoi donc ?

— Tout à l'heure, quand on s'est rencontrées, tu as semblé me reconnaître. C'était le cas ?

Elle me regarda dans le miroir avec une expression indulgente.

— Heu, *non*. Quand est-ce qu'on se serait rencontrées ?

— Pourtant, j'ai cru...

— J'étais surprise parce que je venais de voir une *fille*, Evie. Tu es la première que je croise depuis le Flash. Il n'y en a plus nulle part.

C'était absolument logique. Alors pourquoi avais-je la sensation qu'elle mentait ?

— De quoi voulais-tu me parler ?

— Je voulais m'assurer que J.D. et toi n'étiez pas ensemble.

— Pardon ?

— Parfois, les gars disent des trucs aux autres filles, du genre qu'ils sont célibataires et compagnie… enfin, tu vois ce que je veux dire. Je voulais que tu me le confirmes.

Je tentai de paraître désinvolte.

— Qu'est-ce qu'il t'a dit sur nous deux ?

— Je lui ai demandé si vous étiez en couple, et il a énergiquement répondu que non.

J'étais tellement naïve ! Quand il m'avait dit qu'il allait *s'occuper de moi*, c'était dans un *tout autre* sens – celui qui allait habituellement avec des gestes vulgaires ou des regards grivois.

Bien sûr, je savais depuis le début que Jackson était un dragueur, mais j'avais bêtement imaginé que notre relation était peut-être plus profonde. Sauf qu'il voulait seulement s'envoyer en l'air.

Même après l'apocalypse, certaines choses ne changeaient pas.

Tandis que Selena était concentrée sur son reflet, se pinçant les joues pour les colorer et tirant sur son corsage pour montrer plus de décolleté, je compris que c'était gagné d'avance pour elle.

Il se servirait certainement de ce fameux préservatif cette nuit même. Des larmes refoulées me chauffèrent le visage. Dans l'intention de me débarrasser d'elle – pour l'instant – je dis :

— Il dit la vérité, Selena. Il n'y a rien entre nous.

— Oh, Dieu merci, dit-elle avec un soupir de soulagement. Je l'aime vraiment bien, Evie. Je ne me serais jamais attendue à rencontrer un garçon. Ici. Avec toi. Encore moins un qui me corresponde en tout point. (Plus bas, elle ajouta :) Je pensais que je resterais seule pour toujours. Je ne m'attendais pas à... *lui*.

Pour la première fois, j'eus l'impression qu'elle était sincère. Ce qui m'amena à me demander : s'était-elle attendue à *moi* ?

Comme sortant brusquement de sa rêverie, elle reprit une attitude plus vive.

— Je lui dirai que tu as été aussi catégorique que lui et que tu as effacé toute méprise. À demain matin !

Oui, au petit matin, je mènerais une enquête approfondie sur cette fille. Pour l'instant, j'avais l'intention d'étouffer mes pleurs et les voix dans ma tête.

29

Jour 236 après le Flash

— *Je dois te parler...*

Le lendemain matin, j'entendis Matthew dans ma tête quelques secondes seulement après mon réveil.

J'étais encore tout ensommeillée, j'avais les yeux gonflés, et je bâillais après la nuit difficile que je venais de passer.

— Matthew, tu ne le croiras jamais, mais l'un des Arcanes est ici, la Porteuse de Doute.

— *La Luna. C'est la carte de la lune. L'Archer.*

Si tous les Arcanes avaient des pouvoirs surnaturels, le sien, c'était le tir à l'arc ? *Ce n'est pas très fair-play pour les autres, les organisateurs des Jeux Olympiques n'aiment pas ça, Selena.* Ou plutôt, ils n'auraient pas aimé ça.

— C'était perturbant de la rencontrer, dis-je à Matthew. J'ai entendu son signal de reconnaissance si nettement... et puis *pouf*, sa voix dans ma tête s'est tue. Et quand on s'est vues la première fois, j'ai vu une sorte d'éclat sur elle, comme si je regardais une photo.

— *Un tableau. Une carte. C'est comme ça qu'on se reconnaît les uns les autres. Mais, Evie...*

— Je le *savais*. J'ai entendu sa voix pendant des mois, et maintenant je suis chez elle ? C'est trop bizarre.

Je levai les bras au-dessus de ma tête, surprise que ma migraine ne soit pas pire encore. La douleur était supportable – même si le volume de la voix de Matthew paraissait plus fort que d'habitude. Avais-je réduit la distance entre nous deux ?

— Alors, est-ce que la Lune est bienfaisante ? Ou démoniaque, comme Ogen ?

J'espérais qu'elle était aussi maléfique qu'El Diablo, ou pire encore ! Ainsi, je serais forcée d'éloigner Jackson d'elle.

— *Bienfaisante ou mauvaise ?* (Matthew semblait déconcerté par ma question.) *C'est la Lune. Mais Impératrice, il faut qu'on parle...*

— Quoi ?

Je me frottai les yeux et me levai.

Le lit disparut sous moi.

— Matthew ?

Je n'étais plus dans la chambre de Selena. Je me retrouvai debout dans la salle de jeu en sous-sol de chez Matthew, mais de l'eau nous arrivait aux mollets. Son pantalon et sa chemise étaient trempés. Il frissonnait.

Une ampoule brillait au mur, ce qui me permit de le distinguer plus nettement. Son visage et ses cheveux dégoulinaient ; il paraissait transi de froid.

Je savais déjà qu'il avait des traits réguliers et de profonds yeux bruns. Mais je distinguais maintenant des taches plus claires dans ses yeux et pus mesurer la force de son physique svelte. Il était presque aussi grand que Jackson.

— Qu'est-ce qu'on fait ici et d'où vient toute cette eau ?

Apparemment, il y avait toujours d'importantes réserves d'eau dans le monde – il fallait seulement les trouver.

Et les *préserver*.

— De tremblements de terre, dit-il. Rupture de canalisation. Château d'eau.

— Alors tout pourrait être inondé ? (Il hocha la tête.) Matthew, tu dois quitter cette pièce immédiatement !

Il resta immobile, comme un chien à qui l'on aurait ordonné de s'asseoir au milieu d'une autoroute très fréquentée.

— Je ne peux pas.

Il semblait pitoyable, perdu, le regard frénétique.

— Si, tu peux ! Sors *tout de suite*, lui ordonnai-je en regrettant de ne pouvoir le secouer par les épaules.

J'étais sidérée par l'instinct de protection que j'éprouvais pour lui. Des coussins flottaient autour de nos jambes. L'eau montait régulièrement.

— Mère m'a enfermé à l'intérieur.

— Pourquoi a-t-elle fait ça ? Est-ce qu'elle sait que son sous-sol est en train d'être inondé ?

Il hocha la tête. Comment pouvait-elle le condamner à la noyade ?

— Mère sait ce qui est le m-mieux pour Matthew. (Il se frictionna le haut des bras.) Mère sait que je ne resterai pas dans la voiture. Je n'aurais jamais dû réparer le moteur. Méchant, Matthew, MÉCHANT !

— Je ne comprends pas ce que tu racontes ! Gamin, *écoute-moi*. Est-ce qu'il y a une fenêtre ? Il doit bien y avoir une issue ! Tu es fort – va défoncer la porte !

— L'horloge s'arrête. Pas besoin de voir l'avenir pour savoir ça.

— Qu'est-ce que ça veut dire ? Que tu vas mourir ?

Cette idée me secoua. J'avais cet ami quelque part dans le monde qui m'attendait. Et j'allais le perdre ?

— Mère est morte. Je vais la rejoindre.

Non, il ne doit pas mourir !

— Je viens te chercher ! Où es-tu ?

Pitié, faites qu'il soit suffisamment proche pour que je puisse arriver à temps...

Il me fit un sourire triste.

— J'ai toujours été sur ton chemin.

La vision se troubla, avant de revenir à un moment précédant le Flash.

Il était dans un jardin, autour d'un barbecue avec d'autres enfants, mais ces derniers ne lui parlaient pas. Alors il s'éloigna, et il était seul quand une *fusée* décolla au loin.

— Une fusée ? Oh, Seigneur, tu es à Houston ! Ou... en Floride !

Alors que je commençais à désespérer, je vis une route vallonnée et poussiéreuse creusée d'ornières. Vallonnée ?

Puis je distinguai nettement le tee-shirt qu'il portait à ce moment-là. « Camp spatial de Huntsville. »

— Huntsville ! En Alabama ?

C'était l'État voisin.

Mais il fallait aller tout au nord.

— Matthew, depuis quand l'eau coule-t-elle ?

— Deux heures.

Donc environ trente centimètres toutes les deux heures. Peut-être ?

Je pouvais arriver à temps à Huntsville – *si* j'arrivais à convaincre Jackson de m'y conduire et que les vents se montrent cléments.

— Je viens te chercher, petit. Tiens bon !

Quand la vision eut disparu, j'enfilai à la hâte une autre tenue empruntée dans la garde-robe de Selena – un jean trop serré aux fesses et trop long, et un tee-shirt. Je remis mes bottes avec des chaussettes blanches immaculées.

Quelques minutes plus tard, je dévalais les escaliers avec mon sac de survie à l'épaule.

Je trouvai Jackson dans la cuisine, torse nu, uniquement vêtu de son nouveau jean.

Il était assis sur le comptoir et se tenait la tête dans une main, pendant que Selena – vêtue d'un peignoir court en soie – remuait gaiement des œufs en poudre pour eux.

Elle lui servit un grand verre d'une boisson à l'orange, avant d'y rajouter une bonne giclée de vodka. Il leva son verre sans un mot et engloutit la moitié d'un trait. Il avait une mine fatiguée.

Quand je la vis passer la main dans les cheveux de Jackson, je compris que j'assistais probablement à *leur lendemain matin*. J'eus envie de vomir.

Cette scène domestique balaya mes derniers espoirs que Jackson n'ait pas couché avec elle. Il avait trouvé une fille qui voulait bien « se laisser faire ». Et je savais qu'il ne quitterait jamais ce paradis de chasse, de bonne bouffe et de sexe.

Encore moins pour une ancienne pom-pom girl agaçante qui ne savait même pas réchauffer de la soupe. Celle qui lui rendait toujours les choses si difficiles. La misérable allumeuse.

Mais, dans l'intérêt de Matthew, je comptais tout de même essayer d'obtenir l'aide de Jackson. *Même s'il ne m'a pas choisie.*

En espérant contenir mes larmes, je pris une expression enjouée.

— Bonjour tout le monde.

Il s'essuya la bouche d'un revers de manche.

— Où tu vas, Evangeline ? demanda-t-il sur un ton assassin.

— Là où j'ai toujours voulu aller, Jackson.

Je dois juste faire un saut rapide en chemin pour sauver la vie d'un garçon.

Selena s'assit sur le comptoir et croisa ses longues jambes, indifférente à son peignoir qui s'entrouvrit pour laisser voir le haut de ses cuisses. Mais après tout, Jackson avait déjà tâté la marchandise, non ?

— Evie, j'en ai parlé hier soir avec J.D., tu peux rester ici aussi longtemps que tu voudras. Même de façon permanente.

C'était *eux* qui en avaient parlé, *eux* qui me proposaient de vivre là. Mes griffes me picotèrent – comme si elles se réveillaient.

— Merci pour l'invitation, mais je dois continuer.

— Tu laisserais vraiment toute cette nourriture et toute cette eau ? demanda-t-elle. L'électricité et la sécurité ?

Oui, sa propriété était parfaite. *Trop* parfaite. Il y avait là de quoi détourner une honnête fille de sa mission, si elle n'y prenait garde.

— La Caroline du Nord est un territoire cannibale ravagé par la peste, poursuivit-elle. Où est l'urgence ?

Elle semblait bien décidée à tirer tout cela au clair.

Jackson ne lui avait-il pas donné les détails ? Même pas pendant leur cuite à la bière, hier soir, ou pendant leurs – comment disait-on – leurs *confidences sur l'oreiller* ?

Je dus admettre que j'étais surprise.

— Comme je l'ai dit hier soir, il faut que je rejoigne ma grand-mère là-bas. Je dois être à ses côtés.

Selena but une gorgée de la boisson de Jackson.

— Qu'est-ce qui te fait penser qu'elle est toujours en vie ? Je déteste devoir te dire ça, mais il y a très peu de chances que ce soit le cas, tu sais ?

Jackson leva vivement les mains.

— Exactement ce que je lui ai dit !

— Il doit y avoir autre chose qu'une grand-mère perdue depuis longtemps, dit Selena. Elle ne voudrait jamais que tu sacrifies la sécurité que tu peux trouver ici uniquement pour essayer de la retrouver. Tout ce qui est dehors est mort et bien mort.

— *L'eau monte !* cria Matthew, ce qui me fit mal à la tête.

En luttant pour me concentrer, je murmurai :

— Elle est vivante.

Jackson fronça encore les sourcils.

— T'envisages même pas de rester ici ? Ne serait-ce que pour quelques jours ?

Quelques jours ? La colère gronda en moi. Je n'avais même pas quelques *heures* !

— Tu sais que j'ai des obligations. Je tiens mes promesses, *moi*.

Je me mordis la langue aussitôt après avoir prononcé ces paroles.

— Oooh, dit Selena, c'est parce que vous avez eu une petite prise de bec tous les deux hier soir ? Ne le prends pas mal, chérie, mais ça m'a semblé un peu puéril de ta part d'avoir fui comme ça.

À l'entendre, on aurait cru que j'avais trépigné dans un accès de colère. Alors que je faisais l'impossible pour me maîtriser, la plus étrange des pensées naquit dans mon esprit : *Elle me titille pour que je dévoile la véritable raison de mon départ.*

Mais pourquoi s'en souciait-elle ? Et si elle usait de ruses fourbes, cela signifiait-il pour autant qu'elle était dangereuse ?

Même si j'étais tentée de révéler à Jackson ce qui était en jeu, je redoutais qu'il ne le lui répète.

— Merci de t'inquiéter, Selena, mais je m'en vais. (Je fis face à Jackson.) Est-ce que tu viens avec moi ?

Il plissa les yeux.

— Elle a dit que tu étais la bienvenue si tu voulais rester.

Du calme. Respire, Evie.

— Alors c'est ici qu'on... se sépare ?

— Je suis bien dans cette maison.

Ne pleure pas, ne pleure pas. Ravalant ma fierté, je dis :

— D'accord, mais s'il te plaît, tu pourrais me conduire aussi loin que peut aller un demi-réservoir, avant de revenir ici ?

Il croisa les bras sur sa poitrine.

— *Non*[1], répondit-il en observant mon expression.

Je parvins à me tourner vers Selena, la mort dans l'âme, et à prononcer :

— Est-ce que je peux t'emprunter ta moto, si je jure de te la rapporter ?

Comme si je savais conduire une moto.

— Chérie, prends tout ce que tu veux d'autre, n'importe quoi. Mais ça, c'est mon seul moyen de transport.

Avec une sensation de naufrage, je compris que ces deux-là ne comptaient m'aider d'aucune manière. Ils étaient ravis de me laisser passer cette porte pour que j'aille affronter seule la route.

Ce qui voulait dire que je perdais mon temps à rester là. Le temps précieux de Matthew.

— Bon, alors je vais y aller. (Hier, Jackson avait trouvé une moto sur la route. Peut-être allais-je trouver une voiture ? Ou un putain de vélo à dix vitesses ?) Oh, j'allais oublier. (J'ouvris brutalement mon sac et en sortis

1. En français dans le texte. (*N.d.T.*)

l'exemplaire de *Robinson Crusoé,* que je jetai en travers de la table.) *Bonne chance*[1], Jackson.

Juste avant de me retourner, je vis ses sourcils se hausser et ce muscle tressauter sur sa joue.

Selena lança :

— Evie, laisse-nous au moins te donner des provisions ou du matériel de camping.

Mes épaules se crispèrent, mais je continuai d'avancer. Une fois dehors, je murmurai : « Laisse-*nous* te donner... ? » *J'ai déjà dévalisé tout ton stock de barres énergétiques, pouffiasse.*

Je remontai le chemin en courant, cherchant à me convaincre que je n'avais pas le temps de m'épancher sur Jackson. La peur de Matthew était palpable et sa voix montait jusqu'à étouffer les autres. Peut-être parce qu'il était tout près de moi ?

Ou était-ce parce que j'apprenais à me concentrer sur une à la fois ?

Alors que j'ouvrais le portail, j'imaginai Jackson en train de courir après moi pour me supplier de le pardonner. Or, je sortis de la propriété et rejoignis la route, seule.

Il ne m'avait même pas dit au revoir.

Il fallait que je trouve une station-service, une carte de l'Alabama, et que je garde l'espoir qu'un miracle se manifeste sous la forme d'une voiture en état de marche.

Merde. J'aurais dû demander à récupérer mon fusil. Mais j'avais pris l'habitude que ce soit Jackson qui manie les armes, et de toute façon, je ne savais pas tirer.

Mes griffes suffiraient-elles à me protéger ? Si toutefois j'arrivais à les faire apparaître sur commande ?

Le temps d'atteindre le premier carrefour, je ressentais une légère brise. Redoutant que le vent ne se lève, je me postai au milieu de l'intersection et essayai de décider quelle direction je devais prendre.

---

1. En français dans le texte. (*N.d.T.*)

Je frottai mes tempes lancinantes. Je devais aller au nord. Et *où* était le nord, exactement ?

Quatre choix possibles. J'étais totalement perdue, pas étonnant vu mon sens de l'orientation déplorable – sans compter que j'étais endormie quand nous étions arrivés ici la nuit dernière.

Je levai les yeux vers le soleil, comme si je pouvais trouver mon chemin d'après sa position. J'aurais parié que Selena en était capable, elle.

— *Hé, Matthew, je vais avoir besoin d'un peu d'aide.*

Je vis de nouveau l'éclair de cette fusée accompagné d'une nouvelle vague de douleur.

— *Non, non – j'ai besoin d'aide pour sortir de ce coin !*

Je commençai à paniquer. Il fallait que j'opte pour une foutue direction, n'importe laquelle. Je venais de tourner sur la droite quand Jackson apparut au coin de la route et se dirigea vers moi de sa démarche menaçante.

Il avait enfilé un tee-shirt, à l'envers ; ses bottes n'étaient pas lacées. Le fusil était passé n'importe comment autour de son épaule. Il ne mit pas longtemps à m'insulter :

— T'es qu'une imbécile, Evangeline Greene !

Au temps pour l'imploration de mon pardon. La mâchoire crispée, je lançai :

— Jackson, j'imagine que tu n'es pas venu ici parce que tu as changé d'avis ? Ou pour me conduire à un demi-réservoir d'ici ?

C'était risqué, mais...

— J'suis venu voir si t'étais assez *couillonne*[1] pour partir toute seule. Tu sais même pas où est la Caroline du Nord !

Je n'avais pas le temps pour ça !

— Je me suis dit que j'allais me diriger vers le *nord*.

Je continuai mon chemin.

— Alors pourquoi tu vas à l'ouest ?

Je revins vers l'intersection, ajustai mon sac, mais il se mit à rire.

1. En français dans le texte. (*N.d.T.*)

— Maintenant tu vas au sud, *peekôn*.

Je fis demi-tour.

— Là, voilà, lança-t-il en me suivant tandis que je prenais de la vitesse. Le nord ! J'imagine que ce qu'on dit est vrai : même un porc aveugle peut trouver une truffe de temps en temps.

Oooh ! Je lui jetai un regard noir par-dessus mon épaule, sans ralentir pour autant. Génial. Le vent se levait.

— Pourquoi t'es aussi décidée à partir ?

— Ce n'est pas comme si ce voyage te tombait dessus, répliquai-je. Je t'ai dit depuis le début que je devais le faire. Et là, tu m'as répondu clairement que tu voulais rester là indéfiniment.

— *L'eau ! Elle monte !*

Le ton pressant de Matthew était comme un gong qui retentissait dans mon cerveau.

Je luttais pour ne pas me prendre la tête à deux mains.

— Qu'est-ce que tu veux, Jackson ? Qu'y a-t-il à ajouter ? Je t'ai demandé de l'aide, et tu me l'as refusée !

— Alors t'es simplement partie. (D'une voix plus faible, il ajouta :) C'est aussi facile que ça de me laisser en plan ?

— Sérieusement ? protestai-je. Après la nuit dernière ?

Je le regrettai aussitôt. Ce que Selena et lui avaient fait ne me regardait pas.

— Bon sang, Evie ! (Il me rattrapa en fronçant les sourcils.) Qu'est-ce qu'il y a de si abominable à essayer de coucher avec toi ? On dirait que, pour toi, c'est stupide de seulement l'envisager !

— *Impératrice !*

Je n'arrivais plus à réfléchir ; j'accélérai encore le pas.

Mais Jackson maintenait l'allure.

— Je suis assez bien pour voyager et pour flirter avec toi, mais pas pour te faire l'amour ? T'es bien une fille de Sterling, pas de doute là-dessus…

— Ce n'est… ce n'est pas quelque chose que je vais gâcher avec un garçon comme toi.

Il se figea net. Je ne pus m'empêcher de jeter un regard par-dessus mon épaule.

Il avait serré les poings jusqu'à tendre les tendons de son cou.

— Comme *moi* ? (Il pencha la tête en arrière et poussa un cri vers le ciel avant de me faire face de nouveau.) Qu'est-ce qui va pas chez moi, putain ?

Il se rua sur moi et m'agrippa par le bras.

— C'est parce que j'ai pas d'argent ? C'est ça ? Parce que je viens d'une famille pauvre ? Dès le jour où on s'est rencontrés, tu m'as regardé de haut. Tu t'es moquée de moi, tu m'as retourné le cerveau.

— L'argent ?

Comment en étions-nous venus à parler de *ça* ? Ce concept même avait presque disparu de mon esprit, et n'avait désormais pas plus de sens que des places de cinéma ou des moteurs de recherche.

Mes tempes palpitaient, le vent me fouettait le visage et la confusion me fouettait l'esprit. Quand est-ce que je lui avais retourné le cerveau ?

— De quoi tu parles ?

Je retirai vivement mon bras en reprenant ma marche forcenée.

Il me suivit.

— À l'école, tu me traitais comme s'il fallait m'écraser sous la semelle de ta chaussure !

Je ne m'embarrassai pas à essayer de cacher ma stupeur.

— J'étais toujours sympa avec tout le monde. *Tout le monde.* On a seulement pris un mauvais départ. Et les choses se sont envenimées.

Je ralentis en arrivant à une nouvelle intersection. Toutes les propriétés du coin avaient des grilles et des barrières et se ressemblaient. Étais-je en train de *m'enfoncer* dans ce quartier ? Je pris de nouveau à droite.

Jackson aussi.

— Dis-moi que t'as jamais pensé à la différence entre ton enfance et la mienne. Ou à ce que t'as vu chez moi la dernière fois !

— Oh, j'y pense. Et j'ai regretté de t'avoir jugé pour avoir tabassé cet homme. Ou du moins, je le regrettais avant que tu te comportes comme un connard ! Pourquoi est-ce que tu remets le passé sur le tapis, d'ailleurs ?

— Parce que tu as dit « un garçon comme *toi* ! ».

— Oui, un garçon aussi égoïste que toi.

— Égoïste ? C'est *toi* qui me traites d'égoïste ?

— Dans la piscine, je croyais que tu me demandais si je voulais encore que tu m'embrasses – et qu'est-ce que je vois ensuite ? Un *préservatif* ! Tu te foutais pas mal que je sois flippée de te voir griller *toutes* les étapes auxquelles je croyais pouvoir m'attendre, ou que je sois légèrement inquiétée par ta capote qui semblait dater, ou... ou que je sois simplement pas prête à aller aussi vite ! Bref, je ne m'attendais pas à des serments d'amour ou quoi que ce soit. Mais pour ma première fois, j'aurais espéré un peu mieux que : « Le choix est limité dans les parages ».

Il pencha la tête en arrière, l'air confus.

— Pourquoi tu m'as rien dit de tout ça ?

— J'ai commencé ! Mais tu t'es énervé – pour changer – et j'étais contrariée que tu aies interrompu ce... ce qui me *plaisait* vraiment. (Seigneur, c'était embarrassant !) Enfin, rien de tout ça n'a d'importance, de toute façon. En y réfléchissant, je suis soulagée que ça se soit passé comme ça.

— Et pourquoi ça ?

— Je ne veux pas être avec un garçon qui peut me remplacer au pied levé par une inconnue qui ne sait rien de lui !

Même si je lui hurlais dessus, il semblait de moins en moins furieux.

— Ce sont les seules raisons ? dit-il par-dessus le vent.

— Ça ne te suffit pas ? criai-je.

Encore une intersection ?

— *Impératrice !*

Cette fois-ci, je tressaillis de douleur ; je tournai encore à droite.

— Et comment oses-tu me traiter de misérable allumeuse, Jackson ! C'est toi, l'allumeur. Tout se passait très bien jusqu'à ce que tu pètes les plombs ! En fait, on espérait tous les deux quelque chose qu'on n'a pas obtenu.

Jackson et moi nous fîmes face, hors d'haleine, en nous dévisageant l'un l'autre. Puis il se contenta de hocher la tête.

— *Un hochement de tête ?* (Je hurlai presque.) Tu hoches la tête... Pfff ! Je ne te comprends vraiment pas !

— Mais moi, je comprends mieux ton point de vue, *ma chère*[1].

Toute sa colère semblait s'être évaporée.

Sauf que la mienne était montée en puissance.

— Tu as eu ce que tu voulais. Tu as confirmé que je suis une *couillonne*[2]. Tu n'as aucune raison de rester plus longtemps !

Il ne dit rien mais se rua devant moi et continua à reculons pour m'offrir un rempart contre le vent. Très prévenant.

Il me rendait folle !

— Je ne peux plus suivre tes humeurs ! Tu ne devrais pas retourner jouer au papa et à la maman avec Selena ?

Avec un nœud dans le ventre, je pris conscience que j'avais tant tourné à droite que je ne devais plus être loin de chez elle.

— Eh ben. (Il se frotta le menton.) J'aurais jamais cru voir ça.

— Voir... quoi ?

— Le jour où Evangeline Greene serait jalouse au sujet du vieux Jack.

— Je ne le suis pas !

Il rit.

— Tes prunelles sont vertes de *jalousie*. C'est un sentiment horrible, hein ? Cette façon que ça a de te déchirer de l'intérieur.

— On dirait que ça sent le vécu ? (Il ne répondit pas, mais continua de me regarder.) Peu importe. Je me fiche complètement des filles qui t'intéressent.

— *IMPÉRATRICE, IMPÉRATRICE, IMPÉRATRICE !*

---

1. En français dans le texte. (*N.d.T.*)
2. En français dans le texte. (*N.d.T.*)

Je trébuchai et atterris sur les paumes avant d'avoir pu me rétablir. D'accord, ça, ça faisait mal. Mes yeux s'embuèrent et mon nez se mit à couler.

Jackson se précipita pour m'attraper par le bras.

— Evie ! (Il retira brusquement son tee-shirt et le roula en boule avant de le coller sur mon visage.) Tu saignes du nez, *bébé*[1].

— Oh.

Je serrai le vêtement contre mon nez, détestant la façon dont son odeur me rassurait.

— Une autre vision ? (Il fronçait les sourcils d'inquiétude.) Alors c'est pour ça que tu es si pressée ?

Je baissai les yeux vers sa poitrine, sur son chapelet, comprenant enfin où je l'avais déjà vu auparavant. Sa mère le portait la nuit du Flash. Le portait-il en sa mémoire ?

— Pourquoi devrais-je tout te dire ?

— Parce que si tu me dis la *vérité*, il se pourrait que je t'emmène où tu dois aller.

Vraiment ? Je parcourais les alentours des yeux à la recherche d'une alternative possible...

Et j'aperçus un portail orné qui m'était familier. Nous étions revenus chez Selena. Merde ! Retour à la case départ.

— Tu peux me faire confiance.

Il m'attira plus près.

— Mais je ne lui fais pas confiance, à *elle*, Jackson.

Devais-je lui révéler qu'elle était l'une des voix ? Que j'avais eu des visions d'elle assez troublantes ? Je me rappelai le commentaire mystérieux de Matthew : *Arcanes veut dire secrets ; garde les nôtres.* M'avait-il prévenu de ne rien dire aux non-Arcanes ? Jackson était la seule personne non Arcane que je connaissais dans le monde entier. Quoi qu'il en soit...

— Si je te disais quelque chose, tu pourrais lui répéter.

— Je pense qu'on peut lui faire confiance.

1. En français dans le texte. (*N.d.T.*)

J'eus envie de hurler : « Bien sûr que tu balancerais tout ! Tu as couché avec elle ! », mais contre toute attente je parvins à me retenir. Sans lui, je ne réussirais même pas à sortir du quartier – encore moins à arriver à temps chez Matthew.

— Evie, je ne vendrai pas la mèche. Je ne lui ai dit que le strict minimum jusqu'à présent.

Donc il n'avait vraiment rien révélé au sujet de mes visions ou de ma grand-mère. Ne voyant pas d'autre choix que de lui faire confiance, au moins sur *quelques détails*, je dis :

— Tu te souviens du garçon que je vois parfois, celui qui me fait des sermons ? Il n'est pas loin d'ici. Et il m'appelle. Désespérément. Jackson, je l'ai vu pris au piège dans un sous-sol inondé. Il va bientôt se noyer. Et j'ai la sensation que... que je ne survivrai pas beaucoup plus longtemps sans son aide. (Jackson resta silencieux et je poursuivis :) Je sais seulement qu'il est impératif que je le rejoigne aujourd'hui.

— Tu crois que tu vas mourir si tu sauves pas un gamin que t'as jamais rencontré ? Et tu penses que *toi*, tu peux le retrouver ?

J'ajustai le tee-shirt contre mon nez et levai le menton.

Jackson m'adressa un hochement de tête décisif.

— Très bien.

— Pardon ?

— Alors c'était si difficile ? À l'avenir, dis-moi simplement ce qu'il te faut, et on verra ce qui se passera, d'accord ?

Je détournai les yeux. *J'ai peut-être besoin de toi. Pour être plus que comme garde du corps.*

— Pourquoi venir avec moi ? Je sais que tu veux rester ici avec elle.

Nie, par pitié, nie.

Il n'en fit rien.

— Toi et moi, on a commencé ça ensemble. J'imagine qu'on devrait terminer ça ensemble. Et j'ai des énigmes à résoudre, moi. En plus, j'ai l'intention de proposer à Selena de venir avec nous.

— *Quoi ?*

Elle allait venir. Je n'avais aucun doute sur le fait qu'elle suivrait Jackson n'importe où.

Il commença à me guider vers la maison.

— Tu n'es pas la seule à savoir garder des secrets. Et pourquoi je ne l'inviterais pas, puisque tu te fiches complètement des filles qui m'intéressent… ?

30

Des centaines d'Épouvantails. Tous au même endroit.

— *Nom de Dieu*, murmura Jackson en mettant la béquille.

Nous étions montés dans les hauteurs pour faire un premier repérage des environs de la maison de Matthew, un ranch isolé, situé dans la vallée en contrebas.

Et nous étions tombés sur une horde de zombies qui fourmillait tout autour.

Selena s'arrêta dernière nous. Elle avait naturellement été partante pour le voyage. Elle retira son casque bleu électrique et secoua ses longs cheveux.

— Qu'est-ce que vous regardez comme ça, les gars ?

En apercevant l'essaim de zombies, elle siffla tout bas.

La lune, qui était presque pleine, était haute dans le ciel. Il était près de minuit. J'avais mis une éternité à localiser la maison de Matthew.

Quand nous avions approché du camp spatial, j'avais écouté sa voix et guidé Jackson. Parfois, nous avions pris un virage et roulé un kilomètre avant que je prenne conscience que la voix de Matthew s'estompait. Alors nous avions été forcés de rebrousser chemin. Les vents, qui n'étaient pourtant pas aussi violents que d'habitude, ne nous avaient pas facilité la tâche.

Jackson avait dit à Selena que nous devions faire un arrêt sur notre chemin pour la Caroline du Nord, et elle n'avait fait aucun commentaire sur cette halte. Elle semblait avoir une confiance tacite et absolue en Jackson – alors que dans la même situation j'aurais probablement fait un esclandre.

— C'est notre étape ? demanda Selena avec une pointe d'amusement.

Ne sentait-elle pas la proximité de Matthew, n'entendait-elle pas son appel ? Où était-elle de nouveau à la pêche aux informations ?

— Il y a un garçon à l'intérieur, expliqua Jackson. Quelqu'un sur qui Evie était censée veiller.

Elle ouvrit grands les yeux.

— Un garçon pour Evie ?

— Non, pas dans ce sens, dis-je à la hâte. Je ne l'ai même jamais rencontré.

Elle ajusta son arc sur son épaule en ouvrant son carquois.

— Qu'est-ce que tous ces Épouvantails cherchent, selon vous ?

Ils étaient abrutis par la soif et cognaient contre la porte, contre les fenêtres barricadées, et même contre le revêtement extérieur en vinyle fondu.

— Il doit y avoir de l'eau à l'intérieur, expliqua Jackson en me jetant un regard. Peut-être une inondation.

— *Je n'ai plus beaucoup de temps, Impératrice.*

La proximité de Matthew rendait sa voix plus nette que jamais, mais j'entendais qu'il était en train de faiblir.

— Il est pris au piège là-dedans. On doit le sauver.

— On va attendre l'aube, quand les Épouvantails iront se mettre à l'abri.

Étant donné leur frénésie, Matthew ne tiendrait plus longtemps – eau ou pas.

— Ils arriveront à entrer bien avant. (Ils cabossaient déjà la porte du garage.) On doit y aller maintenant !

Il eut un rire cassant.

— Jamais de la vie, Evangeline.

Quand Selena descendit de sa moto et se dirigea vers le bord de l'escarpement, il me murmura :

— Tu n'avais pas parlé d'Épouvantails.

— Je ne savais pas ! Mais ce que je sais, c'est qu'il va bientôt se noyer.

— Je ne vois aucune lumière ni mouvement ! lança Selena avant de nous rejoindre. Tu es vraiment sûre qu'il y a quelqu'un là-dedans ?

Mais j'eus de nouveau la sensation qu'elle connaissait déjà la réponse.

— Juste avant que tu arrives, dit Jackson d'une voix douce, on a vu un signal de lampe de poche.

Il lui mentirait pour moi ? Je m'approchai de lui.

— Alors allons le sauver, répliqua Selena.

Nous lui jetâmes tous deux un regard surpris. Elle était... d'accord avec moi ? Immédiatement, je tentai de comprendre ses motivations. Elle devait savoir que l'un des Arcanes était à l'intérieur, devait penser que Matthew se révélerait précieux pour elle d'une façon ou d'une autre.

Selena tira sur la corde de son arc comme pour s'assurer qu'il était prêt à servir.

— Tu as l'intention de vivre éternellement, J.D. ?

— Je croyais qu'on était en phase sur certaines choses, notamment au sujet de la survie, lui répondit-il. Si on descend, c'est l'opposé de la survie – c'est du suicide.

— Si vous avez un plan, je vous suis, reprit Selena. (Devant l'expression incrédule de Jackson, elle haussa les épaules.) Peut-être que je ne supporte pas l'idée qu'un gamin soit tout seul, dans le noir, en train de compter les dernières minutes qu'il lui reste à vivre. Il doit se pisser dessus.

Jackson se tourna de nouveau vers moi.

— Evie, c'est de la folie !

Je croisai les bras sur ma poitrine.

— Avec ou sans toi, Jackson.

Il serra les dents et se passa une main dans les cheveux.

— Jack Deveaux ne discutera jamais avec deux femmes. On ressort toujours perdant dans ce genre de situation. (Il se mit à faire les cent pas.) Si tu as des idées, Evangeline, c'est le moment de les partager.

Je tournai les yeux vers le bâtiment. Une maison de plain-pied avec un revêtement en vinyle. Qui paraissait assez ancien.

— J'en ai une, mais vous allez vous moquer de moi.

— *Sans doute*[1]. Mais dis toujours.

— C'est une idée stupide et *couillonne*[2] ! s'exclama Jackson tout en accélérant au volant de notre van fraîchement emprunté, un vieil Econoline. Risquer ma peau pour un étranger !

Il en était malade, mais au moins, il coopérait.

Nous avions trouvé le fourgon dans le quartier le plus proche. Tout en effectuant de rapides réparations, il avait déclaré :

— Si je fais vraiment ça avant de retrouver mes esprits, il n'y a aucune raison pour que tu viennes avec moi, Evie. Ni toi, Selena.

— Tu auras besoin d'un arc supplémentaire, avait répliqué Selena en tapotant fièrement le sien.

— Je veux que tu restes ici et que tu t'occupes d'Evie.

Alors que j'avais levé les yeux au ciel, Selena avait repoussé ses cheveux derrière son épaule d'un air de défi.

— Oublie, J.D. Je viens, ce qui signifie qu'Evie aussi.

Quand il avait ouvert la bouche pour protester, je l'avais interrompu :

— On dirait bien que le vieux Jack va devoir argumenter contre deux femmes... ?

Nous avions siphonné un peu d'essence des motos, les avions cachées pour les récupérer plus tard, puis avions repris la direction de chez Matthew.

À présent, Jackson tirait brusquement sur le volant, la voiture tressautant sur la route poussiéreuse et cahoteuse qui menait à la maison. Les ornières secouaient tellement le van que mes dents claquaient.

1. En français dans le texte. (*N.d.T.*)
2. En français dans le texte. (*N.d.T.*)

— Doucement, J.D., protesta Selena depuis l'arrière. Il n'y a pas de ceinture ici, rappelle-toi.

Jackson avait été inflexible sur le sujet. Il avait insisté pour que je ne le lâche pas d'une semelle dans cette mission. Il avait croisé mon regard en tirant sur ma ceinture de sécurité pour tester sa résistance. Aussitôt, Selena s'était mise à râler car les seules ceintures se trouvaient à l'avant.

— Je veux que tu t'en souviennes, *peekôn*. Tu tiens le coup ?

Je hochai la tête.

— Épouvantails droit devant.

Nous dépassions déjà des zombies isolés et avides, et leur masse s'épaississait au fur et à mesure.

Jackson n'essayait pas de les éviter. Le premier que nous heurtâmes poussa un gémissement guttural en décollant dans les airs. Le deuxième n'avait pas dû se nourrir récemment : son corps explosa en morceaux poudreux qui obstruèrent le pare-brise.

Et quand la maison apparut… il ne ralentit pas.

— Les enfants, ne reproduisez pas ça chez vous, murmura Jackson avec une détermination implacable.

N'avait-il jamais peur ? On aurait dit que la bâtisse l'avait insulté personnellement et qu'il allait le lui faire payer.

Je déglutis. Quand le mur de notre objectif apparut, je doutai soudain de notre plan et l'aurais volontiers annulé.

Trop tard.

Impact. Nous percutâmes le mur. Le *traversâmes*. Le revêtement et les planches s'écroulèrent sur le toit de la voiture tandis que Jackson écrasait la pédale de freins.

Le van stoppa net, à moitié introduit dans la maison. Mon corps fut propulsé vers l'avant et la ceinture de sécurité expulsa tout l'air de mes poumons.

J'ouvris les yeux en reprenant mon souffle. L'un des phares était toujours intact, jetant une lueur blafarde sur un salon. Du plâtre volait dans l'air, mais je distinguai malgré tout le vieux tapis et les meubles démodés. Des cartons étaient empilés partout, contre chaque mur.

Rencontre avec un accumulateur compulsif.

— Evie ! Ça va ?

Je lui répondis en levant les pouces.

— Selena ?

Elle lui adressa un hochement de tête résolu tout en préparant son arc.

Même si l'arrière du van obturait le trou que nous venions de faire dans le mur, bloquant les Épouvantails à l'extérieur, ils avaient déjà commencé à cogner contre les vitres arrière en gémissant.

Nous n'avions pas beaucoup de temps.

Jackson ramassa son arbalète et mit son sac sur ses épaules.

— Alors allons-y. (Laissant le moteur tourner, nous sortîmes du véhicule.) Où est ce *couillon*[1], Evie ?

— Il doit être au sous-sol.

— Où ça ?

Au milieu de tous les cartons, je n'arrivais pas à repérer la moindre porte. Et avec tout ce bruit – les Épouvantails qui rouaient le van de coups en geignant, le moteur qui vrombissait dans la pièce – j'entendais à peine sa voix dans ma tête.

Alors que je me mordais la lèvre en essayant de me concentrer, Selena me poussa hors de son chemin.

— J.D., je prends à droite. Toi à gauche. Je vous retrouverai directement.

Elle alluma la lampe de poche accrochée à sa ceinture, et disparut.

Jackson alluma à son tour une torche et pointa son arbalète devant lui.

— Allons-y, Evie, dit-il. (Puis, dans un souffle :) Et, *peekôn*...

— Comme ton ombre, achevai-je pour lui.

1. En français dans le texte. (*N.d.T.*)

Il se fraya un chemin entre les tas de cartons. Certaines piles montaient si haut que je craignais qu'elles ne s'effondrent sur nous.

Nous arrivâmes dans une chambre de garçon décorée sur le thème de l'espace. Le faisceau de la lampe de Jackson éclaira un papier peint représentant la galaxie, puis des mobiles complexes de planètes suspendus au plafond. Des posters de navettes spatiales recouvraient les murs. Des ordinateurs du dernier cri et des consoles de jeux étaient soigneusement alignés sur un bureau.

Jackson eut un rire cassant.

— Je suis jamais entré dans l'antre d'un geek.

La voix de Matthew s'estompait de plus en plus, ce qui ne faisait qu'augmenter mes craintes.

Selena réapparut et vint se glisser à nos côtés.

— Il y a une femme morte dans la voiture dans le garage. La voiture n'a plus d'essence. Le moteur *allumé*. Elle est morte depuis vingt-quatre heures, max.

Un suicide ? Que s'était-il passé ici ?

Cette idée ne semblait pas perturber Jackson, qui s'interrogea à voix haute :

— Qui donc a bien pu réparer sa voiture ?

Selena haussa les épaules.

— J'ai trouvé l'entrée de la cave. C'est plein d'eau là-dedans.

Jackson croisa mon regard. Nous savions tous les deux que ma vision s'était réalisée.

— Montre-nous, Selena !

Elle hocha la tête avant de s'éloigner parmi les cartons.

Jackson et moi la suivîmes jusqu'à une porte au sommet des escaliers menant à la cave. Plongés dans une obscurité totale. Jackson s'empara de deux bâtons lumineux dans son sac, les fit craquer et les jeta dans les escaliers. Ils atterrirent dans l'eau.

Grâce à la sinistre lueur verte, nous pouvions distinguer un petit couloir qui desservait deux portes. De l'eau filtrait de l'interstice *supérieur* de l'une des portes et se déversait par le trou de la serrure comme d'une cruche…

— C'est complètement inondé là-dedans, dit Selena.

Jackson se tourna vers moi :

— À moins que ce garçon ait des branchies, impossible qu'il soit en vie.

— Oh, mon Dieu ! (Je n'entendais plus du tout la voix de Matthew dans ma tête. Le silence complet.) Je t'en prie, tu dois le sortir de là !

— Tu as perdu la tête ?

— *Je t'en prie, Jack !*

— Bon sang... (Un autre juron suivit tandis qu'il me fourrait son sac dans les bras avant de laisser son arme à Selena.) Je veux que tu t'en souviennes, murmura-t-il en descendant les marches quatre à quatre.

Nous le suivîmes.

— Tu peux l'ouvrir ? criai-je.

Il s'enfonça dans l'eau jusqu'aux genoux pour atteindre la porte qui ployait, et la secoua. Puis il brandit le couteau dont il ne se séparait jamais.

— C'est du chêne solide, dit Selena. Impossible de la transpercer.

— J'en ai pas l'intention. (Il essuya l'eau de son visage.) Reculez toutes les deux. *Tout de suite.*

Tandis que Selena et moi remontions les marches, il introduisit la lame entre la poignée et le montant de la porte, jusqu'à ce que seul le manche dépasse.

Puis il recula contre le mur, prit son élan et donna un coup de pied latéral dans le couteau. Une fois. Deux fois...

La porte s'ouvrit à la volée. Un flot se déversa sur Jackson ; un corps mou fut expulsé avec le courant, comme si le sous-sol l'avait recraché.

— Jackson ! hurlai-je.

Il pénétra dans l'eau pour s'emparer du corps pâle et le tira en haut des marches.

— Il est vivant ? demandai-je en plissant les yeux quand le « tableau » de Matthew apparut devant lui : un jeune homme souriant qui portait un havresac et une rose blanche.

Son regard vide était tourné vers un soleil aveuglant sur le point de plonger derrière une falaise. Un petit chien lui mordillait les talons.

Je secouai la tête quand l'image s'estompa. Je ne voulais pas voir le tableau de Matthew ; je voulais le voir *sain et sauf* !

Jackson tâta le cou du jeune garçon puis posa une main devant sa bouche.

— Il respire. Il est seulement évanoui.

Mes jambes faillirent se dérober.

— L'eau continue de monter, J.D., dit Selena.

Jackson hocha brièvement la tête et hissa le garçon sur ses épaules. En le voyant monter ainsi les marches, je m'émerveillai de sa force.

— Allez viens, toi ! me dit-il. On est pas encore sortis.

Quand nous arrivâmes de nouveau près du van, les Épouvantails le secouaient si fort que l'on pouvait voir les amortisseurs. C'était comme monter à bord d'un bateau sur une mer déchaînée, mais nous parvînmes à ouvrir la porte coulissante.

Je rampai à l'arrière en faisant signe à Jackson de déposer doucement Matthew…

Il le laissa tomber comme un alligator mort, son attention déjà reportée sur autre chose tandis qu'il évaluait la situation.

— Ils sont trop nombreux derrière nous et on est coincés à l'intérieur, déclara-t-il. Restez là. Je vais les laisser entrer.

— *Quoi ?* Selena et moi criâmes à l'unisson, mais il avait déjà refermé la porte et se frayait un chemin au milieu des cartons.

Peu après, j'entendis ce qui ressemblait à une porte qu'on enfonce. Puis un sifflement aigu s'ensuivit. Progressivement, le van cessa de se balancer.

Jackson réapparut comme une flèche, une foule d'Épouvantails à ses trousses. Il jeta quelques cartons avec violence pour faire écrouler les piles et ralentir les créatures.

Selena s'apprêtait à sortir pour le couvrir, mais les Épouvantails s'arrêtèrent tous à l'entrée du sous-sol, attirés par l'appel irrésistible de toute cette eau...

Une fois que Jackson eut grimpé dans le van, il enclencha la marche arrière et mit les gaz. Les pneus crissèrent. Une odeur de caoutchouc brûlé monta dans l'air.

Et alors... nous bondîmes dehors, écrasant les derniers Épouvantails.

Une partie de la maison s'écroula derrière nous. Mais la brèche restait suffisante pour que les nouveaux arrivants puissent se faufiler à l'intérieur.

Aucun ne poursuivit le van. En regardant par les vitres, je les vis s'amasser dans le trou comme des fourmis.

Une fois de retour sur la route poussiéreuse et chaotique, Selena s'exclama :

— On a réussi !

Une lueur d'excitation dansait dans les yeux de Jackson.

— Putain, ouais !

Il tapa dans la main tendue de la jeune femme.

Nous avions évité le pire. Soulagée, je posai la tête du garçon sur mes genoux.

— Allons récupérer les motos, J.D., et descendons des bières pour fêter ça !

Elle alluma son iPod, qui cracha une sorte de musique industrielle insupportable.

Souriant, Jackson me jeta un regard dans le rétroviseur central.

Merci infiniment, mimai-je du bout des lèvres.

Il haussa les épaules d'un air bourru et détourna les yeux.

J'observai le visage de Matthew, surprise par la tendresse irrépressible que j'éprouvais déjà pour lui – comme si j'avais retrouvé un frère disparu depuis longtemps.

Quelque chose attira mon attention sur son bras. La manche de sa chemise à carreaux s'était retroussée, laissant apparaître un bracelet médical autour de son poignet. Il était gravé du mot « autiste » et d'un numéro d'urgence.

Pour une quelconque raison, je ne voulais pas que Selena, ni même Jackson, voient ce bracelet. Je ne voulais pas qu'ils puissent le juger. Je lui murmurai :

— Tu n'en auras plus besoin.

Je tendis la main pour le détacher ; dès que ma peau entra en contact avec la sienne, une vision apparut doucement dans ma tête et vint se superposer à ma conscience, comme un foulard flottant légèrement avant de toucher le sol.

Le van disparut. Je me retrouvai dans la maison de Matthew ; une scène se déroulait sous mes yeux.

Juste avant le crépuscule, la maison se mit à trembler. Puis un son métallique assourdissant retentit, comme une plaque d'égout qui explose. L'eau se déversa dans les escaliers. Il ne fallut pas longtemps avant que des Épouvantails se massent dans le jardin et se mettent à cogner contre la façade.

Le garçon était seul dans ce salon sinistre et figé dans le temps. Il attendait. Malgré sa taille et son âge, approximativement le mien, il semblait jeune et perdu au milieu de tous ces cartons accumulés. Les heures passaient et il attendait toujours. Le jardin était désormais envahi de zombies.

Quand une brune d'âge moyen finit par émerger de sa chambre, il croisa son regard sans chercher à dissimuler ses émotions. *Vulnérable. Implorant.*

— Matthew, dit-elle d'une voix aiguë en ajustant le tailleur guindé qu'elle portait. Pourquoi n'irais-tu pas vérifier les canalisations ? Voir si tu peux réparer la fuite ? Je vais sécuriser le garage.

Ses yeux expressifs se brouillèrent.

— Oui, Mère, répondit-il en se dirigeant vers le sous-sol inondé.

Une fois qu'il eut les pieds dans l'eau, à chercher l'origine de la fuite, une fuite massive qu'il ne pourrait jamais réparer, il entendit le murmure de la femme depuis le couloir :

— Mère sait ce qui est le mieux pour toi, mon fils.

Il se tourna vers elle tandis que l'eau continuait de monter. Son expression faisait peine à voir.

Mais elle n'exprimait aucune surprise.

Pas même quand sa mère verrouilla la porte derrière lui, le condamnant à la noyade…

31

— Mets-lui des claques pour qu'il se réveille, me dit Jackson.

Nous venions de nous introduire pour la nuit dans un manoir de nouveaux riches qui comportait quatre chambres. Après avoir fouillé les lieux, Jackson était retourné au van pour transporter Matthew, toujours inconscient, sur l'un des lits jumeaux dans une chambre d'ami.

— Je veux savoir comment il s'est mis dans cette situation ridicule.

Il s'appuya contre le mur, attaquant le whisky que Selena et lui avaient ouvert pour célébrer la réussite de notre mission de sauvetage.

Je m'assis à côté de Matthew et le secouai par l'épaule. Puis plus fort.

Rien.

— Il se réveillera bien assez tôt, dit Selena avant de claquer les doigts pour réclamer la bouteille. Viens, J.D., il y a des fléchettes en bas.

Jackson hocha la tête.

— Evie, laissons-le pour l'instant.

— Je ne veux pas qu'il se réveille sans comprendre où il est. (Pas après la journée qu'il venait de passer. *Mère sait ce qui est le mieux pour toi.* Je frissonnai.) Vous n'avez qu'à aller jouer...

— *Mon amie est venue me chercher.*

Je tournai vivement les yeux vers Matthew. Avait-il murmuré… *à voix haute ?*

Après avoir entendu sa voix dans ma tête pendant si longtemps, elle ne m'avait jamais paru si authentique et si familière.

Il était réveillé. Il avait les yeux ouverts. Il me reconnut aussitôt.

Il se redressa d'un coup et m'attira dans ses bras pour me serrer contre lui, le souffle tremblant, comme s'il m'avait attendue pendant une éternité.

Par-dessus l'épaule de Matthew, je vis Jackson se renfrogner.

D'une voix irascible, Selena déclara :

— Je croyais que tu nous avais dit que tu ne l'avais jamais rencontré.

— Je… c'est le cas.

— Impératrice, soupira Matthew contre mes cheveux.

Je me raidis, redoutant qu'il n'ait dit ça à voix haute.

— Pourquoi est-ce que tu l'appelles comme ça ? demanda Jack tandis que Selena penchait la tête avec curiosité.

Matthew s'écarta de moi pour le regarder.

— Pourquoi *vous*, vous ne l'appelez pas comme ça ?

Je n'aurais su dire si son ton était défiant ou seulement perplexe. Jackson en fut apparemment tout aussi incapable.

— Dis-nous comment tu t'appelles.

— Matthew Mat Zero Matto. (Il ajouta, avec un regard malicieux :) L'Impératrice connaît mon nom.

— D'où venait toute cette eau dans ta maison ? demanda Jackson.

— D'une canalisation. (Puis, pour expliquer à Jackson :) L'eau coule dans les canalisations.

Jackson s'écarta de son mur, atteignant manifestement ses limites.

— Tu t'es cogné la tête ou quoi, gamin ?

— Jackson, s'il te plaît.

Nouveau froncement de sourcils. Puis il murmura à l'intention de Selena :

— Il est plus lent qu'un escargot.

— Un escargot, commença Matthew d'un air pompeux, c'est… lent.

D'une voix forte, Selena articula :

— Je suis Sé-Lé-Na Lou-Na. Voici Jackson Deu-Vo.

Sur un ton ennuyé, Matthew répondit :

— Deveaux et Luna. (Il se détourna sans leur accorder plus d'intérêt pour me regarder.) Tu es venue me chercher.

— *Nous* sommes venus, Matthew, corrigeai-je. C'est Jackson qui t'a sorti du sous-sol. Et Selena a joué un grand rôle, elle aussi.

Haussement d'épaules.

— Le seul *couillon*[1] au monde capable de se noyer après le Flash, répliqua Jackson. Et tu me dois un couteau suisse, gamin.

— Viens, J.D., dit Selena, laissons ces deux fous rattraper le temps perdu. Je te parie l'autre bouteille que je peux te battre aux fléchettes.

Petite maligne, emporter du whisky pour le garçon qui tient son surnom de là. *Bien joué, ma meilleure ennemie.*

Jackson regarda Matthew, puis moi, visiblement peu convaincu. En mon for intérieur, je luttais contre deux pulsions contradictoires : mon besoin de poser quelques questions en privé à Matthew pour assouvir ma curiosité, et mon besoin, motivé par la jalousie, de séparer Jackson de Selena et de découvrir ce qui s'était passé entre eux la nuit précédente.

La curiosité l'emporta.

— Allez vous amuser, dis-je. Ça ira. Je pense que j'arriverai davantage à lui parler en étant seule avec lui.

Selena commença à entraîner Jackson à sa suite.

— Appelle si tu as besoin de quelque chose. Je garde l'oreille tendue, ajouta-t-il d'un air sombre à l'intention de Matthew. (Puis il me murmura en français :) Il faut qu'on parle. Ce soir.

---

1. En français dans le texte. (*N.d.T.*)

— Dieu que tu es sexy quand tu parles comme ça ! s'exclama Selena.

Et ils disparurent.

Pouffiasse ! Jackson avait raison – la jalousie déchire de l'intérieur.

Je me forçai à reprendre un visage neutre en me retournant vers Matthew :

— Hé, petit, il faut que tu sois un peu plus gentil avec eux deux. Malheureusement, on dépend un peu d'eux.

Il gloussa.

— Tu sais chasser ? Ou tirer ?

— J'avais un lance-pierres, à une époque !

— D'accord, eh bien moi non plus. Mais eux savent chasser. Ils nous trouvent de la nourriture et nous protègent. Alors, sérieusement, on va *vraiment* devoir se reposer sur eux.

Il fit la grimace.

— L'Impératrice a le sens de l'humour.

C'était une chose d'être appelée Impératrice dans ma tête, c'en était une autre dans la vraie vie.

Matthew était vraiment là. Avec moi.

— Merci pour les visions, petit. (Voilà une phrase que je n'aurais jamais pensé dire.) Tu m'as sauvée du Flash.

Il hocha gravement la tête.

— Je *suis* un sauveteur.

— Mais moi je n'ai pas réussi à l'être. Je veux dire, je n'aurais pas pu empêcher le Flash, n'est-ce pas ?

Il éclata de rire.

— Tu dis n'importe quoi.

Je me sentis soulagée d'un poids immense.

— Matthew, à quel point es-tu clairvoyant ?

— Je suis tellement clairvoyant que les autres clairvoyants devraient s'appeler les Mattvoyants.

Je souris, excitée.

— Qu'es-tu capable de voir ?

Il leva les yeux vers le plafond et son regard devint vide.

— Les deux derniers papillons monarques sont séparés par des milliers de kilomètres et volent dans *la direction opposée* l'un de l'autre. Un garçon fait du skateboard sur l'emplacement de l'ancien lac Michigan. La prochaine carte est proche. Ne regarde pas *cette* main…

— Regarde *celle-là*, finis-je à sa place. Je sais. Quand tu entends les voix, est-ce qu'elles se taisent quand tu entres en contact ?

— Je ne veux pas qu'elles se taisent. Deveaux les fait taire pour toi. Dès qu'il aide, il fait mal.

— Tu peux développer ? (Il m'adressa un grand sourire. Apparemment pas.) Donc tu peux communiquer tes visions à n'importe qui ? Et tu peux les transmettre par le toucher ?

Ses cheveux étaient en train de sécher et lui retombaient sur le front de manière charmante.

— Des messages.

— Les as-tu envoyés à d'autres Arcanes ?

Il eut l'air offensé. Comme si je l'avais accusé de me tromper.

— C'est *toi* mon amie et mon alliée.

— Alors pourquoi m'as-tu envoyé des visions de Selena ? Qu'est-ce qu'elle représente ?

— Représente ? demanda-t-il, l'air déconcerté. C'est l'heure d'aller au lit ?

— Heu, pas encore. Dis-moi, est-ce que Selena est bonne, comme nous, ou mauvaise… comme la Mort ?

— C'est la Lune, dit-il d'un ton prosaïque.

Ce sujet était manifestement une impasse. J'en lançai un nouveau :

— Peux-tu voir ma grand-mère ?

— *Tarasova*, murmura Matthew.

Exactement comme elle-même s'était définie.

— Est-ce qu'elle va bien ? (Rien.) Nous sommes en route pour aller la retrouver. Elle a toutes les réponses.

— Tu as les questions correspondantes.

Il m'aurait certainement précisé qu'elle n'avait pas survécu si c'était le cas – puisque c'était là-bas que nous allions ?

— Si tu as des dons psychiques, et que je peux contrôler les plantes, quels sont les autres pouvoirs des Arcanes ?

— Ils sont vastes.

— Est-ce qu'on est génétiquement modifiés, ou quelque chose comme ça ? Comment a-t-on reçu ces pouvoirs ?

— Nous sommes nés.

D'accord.

— Est-ce que Selena a d'autres capacités en dehors du tir à l'arc ? (Et de son look toujours parfait, de ses compétences sur une moto et de ses talents culinaires dignes de *Top Chef* ?) Est-ce qu'elle sait qui nous sommes, elle ? Est-elle *littéralement* la Porteuse de Doute ? Et combien y a-t-il d'Arcanes ? Pourquoi cette vision de la Mort était-elle plus réaliste que toutes les autres ?

Au lieu de répondre à mes questions, Matthew se mit à bâiller à s'en décrocher la mâchoire ; son regard n'était plus celui d'un clairvoyant mais celui d'un enfant tombant de sommeil.

Même si je brûlais d'envie d'avoir des réponses, je pressentais qu'insister auprès de lui serait aussi utile que lorsque je m'étais efforcée de me souvenir à tout prix. En d'autres mots : absolument vain.

Parfois, il faut laisser les choses se faire naturellement. Mais il y avait un détail qu'il fallait que j'éclaircisse.

— Quand tu étais évanoui, tout à l'heure, j'ai eu une vision de toi. Tu n'avais pas l'air surpris quand ta mère t'a enfermé. Tu as vu ton avenir ?

— Pas le mien. Jamais le mien. Le sien.

Il pouvait seulement voir l'avenir des *autres* ?

— Tu ne voulais pas, hum, intervenir ?

Peut-être pour l'empêcher de tuer son fils et de se suicider ?

Avait-elle cédé sous la pression ? Ou avait-elle voulu lui épargner une mort horrible infligée par les Épouvantails… en la remplaçant par une noyade ? Pourquoi, dans ce cas, ne l'avait-elle pas emmené avec elle dans la voiture ?

Puis je me souvins ; Matthew me l'avait déjà dit. Elle savait qu'il ne *resterait pas* dans la voiture.

— Ça n'aurait rien changé pour elle. Pas pour longtemps. (Les yeux brillants, il chuchota :) Je vois *loin*, Evie.

Alors elle serait morte peu après ? Ou peut-être son destin aurait-il été bien pire encore ?

Tout en me demandant s'il pouvait y avoir un destin pire que la mort, je m'interrogeai sur la manière dont Matthew gérait ce fardeau, toutes ces horribles décisions qu'il prenait pour les autres.

Pauvre garçon. Je tendis le bras pour écarter ses cheveux de son front, comme ma mère le faisait avec moi. Comment pouvais-je ressentir déjà autant d'affection pour lui ?

Mais en réalité, on se connaissait depuis des mois.

Il me regarda avec une confiance infinie.

— J'étais sûr que tu arriverais à temps.

Nouveau bâillement.

C'était aussi adorable que de regarder un chiot s'assoupir. *Verrai-je de nouveau un chiot, un jour ?*

— Pourquoi n'essaierais-tu pas de dormir ? Nous aurons le temps de parler demain.

— Ne me laisse pas.

— Non, c'est promis.

Ses paupières s'alourdirent.

— Ça commence avec moi… et ça finit avec lui.

— Ça finit avec qui, Matthew ?

Mais il s'était déjà endormi.

Je me dirigeai vers l'autre lit, m'allongeai et repensai à cette journée trépidante. Évidemment que Selena avait voulu nous accompagner : « Bon sang, J.D., un peu d'aventure ne me ferait pas de mal. »

Elle avait emballé son équipement de survie, ses vêtements et ses barres énergétiques en quelques minutes. *Garce.*

Au moins, elle nous avait laissés nous aussi emporter des sacs de couchage et de la nourriture.

Et ce voyage semblait lui convenir parfaitement, à elle, qui conduisait sa propre moto comme une cascadeuse professionnelle. Elle avait même proposé que je grimpe derrière elle – sans doute pour m'empêcher de m'agripper à Jackson comme une moule à son rocher.

Mais d'un ton qui ne souffrait aucune discussion, Jackson avait répondu :

— Evie monte avec moi.

Avais-je récupéré son attention ? Je n'arrivais pas à le savoir. Alors que nous nous filions vers le nord, mes pensées s'étaient reportées sur la nuit précédente, mais je m'étais alors rappelé que la vie de Matthew était en jeu, et j'avais eu honte.

À présent, je pouvais y repenser autant que je le voulais. Les faits : la veille au soir, Jackson était ivre et furieux contre moi. Et elle ne le lâchait pas d'une semelle. Ce matin, quand Jackson m'avait ramenée à la maison, Selena avait joué l'indignée, comme une petite amie éconduite.

Trois possibilités. La première, ils l'avaient fait toute la nuit et remettraient le couvert dès ce soir. La deuxième, ils l'avaient fait mais Jackson le regrettait. Ou, troisième possibilité, il ne l'avait pas touchée et Selena était jalouse pour rien.

Il fallait que je sache. Même s'ils n'avaient rien fait ou dit qui laissait entendre qu'ils étaient en couple, rien ne me prouvait le contraire.

— Impératrice ? dit Matthew en se réveillant.

— Tu as fait un cauchemar ? Tu as faim ? Nous avons à manger.

Il se redressa en me regardant intensément – puis monta dans mon lit à mes côtés.

— Hé ! Qu'est-ce que tu fais ?

Il me prit la main et la recouvrit des deux siennes. Aussitôt, je me détendis.

Être comme ça, avec lui, me semblait normal, naturel. *Familier.*

— Ils jouent, Evie.

— Qui ?

Une torpeur me saisit, j'étais incapable de garder les yeux ouverts.

La dernière chose que j'entendis fut :

— *Les Arcanes.*

32

Matthew et moi nous trouvions à la lisière d'un immense champ carbonisé. Au-dessus de nos têtes, des éclairs zébraient en continu un ciel d'un noir d'encre.

Il me tenait toujours la main et me permettait de faire l'expérience de sa vision. Cette scène était encore plus troublante que celles qu'il m'avait envoyées auparavant. En réalité, je ne voyais pas la différence avec la réalité. Comment pouvait-il discerner la réalité d'une vision ?

— *Plus ou moins facilement*, murmura-t-il dans mon esprit.

D'après ses pensées, je savais que nous étions là pour observer secrètement un combat des Arcanes – qui se déroulait *en ce moment même*, quelque part dans le monde.

Il y avait cinq Arcanes divisés en deux petites alliances. Le combat approchait déjà du dénouement.

Matthew avait-il vu à l'avance qui allait l'emporter ?

Il secoua la tête.

— *L'avenir s'écoule comme des vagues – ou des tourbillons. Je ne peux pas toujours bien voir. Mais parions que c'est* lui *qui va gagner*. (Matthew pointa le doigt vers le champ, vers un homme de haute taille qui parcourait la terre couverte de cendre, une épée dans chaque main.) *La Mort*.

Exactement comme je l'avais vue à Haven, la Faucheuse portait une armure complète, noire, avec un heaume derrière lequel brillait une lueur.

Elle était impressionnante et très à l'aise avec ses épées. Un tueur implacable.

Avais-je vraiment déjà regardé cette carte en la plaignant ?

Tout autour d'elle, des éclairs en forme de javelots jaillissaient en crépitant. Au loin, la silhouette étincelante d'un garçon éclata dans la nuit.

— Les yeux au ciel, mes enfants ! hurla-t-il tandis que les pieux s'abattaient de plus en plus vite.

Alors que je me demandais justement comment il s'appelait, Matthew murmura :

— *Joules. Le Maître de l'Électricité. La carte de la Tour.*

Des éclairs frappaient tout autour de la Mort, mais elle ne modifiait pas sa trajectoire ni ne ployait sous l'assaut. De temps en temps, il déviait un javelot d'un coup d'épée.

J'aperçus sa cible – une fille aux cheveux noirs qui paraissait encore plus jeune que moi. Elle clopinait à travers ce paysage désolé en traînant la jambe, luttant pour lui échapper.

Je craignais que ce ne soit cause perdue. Malgré les armes qu'elle portait – une sorte de trident dans chaque main – la Mort, elle, disposait d'une armure. La jeune fille ne pouvait certainement pas la percer, à moins d'atteindre la visière du heaume.

Et elle semblait déjà avoir été touchée. Je plissai les yeux et remarquai des veines noires qui parcouraient sa peau mate. Elles ne cessèrent de grandir jusqu'à former des plaques.

— *La marque de la Mort*, expliqua Matthew.

Hors d'haleine et en pleurs, la fuyarde se tordit pour garder la Faucheuse en vue.

— *La carte de la Tempérance*, chuchota Matthew. *Calanthe. Elle manie le Poids des Péchés.*

Elle trébucha, perdit l'équilibre, et s'écroula sur le dos. Un nuage de cendres se souleva, enveloppant son corps…

Un trident jaillit de la suie, tourbillonnant directement vers le casque de la Mort.

Cette dernière la dévia d'un petit mouvement du poignet. Comme un moucheron.

Une fois la cendre retombée, je vis une terreur suprême défigurer les traits de la fille ; elle savait qu'elle allait mourir.

En voyant les javelots s'abattre de plus en plus violemment, de plus en plus nombreux autour de la Mort, je compris que Joules essayait de sauver Calanthe. Il lançait ses lames tout en courant – car une bête à cornes le poursuivait.

Je reconnus la créature. Ogen, *El Diablo* – la carte du Diable. L'allié repoussant de la Mort.

Le corps d'Ogen se transformait désormais, s'allongeait – d'abord pour prendre la forme d'un ogre colossal, puis celle d'un géant. Sa force bestiale était incroyable.

Joules continuait à déverser des salves de javelots tout en s'éloignant d'Ogen. Si cette créature le rattrapait...

La Mort faisait tourbillonner ses épées autour d'elle, déviant la foudre à une vitesse surnaturelle. Elle avançait sous une pluie d'éclairs avec une nonchalance ennuyée.

Juste avant que la Mort rattrape Calanthe, un point tomba du ciel comme une comète. Un garçon ailé ! Je l'avais déjà vu lui aussi : *Je t'observe comme un faucon.*

À travers les pensées de Matthew, je compris qu'il s'agissait de Gabriel, la carte du Jugement. Aussi connue que l'archange, sa technique consistait à survoler le champ de bataille pour choisir le meilleur moment pour attaquer. Alors, il plongeait à la vitesse d'un missile avant de remonter en flèche juste avant d'atteindre le sol.

Il volait si vite qu'il déplaçait l'air avec un sifflement. Pour sa première attaque en piqué, il arracha le casque de la Mort. Aussitôt, Calanthe précipita sa dernière lame vers le visage de la Faucheuse – comme si ce plan avait été médité à l'avance.

Mais elle l'esquiva sans la moindre difficulté. Jusqu'où allait sa rapidité ?

Je voulais distinguer le visage de la Mort, mais il était brouillé par la cendre qui tourbillonnait autour de lui, et par ses cheveux blonds.

Perdant un peu de vitesse, Gabriel se cambra, muscles tendus, avant de se propulser dans l'air une nouvelle fois. Sa vitesse provoquait toujours un sifflement autour de lui quand il assena son deuxième coup.

Malgré tout, la Faucheuse restait trop rapide pour l'archange. Ses épées jaillirent et entaillèrent une aile noire et soyeuse, rejetant le pauvre garçon au loin dans le ciel nocturne.

J'entendis Joules crier – Ogen l'avait-il rattrapé ? Plus aucun javelot ne bombardait la Mort ; plus rien ne la séparait de la fille.

Pouvions-nous l'aider ?

— *Nous ne sommes pas* là, *Impératrice*, murmura Matthew.

Alors nous ne pourrions qu'observer la Mort lui ôter la vie. Dos à moi, elle s'approcha de Calanthe. Quand cette dernière se mit à implorer sa pitié, l'homme en armure secoua brièvement la tête et elle s'interrompit.

Elle leva une main en poussant un faible cri, comme pour exercer un quelconque pouvoir contre la Mort.

— *Écrase-le*, murmura Matthew. Le Poids des Péchés.

Un voile de brouillard se forma autour de Calanthe, des vagues d'énergie qui semblaient se déverser de son corps et bombardaient la Mort.

La créature se contenta de rire.

— Il faudrait que je considère mes actes comme des péchés pour que tu aies du pouvoir contre moi, Calanthe.

Il lui coupa un bras avec l'une de ses épées, posa l'autre sur son cou. Et trancha.

Je détournai mes yeux humides.

Matthew me serra la main.

— Elle n'a plus peur de la Mort désormais.

De l'autre côté du champ, Joules poussa un cri de désespoir et battit en retraite devant Ogen.

Laissant la Mort seule avec son meurtre.

Quand elle se tourna vers sa monture aux yeux rouges, qui attendait non loin de notre cachette, je distinguai le visage de la Faucheuse pour la première fois.

Je restai interdite. C'était le garçon le plus beau que j'aie jamais imaginé.

Il ne semblait pas avoir plus d'une vingtaine d'années, il était grand et large d'épaules avec un visage à vous couper le souffle. On pouvait décrire ses traits comme *nobles*. Ses yeux étincelaient comme... des étoiles.

Comment quelqu'un d'aussi malfaisant pouvait-il avoir une apparence aussi divine ?

Il accrocha son casque cabossé sur le pommeau de la selle, et soupira. Tout dans sa posture trahissait la *fatigue*.

Puis il se figea et tourna la tête pour regarder directement Matthew.

— Je fais ça depuis suffisamment longtemps pour sentir ton regard fixe, le Fou. (Il avait une voix grinçante.) Tu l'as laissée me voir à l'action ? Peut-être que je ne te tuerai pas *en dernier*, finalement.

Puis il reporta son attention sur moi.

— Ne t'inquiète pas, Impératrice, Matto n'oublie pas ses dettes. Il me laissera te voir aussi. (Son accent semblait provenir d'Europe de l'Est, de Russie peut-être ?) J'observerai chacun de tes combats et je découvrirai chacune de tes ruses. Après cette nuit, je murmurerai plus librement dans ton esprit qu'aucun Arcane.

J'étais sans voix, frappée à la fois de terreur et d'admiration par son visage.

Ce qui parut le prendre au dépourvu.

— Es-tu simple d'esprit ? Notre jeu perd tout son sel si tu es simple d'esprit. Es-tu trop sensible, trop lâche ?

Matthew me serra la main, m'incitant à dire :

— Non.

Ma réponse était si mal assurée qu'elle ressemblait presque à une question.

La Mort plissa ses yeux étincelants.

— J'ai attendu une éternité avant de t'affronter de nouveau. Te défileras-tu ?

L'affronter ? Étais-je censée me « battre » contre lui ?

Derrière lui, ce champ aurait tout aussi bien pu être un paysage lunaire. Devais-je attaquer un chevalier en armure avec mes griffes en épines ?

Comme il l'avait dit un jour, la vie coulait bel et bien dans mon sang. Mais même si j'avais le temps de faire pousser des graines, de simples plantes d'ornement ne résisteraient pas à ses épées.

Quelle dose de sang faudrait-il pour faire pousser un chêne et s'en faire un formidable allié ?

— Souviens-toi, Impératrice, reprit-il. La Mort vainc toujours la vie. Ça peut prendre du temps, mais je gagne *toujours*. (Alors qu'il montait sur son imposante monture, il me cloua sur place avec son regard hypnotique.) Quand ton sang inondera mon épée, je le boirai pour t'humilier...

Je me réveillai en sursaut, de retour dans la maison.

Matthew semblait désorienté alors qu'il émergeait lentement de sa vision.

— Qu'est-ce que c'était que ce truc, Matthew ? (Nous n'avions pas seulement assisté à un meurtre, nous avions aussi parlé avec le meurtrier !) Réveille-toi. (Je le secouai par les épaules. Il semblait mille fois plus fatigué qu'avant de s'endormir.) Pourquoi est-ce que la Mort s'attend à ce que je l'affronte, *moi* ?

Il se frotta le front.

— Les anciennes batailles doivent être livrées, les marques méritées, les mauvaises cartes vaincues.

Tous mes sens étaient en alerte après cette vision perturbante. Cette fois, c'en était trop, ma patience était à bout. Je m'efforçai d'adopter un ton calme et dis :

— Pourquoi doivent-elles être combattues ? Peut-être qu'on a – oh, je ne sais pas, moi – déjà bien assez de choses à faire comme ça depuis le Flash !

— Les batailles commencent à la Fin, répéta-t-il.

— Le Flash marque le début ? (Pile quand les voix étaient apparues. L'apocalypse avait-elle réveillé les Arcanes ? Je déglutis. *Ou l'inverse ?*) Qu'est-ce qui a causé le Flash, Matthew ?

— Le soleil.

Je soupirai de soulagement. D'accord, une éruption solaire, ça avait du sens.

Patience, Evie.

— Le soleil est-il bon ou mauvais ?

— Le soleil est une étoile.

Et n'y avait-il pas une carte de l'Étoile, aussi ? *On progresse…*

— Comment la Mort a-t-elle fait pour nous voir ?

— Vieille. Elle connaît mon regard.

— Quel âge a-t-il ?

— *Sérieusement ?*

— Matthew ! m'exclamai-je en me levant pour faire les cent pas.

— Vingt et un siècle à peu près.

— Vingt et un ! Il est immortel ?

Nouveau haussement d'épaules.

— Ça fait seulement longtemps qu'il n'a pas été tué.

Je continuai à arpenter la pièce.

— Mais il te connaît. As-tu… son âge ?

Il leva les yeux au ciel.

— J'ai *seize* ans.

Patience !

— Alors dis-moi quand vous vous êtes rencontrés.

— Il y a vingt et un siècles.

Je me pinçai l'arête du nez.

— Tu me tues.

Il se leva d'un bond et m'agrippa par les épaules.

— Jamais !

— C'est juste une façon de parler, Matthew.

Je me libérai de son étreinte.

— Oh. (Il se laissa retomber sur le lit.) J'ai vu les combats, le passé. J'ai vu la Mort. À certains égards, je suis un sage, dit-il, le regard dans le vide.

— Fou, mais pas à lier, murmurai-je. D'accord, alors disons que je dois m'impliquer dans une sorte d'« ancienne bataille » surnaturelle. Quel est l'objectif ? Que se passe-t-il si on gagne ?

Le cerveau tournant à plein régime, j'essayais d'imaginer quel genre de prix pourrait venir récompenser cette prise de risque. Peut-être y avait-il un havre de paix protégé quelque part sur terre, un endroit verdoyant où la pluie tombait encore ?

La Mort était une sorte de chevalier d'un autre monde ; possédait-il une forteresse intacte quelque part ? Mais je me rappelai alors sa plaine d'un noir absolu et encombrée de ruines. Pas exactement le lieu où je choisirais de vivre.

Peut-être y avait-il un moyen de revenir en arrière et d'empêcher l'apocalypse ! Grand-mère ne pensait-elle pas que j'allais sauver le monde ? Il fallait que je connaisse les enjeux.

— Si tu gagnes, alors tu... *vivras*, déclara Matthew.

Ma lueur d'espoir s'éteignit.

— Alors il n'y a aucun moyen d'améliorer notre sort ? Seulement davantage de danger et de soucis accumulés sur mes épaules ?

— Danger ! Et soucis !

— Non, je *refuse*. Je n'ai pas signé pour cette merde ! Je n'ai jamais choisi de participer à ça. Mais ce qui est foutrement sûr, c'est que je vais me retirer !

— Aucun refus possible. Tu es un Arcane. Apprends tes pouvoirs. *Utilise*-les.

— Ah non, je suis une fille qui n'a rien à voir avec tout ça, lui assurai-je. Je brandirai un drapeau blanc, en signe de trêve. *Toi*, tu peux m'aider contre la Mort, puisque tu la connais.

— Je suis dans sa poche, alors il est dans mes yeux.

— Et qu'est-ce que ça veut dire ?

Matthew hocha la tête.

— Pas de trêve. Pas de paix. C'est *La Mort*. Il ne connaît qu'une chose : tuer.

— Alors je m'enfuirai.

Voilà ce qu'allait être ma vie à partir de maintenant ? Fuir un tueur en série en armure, toujours regarder par-dessus mon épaule, redoutant son approche ? Combien de temps pourrais-je le supporter ?

Avec un frisson, je repensai à l'éloge funèbre de Matthew pour Calanthe.

Elle n'a plus peur de la Mort désormais.

33

Jour 242 après le Flash
Frontière entre le Tennessee et l'Alabama

— J'aime pas ça, murmura Jackson en agrippant le volant du van, les yeux plissés vers la route.

Maintenant ce n'était plus la tempête de cendres qui gênait notre progression…

Le *brouillard* nous enveloppait. Les montagnes qui flanquaient l'autoroute semblaient baigner dedans.

Je n'avais pas vu de brouillard depuis le Flash. Malheureusement, ce n'était pas le seul changement de temps que nous ayons dû affronter. Au cours des six jours qui avaient suivi le sauvetage de Matthew, les températures avaient chuté jusqu'à friser le zéro.

Les tempêtes étaient moins fréquentes mais, quand elles survenaient, elles étaient violentes.

Des vents mordants au cœur du sud profond – en mai ? La buée qui sortait de nos bouches nous mettait tous à cran. Pour ce que l'on en savait, la terre entière était peut-être en train de revenir à l'âge de glace.

Je n'avais que mon sweat à capuche, Jackson une fine veste en cuir, et Matthew ? Un sac de couchage. Selena, bien sûr, avait tout son attirail de vêtements adaptés à tous les climats.

Depuis la place du mort, elle étudiait la carte.

— On va dans la bonne direction, J.D. C'est peut-être le brouillard qui te désoriente.

Chaque jour, Jackson et Selena s'installaient à l'avant, nous collant à l'arrière, Matthew et moi, avec leurs motos. Comme des bagages.

Matthew était allongé par terre dans son sac de couchage et sifflotait la musique de *Star Wars*, totalement inconscient de notre inquiétude.

— La jauge du réservoir bascule dans le rouge, déclara Jackson. Et sur cette carte, on voit pas de ville avant des kilomètres. C'est la cambrousse ici.

— La carte est vieille, répondit Selena. Il y a peut-être des centres commerciaux juste devant. Et je te garantis qu'on dénichera plus d'essence qu'on en a trouvé dans les endroits qu'on a déjà dépassés.

Après avoir porté secours à Matthew, nous avions décidé d'aller dans le nord, au Tennessee, avant de bifurquer à l'est vers la Caroline du Nord. Rebrousser chemin sur la même route désolée – et dépourvue de toute ressource – n'était pas envisageable.

Il ne nous restait plus que quelques barres énergétiques. Les réserves d'eau s'épuisaient.

Même si nous nous étions en théorie écartés du sillon destructeur de la grosse armée, nous n'avions rien trouvé à manger dans ce secteur.

Et qu'est-ce qu'on avait récolté à la place ? Des Épouvantails. Ils rampaient le long des routes pour essayer d'atteindre notre van.

— On peut toujours utiliser l'essence des motos, suggéra Selena.

Jackson secoua la tête.

— Ça nous ferait même pas quinze kilomètres dans ce truc. En plus, on doit économiser ces réservoirs.

Je remarquai que ses épaules et sa mâchoire étaient crispées. Il avait tant de responsabilités… J'aurais aimé pouvoir l'aider d'une manière ou d'une autre. Je n'en étais peut-être pas capable – mais Matthew, si.

Tandis que Jackson et Selena débattaient de l'itinéraire à suivre, je réarrangeai notre caisse d'armes et nos bidons vides à l'arrière pour pouvoir étendre mon sac de couchage à côté de Matthew. Je m'allongeai et me recroquevillai pour conserver la chaleur. L'arrière du van était plein de courants d'air.

Je me tournai vers lui.

— Matthew, parle-moi, murmurai-je. Est-ce qu'on va dans la bonne direction ? Est-ce qu'on trouvera bientôt à manger ? Dis-moi quelque chose qui puisse nous être utile.

Jackson et Selena n'avaient pas la moindre idée du trésor qui était entre leurs mains, et continuaient à le traiter comme un idiot.

Comme un fou.

Matthew me jeta un regard noir.

— Ils ne le méritent pas, grommela-t-il dans sa barbe, ce qui lui donnait plus l'air d'un garçon de seize ans que d'un visionnaire.

Puis il reprit sa mélodie de *Star Wars*.

Et les sifflements, ça craignait.

Puis voilà que Selena mit de nouveau ce rock industriel pénible. Matthew siffla plus fort ; Selena augmenta le volume.

Si la tension montait encore dans ce van, il allait exploser. Nous commencions à ne plus pouvoir nous supporter, tous les quatre.

Jackson avait immédiatement détesté Matthew. Il se renfrognait dès qu'il me prenait la main en marchant, et le traitait de *bon à rien*[1] à la moindre occasion.

En apparence, Selena ignorait royalement Matthew, mais quand elle pensait que personne ne la regardait, elle l'observait avec une intensité alarmante.

La vision que Matthew m'avait envoyée d'elle m'avait donné des frissons. Mais il ne semblait pas la craindre le moins du monde, ce qui me rassurait.

1. En français dans le texte. (*N.d.T.*)

J'avais décidé de mettre de côté toutes mes préoccupations – et ma jalousie – à propos de Jackson et Selena, pour me concentrer sur Matthew. Il me semblait qu'il devait être privé de soins continus pour la première fois de sa vie… et il le supportait difficilement.

La plupart du temps, il ne paraissait même pas vivre dans notre réalité. Il parlait tout seul, avec quelques éclats de rire isolés par-ci, par-là. Il dormait d'un sommeil agité, sans doute submergé par ses propres visions.

Il m'avait fait assister à une bataille. Je n'avais jamais demandé à renouveler l'expérience.

Dès que nous pouvions parler à l'abri des oreilles indiscrètes de Jackson et Selena, j'essayais de creuser le sujet des Arcanes. J'avais découvert que le Fou pouvait non seulement voir l'avenir d'autres personnes, mais aussi leur passé et leur présent. J'avais appris qu'il y avait beaucoup d'autres jeunes dans notre cas. Mais malheureusement, je ne savais toujours pas quel était notre but.

Si nous étions tous impliqués dans une sorte de guerre, avec des alliances et des batailles, alors qu'est-ce qui avait déclenché l'affrontement ? Je savais que c'était une question de vie ou de mort – j'avais vu Calanthe se faire décapiter – mais d'autres adolescents avaient-ils déjà péri ?

Joules et Gabriel avaient-ils survécu à cette nuit ?

Finalement, Matthew m'avait révélé juste assez d'informations pour que j'aie envie de m'arracher les cheveux. L'une de nos conversations typiques :

— Combien y a-t-il d'Arcanes ?

— Les cartes ?

— Oui, les cartes.

Un hochement ferme de la tête.

— *Les Arcanes.*

— D'accord. Alors qu'est-ce qui est arrivé en premier – les enfants ou les cartes ?

Sa réponse :

— Les Dieux.

J'étais presque prête à penser qu'il le faisait exprès pour me frustrer, sauf qu'apparemment c'était *moi* qui l'exaspérais *lui* – comme s'il essayait de m'apprendre une nouvelle langue et que j'en oublie sans cesse les rudiments.

Je tendis la main vers son front pour écarter l'une de ses mèches de cheveux.

— Matthew, on va se calmer un peu sur les sifflements.

Il prit une profonde inspiration, avec une expression de défi.

— S'il te plaît ? ajoutai-je.

Il me jeta un regard noir, mais se tut.

Un soulagement. Idéalement, j'aurais voulu que nous soyons silencieux au point que Jackson et Selena oublient notre présence.

— L'Impératrice redoute que Deveaux et Luna m'abandonnent.

— Quoi ? Impossible.

Je m'étais *peut-être* fait un peu de souci deux jours plus tôt quand j'avais entendu Jackson dire à Selena :

— Ce gamin ne sait pas se battre, chasser ou monter la garde – ni même la fermer. C'est un parasite. (Exactement comme il m'avait qualifiée, moi.) Il a tout le temps faim. On épuise tout ce qu'on trouve.

Selena avait répondu :

— Mais elle l'aime tellement, J.D. Tu dois bien voir comme c'est fort, ce qu'elle éprouve pour lui.

Mon attachement pour Matthew n'allait pas du tout dans ce sens – et elle le savait – mais je ne pouvais par protester sans révéler que je les espionnais.

Puis elle avait ajouté :

— Pourquoi ne lui dis-tu pas qu'on accepte de le garder, mais seulement à condition qu'elle consente à retourner chez moi. Sinon, on sera forcés de se débarrasser du poids mort.

Selena, tu es un serpent qui rampe dans la cendre.

Pourtant, j'avais entendu Jackson lui répondre :

— J'y réfléchirai.

Quelle influence avait-elle sur lui ?

Jugeant qu'il était impossible qu'ils m'entendent par-dessus cette musique infernale, je murmurai :

— Matthew, Selena peut-elle littéralement apporter le doute ?

— C'est la Lune.

Il commença à fixer sa main des yeux et à la tourner dans tous les sens comme s'il en examinait chaque contour. Ce qui signifiait en général que le sujet était clos.

Quand je lui avais demandé si Jackson était en couple avec Selena, j'avais obtenu la même réponse. Et j'ignorais toujours s'ils l'avaient fait ou non. Ils s'entendaient à merveille, mais ne laissaient rien paraître qui pouvait suggérer une relation plus intime.

Du moins, pas chez Jackson. Selena était clairement folle de lui.

Et elle n'était peut-être pas la seule.

Si je pouvais découvrir avec certitude qu'il souhaitait quelque chose de plus sérieux avec moi, et qu'il n'avait pas couché avec notre compagne de route, je lui avouerais que je tombais amoureuse de lui…

Matthew m'adressa un regard déçu.

— L'Impératrice a menti en disant qu'ils ne m'abandonneraient pas.

Je soupirai.

— Je ne laisserai jamais rien t'arriver. S'ils t'abandonnent, je pars avec toi.

Je l'avais dit à Jackson. Grossière erreur.

La veille, pendant l'un des rares moments où Matthew et la collante Selena s'étaient éloignés, Jackson m'avait murmuré d'un ton bourru :

— Tu crois que ce gamin peut prendre soin de toi ? Peut te protéger sur la route ?

J'avais cligné les yeux, confuse.

— Heu, est-ce que ce sera *nécessaire* ? (Puis les doutes étaient survenus.) Ohh, je vois. La tribu a parlé. Selena et toi comptez vous libérer d'un poids. Vous voudrez bien au moins me tenir au courant, qu'on puisse se préparer ?

Jackson avait rejeté la tête en arrière, la mâchoire crispée.

— Tu crois vraiment que je t'abandonnerais ?

— Il se pourrait que j'aie malencontreusement surpris une conversation entre elle et toi. Tu as traité Matthew de parasite, tu l'as accusé d'épuiser toute la nourriture.

Jackson envisageait-il de sacrifier Matthew au nom de l'intérêt commun ? Surtout sous l'influence de Selena et avec les doutes qu'elle instillait ?

— Ce sont des *faits*, avait répondu Jackson. Des faits que *moi*, j'ai tendance à ne pas négliger avant de prendre une décision.

— Comme celle de l'abandonner ou pas ?

— Et qu'est-ce que tu ferais si je le faisais ?

— J'irais avec lui, avais-je répondu sans hésitation.

— Tu le choisirais lui plutôt que moi ?

Pendant une fraction de seconde, il m'avait semblé voir dans son regard quelque chose de féroce et de possessif à vous donner des frissons, ensuite...

Plus rien. Son expression s'était refermée une fois de plus. Sur un ton acerbe, il m'avait lancé :

— C'est peut-être ce que je devrais faire ! Vous laisser tracer votre route, les deux inutiles. Si j'étais pas aussi certain que ce serait t'envoyer droit dans la tombe, je vous abandonnerais sur-le-champ !

Puis il était parti comme une furie, me laissant totalement abasourdie.

Depuis, nous n'avions pas échangé plus de quelques mots, même si je surprenais souvent son regard posé sur moi dans le rétroviseur.

À présent, je disais à Matthew :

— Je ne veux pas que tu t'inquiètes pour ça, d'accord ? Promets-le-moi.

— On n'a pas besoin d'eux, dit-il. Tu as besoin de tes alliés.

— D'accord, je vais jouer. Qui sont-ils ?

— L'arsenal !

— *Chut, petit.*

J'avais beau avoir l'impression d'être une grande sœur et une amie pour Matthew, il avait le don de m'agacer comme personne. J'imaginais que ça devait ressembler à ça, de supporter un frère pendant un long voyage.

Plus doucement, il reprit :

— Tu dois t'entraîner à mieux maîtriser tes pouvoirs. La phytomanipulation.

Voilà un élément nouveau !

— Est-ce que ça signifie « contrôle des plantes » ?

— J'ai faim.

Patience.

— Matthew, si je dois m'aguerrir, est-ce que tu seras mon entraîneur ?

— Oui ! répondit-il vivement. Sors tes griffes d'épines.

Prenant soudain conscience qu'une autre personne était au courant, je serrai les poings.

— Je ne sais pas le faire sur commande. (La dernière fois qu'elles étaient apparues, c'était dans le quartier de Selena.) À moins que *si* ?

Il poussa un soupir excédé.

Je concentrai mon attention sur mes ongles, en les imaginant se transformer. Rien ne se passa. Je me concentrai de nouveau. Même résultat. J'abandonnai.

— Tu as dit que j'avais d'autres capacités ? (Peut-être plus faciles à maîtriser.) Lesquelles ? Quel est mon signal de reconnaissance d'Arcane ?

— Je ne vois pas tes griffes.

Il observa mes mains, avant d'examiner les siennes. Sujet clos.

— Oh, je comprends. On est dans un nouveau système de récompense. Pas de prouesses, pas de réponses.

Je me rallongeai, fixant des yeux le plafond du van.

Peut-être fallait-il seulement que je laisse les choses se faire. Nous pouvions arriver chez Grand-mère en moins de deux semaines. Je pouvais attendre pour la bombarder de questions.

Que suis-je ? Pourquoi suis-je comme ça ? Quel est mon but ?

Le monde peut-il être... sauvé ?

Soudain, Matthew se redressa d'un bond, le visage pâle.

— La Mort transmet ses salutations.

Aussitôt, Selena baissa le volume de la musique. Je vis Jackson plisser les yeux dans le rétroviseur central.

— Pourquoi ne te prépares-tu pas à la Mort, Evie ? demanda Matthew. Nous avons parlé de ce que l'avenir te réserve.

Oh, non, non, pas maintenant ! Comme si nos échanges énigmatiques ne suffisaient pas à me rendre folle, Matthew aimait aussi parler de ses visions de la Mort. Beaucoup. Ce qui me mettait à cran – et Jackson aussi.

Ce dernier ne savait même pas que Matthew faisait référence à un homme réel, un chevalier psychotique qui avait juré de m'exécuter et de boire mon sang.

Ce matin, Jackson avait dit à Matthew :

— Tu parles encore une fois de la mort et je te cogne. Je te garantis que tu passeras la semaine à t'en remettre. Compris ?

— Je connais déjà, avait répondu Matthew.

À présent, il ajoutait :

— Tu dois te préparer pour la Mort, Evie.

— Je t'ai prévenu, *couillon*[1], dit Jackson.

Selena lui effleura l'avant-bras en lui jetant un regard faussement implorant qui signifiait : « *Sois patient, pour Evie.* »

La personnalité de cette greluche me tapait sur les nerfs et me faisait atteindre de nouveaux sommets d'agacement. Mais comme toujours, j'étais pleine de doutes à son sujet. Évidemment. Je n'avais pas l'impression de pouvoir lui faire confiance, mais j'avais le sentiment que j'allais un jour... dépendre d'elle ?

---

1. En français dans le texte. (*N.d.T.*)

— Cette fois ce sera différent, non ? me demanda Matthew.

Je n'avais pas la moindre idée de ce dont il voulait parler, mais je lui promis :

— Oui, Matthew. Rallonge-toi.

— Tu ne me tueras pas ?

Jackson me jeta un regard dans le rétroviseur.

— Je ne te ferais jamais de mal ! marmonnai-je.

— La Mort n'attendra pas indéfiniment.

En voyant Jackson agripper le volant plus fort encore, je dis :

— Hé, parlons d'autre chose. Tu as déjà vu la navette spatiale en Floride ? (Rien.) Et ces coquins d'Ewoks, hein ?

— Je suis dans la poche de la Mort, alors elle est dans mes yeux, répéta Matthew. Elle te voit en ce moment même. Tu rencontreras bientôt la Faucheuse.

— *C'est ça, couillon*[1] ! aboya Jackson. Bon cette fois, j'en ai assez de ces salades…

Le moteur toussa.

Cracha, grinça, fit un bruit sourd, puis plus rien.

Tout le monde se tut tandis que Jackson orientait le véhicule vers le bas-côté – comme si une autre voiture pouvait venir à passer. Quand notre élan finit par s'arrêter, tout le monde resta immobile et silencieux, même Matthew.

Sans essence, nous allions devoir marcher. Dans le froid glacial et le brouillard. Il n'y avait qu'une seule maison en vue, une modeste structure en brique qui avait très certainement déjà été pillée.

Exactement comme les jours précédant la mort de ma mère, nous étions « à court de chance ».

Selena avança les lèvres pour souffler ses cheveux loin de son visage.

— Qu'est-ce qu'on fait maintenant, J.D. ?

---

1. En français dans le texte. (*N.d.T.*)

— On a dépassé un camp de milice dans la vallée, pas très loin derrière. Ils auront de l'essence.

Je n'avais rien vu du tout. Bien sûr, puisque je m'étais efforcée de faire taire Matthew.

— Comment tu sais que c'était une milice ?

— Plusieurs gros feux. Je les ai vus même à travers le brouillard. Ils ont pas peur que les autres les repèrent, ce qui veut dire que c'est un groupe armé.

Il descendit du van et rentra immédiatement le menton en serrant sa veste autour de lui.

Je le suivis avec un frémissement glacé. La température avait encore chuté depuis ce matin.

— Je déteste ce froid, murmura-t-il.

Même si aucun d'entre nous n'était habitué à ces températures, au moins j'étais allée skier avec Mel et sa famille chaque hiver.

Jackson n'avait jamais connu un tel froid, n'étant jamais sorti de Louisiane. Quand Selena lui avait demandé quelle était sa station de ski préférée, il avait échangé un regard amusé avec moi dans le rétroviseur.

— Je reconnaîtrais pas de la neige même si je m'en prenais en plein visage, avait-il répondu. Je suis un mec du bayou, moi, né et élevé là-bas...

Quand Selena et Matthew nous eurent rejoints, Jackson déclara :

— On va s'abriter dans cette maison pour la nuit et dévaliser le camp demain matin.

— Comment va-t-on leur voler de l'essence ? demandai-je.

— On ? (Jackson haussa les sourcils.) *On* va rien faire du tout. *Toi*, tu vas t'asseoir quelque part en sécurité. Quand les Épouvantails seront moins nombreux, à l'aube, Selena et moi on s'approchera à moto.

Elle rayonna.

Je lui jetai un regard noir, avec la sensation désagréable d'être toujours aussi inutile et embarrassée par mon incompétence. À côté d'elle, je faisais pâle figure.

Chaque fois que Jackson traitait Matthew de *bon à rien*[1], ça ne faisait que me rappeler toutes les fois où c'était moi qu'il avait appelée comme ça.

Une petite poupée sans le moindre cran et qui ne valait rien.

1. En français dans le texte. (*N.d.T.*)

34

Je m'éveillai en sursaut d'un cauchemar. Quand j'ouvris les yeux, mes griffes étaient sorties et brillaient sous le faible clair de lune qui filtrait à travers une fenêtre crasseuse.

À côté de moi, Selena et Matthew dormaient. Plus tôt, nous avions tous les trois étalé nos sacs de couchage autour d'une cheminée froide – nous n'avions pas osé allumer de feu – puis partagé nos barres énergétiques. Pendant que nous essayions de dormir, Jackson avait monté la garde dans une pièce adjacente.

J'observai mes griffes en me rappelant mon cauchemar. La sorcière était entourée de silhouettes indéfinies, et elle brûlait de cette compulsion écrasante de les tuer.

Elle s'était alors mise à tournoyer sur elle-même jusqu'à ce que ses cheveux parsemés de feuilles tourbillonnent autour de sa tête en propulsant des choses dans l'air. Des *spores* ? Quand elle s'était arrêtée, elle avait assuré à ses victimes : « *Il n'y a aucune honte à renoncer*. »

Je m'étais attendue à ce que les villageois s'étranglent en se tordant de douleur, comme le jeune admirateur avant eux. Même dans mon sommeil, je m'étais préparée à voir surgir de nouvelles images épouvantables.

Au lieu de quoi, ses victimes s'étaient effondrées avec des soupirs de bonheur, en se blottissant dans l'herbe verdoyante chauffée par le soleil.

Où étaient les os fracturés ? Les lambeaux de chair ? Les cris ? Ces personnes s'étaient simplement endormies. Mais elles n'allaient *jamais* se réveiller.

Ce cauchemar était presque plus atroce que les plus sanguinolents. Sa subtile malveillance me hantait. Il n'y avait pas eu un cri – parce que aucun de ces malheureux ne se doutait qu'il allait perdre la vie...

Tandis que mes griffes se rétractaient petit à petit, j'agitai les doigts en regardant la lumière se refléter sur les épines. Je pris conscience que je commençais à m'y habituer. Leur vue ne me choquait même plus, désormais. En fait, je me sentais... engourdie.

Je devenais progressivement comme *elle*. Les capacités que j'avais un jour considérées comme un don ressemblaient plus à une malédiction.

Quand mes ongles furent redevenus normaux, je me levai pour partir à la recherche de Jackson. À la recherche de réconfort. J'avais seulement besoin d'être près de lui, je savais que je me sentirais mieux.

Dans la chambre voisine, je m'arrêtai net ; je le trouvai endormi pendant sa garde, assis sur un banc recouvert de coussins, sous une fenêtre.

L'une de ses longues jambes était pliée, son arbalète en équilibre précaire sur son genou, son autre jambe étendue devant lui. Il avait posé sa tête contre la vitre. L'avais-je déjà vu dormir ?

Non. Parce qu'il avait veillé pour me protéger toutes les nuits. Enfin, sauf chez Selena. Je n'étais même pas sûre de l'endroit où il avait dormi ce soir-là.

Des cernes s'étiraient sous ses yeux et il avait les sourcils froncés de préoccupation. Toutes ces responsabilités... j'eus un pincement au cœur. Pas étonnant qu'il boive tant.

Je montai sur le banc et m'agenouillai à côté de lui, puis passai doucement le dos de mes doigts sur sa joue. Il ne se réveilla pas. Il devait être exténué.

Je ressentis un élan de tendresse pour ce garçon – mon protecteur saoulard et vulgaire.

Je soupirai. Était-il *mon* protecteur ? Pouvait-il vraisemblablement préférer une *bonne à rien*[1] à une Selena sans défaut ? Même si je détestais l'admettre, elle lui correspondait mieux. En fait, je ne voyais pas comment quiconque aurait pu mieux lui correspondre.

Si je découvrais qu'ils avaient couché ensemble, aurais-je encore envie de lui ?

Tant de questions et tant de secrets tourbillonnaient entre nous... Je l'impliquais dans une sorte de bataille à laquelle je ne voulais pas prendre part, j'étais devenue une cible à cause de capacités que je n'avais jamais demandées et que je ne savais pas contrôler, et Jackson était la seule chose dans ma vie qui me donnait l'impression d'être saine d'esprit, et l'*envie* de me battre pour un avenir.

Je penchai la tête et passai mon pouce sur sa lèvre inférieure en me remémorant notre baiser. Que n'aurais-je donné pour revenir à cette nuit-là, pour lui expliquer mes craintes, pour lui demander d'aller plus lentement.

— Hé, murmura-t-il soudain. (Il avait le regard voilé. Un sourire indolent se forma sur ses lèvres.) Voilà, c'est comme ça que j'aime être réveillé, *peekôn*.

Si j'avais trouvé que la gaieté et le sourire lui allaient bien, le Jackson endormi me faisait fondre le cœur.

Il repoussa son arme et passa un bras autour de moi pour m'attirer contre sa poitrine. Quand je m'abandonnai à son étreinte, il remonta ses genoux de part et d'autre de mon corps.

Il posa la bouche contre mes cheveux et dit d'une voix rauque :

— *Mon chèvrefeuille.* Jack te plaît alors, là, tout de suite ?

— Oui, répondis-je, honnête, en me délectant de sa chaleur, de ses bras forts autour de moi.

J'aurais voulu m'enfouir tout contre lui, plus près encore.

---

1. En français dans le texte. (*N.d.T.*)

— Ah, *bébé*[1], j'ai l'impression de pas t'avoir vue depuis des semaines.

— Je sais, moi aussi.

Il prit mon visage entre ses mains et me regarda dans les yeux.

— Si j'avais su que je serais réveillé comme ça, je me serais endormi plus tôt. (Puis il se raidit.) Attends. Pourquoi est-ce que je *dormais* ?

Il bondit sur ses pieds, m'envoyant valser avant de me rattraper par le bras et de me stabiliser sur le banc.

— Bordel ! Je me suis endormi en montant la garde ?

Dans la pièce d'à côté, Selena remua mais ne se réveilla pas.

— Jackson, tu ne t'es pas reposé depuis des jours. Des semaines, même. Tu t'es simplement assoupi.

— Et c'est *toi* qui m'es tombée dessus ?

Il s'empara de son arbalète en observant les alentours par la fenêtre. L'endroit devait être désert, parce qu'il baissa son arme.

— On aurait pu être encerclés par des Épouvantails. Je sais pas ce qui s'est passé. Ça m'est *jamais* arrivé.

— Personne ne peut tenir aussi longtemps avec si peu de sommeil.

— Je le faisais, par le passé. (Il se laissa retomber sur le banc, le regard rivé vers l'extérieur.) Tu parles si je prends bien soin de toi.

— Mais tu *prends soin de moi* ! Je te dois la vie.

— Jusqu'à quand je vais pouvoir te garder en sécurité ? Les choses vont faire qu'empirer. On se dirige vers des zones où les gens vivaient de la terre et de la chasse, où il n'y avait pas de supermarché à tous les coins de rue avec des allées entières de boîtes pour survivre. Ils seront affamés, Evie. Désespérés.

La nouvelle chaîne alimentaire…

---

1. En français dans le texte. (*N.d.T.*)

— Je vais t'emmener droit au cœur du danger et il se peut que ce soit pour rien. Tu dois te demander si ta grand-mère est seulement en vie.

— Elle l'est.

— Pourquoi tu es si sûre de toi à propos d'elle ? Tu as eu d'autres visions, c'est ça ? Bon sang, pourquoi tu ne me l'as pas dit ? (D'un ton maussade, il ajouta :) Je parie que tu l'as dit à l'autre *couillon*[1].

Que répondre à ça ?

— J'ai l'impression que vous communiquez entre vous par un moyen qui m'échappe. (Il poussa un soupir.) Je suppose qu'il faut que je m'y fasse. (Puis il fronça les sourcils.) Pourquoi ce gamin parle toujours du futur ? Tu as dit qu'il t'apprenait des choses. Comment peut-il apprendre quoi que ce soit à une devineresse comme toi ?

Je commençai à triturer nerveusement un trou dans mon jean.

— Est-ce qu'il est… comme toi ? Il peut voir l'avenir ?

Même si je ne parlerais peut-être pas de mes secrets les plus inquiétants à Jackson, je ne pouvais plus lui mentir ainsi.

— Je ne vois pas l'avenir, Jackson. Je n'ai pas de dons psychiques.

Mais je ne pouvais pas non plus lui révéler les secrets de Matthew.

Jack me jeta un regard déçu.

— J'ai *vu* tes dessins. Je t'ai vue saigner du nez.

Je me mordis la lèvre en jetant un regard évasif à travers un carreau sale. *Oh oh.*

— Le jour où on a sauvé ce gamin, tu m'as dit que tu ne pensais pas pouvoir survivre longtemps sans lui. Il est pas seulement bête, hein ? (Quand je finis par secouer la tête, Jackson ajouta dans un murmure :) J'espérais que si.

— Il est seulement… différent.

---

1. En français dans le texte. (*N.d.T.*)

— Quand est-ce que tu vas me dire la vérité ? Il est quoi pour toi ?

— J'ai commencé à le voir juste avant le Flash. On communique effectivement d'une autre manière. C'est l'une des voix que j'entends.

— Hum. T'as pas saigné du nez une seule fois depuis qu'on l'a récupéré.

Je déglutis. Cette discussion prenait un tour qui ne me plaisait pas du tout.

— C'est comme un de ces problèmes qu'on faisait à l'école, reprit-il. Si certaines choses sont vraies et que d'autres sont fausses, on peut parvenir à déduire la solution. Si tu m'as pas menti ce soir...

— Je ne t'ai pas menti !

— ... alors je peux remonter jusqu'à la vérité. Un. Tu as dit que tu ne pouvais pas voir l'avenir, mais tu m'as pas répondu quand je t'ai demandé si le *couillon*[1] en était capable. Deux. Pour une quelconque raison, tu penses que *son* aide peut te protéger. Trois. Tu m'as dit une fois que tu avais l'impression qu'on t'enfonçait tes visions dans le crâne. Peut-être parce que c'est le cas ?

Mon Jackson malin et perspicace.

Son expression s'illumina.

— Tu as fait pousser des plantes d'une façon ou d'une autre et c'est *lui* qui voit l'avenir ? Ça a du sens.

Je le dévisageai.

— Est-ce qu'il t'envoyait ces visions pour te protéger ?

Pourquoi le nier ?

— Il essayait de me préparer au Flash. Je l'ai à peine écouté.

Jackson se tendit.

— Alors pourquoi il continue à te parler de la *mort*, Evangeline ?

Oh mince.

1. En français dans le texte. (*N.d.T.*)

— Quand il parle de ma rencontre avec la Mort, ce n'est pas au sens auquel tu l'entends. Plutôt comme si je devais me préparer à affronter un grand méchant ou quelque chose comme ça. Je sais que ça a l'air bizarre, mais il considère la Mort comme... une personne. Quelqu'un qu'on peut battre.

La tension sembla légèrement s'apaiser sur les épaules de Jackson. L'idée d'un adversaire concret, réel, c'était quelque chose qu'il pouvait gérer.

— Alors vous avez tous les deux des dons. (Son visage s'affaissa.) C'est pour ça que vous vous plaisez tant.

— Ce n'est pas du tout ça, avec Matthew. Il ne me voit pas sous cet angle.

— C'est un gars de seize ans, Evie. Il te voit *que* sous cet angle ! Tu peux me faire confiance là-dessus, *ma chère*[1].

— Eh bien moi, je le considère comme un frère.

— Comme moi avec Clotile ? demanda-t-il, et j'eus l'impression qu'il retenait son souffle.

— Exactement. C'est comme un petit frère pour moi.

Jackson ferma brièvement les yeux. Au souvenir de Clotile ? Ou de soulagement face à ce que je venais de lui dire ? Ou les deux ?

Avait-il vraiment cru que Matthew m'intéressait ? Je ne pouvais qu'imaginer tout ce que Selena avait dû lui souffler quand je n'étais pas là. *Pouffiasse de Porteuse de Doute.*

Jack croisa mon regard.

— J'ai quelque chose pour toi.

Il attrapa son sac, fouilla à l'intérieur et en sortit une bouteille de Sprite.

J'entrouvris les lèvres quand il me la tendit.

— Tu savais que c'était ma boisson préférée ?

Il aurait aussi bien pu m'offrir un bijou hors de prix. Tout comme le chewing-gum, chaque fois que nous buvions un soda ou mangions un bonbon, c'était un de moins dans le monde qui ne serait jamais remplacé.

1. En français dans le texte. (*N.d.T.*)

— Bien sûr. Je t'ai quand même vu prendre cinq déjeuners. Je l'ai gardé pour le jour où tu pourrais en profiter... toute seule.

Je dévissai le bouchon et lui tendis la bouteille.

— On va le partager.

— Oh, tu boirais après moi ?

Je rougis.

— Parfois, je peux être très immature, Jackson. Je sais que ce n'est pas toujours facile d'être patient avec moi.

Nous bûmes chacun notre tour et il redevint sérieux.

— Je vais pas être capable de continuer de foncer à l'aveuglette comme ça. Et il y a tellement d'autres choses que tu me dis pas. Pourquoi tu me fais pas confiance ? C'est à cause des choses que j'ai faites à l'école ?

Arcanes veut dire secrets.

— Ce n'est pas toi, Jackson, c'est moi.

Il fronça les sourcils, prêt à me poser une nouvelle question, mais le soleil commençait à se lever.

— J'ai du pain sur la planche, dit-il. J'aurais bien laissé Selena ici pour monter la garde, mais son arc est plus efficace à distance et j'ai besoin d'elle pour me couvrir. Je peux pas entrer et sortir de ce camp rempli de soldats sans elle.

— Je comprends.

— T'auras pas à t'inquiéter des Épouvantails aujourd'hui. Et bon sang, le *couillon*[1] peut sûrement voir si une menace approche, hein ?

— Ne t'inquiète pas pour moi. Mais sois prudent, je t'en prie. (Même si je savais qu'il était courageux et plein de ressources, je ne voulais pas qu'il y aille, je redoutais le danger dans lequel il allait se fourrer.) Je veux que tu reviennes sain et sauf, d'accord ?

— Je pourrais presque croire que tu te soucies vraiment de moi.

— Mais je me soucie vraiment de toi !

— Ou plutôt d'avoir un garde du corps pour te protéger.

1. En français dans le texte. (*N.d.T.*)

— Tu es plus que ça pour moi, répondis-je calmement. Et tu le sais... alors pourquoi fais-tu semblant de l'ignorer ?

— Prouve-le. (Il s'approcha jusqu'à ce que nos visages se touchent presque.) Dis-moi tes secrets.

Seigneur, j'adorais quand il me contemplait ainsi, le regard fixe et si... *affectueux* ?

— Fais-moi confiance, *ma belle*[1]. Tu peux faire ça ?

« *Ma belle*[2] », selon moi, pouvait signifier « ma jolie » comme « ma petite amie ». Qu'avait voulu dire Jackson ?

Des rayons de soleil aveuglants nous frappèrent le visage à travers la vitre, comme... un soleil d'hiver.

Le charme était rompu. Jackson reprit son attitude agitée. Son esprit était de nouveau occupé par la tâche qu'il s'apprêtait à accomplir.

— Réfléchis-y, Evie. On en reparlera à mon retour.

Il alla réveiller Selena et Matthew, tous deux de mauvaise humeur. Mais j'étais trop nerveuse pour m'en soucier.

Jackson estimait que la maison était une cible facile et décida de camoufler le van en bas de la route pour que Matthew et moi puissions nous y cacher.

Avant de partir, Jackson attrapa Matthew par le bras et lui déclara d'un ton dur comme de l'acier :

— Tu vas rester ici et *surveiller* Evie. Apporte ta contribution, pour une fois. Si tu vois la moindre occasion de tuer ou de mourir pour elle aujourd'hui, alors *tu la saisis*.

Voyant que Matthew se contentait de le regarder, Jackson fouilla dans notre caisse d'armes et en sortit une machette dans son étui, qu'il lui tendit.

Matthew rit et la laissa tomber.

Jackson serra les poings, prêt à exploser.

Mais Selena intervint rapidement.

— Ils seront bien cachés ici, J.D. Tout ira bien.

---

1. En français dans le texte. (*N.d.T.*)
2. En français dans le texte. (*N.d.T.*)

Jackson se tourna vers moi :

— *On parle quand j'reviens*[1].

— *Fais attention à toi*[2], répondis-je.

Selena n'apprécia pas ce petit échange.

— Hé, beau gosse, pas besoin de prendre les deux motos. Ce serait gaspiller de l'essence.

Quand Jackson acquiesça avec un haussement d'épaules et enfourcha son engin, Selena passa son arc en travers de ses épaules et monta derrière lui. Avec un plaisir non dissimulé, elle passa ses bras autour de sa taille et appuya ses longues jambes contre les siennes.

Ma place. C'était *ma* place. Mes griffes sortirent lentement, menaçantes, et c'était *bon*. Je fermai les poings pour les dissimuler, mais Matthew gloussa derrière moi.

Selena me jeta un regard triomphant par-dessus son épaule. Et quand elle posa la tête contre son dos, j'étais certaine qu'il pouvait la sentir sourire derrière lui.

---

1. En français dans le texte. (*N.d.T.*)
2. En français dans le texte. (*N.d.T.*)

35

— Tu peux me dire si Jackson ne risque rien là-bas ? demandai-je à Matthew tandis que nous attendions dans le van, enveloppés dans nos sacs de couchage pour nous tenir chaud.

Le brouillard s'installait et me glaçait jusqu'aux os.

— Tu le reverras. (Je laissai échapper un soupir de soulagement et il ajouta :) Tu penses trop à lui.

Dis-moi quelque chose que je ne sais pas, Matto. Et ce n'était pas parce que Jackson m'avait appelée « *ma belle* ».

Être la petite amie de Jackson Deveaux... cette perspective me donnait le vertige. Je n'osais l'espérer.

Puis, alors que mes angoisses refaisaient surface, je me mordis la lèvre. *Et la guerre des Arcanes ? Selena, la Mort, la sorcière rousse ?*

— Quand Deveaux t'aide, il te fait du mal.

— Tu m'as déjà dit ça, mais pas ce que ça *signifie*. (Pas de réponse.) Il m'a sauvé la vie – et la tienne. Il nous protège. Il m'a beaucoup appris sur les Épouvantails et la recherche de provisions. (Toujours aucune réaction.) Matthew, je me sens plus forte à ses côtés.

— Entraîne-toi avec tes griffes, dit-il. *Ça*, ça te rendra plus forte.

— Je ne sais même pas comment les faire sortir, parce que personne ne peut me le dire.

Pour l'instant, elles réagissaient seulement aux émotions de manière incontrôlable.

— Comment la sorcière rousse sort-elle ses griffes ?

Je lui jetai un regard noir.

— En parlant de choses dégoûtantes qui me répugnent, combien de temps vais-je encore devoir supporter ces cauchemars ? Tu peux voir dans l'avenir ? *Pourquoi* est-ce que je la vois ?

Alors que je n'avais aucune envie de combattre la Mort, j'étais presque tentée d'affronter la sorcière. Les cauchemars cesseraient enfin – d'une manière ou d'une autre.

— Matthew ?

Il commença à examiner l'une de ses mains. Sujet clos.

Alors je posai la même question que celle que je lui posais depuis des jours.

— Peux-tu seulement me dire si Jackson et Selena ont couché ensemble, s'il te plaît ?

— Tu le sauras bien assez tôt, bougonna-t-il.

Les réponses déconcertantes du roi des secrets !

— Tu penses à lui et tu n'as même pas entendu la carte, reprit Matthew.

— Quelle carte ? demandai-je en préparant notre déjeuner.

Autrement dit, je sortis une barre énergétique écrasée de ma poche pour la partager avec lui. Mon estomac en gargouillait d'avance.

— Tout près. Ne regarde pas *cette* main. Mais tu ne peux pas l'entendre à cause de Deveaux.

— Et pourquoi est-ce que je voudrais entendre les voix ? Je ne connais pas cette nouvelle carte. Je ne ressens aucun attachement pour aucune d'entre elles à part toi. Je *déteste* les voix.

— Alors tu mourras, avec leurs murmures jubilatoires dans les oreilles.

— Matthew, c'était plutôt… dur ça.

Et sinistre. C'était dans des moments comme celui-là que je m'apercevais combien j'en savais peu sur lui, en réalité.

— La Mort t'attend, dit-il pour la énième fois.

— Alors elle va devoir attendre encore un bon bout de temps ! répliquai-je. (La simple mention de ce chevalier en armure me mettait à cran.) La Mort a donné une leçon à ces autres Arcanes, pourtant ils étaient forts, unis. Engagés les uns aux côtés des autres, même, ajoutai-je en me rappelant le cri de chagrin de Joules. Je ne l'affronterai jamais. Sors-toi ça de la tête, parce que ça n'arrivera pas. *Jamais*.

Le silence s'établit entre nous tandis que le froid s'infiltrait dans le van.

Je tempérai mon irritation et changeai de sujet.

— Si ce froid et ce brouillard persistent, peut-être qu'on aura aussi un peu de pluie.

Matthew se redressa d'un bond, le regard fou.

— Non, non, non ! Ne dis jamais ça ! Retire ça tout de suite !

Il m'agrippa les épaules et les serra fort.

— Je retire ! Tu me fais mal !

— Tu ne veux pas la pluie ! (Son regard était frénétique, son expression horrifiée.) La pluie, c'est ce qu'il y a de pire.

— Pourquoi donc ?

— PIRE ! hurla-t-il, sa voix résonnant dans le van. Pour *toi*. Pour nous ! Impossible à arrêter. (Il me relâcha, accablé, le visage pâle.) Pourquoi souhaites-tu l'enfer, Evie ?

— Je... je suis désolée. (C'était la première fois qu'il me faisait peur. Je le voyais comme un enfant, qu'il était encore à certains égards. Mais il était lunatique, et aussi fort qu'un adulte.) Pourquoi devons-nous craindre la pluie, Matthew ? Des précipitations sont-elles encore seulement possibles ? S'il y a du brouillard...

— La donne change. Pas en ta faveur, murmura-t-il. Tu deviens faible. Ils deviennent tellement forts...

— Qui ?

— Tous nos ennemis *rient* maintenant. Mais quand le soleil se cachera ? Tu n'as jamais connu la terreur, celle qui accompagnera l'arrivée de la pluie.

Je frissonnai de froid... et de peur.

— J'ai besoin d'une explication. Matthew, il faut que tu clarifies tout ça.

— Tu n'es pas prête. Tu écoutes mal. On est assis dans ce van parce que tu *écoutes mal* ! Nous sommes à la traîne, et la pluie est déjà à l'horizon.

— D'accord, d'accord, mais je suis prête à mieux écouter maintenant. Dis-moi ce qu'on doit faire. Qu'est-ce que *toi* tu penses devoir faire ? Je veux savoir.

— Trop tard. Notre captivité commence bientôt.

— C-captivité ?

— On a besoin de la carte en cage.

— Je tournai les yeux vers le pare-brise et demandai :

— De quoi tu...

Je m'interrompis. Mon cœur fit un bond.

Au milieu du brouillard, un groupe de miliciens – tous armés jusqu'aux dents – était en train d'approcher.

Comme pour une partie de chasse.

— Matthew, suis-moi immédiatement, murmurai-je en épaulant mon sac avant de ramper vers les portes arrière. Attrape la machette. On doit sortir *en silence*.

J'ouvris la porte en grimaçant quand les gonds grincèrent...

Trois fusils étaient pointés sur moi.

— Regardez ce qu'on a trouvé, annonça le chef de nos ravisseurs en nous poussant, Matthew et moi, au milieu de la foule de leur campement.

Pendant notre long périple pour arriver ici, j'avais eu le temps de m'apercevoir qu'il avait autant de problèmes de dentition que de fortes odeurs corporelles. C'était apparemment le cas de toute la population du camp.

Ces hommes étaient ce que Jackson appelait les *cous rouges*[1].

Parce qu'ils avaient effectivement le cou rouge.

1. En français dans le texte. Traduction du terme populaire « *redneck* » désignant un stéréotype d'Américains venus du Sud et issus de la campagne. Leurs coups de soleil sur la nuque, dus au travail en extérieur, seraient à l'origine de cette expression. (*N.d.T.*)

Pendant notre capture, Matthew n'avait pas résisté une seconde. En fait, quand ils m'avaient tiré les poignets en arrière pour me passer des liens en plastique, il avait lui-même mis ses mains dans son dos pour leur faciliter la tâche.

Je n'aurais pas forcément voulu qu'il résiste – nous étions cernés par des fusils – mais peut-être aurait-il pu au moins manifester un minimum de déplaisir ?

Nous avions été enlevés, notre van pillé et *mon* sac dévalisé. Le meneur de la bande avait volé tous mes bijoux et les bouteilles de whisky, avant de jeter le reste.

Alors que le chef Cou Rouge nous faisait traverser le camp, je gardais les yeux ouverts à la recherche de Jackson ou Selena – et tentais d'ignorer les hommes qui se levaient sur mon passage en me reluquant avec des yeux lubriques.

Ils semblaient tous porter des tenues d'hiver, même si la plupart de leurs vestes arboraient ce qui ressemblait à des impacts de balles. Je fronçai les sourcils. Ces trous étaient souvent ensanglantés… dans le dos.

J'entrouvris les lèvres en comprenant. C'était eux qui avaient pris leurs victimes en traître avant de les dépouiller de leurs vêtements.

— Ça, c'est appétissant, dit un homme en agrippant son entrejambe.

Je frémis de dégoût, réprimant l'envie de faire sortir mes griffes. Elles pourraient facilement couper ces liens… Matthew m'avait même dit, une fois, qu'elles étaient capables de transpercer du métal.

Mais ensuite ? Ces hommes avaient des pistolets. Je ne courais pas vite et je ne pourrais jamais abandonner Matthew.

Et puis je finirais sûrement par me couper moi-même, d'ailleurs. Et que ferais-je si l'herbe morte se mettait à pousser sous mes gouttes de sang ?

Cou Rouge nous fit passer devant plusieurs camping-cars dont les générateurs bourdonnaient, des dizaines de tentes et des véhicules en tout genre. Des feux brûlaient un peu partout, sur lesquels des hommes rôtissaient ce qui ressemblait à des petits mammifères. Malgré les circonstances, l'odeur de viande grillée me mettait l'eau à la bouche.

Je repérai aussi des bidons d'essence en plastique disséminés un peu partout. Je compris que cette milice regorgeait de réserves d'essence avant même de voir un camion-citerne. Ils le maintenaient sous bonne garde au centre du camp, comme une idole en or.

Et ce n'était pas tout. À côté du camion-citerne se trouvait un réservoir surélevé, dont les côtés en fer gouttaient. *Rempli d'eau.*

Cou Rouge s'arrêta devant une cellule improvisée, une cage faite de caisses en bois empilées et clouées les unes aux autres. Un seul garçon était enfermé à l'intérieur. Au moins, Jackson et Selena étaient toujours libres.

Cou Rouge nous poussa à l'intérieur, cadenassa la porte derrière nous et assigna trois cerbères pour nous surveiller.

— Ne quittez pas votre poste, leur ordonna-t-il. Sous aucun prétexte.

L'autre prisonnier avait environ notre âge. Son nez était recouvert de taches de rousseur et ses cheveux blonds et sales lui arrivaient au menton. Ce garçon était-il la carte en cage que j'étais censée écouter ? Celui que nous devions trouver ? Il semblait tellement... *quelconque*.

— Quoi d'neuf ? dit-il tandis que nous nous asseyions sur le sol froid et recouvert de cendres. Je suis Finneas. Appelez-moi Finn...

Il s'interrompit en me dévisageant, moi, puis Matthew.

Il voyait nos tableaux ; je le savais parce que je distinguais le sien. Pendant une fraction de seconde, Finn fut enveloppé d'une toge rouge ; il brandissait une baguette vers le ciel et pointait l'autre main vers le sol. Sur une table devant lui reposaient un pentacle, un calice, une épée et une canne. Un lit de roses et de lilas poussait à ses pieds, et des plantes rampantes tout autour.

— *Ne regarde pas* cette *main*, regarde *celle-là*.

Son signal de reconnaissance devint alors silencieux. Entendait-il les nôtres ?

Et ce garçon était-il associé aux plantes d'une quelconque manière ? La carte de Matthew comportait également une fleur, une rose blanche !

Comme la carte de la Mort, bien sûr – l'emblème sur le drapeau noir qu'elle portait.

Alors que je clignais les yeux pour faire de nouveau le point, Finn déclara :

— Waouh. Je crois que je viens d'avoir un retour d'acide.

On aurait dit qu'il débarquait tout juste d'une plage de Californie.

— Je… je suis Evie. Voici Matthew.

Matthew croisa son regard et dit :

— Carte. Arcanes. Secrets. Carte.

— Si tu veux, mec.

— Hum, Finn, je n'ai pu m'empêcher de remarquer que tu as l'air particulièrement calme, dis-je.

Matthew, lui aussi, ne semblait pas affecté par notre situation. Il se mit à observer le bois de l'une des caisses.

— Je suis calme, blondinette.

— Alors que ces hommes sont probablement des esclavagistes ou des cannibales ?

— Nan, c'est juste une association de propriétaires qui a mal tourné.

Son ton désinvolte me fit froncer les sourcils.

— Qu'est-ce qu'ils nous veulent ?

— Ils vont se servir de moi et de ton étrange compagnon comme d'un leurre pour la citerne.

— Je ne comprends pas.

— Un appât pour Épouvantails. Les bois tout autour en sont truffés. À la tombée de la nuit, ils s'approchent de la citerne en rampant par vagues – à moins que de la viande sur pattes ne se mette à courir pour les distraire. Et alors les bouseux les dégomment. Oh, et pendant qu'on sera en train de déguerpir pour sauver nos miches, tu seras mariée à, disons… *toute* la milice. *Mazel tov*.

La terreur s'empara de moi – à la fois pour Matthew et pour moi.

— C-combien de soldats y a-t-il ici ?

— Des centaines.

— Des *centaines* ?

Même si Jackson finissait par comprendre ce qui nous était arrivé, je ne savais pas s'il pourrait nous sauver.

— Ils attendent seulement que la nuit tombe. Ensuite tu seras une putain de malchanceuse, sœurette. Il n'y a qu'une autre nana dans tout le camp. Mais c'est la fille du chef, alors ils la considèrent comme interdite, un peu comme la Schtroumpfette. (Il soupira et fit la grimace en regardant les lattes de bois du toit de la cage.) Un corps de rêve, celle-là – dommage qu'elle ait plus toutes ses dents. Bah, il suffirait que je lui foute un drap sur la gueule pendant que je me la ferais.

— Excuse-moi ?

Matthew gloussa.

— Se la faire pour le bien de la nation.

— Matthew ! m'exclamai-je en fronçant les sourcils.

Je l'aurais pensé plus... innocent.

Finn se mit à rire avec lui ; ces deux-là devenaient vite complices.

Beurk. Les ados ! Jackson m'avait dit que je ne les comprenais pas. Je pris conscience que je ne les comprendrais sans doute jamais.

— Vous êtes en train de plaisanter. Notre situation ne vous inquiète pas du tout ?

— Je me retrouve avec une blonde sexy dans un scénario digne de *Cinq femmes à abattre*[1]. (Finn agita les sourcils en m'adressant un petit sourire grivois.) Une blonde *à forte poitrine* – et avec *toutes* ses dents. Comme diraient mes ploucs de cousins qui se sont fait rôtir par le Flash, je suis « aussi heureux qu'un porc qui se roule dans la merde ».

---

1. Film emblématique des années 1970 qui mettait en scène des femmes en prison, souvent aux mains de geôliers sadiques. (*N.d.T.*)

Association avec les plantes ou pas, ce petit con commençait sérieusement à me taper sur les nerfs.

Quand il s'adossa contre un côté de la cage, je lui dis :

— Je suppose que quelqu'un va essayer de venir te sauver ?

— Je peux me sortir de là quand je veux.

— Vraiment ?

— Je les ai laissés me capturer uniquement pour pouvoir me rapprocher de cette fille. Je suis un magicien, *sexy girl*. Me délivrer de mes liens, c'est mon truc.

— *Le* Magicien, dit Matthew.

Finn pouffa.

— Tu l'as dit, mec.

S'il était un Arcane, alors il avait effectivement certains pouvoirs. Malgré tout, je n'étais pas convaincue par la décontraction totale qu'il affichait.

— Eh bien nous, nous avons des amis qui viendront nous délivrer, lui affirmai-je, pleine d'assurance. Nous serons bientôt sauvés.

Mais le temps continuait de s'écouler. Une heure. Puis une autre.

Pour se distraire, quelques soldats avaient décidé de s'entraîner au tir sur cible : trois Épouvantails qui gémissaient, empalés sur des pieux. Un Épouvantail semblait avoir été fraîchement transformé, l'un n'avait pas de jambes, et l'autre, pas de bras.

Trois soldats ouvrirent le feu et les Épouvantails se tortillèrent en gargouillant. Des lambeaux de peau volèrent et atterrirent près de la cage, empestant l'air.

Je levai les bras contre ma tête pour étouffer le bruit des coups de feu et des gémissements...

En fin d'après-midi, je me surpris à me demander pourquoi Jackson et Selena – deux survivants aussi doués – risqueraient leur peau pour secourir des boulets ?

Jusqu'où allait l'influence de Selena sur Jackson ?

J'avais beau croire encore à notre libération, ma situation actuelle – affamée et frigorifiée, blottie dans une cage – ne m'incitait pas à l'optimisme.

Pas plus que le pétrin qui m'attendait dans le futur.

Et Matthew ne disait rien d'utile. Ne comprenait-il pas ce qui était sur le point de nous arriver ?

Au coucher du soleil, je croulais sous les doutes. Pourquoi Jackson et Selena ne s'enfuiraient-ils pas tous les deux pour vivre heureux, sans tous ces tracas et ces dangers ? Combien de fois Jackson m'avait-il répété que je ne valais pas tous les ennuis que je représentais ?

Je me demandais si je serais capable de m'en remettre s'il m'abandonnait ici.

Je me demandais ce que je ressentirais s'il se faisait tuer en essayant de venir me sauver.

Mes yeux s'embuèrent. À cet instant, je n'en pouvais plus de cette peur, de cette confusion et... de tous ces *gens*. J'en avais assez d'eux ! Le danger rôdait à tous les coins de rue.

— Est-ce que tout le monde est mauvais, maintenant ? murmurai-je dans le vide.

J'éprouvai l'envie pressante et étrange d'enfoncer mes doigts dans la terre et de les sentir... *prendre racine*. Et si je pouvais disparaître dans le sol pour me fondre dans la nature ? Je n'aurais même plus à être une fille, je ferais seulement partie d'un tout, de quelque chose de bien plus vaste.

Si j'abandonnais, il n'y aurait plus aucun souci à se faire pour Jackson, plus à avoir peur d'affronter la sorcière rousse – ou la Mort.

Comme c'était tentant... aussi tentant qu'une baie mûre. Je fixai le sol crasseux avec contemplation.

Puis j'éprouvai un sentiment de honte. Qu'est-ce que Maman penserait de moi, à cet instant précis ? La femme qui s'était attaquée à un Épouvantail ne se rendrait jamais comme ça, sans lutter.

— Ouais, tout le monde est méchant maintenant, dit Finn en me tirant de mes pensées. Quoi, t'as loupé la circulaire ? Des enfoirés. Tous autant les uns que les autres, d'après mon expérience. Tous démoniaques, tout le temps. Mais pas *moi*. (Avec un ton digne de Monsieur Loyal, il souffla :) Moi, je suis *malin*...

Je me tournai vers Matthew.

— Encore une fois, si tu te sens d'apporter ta contribution, je t'en prie. Il faut qu'on trouve un moyen de s'échapper.

— Les cartes, dit-il d'un air victorieux.

— Oui, Matthew, mais il faut vraiment... (Une sirène retentit dans les bois alentour. Je me redressai d'un bond.) Qu'est-ce que c'était ?

— Les Épouvantails sont à nos portes, bébé, répondit Finn, une lueur d'excitation dans ses yeux noisette. C'est bientôt l'heure du spectacle. Je n'ai vu ça que de loin jusqu'à présent.

Soudain, la terre trembla et une explosion ébranla le camp. Je poussai un cri. La détonation fut tellement assourdissante que mes dents claquèrent.

Des débris se mirent à pleuvoir entre les lattes des caisses de la cage. Des nuages de fumée s'élevèrent dans l'air. Des hommes se mirent à crier de tous côtés, ordonnant d'éteindre les feux.

Matthew se mit à bâiller quand une plus grosse explosion retentit.

En entendant un bruit venant de la citerne géante qui était en train de basculer, j'échangeai un regard sidéré avec Finn.

Une foule d'Épouvantails. Une citerne d'eau.

— On va se faire envahir, dit-il. Plutôt gonflé comme diversion. Est-ce que tes potes donnent dans la destruction massive ?

Un véritable chaos s'abattit parmi les miliciens.

— Ouais. Nos potes.

36

La fumée et le brouillard se mirent à gonfler dans le ciel, jusqu'à ce qu'on n'y voie plus à un mètre cinquante.

Mais nous entendions les soldats paniqués qui se battaient autour de nous pour protéger leur campement.

— Invasion d'Épouvantails ! beugla une voix étranglée.

Ils avaient franchi les défenses de la milice.

Des coups de feu retentirent, des hommes crièrent – et les Épouvantails hurlaient en envahissant le camp. Les trois gardes devant nous remuaient, agités, leur arme cliquetant entre leurs mains tremblantes.

— *Evie ?*

Jackson ?

— Je suis là !

Il était venu me sauver !

Soudain, la pointe d'une flèche jaillit dans le dos d'un garde. J'étouffai un cri en le voyant s'effondrer.

Le carreau de Jackson.

Effrayés, les deux autres matons brandirent leur fusil, mais ils ne pouvaient distinguer leur ennemi.

Une autre flèche transperça le cou d'un deuxième vigile ; il se tortilla devant nous en se tenant la gorge, effaré, avant de se noyer dans son propre sang. Le troisième garde fut plus avisé et prit la fuite.

Je vis alors Jackson courir à travers l'épais brouillard, droit sur la cage. Il repoussait violemment les soldats qui lui bloquaient le passage du bout de son arbalète.

Il s'arrêta devant moi en dérapant et m'examina pour voir si j'étais blessée.

— *Bébé*[1], est-ce que ça va ?

Je hochai la tête en silence.

— Je vais te sortir de là.

— La porte est cadenassée, Jackson.

— *Putain*[2].

Mais il en fallait plus pour l'arrêter. Il serra ses poings puissants et se mit à cogner contre les planches, encore et encore, et les enfonça pour me libérer. Du bois et des échardes jaillirent dans tous les sens.

Je jetai un coup d'œil derrière lui et aperçus le troisième garde qui revenait. Alors que je m'apprêtais à crier, Jackson s'exclama :

— Selena, derrière moi !

La pointe d'une longue flèche transperça la poitrine du geôlier. Il s'affalait, face contre terre, quand Selena apparut en courant. Ma vision venait de se réaliser. *Elle a effectivement sauvé quelqu'un que... j'aime*.

— Viens, J.D. ! hurla-t-elle. Ça va exploser !

Qu'est-ce qui allait exploser ? Quelque chose de plus gros que les actuelles détonations qui faisaient trembler la terre ?

Tandis que Jackson nous libérait, Matthew et moi, Finneas resta bouche bée devant Selena – peut-être parce qu'il voyait son tableau, ou peut-être simplement parce qu'elle était splendide.

— Une *autre* meuf ? Saluuuut, beauté fatale.

Malgré la cohue autour de nous, Finneas prit le temps de la détailler.

— Mec. Il *pleut* des bombasses, aujourd'hui. La fille sans dents peut aller se faire voir – je vous suis, les gars.

Ses liens tombèrent. Effectivement, il avait réussi à s'en défaire.

---

1. En français dans le texte. (*N.d.T.*)
2. En français dans le texte. (*N.d.T.*)

Jackson m'attrapa par le bras et nous nous mîmes à courir en direction du van. Enfin, ce qui me semblait être la direction du van.

Tandis que nous dépassions le plus fort de la mêlée, je remarquai que plusieurs flèches enflammées étaient fichées dans le réservoir d'essence. *Une bombe à retardement.*

— Viens, Evie ! (Jackson me tirait derrière lui ; le reste de notre groupe avait pris de l'avance.) Il faut courir plus vite que ça !

— J'essaie !

Il venait de ralentir, probablement pour me jeter sur ses épaules, quand un soldat jaillit d'un banc de brouillard – un fusil pointé sur la tête de Jackson.

C'était Cou Rouge, celui qui m'avait enlevée. Il était à moins de deux mètres – et il tenait Jackson en joue.

— Éloigne-toi gentiment d'elle, et on te laisse partir.

Jackson ne manifesta pas le moindre signe de peur.

— Ça risque pas d'arriver.

— On veut que la fille.

— C'est là qu'on va avoir un problème, répliqua Jackson. Parce qu'elle est à *moi*.

Cou Rouge haussa les épaules.

— Comme tu voudras.

Il posa le doigt sur la détente.

Oh, Seigneur, il était sur le point de *tirer* et Jackson ne pourrait rien y faire, *je* ne pouvais rien y faire…

L'homme appuya sur la gâchette. *Clic*. Rien. *Clic*. Rien.

Vide ?

Cou Rouge ouvrit la bouche, puis regarda Jackson et l'expression sinistre sur son visage.

Ce même regard que j'avais vu cette nuit-là, chez lui, celui qui garantissait la douleur, et qui semblait à présent multiplié par mille.

Je pouvais discerner combien Jackson allait *savourer* cette douleur promise.

Cou Rouge gémit en voyant Jackson se jeter sur lui ; l'un de ses poings heurta sévèrement sa mâchoire.

L'homme s'effondra sur le coup, assommé. Mais Jackson le souleva par le col pour continuer à le cogner, aveuglé par la rage.

— Tu veux seulement la fille, hein ? (Il brisa le nez de sa victime.) C'est la pire des choses que tu aurais pu dire !

— Jackson ! m'exclamai-je. Arrête, je t'en prie !

Le visage de l'homme était méconnaissable, défiguré, et Jackson continuait de le rouer de coups. Je n'étais pas en train d'assister à un combat, ou à un sauvetage. J'assistais à un *châtiment*.

Une sentence.

Quand Matthew reparut et m'attrapa par le bras, Jackson lui hurla :

— Éloigne-la d'ici ! Je vous suis !

— Viens avec nous, je t'en prie ! lui criai-je tandis que Matthew me tirait de force. Nooon, Matthew ! Va le chercher !

Matthew gloussa et me tira plus fort.

— Tu dois y retourner !

Or, il continua de me traîner à sa suite en se frayant un chemin à travers un véritable champ de mines, d'explosions, de bagarres et d'Épouvantails.

À un moment, il me plaqua contre sa poitrine – quand une balle nous frôla. Quelques secondes plus tard, il posa ses mains sur ma tête et me força à me mettre à genoux, et alors j'entendis un éclat métallique projeté par une explosion siffler juste au-dessus de moi.

Je compris qu'il voyait devant ses yeux un labyrinthe de présent et de futur, une toile d'événements que lui seul pouvait anticiper.

Comme s'il était le destin personnifié…

Je le suppliai malgré tout de retourner chercher Jackson – jusqu'à ce que j'aperçoive des soldats lancés à nos trousses.

Le temps que nous repérions Selena à la limite des bois carbonisés, des dizaines de miliciens étaient sur nos talons, hurlant :

— Attrapez la fille !

Selena les intercepta avec deux fusils plaqués contre ses côtes. Elle fit feu pour nous permettre, à Matthew et à moi, de plonger dans un fossé tout proche pour nous mettre à couvert.

Plusieurs balles volèrent au-dessus de nos têtes, puis les tirs se calmèrent. D'après leurs cris, nos poursuivants semblaient s'être aperçus que Selena était de sexe féminin. Ils ordonnèrent de cesser le feu.

Bien entendu, Selena n'obéit pas. Dès qu'ils prirent position dans un fossé en face du nôtre, elle déchargea ses armes sur eux. Puis elle se laissa tomber à nos côtés.

Pendant que les soldats cherchaient à prendre une décision – ils ne pouvaient pas risquer de perdre *deux* femelles en nous canardant – Selena demanda d'une voix cassante :

— Où est passé J.D. ? Bon sang, il y avait *une* personne que je voulais voir sortir vivante de ce camp. Et ce n'était pas l'un de vous.

— Il n'a pas voulu nous suivre ! répliquai-je.

— Et tu t'es contentée de ça ? Moi, je l'aurais *forcé* à me suivre ! Tu n'es pas assez bonne pour…

Elle s'interrompit, interloquée par quelque chose au-delà de notre abri improvisé.

Je me retournai et vis Finn s'avancer d'un pas tranquille devant les ennemis, avant de nous rejoindre d'un petit bond.

— Yo.

Je parvins à retrouver ma voix.

— Tu viens de… de passer juste devant eux ?

D'un air goguenard, il épousseta l'une de ses épaules, puis l'autre.

— Je vous avais dit que j'étais un magicien. (Puis il ajouta, à l'intention de Selena :) Mon nom, c'est Finn. Mon plan, c'est de vous ramener dans ma piaule. Dites-moi juste quand vous en aurez marre de rester là-dedans, parce que je peux sérieusement changer la donne.

Selena parut loin d'être aussi choquée que moi. Elle tapota simplement son arc et dit :

— Moi aussi.

— Tu penses que tu peux en liquider plus que moi ? (Finn ricana.) Défi relevé.

Devais-je souligner l'évidence ?

— Tu n'as même pas d'*arme*.

Il me tapota sous le menton.

— Pas d'inquiétude, poulette, je m'en occupe.

Selena leva les yeux au ciel avant de partir à l'assaut, son arc tendu devant elle.

Finn la suivit et se mit à... *murmurer* à l'intention des méchants ?

Le son des tirs de Selena était des plus étranges. Au milieu de la fumée et de la confusion, je hasardai un coup d'œil par-dessus le bord du fossé et la vis envoyer ses flèches à une vitesse incroyable.

Une vitesse *surnaturelle*.

Sa peau brillait d'une teinte sanguine – comme une lune rousse.

À côté d'elle, Finn leva les mains en chantant doucement dans une langue inconnue. Son souffle semblait brûlant, comme s'il diffusait de la chaleur dans l'air. Je percevais le *pouvoir* qu'il dirigeait sur nos assaillants.

Les tireurs auxquels il s'adressait trébuchaient, aussi médusés que moi, car les soldats à côté d'eux avaient désormais l'apparence d'Épouvantails.

Ils se mirent à assassiner leurs propres camarades.

D'une manière ou d'une autre, Finn donnait à ces hommes l'aspect de leurs ennemis.

Et cette faculté passait pour la chose la plus naturelle du monde. Il *fallait* que je voie ceci, que je retrouve les souvenirs que je sentais sur le point de refaire surface.

En abattant des ennemis isolés, Selena fit un clin d'œil à Finn ; il lui sourit. Ils acceptaient leurs pouvoirs, acceptaient sans hésitation de telles capacités chez les autres.

— Les Arcanes, chuchota Matthew à mon oreille.

— *Oui*, soufflai-je. C'est bien réel ? Ce n'est pas une autre vision ?

— Bien réel.

Je possédais des capacités. Ces trois ados aussi. Matthew avait le don de voir l'avenir en direct, Selena courait et traquait telle une déesse de la chasse, et Finneas pouvait créer des illusions.

Et moi ? Je sentais mon propre parfum de rose imprégner l'air – tellement attrayant, presque enivrant. Je baissai les yeux et m'aperçus que mes griffes étaient sorties.

Matthew me jeta un regard soulagé.

— Épines.

— Je peux aller aider Jackson, me battre à ses côtés !

Il secoua fermement la tête.

— Tu n'attaques pas. Tu attends, tu *attires*.

J'attire ?

Approche, touche, mais tu en paieras le prix. Je repensai à l'admirateur de la sorcière. Elle l'avait séduit.

L'admirable sournoiserie des ronces que j'avais un jour admirée ? Était-elle à ma portée ?

J'entendis une brindille craquer derrière nous et fis volte-face.

Matthew était nez à nez avec le canon d'un fusil.

Je levai les yeux vers le soldat qui le brandissait. Je n'eus pas l'audace de penser que son arme était elle aussi déchargée. Il me ferait prisonnière et tuerait Matthew. Je devais l'en empêcher !

— *Attire-le, Impératrice*, murmura Matthew.

Et alors... c'est ce que je *fis*.

Je levai une main tremblante et délicate vers l'homme, la paume tournée vers le haut. Un fragile lotus se mit à fleurir directement de ma peau, sous son regard ébahi. Je lui envoyai un baiser à travers les pétales – et le fusil tomba.

Car le soldat se saisissait le cou à deux mains, le visage rouge vif à cause des spores qui l'étranglaient et privaient ses poumons d'air.

Quand il s'effondra au sol, impuissant, le lotus disparut ; mes griffes se mirent à pousser et à s'aiguiser – mais à présent, elles dégoulinaient comme des seringues hypodermiques.

— Du poison, fit Matthew. Mortel.

J'eus un hoquet. Dix épines qui fonctionnaient comme dix seringues ?

— Transperce-le.

Pendant une fraction de seconde, je me demandai s'il serait *agréable* de les plonger dans la chair.

Non !

— Je-je ne peux pas ! Matthew, je ne pourrai jamais être comme elle.

— Tu la repousses, mais tu l'affronteras. Tu dois le faire.

M'abaisser à son niveau ? Je redoutais de devenir littéralement mon pire cauchemar, de me perdre à jamais.

— Matthew, et si je ne peux pas redevenir moi-même... ?

Selena reparut au trot avec un regard noir, et tira une flèche dans l'un des yeux écarquillés et incrédules du soldat...

Le camion-citerne explosa, secouant la terre comme une déflagration atomique.

37

Quand nous nous aperçûmes que Jackson n'était pas au point de rendez-vous où il était censé retrouver Selena, Matthew dut me soutenir.

Il ne peut pas être mort, il ne peut pas être mort.

Mais s'il s'était fait surprendre par cette explosion, comment aurait-il pu survivre ?

Je venais de réprimer un sanglot quand Finn demanda :

— Alors, qu'est-ce qu'on fait maintenant ?

— On attend Jackson, répondis-je vivement. Ou alors on y retourne pour aller le chercher.

— C'est ta faute ! s'exclama Selena. Bon sang, tu peux pas arrêter avec cette odeur ?

— Tais-toi et laisse-moi réfléchir !

Les paupières mi-closes, Finn protesta :

— J'sais pas. J'aime vraiment bien son parfum, moi.

Selena leva les yeux au ciel quand il prit une mèche de mes cheveux pour les sentir.

— Alors c'est quoi, votre délire, les filles ? demanda-t-il sans cesser de me renifler. Vous êtes la Ligue des justiciers, quelque chose comme ça ?

— Les cartes. Cartes ! *Cartes.* Cartes… fit Matthew.

— Arrête, par pitié, l'interrompis-je en m'écartant des deux garçons. Laissez-moi réfléchir ! Finn, est-ce que tu peux retourner dans le camp, ou me donner une autre apparence ?

Selena ricana.

— Ils te *sentiront*, espèce de petite boutique des horreurs ambulante. J'arrive toujours pas à croire que tu aies pu le laisser !

Moi non plus.

— Pourquoi tu ne gardes pas tes reproches pour plus tard – pour l'instant on doit *RETROUVER JACK !*

— *Evie ?*

Je fis volte-face.

Jackson émergea du nuage de fumée et se dirigea vers nous d'un pas chancelant, recouvert de poussière et de cendres, les vêtements barbouillés de sang. L'un de ses mollets était sévèrement brûlé.

Je poussai un cri de soulagement et me précipitai vers lui pour l'aider, mais le regard furieux qu'il me jeta me fit stopper net.

— Jackson ?

Toujours tremblant, il leva un seul doigt pour me tenir à distance.

Tellement lunatique. Venait-il de tuer un homme à mains nues ?

Finn rompit le silence tendu.

— OK, maintenant que la bande est au complet, allons dans ma piaule, en lieu sûr.

Une heure plus tard, il s'avéra que Jackson n'était pas tout à fait du même avis concernant la sécurité de cette piaule.

C'était une cabane de vacances, isolée au milieu d'une forêt carbonisée, et surplombant ce qui était auparavant un *lac*. Un parfait appât à Épouvantails.

Mais Finn nous jura que personne ne viendrait nous ennuyer – tout comme personne ne nous avait importunés sur le trajet.

Selena, Matthew et moi avions compris que Finn avait masqué notre présence. Mais pas Jackson. Il avait ouvert la marche en boitillant, arbalète à la main. Personne, pas même Selena, n'avait osé l'approcher. Nous étions restés en arrière et étions convenus de ne pas discuter de nos découvertes devant lui…

— Tu barricades pas tes fenêtres, mec ? demanda-t-il devant la porte d'entrée.

Il entra prudemment en me faisant signe de le suivre de près. Matthew était sur mes talons. À l'intérieur, mon regard fut moins attiré par les lucarnes que par les réserves de nourriture dignes d'un entrepôt de grossiste. Oui, cette milice avait été riche ; apparemment, Finn avait tiré profit au maximum de ses capacités d'illusionniste.

Les piles de provisions atteignaient presque le plafond : des boîtes de barres chocolatées, de lampes à gaz et de piles électriques, des caisses entières de bouteilles d'eau et de céréales.

Selena fit remarquer avec sarcasme :

— On dirait un peu la maison de ta mère, Matt.

Matthew me serra l'épaule pour m'empêcher de me jeter sur elle. Jackson lui-même fronça les sourcils à son intention.

— Pas besoin de barricader les fenêtres, déclara Finn à Jackson en s'emparant de trois bûches artificielles.

Il les entassa dans le foyer en pierre d'une cheminée.

Jackson l'observait avec réticence.

— Et personne ne peut voir la fumée non plus ?

— Sérieusement, le Cajun. On est bien camouflés ici. Je suis dans cette cabane depuis des semaines à dépouiller la milice.

Tandis que le feu réchauffait lentement la pièce, nous prîmes d'assaut les réserves de nourriture de Finn et apportâmes des fruits, des Doritos et des raviolis en conserve devant la cheminée.

Excepté Jackson. Toujours couvert de sang et de cendres, il continua de fouiller jusqu'à dénicher une bouteille de whisky.

L'arbalète en bandoulière, sa trouvaille dans sa main mutilée, il se laissa tomber sur une banquette devant le foyer. Les coudes posés sur les genoux, le regard rivé sur les flammes, il descendit l'alcool à grosses gorgées tandis que nous finissions de nous empiffrer.

Je lui préparai une assiette de nos victuailles mais il déclina en secouant sèchement la tête avant de boire une nouvelle lampée. Puis il leva ses yeux injectés de sang vers Finn.

— Et comment tu as fait, *toi*, pour réussir à faire sortir tout ça ?

Finn haussa les épaules.

— Les doigts dans le nez, bébé. J'ai même réussi à leur piquer un 4 × 4. Il est là, derrière. (Devant l'expression incrédule de Jackson, il poursuivit :) Que veux-tu que j'te dise ? Je suis *rusé*. J'avais fait le plein de la caisse, j'étais prêt à décamper pour la Californie. Mais c'était tellement facile d'endormir ces brutes que ça m'a rendu un peu fainéant. En plus, j'aimais bien leur faire des blagues – c'était presque une *obsession*, en réalité. Sans parler du fait que j'avais une trique épouvantable pour la Bouseuse.

Avec un regard explicite pour Selena, il ajouta :

— Je tomberai plus jamais aussi bas.

La personnalité haute en couleurs de Finn semblant le laisser de marbre, Jackson but une nouvelle gorgée de sa bouteille.

— Quelqu'un veut bien m'expliquer pourquoi ces soldats se tiraient les uns sur les autres ?

Jackson avait donc été témoin de la scène ? Je jetai un regard à Finn ; je comptais sur lui pour fournir une réponse toute prête.

— Consanguinité ? suggéra-t-il doucement.

Mon Dieu, cette nuit devait être épouvantable pour Jackson. Il ne devait rien comprendre ; les puzzles pleuvaient autour de lui et nous lui dissimulions toutes les pièces maîtresses.

— Tu es allé au nord, mec ?

— Oui. Caroline du Nord et du Sud. Et je n'y retournerai pas !

— C'est là qu'on va. (Jackson était sûrement un peu ivre pour que son accent soit aussi prononcé.) Aux Outer Banks.

— Mauvaise idée, le Cajun. Il y a trois routes pour y aller d'ici, et elles sont toutes pires les unes que les autres. Soit tu traverses les régions touchées par la peste en retenant ta respiration, soit tu passes par la Ville aux Esclaves, soit tu prends la route de la montagne. (Quelque chose passa sur ses traits, quelque chose de sombre qui détonait sur son visage animé.) C'est là que les cannibales adorent se terrer.

— Tu les as *vus* ? demandai-je.

— Oh oui. Et c'est carrément pire que ce que tu peux imaginer. Leur régime sec d'homo sapiens grillé les a complètement fait disjoncter. Et les cannibales mineurs de Caroline du Nord ? C'est les pires ! Mec, ils font même pas *cuire*.

— Il est de plus en plus improbable que je me rende aux Outer Banks, dit Selena.

— Tu nous manqueras beaucoup, Selena, dis-je d'une voix mielleuse.

Quand Jackson se leva en chancelant et en s'appuyant sur sa jambe intacte, je bondis pour aller l'aider.

— Il faut qu'on soigne et qu'on bande ta brûlure. (Pas de réponse.) Jackson ? Mange au moins quelque chose. (Il me jeta un regard noir.) Qu'est-ce qui cloche chez toi ?

— Je m'interroge, figure-toi.

Sans rien ajouter, il s'empara de sa bouteille et de son arme, et sortit sur le perron.

Il voulait très clairement rester seul. Je décidai de le laisser tranquille pour le moment et retournai m'asseoir avec les autres.

Les quatre Arcanes désormais seuls, Finn demanda :

— Alors, depuis quand vous savez que vous êtes différents ?

— Un certain temps maintenant, répondit Selena avec désinvolture.

— Différents ? demanda Matthew.

— Hum. Je l'ai découvert récemment, répondis-je.

Nous étions tous réticents à en dire plus.

— Bon, ce que je veux vraiment savoir, c'est *comment*. Et *pourquoi*. (Finn nous regarda tour à tour.) Merde. J'espérais que vous pourriez m'en apprendre davantage.

Selena secoua la tête.

— Je ne sais rien. Demande à Matthew. Étant donné la façon dont il évitait les balles, il doit voir l'avenir.

— Tuer les mauvaises cartes, dit Matthew.

Les mauvaises cartes. Il l'avait souvent répété. Peut-être que la guerre des Arcanes était une lutte du bien contre le mal.

Je parcourus notre groupe des yeux en me demandant si ce n'était pas *nous* qui étions censés nous grouper, comme une donne, une main dans un jeu – pour exploiter au mieux nos forces et compenser nos faiblesses. Comme j'avais pu le voir dans ce combat d'Arcanes auquel j'avais assisté.

Matthew m'avait dit que j'étais destinée à affronter la Mort. Je m'étais juré le contraire ; pourrais-je changer d'avis, si j'avais des renforts ?

Bon sang. Non. Ensemble, la Mort et Ogen paraissaient invincibles.

Je remarquai alors que tous les yeux étaient posés sur moi.

— Je n'en sais pas beaucoup plus que vous. Mais je sais que nous sommes liés au tarot, d'une certaine manière. As-tu déjà vu un jeu de tarot ? demandai-je à Finn.

— Ouais. Ça m'a foutu les jetons. Je l'ai immédiatement reposé où je l'avais trouvé.

Je hochai la tête ; je comprenais cette sensation. Enfin, sauf qu'apparemment, moi, j'étais restée bouche bée d'admiration devant la carte de la Mort quand j'étais petite.

— Les atouts sont appelés Arcanes Majeurs, les personnages balèzes du jeu. Ils nous représentent. Je crois. Je suis l'Impératrice, Selena, la Lune, Matthew, le Fou. Et tu es le Magicien. Et il y en a d'autres.

— Ri-di-cule, murmura Finn.

Puis il se lança dans une avalanche de questions.

Comment avons-nous développé ces pouvoirs, qu'est-ce qu'on est censés en faire, comment trouver les autres ados ?

— J'aimerais le savoir, dis-je avec un regard appuyé pour Matthew. Mais je n'en ai aucune idée. En revanche, je crois que ma grand-mère aura les réponses.

— *Tarasova*, dit Matthew d'un ton admiratif. La Maîtresse du Tarot, la sage, la chroniqueuse.

Que m'avait-il dit par le passé ? « Méfie-toi des anciennes lignées, des autres familles qui comptent des chroniqueurs parmi elles. Elles savent tout ! »

Cela signifiait-il que Grand-mère savait tout ?

Selena me jeta un regard noir.

— La voilà, l'urgence pressante d'aller retrouver Grand-mère ! Tu voulais avoir l'exclusivité sur nous ! Et pourquoi aurait-elle une quelconque connaissance à ce sujet, d'ailleurs ?

J'eus de nouveau la sensation qu'elle avait une idée bien précise de la raison pour laquelle ma grand-mère serait au courant de quelque chose.

— Je n'avais pas l'intention d'avoir *l'exclusivité,* Selena ! Je veux comprendre mes dons, ma vie, le monde.

J'avais plus que jamais besoin de voir Grand-mère le plus vite possible. Je repensai à cette troublante impulsion dans la cage de la milice : *de ne plus être une fille du tout...*

Cette tentation de renoncer, de rester *inactive,* m'effrayait autant que la capacité que j'avais eue à blesser ce soldat avec un lotus.

— Et alors quoi ? On a des pouvoirs, déclara Selena avec un geste dédaigneux de la main. Pourquoi crois-tu qu'il y ait une *raison* derrière tout ça, plus que derrière le Flash ?

Je rejetai la tête en arrière.

— Est-ce que... tu *plaisantes* ? Tu dois bien ressentir que certaines forces nous poussent sur le chemin des uns et des autres. Tu ne comprends pas que ce n'est que le commencement ?

Matthew me tendit une compote, comme une récompense.

— Et quels sont tes pouvoirs, déjà ? demanda Selena. Tout ce que j'ai vu, ce sont d'horribles griffes déformées –

comme c'est utile ! Oh, et tu sens bon. Tu parles d'un pouvoir ! Ces bouseux auraient pu nous retrouver grâce à ton odeur.

Je la *détestais* ! Quand mes griffes jaillirent au bout de mes doigts avec l'envie furieuse de s'enfoncer dans ses orbites, Matthew vint s'interposer.

— Tu débordes un peu trop d'énergie, ce soir, me dit-il. Ce ne serait pas très équitable comme combat.

Selena ricana.

— Ça, c'est sûr...

— Pas équitable pour *toi*, précisa Matthew, ce qui lui cloua le bec. Un archer à huis clos ? Contre du poison ?

— Elle est *toxique* ? s'écria Selena d'un ton horrifié.

Un ton horrifié *feint*. Tous mes instincts me hurlaient que Selena était déjà au courant de ce détail – qu'elle en savait beaucoup plus sur moi et les Arcanes que je ne pouvais seulement l'imaginer.

Et si Selena avait une sorte de manuel ou sa propre sage *Tarasova* qui, elle, n'aurait pas été enfermée ? Elle aurait un contrôle total de ses pouvoirs et aurait pu s'entraîner toute sa vie.

Ses compétences au tir à l'arc étaient sans égal. Quels autres dons possédait-elle ?

Je me rappelai l'étrange comportement de Jackson quand nous étions arrivés chez Selena, la vivacité de la lune, comme si elle nous attirait à dessein.

Méfie-toi des leurres. Peut-être que Selena pouvait influencer le clair de lune tout comme je pouvais manipuler les plantes. S'en était-elle servie pour m'amener à elle cette nuit-là – sans savoir que je serais avec Jackson ? « Je ne me serais jamais attendue à rencontrer un garçon. Ici. Avec toi. Je ne m'attendais pas à *lui* », avait-elle dit.

— Du poison ? (Finn s'éloigna prudemment de moi, mais ajouta avec excitation :) Pour de vrai ?

— Mes, heu, mes *griffes* sont empoisonnées.

Il haussa les sourcils et je déployai devant eux mes doigts munis de dix épines mortelles.

— C'est juste, blondinette ! Hé, il faut qu'on se trouve des noms de super-héros. Et on pourrait porter des capes… et des *collants* ? Ne me répondez pas tout de suite, réfléchissez-y et vous me direz plus tard. Hé, est-ce que vous avez déjà entendu… des voix ?

Je poussai un petit gémissement.

— Tout le temps. Je croyais devenir folle.

— *Tu m'étooonnes*, acquiesça-t-il. Et avant le Flash, il m'arrivait toutes sortes de merdes complètement flippantes. Je me suis mis à parler cette langue bizarre. Et les choses ont commencé à se transformer – mais seulement devant moi. J'ai vu mon chat marcher au plafond, de la lave sortir d'un robinet. Le pire ? J'étais en train de me faire une fille, et tout à coup, elle a pris l'apparence de mon prof de gym !

Il frissonna.

Et moi qui pensais avoir vécu l'enfer. Matthew et Finn aussi avaient souffert.

— Et vos parents, ils en pensaient quoi ?

Je me demandais si Finn s'était fait interner, lui aussi.

— Papa ne pouvait plus supporter mon « comportement fantasque » alors il m'a renvoyé chez ma mère. Même résultat. Ils étaient prêts à dégainer la camisole de force – ou pire, me flanquer à l'école militaire – quand ma mère a eu la brillante idée de m'expédier de Malibu jusqu'en Caroline du Nord pour que je vive à la dure avec mes ploucs de cousins.

Matthew et moi n'avions donc pas été les seuls à être considérés comme « perturbés » par notre famille. C'était logique, cependant. J'étais curieuse de connaître l'histoire de Selena.

— Ouais, Maman pensait qu'ils m'endurciraient mentalement, reprit Finn. Ça s'invente pas. Elle croyait que j'allais prendre du plomb dans la cervelle à siffler des bières, à courir après des chaudasses de bouseuses et à chasser le canard.

Au moins, Finn était disposé à s'ouvrir. Même s'il était plutôt brut de décoffrage – m'avait-il vraiment appelée *poulette ?* – je commençais à l'apprécier. Je le préférais de loin à Selena.

Je m'apprêtais à lui demander quel était son signal de reconnaissance d'Arcane quand Selena déclara :

— Je n'entends pas de voix, moi, bande de ravagés.

Après tous ces jours passés avec cette fille – à réprimer mon irritation, à essayer d'arrondir les angles avec elle – j'avais atteint les limites de ma patience.

— Si tu comptes continuer à mentir, je ne ferai plus aucune révélation devant toi.

— Je n'ai jamais entendu de *voix*, répéta-t-elle d'un air moqueur, pire encore que celui de mon premier psy.

Je me levai avec hostilité.

— Tu mens, Selena. Mais c'est ce que tu fais le mieux, non ? C'est ta spécialité, la tromperie, n'est-ce pas ?

D'un bond, elle se mit debout à son tour, sur ses gardes.

— De quoi tu parles ?

— Quand on s'est rencontrées la première fois, tu as fait comme si tu ne me reconnaissais absolument pas, mais je pense que tu savais exactement qui j'étais – et *quoi*. Si tu es aussi entêtée à jouer l'ignorante, ça veut dire que tu en sais foutrement plus que ce que tu dis. Est-ce que tu connais nos pouvoirs ? Peut-être avais-tu une sorte de prof ou de manuel. Peut-être que quelqu'un t'a appris tout ce que nous, on espère découvrir.

Elle s'approcha de moi avec un air agressif.

— Prouve-le.

— Bon, bon, les filles, vous connaissez toutes les deux les règles. (Finn se leva en tendant les mains entre nous comme un arbitre.) Pas de combat en dehors d'un ring rempli de boue.

J'agitai mes doigts griffus devant son visage et elle finit par reculer.

— Alors, raconte un peu son histoire, à lui, dit Finn avec un geste du menton en direction de Jackson. C'est l'un d'entre nous ?

Après un ultime regard menaçant à Selena, je répondis :

— Je ne crois pas. Je ne l'ai pas vu faire quoi que ce soit de surnaturel.

Selena repoussa ses cheveux derrière son épaule.

— Parce que tu n'as pas vécu la bonne situation avec lui, chérie.

Sa voix dégoulinait d'insinuations.

Était-ce la preuve que j'avais attendue ? Ou un mensonge de plus ? Peut-être qu'ils avaient bel et bien couché ensemble – au moins la nuit que nous avions passée chez elle. Et peut-être d'autres fois.

Même si j'étais certaine que Jackson s'intéressait de nouveau à moi, je ne savais pas si j'allais pouvoir surmonter leur *passé commun*. La mâchoire crispée, je repris :

— Alors dis-nous quelle carte il est, Selena.

Elle soupira.

— Mon valet de cœur.

— Mauvais jeu de cartes, pétasse, répliquai-je avec une furieuse envie d'utiliser mes griffes.

Finn grommela.

— C'est pas possible ! Alors vous êtes toutes les deux après ce Cajun ? *Toutes les deux ?* Allez quoi, les minettes, c'est pas juste ! Vous pourriez répartir les richesses.

— Avec toi ?

Selena haussa les sourcils.

— Parfaitement. Je suis ton homme, l'Archer. Toi et moi. (Il fit un clin d'œil.) *Réfléchis-y*.

Elle le toisa comme s'il n'était qu'un misérable insecte.

Imperturbable, il reprit ;

— Quoi qu'il en soit, est-ce qu'on garde nos histoires secrètes vis-à-vis de lui ?

— *Secrètes*, siffla Matthew.

— OK, mec. Je suppose que ça veut dire oui...

Au moment de se préparer pour aller se coucher, une heure plus tard, j'étais éreintée. Bien qu'il y eût trois chambres à l'arrière, je nous installai, à Matthew et moi, des lits de fortune devant la cheminée. Je voulais rester près de Jackson. Il était toujours dehors, sous le porche, à boire.

J'étais sortie le rejoindre une fois, mais il avait de nouveau levé un doigt catégorique vers moi.

— Je veux être seul.

Je me glissai sous ma couverture et frissonnai en repensant aux événements de la journée. J'étais malgré tout déterminée à l'attendre. S'il ne me laissait pas soigner ses blessures, elles risquaient de s'infecter. Et puis je me languissais de pouvoir lui parler, pour comprendre ce qui se passait dans son mystérieux esprit.

Pour comprendre ce qui nous attendait le lendemain.

Je voulais aussi rester éveillée parce que j'étais à cran depuis mon altercation avec Selena. Elle s'était étendue de l'autre côté de la cheminée. Et bien qu'il ait un lit à l'arrière de la cabane, Finn avait déroulé son sac de couchage juste à côté d'elle. À son grand dam.

Il avait à plusieurs reprises essayé de l'attirer dans sa chambre. Le pauvre garçon avait dû épuiser tout son répertoire, mais elle l'avait totalement ignoré.

Selena n'avait d'yeux que pour Jackson...

Matthew se blottit à côté de moi, somnolent et adorable. Nous étions allongés l'un en face de l'autre – avec la porte d'entrée dans mon champ de vision au cas où Jackson rentrerait.

— Dors, petit, lui dis-je.

— Grosse nuit, murmura-t-il.

Oui, on pouvait le dire. Il tendit le bras pour me prendre la main.

Et mes paupières se fermèrent.

38

Depuis leurs navires, les villageois se moquaient de la sorcière rousse.

Ils avaient jeté l'ancre au large, hors de portée de tout arbre, plante ou épine. La mer calme n'était pas favorable à ses spores.

Tandis qu'elle les observait depuis la plage, ils l'appelaient la « Comtesse de Menue Paille » et la « Reine de la Famine ». Comme si elle était responsable des mauvaises récoltes.

L'eau d'un bleu éclatant était aussi plate qu'un miroir sous le soleil. Quand la sorcière retira sa capuche, la lumière illumina son visage et la revigora. Une belle journée pour se venger.

Pourtant, tout le monde savait qu'à moins de pouvoir marcher sur l'eau, elle ne saurait les atteindre.

La Mort était arrivée sur le rivage pour l'observer, toujours fascinée par ses dons d'Impératrice. Montée sur son étalon, la Mort retira son casque pour dévoiler ses traits divins.

— Et que vas-tu faire maintenant, créature ? lança-t-il. (Les rayons du soleil faisaient resplendir son visage parfait et ses longs cheveux blonds.) La mer est son *territoire – pas le tien.*

La sorcière se tapota le menton d'une longue griffe, se rappelant que l'heure de sa rencontre avec la Mort n'était pas encore venue. Elle reporta son attention sur les marins, les derniers survivants du village qu'elle avait exterminé avec une tempête de spores et d'épines.

Les navigateurs se montraient de plus en plus intrépides, de plus en plus insolents. Ils se moquaient d'elle ouvertement en empoignant leurs parties génitales de façon obscène.

Les yeux brillants de la Mort étaient rivés sur son visage, attentifs à la physionomie de son ennemi.

Il profitait du spectacle.

— Même si ce n'est pas ma manière d'agir… s'ils ne viennent pas à moi, je dois aller à eux.

Elle traversa la plage, sans ralentir en arrivant au bord de l'eau, et se mit allègrement à marcher sur la surface.

Les villageois se turent aussitôt. Un hoquet par-ci, un gémissement par-là.

Elle jeta un regard à la Mort par-dessus son épaule. Le visage impassible, ses yeux étoilés ne laissaient rien transparaître.

C'étaient les plantes marines, en s'élevant des fonds, qui la maintenaient à flot.

Les marins finirent par essayer de lever l'ancre, mais aucun vent ne venait gonfler leurs voiles lâches. Ils se mirent à ramer avec frénésie, cependant, les alliés sous-marins de la sorcière retenaient les bateaux sur place.

C'est alors que retentirent les supplications exaltées des hommes, pour des dieux anciens ou récents.

Mais il était trop tard.

Dès qu'elle fut assez proche pour distinguer leurs visages, la sorcière agita une main tatouée. Aussitôt, des cordes géantes de plantes visqueuses jaillirent des abysses.

Sous les cris et les hurlements, elle adressa un sourire à la Mort.

— Non, la mer n'est pas mon territoire. (Ses pouvoirs sur l'océan faisaient pâle figure en comparaison avec certains Arcanes.) Je peux néanmoins l'emprunter de temps en temps.

Les algues planaient au-dessus des bateaux, dégoulinant d'eau, en position d'attaque. Les hommes imploraient sa pitié, suppliant la « dame » de les épargner.

Elle rejeta la tête en arrière et se mit à rire avec délectation.

— Je devrais vous accorder autant d'indulgence que vous m'en avez offert.

Ces villageois l'avaient attachée à un pieu en bois et avaient commencé à la brûler ; elle avait senti les flammes lui lécher la peau avant de ressusciter le poteau sous sa forme d'arbre pour pouvoir se libérer. Elle avait châtié la plupart d'entre eux, à l'exception de ces derniers marins. En se rappelant l'odeur de sa chair en combustion, elle leva une nouvelle fois la main.

Les lianes vertes s'abattirent sur les coques, broyèrent les mâts et écrasèrent les hommes. Le sang se répandit sur les ponts et s'écoula dans les gouttières des bateaux. En tombant dans l'eau en cascades épaisses, il formait une mousse de bulles roses.

Les algues s'enroulèrent autour des bateaux comme des tentacules géants, les brisèrent en deux et, bientôt, les marins se jetèrent à l'eau.

Mais d'autres alliés de la sorcière les y attendaient et s'entortillèrent autour de leurs chevilles pour les entraîner par le fond. La sorcière tortura les hommes en les maintenant sous la surface et en ne les laissant prendre qu'une minuscule mais exquise bouffée d'air, leur offrant une occasion de hurler, une seconde pour apercevoir le soleil indifférent – avant de les attirer de nouveau dans les profondeurs obscures.

Elle ne s'arrêta pas avant de les avoir tous anéantis.

Quand la surface de l'eau fut de nouveau calme et plate, elle était teintée de rouge.

La sorcière se tourna vers le rivage ; la Mort inclina royalement la tête, donna un coup d'éperon à sa monture blanche et s'éloigna.

Elle pivota de nouveau vers son œuvre. Dans l'immobilité parfaite de la mer épaissie par le sang, la sorcière étudia son reflet. Et elle se retrouva face à…

Moi. Je m'éveillai en sursaut, hors d'haleine. C'était mon reflet ! Le mien !

Frissonnante, je parcourus du regard la cabane illuminée par le feu dans la cheminée. *Ce n'était qu'un rêve, rien qu'un cauchemar.* Je n'étais pas là-bas. Ce n'était pas *moi* qui avais anéanti un village entier.

Matthew dormait à côté de moi. Selena et Finn de l'autre côté de la pièce. Finn avait une main posée sur une mèche de cheveux de Selena.

Jackson n'était pas là. Toujours à l'extérieur ?

Je repoussai ma couverture puis me dirigeai d'un pas chancelant vers la salle de bains, éclairée par une lanterne. Je ne pouvais plus supporter ce genre de cauchemars ! C'était comme d'épouvantables films d'horreur qui tournaient en boucle dans mon cerveau.

Et dans celui-ci, au cours de sa conversation avec la Mort, la sorcière avait semblé dire que c'était *elle*, l'Impératrice.

Allais-je maintenant faire des cauchemars d'eux deux ? Je repensai à la beauté du visage glorieux de la Mort sous les rayons du soleil, et frémis.

Pourquoi Selena n'avait-elle pas à gérer ce genre de choses ? Encore une raison de plus de la détester.

Dans la salle de bains, je tendis la main vers la lanterne pour augmenter l'intensité. Quelque chose était barbouillé sur ma main ? Je me frottai la peau mais la tache ne partait pas.

Un jeu de lumière, une ombre ? Est-ce que cela s'étendait au-dessus de mon poignet ? Je remontai ma manche. Un tatouage qui semblait représenter du lierre s'étalait sur tout mon bras.

Avec un hoquet de stupéfaction, je fis volte-face vers le miroir crasseux au-dessus de l'évier et essuyai frénétiquement le verre avec mon poing.

J'observai mon reflet et faillis tomber à la renverse.

La sorcière rousse se trouvait en face de moi et me regardait fixement. Mes yeux étaient... verts. Mes cheveux ? D'un rouge brillant, entremêlés de feuilles.

Et ces glyphes rutilants couraient partout sur ma peau pâle.

Proche de l'hyperventilation, je m'approchai du miroir en trébuchant. Non, je ne ressemblais pas *exactement* à la sorcière rousse. C'était toujours moi, mais avec des traits similaires.

Mes pensées fusèrent dans mon esprit. La sorcière devait être... elle devait être une autre Impératrice. Née dans le passé. Les bateaux que je l'avais vue détruire ressemblaient à des galions.

Matthew avait évoqué d'anciennes batailles – et il n'avait jamais dit que j'étais la *première* Impératrice.

La sorcière rousse et l'Impératrice étaient une seule et même personne.

Au fond de moi, je l'avais toujours su. Forcément. Mais Matthew m'avait dit que la sorcière était sur le point d'apparaître, qu'elle venait me trouver. Que j'allais l'affronter.

J'imagine que je l'avais réellement combattue tout ce temps, en persistant à nier l'évidence. Elle était effectivement venue me trouver. En ce moment même je pouvais la sentir se déployer, croître... en moi.

C'était certainement Matthew qui m'avait envoyé ces cauchemars. À moins qu'ils ne soient inclus dans le forfait « Impératrice » ?

Alors que j'observais mes yeux émeraude, d'autres détails au sujet de la carte de l'Impératrice me revinrent en mémoire.

Des collines ondulantes s'étiraient derrière elle, mais je me rappelais à présent que son empire était inondé de rouge et de vert – couvert de cultures *et* de sang. Sa chevelure était parsemée de fleurs, de lianes – et de mèches rousses.

Les mains levées, les bras écartés, elle attirait à elle. Pourtant, son regard était meurtrier et ses yeux disaient : « Approche, touche... mais tu en paieras le prix. »

Je compris aussitôt. *Voilà mon signal de reconnaissance d'Arcane.*

Les glyphes se mirent à bouger, à tourbillonner sur ma peau, chatoyant alternativement d'une lueur verte et dorée. *Fascinant.*

Le regard fixe, je devais reconnaître qu'une partie de moi était encore sous l'impression du rêve ; le seul souvenir des exploits de la sorcière faisait grimper mon agressivité.

Être capable d'anéantir une flotte entière de navires... ?

En réalité, quand je repensais à tous les cauchemars que j'avais faits, je pouvais presque admirer la *ferveur* de la sorcière. Au moins, elle était pure.

Et ses victimes avaient tout de même essayé de la brûler. Bien sûr qu'elle s'était vengée.

Non, non ! À quoi pensais-je ? Elle avait rayé un village entier de la carte. Ils avaient probablement eu une bonne raison de la brûler !

Je sentis quelque chose me chatouiller le bras et baissai les yeux. Une délicate branche de lierre bourgeonnait de l'un des glyphes.

Quand il se mit à onduler à la surface de ma peau, je poussai un cri et bondis en arrière, trébuchant sur un tapis.

En moulinant des bras, je fus précipitée vers la baignoire et je m'empêtrai dans le rideau de douche. Les quatre fers en l'air, les fesses dans la baignoire, à bout de souffle et incrédule, j'entendis des pas lourds résonner dans le couloir.

Oh, Seigneur, Jackson !

— Evie, tu vas bien ? demanda-t-il depuis l'extérieur.

— Heu, oui. Je viens juste de tomber, à cause de la lumière ! (Je me relevai maladroitement et retournai devant le miroir.) Je sors dans une minute. D-d'accord ?

Alors que mon agressivité anormale s'apaisait peu à peu, mon dégoût monta. *Je suis... la sorcière rousse.* Je laissai tomber ma tête entre mes mains, essayant de retenir mes sanglots. *Les choses que je l'ai vue faire...*

Que ferait Jackson une fois qu'il aurait découvert ça ?

Non. Je refusais ! Tout comme j'avais décliné le défi de la Mort, j'allais renier cette malédiction. Je n'avais jamais rien demandé de tel. Je la considérais comme une maladie qui me volait mon identité.

Étais-je condamnée à être soit un monstre de lâcheté – la fille inactive dans la cage aujourd'hui par exemple –, soit un monstre qui assassinait les gens ?

Oui. J'avais la sensation que je n'avais plus beaucoup de temps avant d'être piégée par l'un ou l'autre des deux alter ego. À moins qu'on ne puisse m'aider.

— *Bébé*[1], laisse-moi entrer.

Jackson était toujours de l'autre côté de la porte ?

Bouche bée, je regardai tour à tour le battant et mon reflet dans le miroir.

— V-va-t'en ! m'exclamai-je en arrachant les feuilles de mes cheveux avant de les fourrer dans un panier à linge.

Pas de panique, respire, Evie, respire.

— Qu'est-ce qui va pas ?

— Rien !

Mes cheveux et mes yeux commencèrent progressivement à reprendre leur apparence normale, les glyphes à disparaître. *Vite, vite !*

— Ouvre ! (Il cogna contre la porte.) Ou j'entre par moi-même.

— Je... je... attends !

— Recule, alors.

— Non, Jackson...

La porte s'ouvrit avec fracas. Des échardes jaillirent dans l'air et le chambranle fut arraché du mur.

Je remuai les lèvres sans émettre un son. Je finis par dire :

— Qu'est-ce qui ne va pas chez toi ?

Je jetai un coup d'œil furtif au miroir...

Mon apparence était redevenue normale.

— J'ai cru t'entendre crier tout à l'heure !

Il se pencha vivement pour ramasser sa bouteille dans le couloir, même s'il n'en restait plus beaucoup.

— Tu m'as foutu une trouille d'enfer.

Il était toujours aussi sale. Son arbalète était suspendue de travers dans son dos.

1. En français dans le texte. (*N.d.T.*)

Je le frôlai pour sortir de la salle de bains. Les trois autres étaient réveillés et nous regardaient avec curiosité.

Je jetai un regard dur à Matthew. Il savait depuis le début ce que j'étais et avait vu dans l'avenir que je le comprendrais cette nuit. « Grosse nuit », avait-il dit. Avec un sourire jusqu'aux oreilles, il leva ses deux pouces vers moi. Je plissai les yeux.

— J'veux te parler, me dit Jackson.

— Hein ? D'accord, dis-je d'une voix atone.

J'avais le corps endolori, l'esprit brumeux. La méchanceté bouillonnait-elle toujours en moi, dans l'attente de pouvoir se libérer ? Si je venais à tuer comme la sorcière, pourrais-je jamais en revenir ?

Peut-être que j'aurais *dû* prendre racine aujourd'hui.

— Te parler *seul*, ajouta-t-il sévèrement, comme si je pouvais m'y opposer, moi ou qui que ce soit d'autre.

Ça n'était pas du tout du goût de Selena, mais elle garda le silence. Finn se rapprocha d'elle et lui offrit un Snickers en compensation. Elle leva les yeux au ciel.

Jackson s'empara brusquement de la lanterne dans la salle de bains et me pressa vers l'une des chambres du fond en refermant la porte derrière nous.

Il fronça les sourcils en découvrant la fenêtre non protégée, et me tendit la lampe et sa bouteille. Puis il retira le matelas du lit et dressa le sommier contre la fenêtre. Il s'empara de la tringle à vêtements du placard et s'en servit pour consolider son rempart de fortune.

Satisfait, il récupéra sa bouteille et se mit à faire les cent pas.

— Je t'en prie, laisse-moi regarder ta jambe, Jackson. (Avais-je l'air aussi engourdie que j'en avais l'impression ?) Et tes mains aussi.

J'accrochai la lampe sur une patère, prête à examiner ses blessures. Je redoutais toujours une infection.

De plus, me rendre utile permettait de me changer les idées. *Je suis la sorcière rousse.*

— Tu as sûrement des échardes plantées dans les doigts. (Avec tout ce qu'il avait bu, peut-être qu'il aurait moins mal quand j'allais les extraire.) Tu peux parler pendant que je le fais.

Il secoua violemment la tête.

— *Non*[1]. J'ai besoin de te dire quelque chose.

Je ne l'avais jamais vu aussi sombre.

— Vas-y, je t'écoute.

— Quand tu t'es fait capturer, je savais pas... (il dut s'interrompre et boire une gorgée pour pouvoir continuer)... si ça avait été comme...

— Quoi ?

— Comme ce qui est arrivé à Clotile.

— Oh, Jackson, non. Je vais bien. Je n'ai rien.

— Je savais pas si j'arriverais trop tard, dit-il avec un frisson. (Alors il s'approcha de moi, jusqu'à ce que nos pieds se touchent.) Evie, si on t'enlève encore une fois à moi, tu as intérêt à savoir que je viendrai te chercher. (Il prit mon visage dans une main barbouillée de sang.) Alors t'as intérêt à rester en vie ! Tu fais pas comme Clotile, tu prends pas cette porte de sortie. Toi et moi, on peut tout vaincre, mais laisse-moi une chance... (il baissa la voix)... laisse-moi une chance de *t'approcher*. (Il enfouit son visage dans mes cheveux et inspira profondément.) Il peut *rien* t'arriver qu'on ne puisse surmonter.

Rien ? Je levai des yeux désespérés vers le plafond. *Si seulement c'était vrai.* Mais comment pourrait-il accepter ces changements en moi, alors que c'était au-dessus de mes forces ?

Je m'étais transformée de manière si radicale que je pourrais tout aussi bien appartenir à une autre espèce.

Ou être une plante. J'étouffai un rire hystérique. Nous n'étions plus du même monde en tout cas.

Quel garçon voudrait d'une petite amie munie de griffes ? *Hé, Jackson, c'est toi qui ne voudras probablement plus boire après moi.*

---

1. En français dans le texte. (*N.d.T.*)

Mais je ne pus m'empêcher de demander :

— Quand tu dis *on*... ?

Il s'écarta pour me regarder, les yeux étincelants.

— Je vais tout te déballer. Ris-moi au visage, je m'en fiche. Mais je vais te dire ce que j'ai sur le cœur.

— Je ne vais pas rire. Je t'écoute.

— Evie, j'ai eu envie de toi dès la première fois que je t'ai vue. Même quand je te détestais, j'avais envie de toi. (Il passa ses doigts dans ses cheveux.) Je suis complètement mordu.

J'avais l'impression que mon cœur s'était arrêté – pour que je puisse mieux l'écouter, lui.

— Tout le temps où tu me regardais de haut, je mourais d'envie de toi, une *envie*[1] comme j'en ai jamais connu.

— Je ne te regardais pas de haut ! J'étais trop occupée à te regarder tout court...

Il sembla stupéfait par ma déclaration.

— Pour de vrai ?

— Oui !

Le coin de ses lèvres se retroussa brièvement avant qu'il redevienne sérieux.

— Tu m'as demandé si j'avais pris ce téléphone avec tes dessins, si j'avais regardé dedans. Tu m'étonnes, que je l'ai fait ! Je t'ai vue jouer avec un chien sur la plage, faire un putain de plongeon de super-haut et grimacer devant l'objectif. J'en ai appris plus sur toi... (sa voix devint rauque)... et j'en voulais davantage. Te voir tous les jours. (Avec un rire amer, il avoua :) Après le Flash, je cherchais constamment un moyen de charger un foutu téléphone – qui, de toute manière, n'aurait pas pu passer le moindre appel !

— Je ne savais pas... murmurai-je, je n'étais pas sûre.

— Je t'ai dans la peau, *peekôn*, et ça fait mal.

Mon visage s'affaissa. Une épine. Il avait peut-être des sentiments pour moi, mais ça ne voulait pas dire qu'il le

1. En français dans le texte. (*N.d.T.*)

voulait. Et il n'était même pas au courant de mon abominable alter ego.

Pourquoi maintenant ? Pourquoi devais-je découvrir que j'étais issue d'une lignée de psychopathes meurtrières et caquetantes la même nuit où il me révélait ses sentiments pour moi ? Je réprimai un sanglot.

— On-on sait tous les deux que ta vie serait bien plus simple sans moi ! Je suis *seulement* une épine dans ton pied.

Il hocha la tête.

— Et ça me fait penser à toi. À chaque pas que je fais, je pense à toi.

Mes lèvres s'entrouvrirent. Je compris de nouveau qu'il était la seule chose dans ma vie qui me donnait l'impression d'être saine d'esprit, qui me donnait envie de me battre pour avoir un avenir.

— Evangeline, j'ai besoin de te sentir à chacun de mes pas. (Il referma sa main tremblante sur ma nuque et serra.) Ou je deviens un peu fou.

En dépit de tout, j'éprouvai un immense élan d'espoir. Jackson me désirait, moi. Tout comme je le désirais. Et c'était tout ce qui importait, non ? Il n'avait jamais besoin d'apprendre ce que j'étais. Grand-mère pourrait m'aider à me débarrasser de cette malédiction, ou m'apprendre à la garder enfouie pour toujours – sans glisser dans la lâcheté pour autant.

Grâce à ses conseils, ce ne serait pas l'un ou l'autre. Je pourrais apprendre à redevenir normale de nouveau !

Et nous n'étions qu'à quelques semaines des Outer Banks. Il y avait encore le temps. Je sentis une bouffée d'optimisme m'envahir…

Jusqu'à ce que je me souvienne de l'une des nombreuses autres barrières entre nous.

— Et Selena ? Vous n'êtes pas ensemble, tous les deux ?

Il secoua la tête.

— C'est une fille bien, et si je t'avais jamais rencontrée, j'y aurais peut-être regardé à deux fois. Mais je n'ai fait que flirter avec elle pour te rendre jalouse. Pour voir si tu ressentais la même chose pour moi, même un tout petit peu.

— La même chose ?

Une part de moi voulait embrasser Jackson ; une autre avait envie d'entendre tout ce que ce garçon sublime avait à me dire. Je passai les bras autour de son cou et le serrai contre moi, sans prendre garde au sang séché et à la boue.

Il se crispa au début, comme surpris, puis referma ses bras autour de moi avec un petit gémissement.

— Ah, je connais ce parfum. Le chèvrefeuille.

Je sentis un rire monter dans ma gorge.

— Oui, oui.

Je me hissai sur la pointe des pieds pour effleurer son cou avec mes lèvres, pour déposer des baisers sur ce visage fier et épuisé.

Il ferma les yeux, une expression de béatitude sur le visage.

— Je vais te protéger, *bébé*[1], dit-il d'une voix rauque.

— Je sais. Je sais que tu le feras.

— Je t'emmènerai jamais en Caroline du Nord. *Jamais*[2].

Je me figeai et m'écartai.

— De quoi tu parles ? Je dois retrouver Grand-mère.

— Allez, Evie, on sait tous les deux qu'elle n'a pas dû s'en sortir. On n'a pas vu une seule autre femme sur la route. Je te laisserai plus jamais courir de danger comme aujourd'hui.

Il voulait annuler notre voyage maintenant ? *À court de temps*... Je me reculai en tentant de garder mon calme.

— J'ai des projets pour nous, tu vois. On va retourner chez Selena. Tu peux prendre ton *couillon*[3] d'animal de compagnie avec toi, mais on va au sud. Retour au chaud, loin de la peste et des cannibales. Tu peux m'apprendre à te faire la cour. Parce que ça, je sais pas faire. Tu pourras être heureuse avec moi. Tu le *seras*.

1. En français dans le texte. (*N.d.T.*)
2. En français dans le texte. (*N.d.T.*)
3. En français dans le texte. (*N.d.T.*)

Oui, je le serai. Mais pas avant d'être libérée de cette malédiction !

— Tout ça me dépasse, Jackson. Je dois comprendre... je dois *me* comprendre.

— Alors dis-moi ce qui se passe. Sois honnête, pour une fois. Confie-moi tes secrets. Je viens de te déballer tous les miens.

Lui dire ce que j'étais ? Oh, mon Dieu, lui *montrer* ?

En tant qu'Archer, Selena était magnifique, toute en grâce et en rapidité, avec un maintien de déesse. Matthew était un maître du destin grâce à ses visions de l'avenir. Les dons de Finn étaient presque inconcevables.

Les miens ? Des griffes sinistres jaillissaient au bout de mes doigts. Je faisais pousser des choses au contact de mon sang. Je pouvais être *toxique*. Et quand je prenais le contrôle des plantes, elles se déplaçaient comme des serpents. De quoi donner froid dans le dos.

Et ce soir, le lotus ? J'avais traité Selena de reine de la tromperie, mais n'était-ce pas aussi ma spécialité ?

Contrairement à moi, les autres semblaient *élevés* audessus de la condition de simple mortel, comme des demidieux. Si je révélais à Jackson la véritable apparence de l'Impératrice, comment pourrais-je supporter de voir son dégoût ? La seule idée de le lui montrer me donna la nausée.

Et si, en me voyant, il faisait le signe de croix ?

Il avait des sentiments pour moi, mais uniquement parce qu'il ne savait pas qui j'étais réellement. Il me désirait moi, *pas* la sorcière.

— J'ai envie de te le dire, murmurai-je. Mais je ne peux pas. Pas encore.

Laisse-moi un peu de temps pour me faire à ça.

Son expression se durcit.

— Alors tu viens avec moi. On reparlera de ce que tu dois « comprendre » quand tu pourras me faire confiance.

Alerte rouge. M'empêcherait-il de partir ? Me traînerait-il de force chez Selena ?

— Je vais en Caroline du Nord. Et je pensais que toi et les autres, vous m'accompagneriez.

— C'est tellement facile pour toi de prendre ces décisions ! Puisque tu fais rien du sale boulot !

— Je suis plus forte que tu ne le crois. Si la situation empire, je pourrai aider notre groupe.

— *Nous* aider ? Et comment ? Tu vas exterminer de l'Épouvantail grâce à ta *beauté* ?

— Encore une fois, je pourrais te surprendre !

— Tu sais pas chasser, tu sais pas te battre. Tu es trop douce !

— Tu ne peux plus dire ça de moi. Tu ne me connais pas...

— Parce que tu veux rien me dire !

Il jeta sa bouteille contre le mur.

J'eus l'impression d'exploser en mille morceaux en même temps qu'elle.

— P-parlons-en demain, quand tu seras sobre. D-d'accord ?

Je me dirigeai vers la porte en tremblant.

— Putain, écoute-moi !

Je me retournai de nouveau vers lui, son regard était comme fou.

— Jackson, je vais devenir dingue si je ne découvre pas ce que je suis censée faire !

Et comment sauver ma peau !

— Je *sais* ce que tu es censée faire. Tu restes avec moi, tu es à moi. On fera pousser de la nourriture, on vivra nos vies. On construira quelque chose ensemble.

J'avais tellement envie de ça, moi aussi... Les larmes montèrent et coulèrent sur mes joues.

Toute colère le quitta.

— *Non*[1], pleure pas.

Il posa les mains sur mes épaules et les frotta avec ses pouces.

1. En français dans le texte. (*N.d.T.*)

— Il-il y a autre chose, insistai-je.

— Alors dis-moi, *bébé*[1]. (L'angoisse dans sa voix était pire que tout. Le gris saisissant dans ses yeux brillants...) Fais-moi confiance.

Mais je gardai le silence en pleurant sans bruit ; Jackson resserra ses mains sur mes épaules. Il rejeta la tête en arrière et poussa un rugissement digne d'un aliéné. Puis il me regarda dans les yeux.

— Tu caches tes secrets à la seule personne sur laquelle tu peux réellement compter. (Puis il ajouta, d'une voix rauque :) *Je n'en peux plus, Evangeline !* Je peux pas continuer comme ça ! Tu viens avec moi, ou nos chemins se séparent demain matin.

— Reparlons-en...

— Promets-moi que tu viendras avec moi, ou bien je vais devoir bloquer toutes ces pensées. Je peux pas continuer à te courir après, à aller à l'encontre de tous mes instincts, non. Je peux pas continuer à espérer en vain. Je sais comment ça finira, je l'ai *vu*.

— Je-je n'ai pas le choix.

Il me relâcha et redressa vivement les épaules.

— Alors moi non plus. C'en est fini.

— Qu'est-ce que ça veut dire ?

— C'est *fini* !

Le dernier mot résonnait encore à mes oreilles quand il sortit comme une furie en claquant la porte derrière lui.

---

1. En français dans le texte. (*N.d.T.*)

39

— Tu savais que c'était moi, la sorcière rousse ! dis-je à Matthew dans un souffle.

Il était entré dans la chambre aussitôt après le départ de Jackson et s'était assis sans un mot pendant ce qui m'avait paru des heures, jusqu'à ce que je m'arrête de pleurer.

Finn n'avait pas tardé à nous rejoindre, pour nous apporter des couvertures et démarrer un feu dans le petit foyer.

— Toi, avec tes problèmes de mec, t'es même pas au menu. Alors sois sympa et révèle-moi le moyen le plus rapide de choper Selena.

Quand il avait enfin compris que je n'étais *pas d'humeur*, il avait levé les mains.

— Hé, hé, c'est cool. T'inquiète pas, je trouverai quelque chose. Souhaite-moi bonne chance.

Puis il avait disparu après un clin d'œil. Disparu, littéralement. Il s'était rendu *invisible*.

J'étais à présent en train d'arpenter la pièce pendant que Matthew, assis par terre, examinait un morceau de verre brisé à la lueur du feu de cheminée.

— Tu aurais pu me dire que j'étais elle.

J'étais encore étourdie par toutes les révélations de la nuit.

— Tu n'es pas elle.

— Pas *encore* ? Parce qu'elle est forte et vicieuse. Et moi pas, n'est-ce pas ? répliquai-je d'un ton blessé.

Il pencha la tête.

— Un jour, tu seras connue sous le nom de Princesse vénéneuse, la Reine de Mai. Dame Lotus. Reine des Épines. Phyto.

— Comme pour « phytomanipulation » ?

— Tu peux *créer* des plantes aussi. La phytogenèse. Sans graine.

C'était excitant – jusqu'à ce que je me souvienne qu'un don pareil était probablement destiné à nuire et à tuer.

— Alors c'est toi qui m'as envoyé tous ces cauchemars ?

Il fronça les sourcils.

— Des cauchemars ? Non. Seulement... des rêves.

— Qui était cette fille ? Est-ce que c'était moi dans une autre vie ou quelque chose comme ça ?

Dis non, dis non.

— La dernière Impératrice, d'il y a très, très longtemps. Elle n'a pas gardé les secrets. Elle était connue de tous. Mais ils brûlent ce qu'ils craignent, déclara-t-il, ses pensées manifestement en train de dériver.

— Matthew !

— J'ai réactualisé les rêves pour toi. Parce que tu ne sais pas parler l'anglais du Moyen Âge.

Mais toi, si ?

— Ces *rêves* étaient sur le point de me rendre folle. Pourquoi me fais-tu vivre des situations aussi démoniaques ?

— Pas *démoniaques*. L'arsenal. (Avec un soupir, il répéta :) Arsenal, champ de bataille, obstacles, ennemis.

Il m'avait montré ces quatre choses, que ce soit à travers des visions ou des cauchemars.

— L'arsenal ? Tu veux dire l'étendue de mes différents pouvoirs ?

J'admettais à contrecœur que j'avais réussi à créer ce lotus uniquement parce que j'avais vu la sorcière le faire auparavant.

Le champ de bataille était une terre brûlée. Les ennemis étaient d'autres Arcanes, comme la Mort. Les Épouvantails étaient-ils les obstacles ?

— On va avoir un problème, Matthew. Je ne suis pas une meurtrière. Je ne me servirai *jamais* de cet arsenal pour blesser quelqu'un. Je peux te le jurer, *ça n'arrivera pas*.

— Hmmm, marmonna-t-il en guise de réponse.

— C'est une malédiction ! Et dont je compte me débarrasser. À cause d'elle, j'ai dû repousser Jackson ! Je ne supporte plus tout ça, Matthew. J'ai tellement envie d'être avec lui. Dis-moi ce que je suis censée faire.

— Fais des plis. Les marques doivent être méritées.

— Je voulais parler de Jackson. Il ne *veut* pas que nos chemins se séparent, pas plus que moi. Il a des sentiments pour moi, des sentiments profonds.

Il me désirait depuis le premier jour.

Il était revenu à Haven pour moi, pour me sauver la vie. Il n'avait cessé de veiller sur moi, de me protéger. Même quand je l'avais exaspéré.

Il en avait tant fait, m'avait tant donné ! Et moi, je ne lui avais même pas accordé ma confiance.

Ne l'avait-il pourtant pas méritée ?

— Jackson avait raison, à propos de tout, dis-je. Je *devrais* lui faire confiance. Je *devrais* lui révéler mes secrets.

J'avais été lâche, j'avais redouté sa réaction – mais cela pouvait-il être pire que ça ? Il était *blessé*. Et c'était insupportable ! À la seule pensée de sa voix, les larmes me montèrent aux yeux.

— Je vais arranger ça. Je dois tout lui dire.

Matthew fit tourner le bout de verre dans ses doigts.

— Les secrets. Tu n'écoutes pas.

— Après cette nuit, j'ai deux choix. Je peux garder ces secrets. Ou je peux le garder, *lui*. Ce qui signifie que je lui dirai la vérité, même si je dois... lui avouer qui je suis exactement.

Je fus de nouveau prise de nausée.

Je me rappelai que Jackson m'avait dit que l'on pourrait *tout* surmonter. Je n'avais rien demandé de tout ça – il le comprendrait certainement !

— Matthew, quand je lui aurai expliqué ma confusion et mes craintes, il sera d'accord pour m'emmener retrouver Grand-mère. Pour qu'on cherche un remède.

Ensemble, avec Jackson. Une équipe. Sans aucun secret entre nous.

— Je ne renoncerai pas à lui. (*À nous*.) Et je vais arrêter de laisser Selena s'immiscer entre nous.

— Je suis triste que tu aies envie de lui, commença Matthew sur un ton prudent, comme s'il essayait avec beaucoup d'effort de me dire une chose précise. Je sens que ton cœur... il souffre. Je le regrette, Evie. Mais tu ne peux pas être avec lui.

Je lui lançai un regard noir.

— Pourquoi dis-tu ça ?

— Tu ne veux pas être un Arcane. Mais tu l'*es*. (Il leva un regard expressif vers moi.) Et Jack ne l'est *pas*.

— Alors quoi, tu es un puriste des cartes ou quelque chose comme ça ?

— Jack est un point faible. Tu te sers de lui comme d'une béquille. Quand il t'aide, il te fait du mal.

Comment serait-ce possible ? Il me donnait de *l'espoir*.

— Jackson est peut-être la seule chose qui m'empêche de me transformer en monstre.

Matthew bondit sur ses pieds.

— Te transformer en ce que tu es destinée à devenir !

Je retins mon souffle en comprenant ce que cela signifiait.

— Il m'empêche réellement de me métamorphoser !

Matthew détourna les yeux.

Jackson avait réduit les voix au silence et avait représenté une sorte de point d'ancrage pour moi – encore une raison d'être avec lui.

Je désirais déjà plus que tout commencer une vie avec lui ; désormais, j'avais l'impression que c'était écrit.

Matthew se laissa tomber sur le lit, épuisé.

— Si tu n'acceptes pas tes pouvoirs, tu ne peux pas vaincre.

— Mais je ne les accepte pas, pas plus que mon rôle dans cette guerre. (Le voyant près de protester, je m'exclamai :) Personne ne peut me forcer à me battre !

— Tu le *voudras*, tu en auras *besoin*. L'ardeur dans le combat. C'est ta nature.

— Je demanderai à Jackson de m'aider...

— Pas une carte.

— ... et une fois que cette maladie sera sous contrôle, on s'enfuira ensemble. Tu peux fuir avec nous, Matthew. Tu ne veux certainement pas faire la guerre !

— Jack contre la Mort ? Qui va gagner à ton avis ? Il se peut que tu survives, moi aussi, la Lune aussi, Finn aussi.

— C'est pour ça qu'on s'enfuira là où la Mort ne pourra pas nous trouver.

— La Mort te voit, même en ce moment. Elle écoute chacun de tes mots, chacune de tes pensées qui dérivent dans ton esprit. On ne peut pas lui échapper.

— Je n'arrive pas à croire que je puisse être prise au piège alors que je n'y suis pour rien.

— Tu ne peux pas contrôler tes pouvoirs. Dame Lotus nous a fait dormir la nuit dernière. Un peu plus longtemps ? Jack dormait pour toujours.

— De quoi tu parles ?

— Lotus. Dormir pour l'éternité, murmura Matthew d'un ton sournois.

— Non, fis-je en me rappelant mon cauchemar.

Les villageois s'étaient couchés, sombrant dans l'inconscience. À mon réveil, Jackson dormait à poings fermés, comme s'il était tombé dans les pommes. Avais-je libéré une sorte de spores dans mon sommeil ?

— Oh, Seigneur, j'ai fait *ça* ?

Quand je m'étais approchée de lui sur la banquette sous la fenêtre, je m'étais fait la réflexion qu'il était sublime – et il avait frôlé la mort à cause de moi !

— Alors pourquoi ne m'aides-tu pas à contrôler mes pouvoirs ?

— Oh, tu apprendras. *Bientôt*.

Je secouai violemment la tête.

— Je dois bien ça à Jackson. Je vais le prévenir du danger. S'il veut toujours être avec moi, je ferai ce qu'il faut pour le protéger des autres Arcanes. De moi-même. Mais il doit savoir.

Ce n'est que justice, songeai-je, même si mes espoirs d'avenir commun s'effritaient peu à peu.

— Une tempête à l'horizon, présagea Matthew. Et on est déjà menés. Ils se moquent de nous. Ils *peuvent*.

— Alors laisse-les se moquer, fis-je d'une voix cassante. Je reviens.

Tandis que je m'éloignais dans le couloir, il me sembla l'entendre murmurer « Au revoir, Evie », mais je continuai mon chemin.

En passant devant une autre chambre d'ami, j'entendis un gémissement à l'intérieur. Un halètement, une lutte ? Un Épouvantail était-il entré ? Un soldat de la milice ?

J'ouvris la porte, les griffes sortant au bout de mes doigts...

Je n'en crus pas mes yeux.

De la bile monta dans ma gorge.

Ses bras forts et protecteurs enroulés fermement autour de Selena, Jackson l'embrassait avec fougue.

40

Jour 246 après le Flash
Requiem, Tennessee

— Quel meilleur moyen de bloquer des pensées qu'avec une autre fille ? demande Evie d'une voix douce, les yeux brillants de larmes contenues.

Nous sommes assis en silence tandis que j'attends qu'elle se ressaisisse. J'en ai bien besoin aussi. Elle a dit beaucoup de choses qui m'ont laissé perplexe, qui me font mal à la tête. Ma concentration se voile. Pendant qu'elle s'efforçait de faire remonter les souvenirs, j'en avais fait de même.

J'ai envie de prendre l'un de mes élixirs, bien qu'il soit loin d'être l'heure.

— Pendant que je m'éclipsais, je me suis rendu compte que Jackson m'avait bel et bien prévenue.

— Alors c'est *lui*, celui qui t'a blessée.

— Je ne lui en veux pas. Il m'en a si peu demandé. Et Selena ne lui fera jamais de mal avec des pouvoirs incontrôlés. Elle le protégera. Je crois qu'elle est amoureuse de lui.

Même si je commence à être à bout de patience, je veux entendre son récit des deux derniers jours, je veux des réponses à certaines questions.

— Que s'est-il passé après que tu les as vus s'embrasser ?

Mes mots la font tiquer. Elle n'en veut peut-être pas au Cajun, mais au fond d'elle, elle se sent tout de même trahie.

Elle est sur le point d'en connaître encore davantage sur le concept de trahison.

— Je… je…

Elle fronce les sourcils, comme surprise d'avoir perdu le fil de ses pensées. Pile à l'heure. Et plus que dix minutes de bande.

— Alors j'ai… griffonné un mot à Jackson pour lui dire que je devais continuer, que j'espérais qu'il serait heureux avec Selena. Je lui ai demandé de veiller sur Matthew, de lui expliquer que c'était plus sûr pour tout le monde comme ça. Pour une raison qui m'échappe, je suis convaincue que Jackson prendra soin de lui.

— Comment es-tu arrivée ici ? demandé-je un peu plus sèchement.

Mon esprit commence à s'éparpiller. Et tout son bla-bla un peu plus tôt à propos des voix dans sa tête m'a rappelé une période qui remonte à bien avant mes stimulants.

Je ne veux jamais revenir à cette époque de honte – quand *d'autres choses* nuisaient à ma concentration aiguisée.

Avant que j'élimine sans pitié les distractions.

Evie se frotte les paupières. Après avoir cligné plusieurs fois les yeux, elle reprend :

— J'ai volé le 4 × 4 de Finn en me disant qu'il pourrait facilement en trouver un autre avec toutes ses facultés. J'ai roulé jusqu'à ce qu'il n'y ait plus d'essence ; c'était il y a deux jours. Alors j'ai continué à suivre la route en espérant croiser quelqu'un qui pourrait m'aider. Je… j'étais une véritable épave, Arthur. Complètement perdue, je pleurais non-stop. (Sa voix faiblit.) De toute ma vie, je n'ai jamais eu autant besoin de gentillesse comme celle dont tu fais preuve avec moi aujourd'hui. Merci.

Non. Merci à *toi*.

— Je suis surpris que tu n'aies pas voulu emmener Matthew avec toi.

— J'aurais bien voulu. Mais comment le priver des réserves de nourriture de Finn ? De la sécurité promise par la maison de Selena ? Jackson avait raison – attirer des ennuis à tout le monde est une manie chez moi. Et emmener Matthew au nord avec moi aurait été égoïste.

Je croise les doigts.

— Mais je pensais que tu avais des pouvoirs maintenant. Tu pourrais le protéger. Avec ce fameux lotus par exemple ?

— Ça demande tellement de concentration... je pense que Matthew m'aidait, m'aidait à me calmer. Mais je ne voudrais pas que sa vie en dépende.

Encore un autre pouvoir qu'elle ne peut pas prouver.

Elle remonte de nouveau sa jambe sur le fauteuil, mais elle glisse. Elle ne réitère pas l'effort.

— Et je ne *veux* pas utiliser ces pouvoirs, pas si ça risque de me transformer en cette sorcière.

— Penses-tu vraiment pouvoir survivre toute seule dans ce monde ?

— Je dois essayer.

— Une armée guidée par une famille de sadiques a failli « t'enrôler », t'a forcée à brûler ta maison avec le corps de ta mère à l'intérieur. Puis des hommes qui voulaient faire de toi une esclave ont détruit ta voiture et mis ta vie en danger. Cette milice t'a enfermée dans une cage pour que des centaines de soldats puissent profiter de toi.

Elle pâlit et murmure :

— Et malgré tout ça, j'ai réussi à garder mon... mon *humanité*. Jusque-là, j'ai su préserver mon équilibre.

— Tu penses que c'est grâce à Jackson. Et maintenant ? Ton point d'ancrage a disparu dans les bras d'une autre.

Les larmes lui montent de nouveau aux yeux, mais elle redresse le menton.

— Ma... ma grand-mère m'aidera pour la suite.

— Tu n'es absolument pas tentée d'accepter tes (prétendus) pouvoirs ? Alors qu'ils seraient un atout colossal pour toi ?

Elle peut imaginer toutes ses capacités incroyables si ça lui chante, ça ne changera rien. Elle a déjà perdu. Elle a perdu cette partie il y a des heures.

Evie m'a dit que la vision du monde de sa mère avait été bouleversée. Elle est sur le point de connaître le même sort. La fille enjouée et optimiste – qui ne se plaint jamais, qui veut être amie avec tout le monde, qui dit encore bonjour aux étrangers – disparaîtra cette nuit. D'une manière ou d'une autre.

— Je ne peux pas me servir de ces pouvoirs, Arthur. Je ne pense pas... je ne pense pas qu'on puisse séparer le bien du mal... le risque est trop élevé. Je ne *veux* pas devenir une tueuse.

— Comment peux-tu le savoir si tu n'as jamais essayé de tuer ?

— Je... je suis désolée. Que disais-tu ?

Sa tête dodeline légèrement, mais elle lutte pour rester éveillée. *Vaincue*.

Je repense aux détails inexpliqués et lui demande :

— Est-ce que tu te souviens seulement de la réponse à la question de ce médecin ? Je veux savoir pourquoi tu aurais dû rejeter les enseignements de ta grand-mère.

— Pas encore. Mais j'ai l'impression d'être vraiiiiment proche.

Hélas, tu n'as plus le temps. Maintenant, je dois prendre une décision.

Dois-je la garder comme sujet, ou comme compagne ? En regardant ses yeux bleus aux paupières lourdes et ses vagues de cheveux blonds et brillants, j'envisage une nouvelle fois de lui donner une place dans mon lit plutôt que dans le souterrain.

Même si elle ne quittera jamais cette maison vivante, au moins elle survivrait plus longtemps que l'étudiante.

Jackson voulait qu'Evie lui apprenne à lui faire la cour ; peut-être pourra-t-elle m'apprendre, à moi, comment *ne pas* la tuer.

Ou bien représente-t-elle une trop grande distraction dans mon travail ? Je n'ai *jamais* toléré la moindre distraction.

Il est l'heure de décider de son sort, de jouer à Dieu avec elle. Je lui pose une dernière question :

— Es-tu amoureuse de Jackson ?

Un peu plus tôt, quand elle m'a décrit leur baiser, j'ai eu toutes les peines du monde à réprimer l'envie de lui trancher les lèvres.

Sujet ou compagne, Evie ?

Elle scelle son destin en murmurant :

— Chaque fois que je ferme les yeux, je vois les siens. Même après ce qui s'est passé... Jackson détient toujours mon cœur.

La rage bouillonne en moi.

— Pas tout à fait, ma chère. Mais *moi*, je l'aurai. Et je l'écraserai entre mes doigts.

Elle parvient à peine à garder la tête droite.

— Hmm ?

— Il est l'heure, Evie.

Je me lève et sors l'un des scalpels de mon étui.

Elle plisse les yeux, mais l'information ne s'imprime pas dans son cerveau embrumé.

— Qu'est-ce que c'est ? parvient-elle difficilement à articuler.

— Un scalpel, dont je vais me servir pour dépecer ton joli visage si tu ne te lèves pas immédiatement.

Elle a un hoquet, écarquille les yeux et secoue la tête pour tenter de s'éclaircir les idées.

Je dois admettre que c'est mon moment préféré dans une nouvelle capture. Je ne peux qu'imaginer la sensation de nausée, de naufrage quand le jour se fait dans son esprit. Le sentiment de trahison qui prend aux tripes.

Puis la terreur qui glace le sang.

— Debout. Sur-le-champ, chérie.

Elle se dresse sur ses jambes chancelantes avec un petit cri, retombe sur son fauteuil, puis fait une nouvelle tentative. L'adrénaline court dans ses veines. Elle est légèrement plus alerte, mais ses gestes restent léthargiques.

— Arthur, qu-qu'est-ce que tu fais ?

Je l'agrippe par le bras.

— Avance. Maintenant.

— Oh, Seigneur, oh, Seigneur, où on va ?

Elle avance maladroitement à côté de moi.

— À la cave.

— La *c-cave* ? (Elle titube comme si elle allait s'évanouir, mais je la redresse brutalement.) P-pourquoi tu fais ça ? Qu'est-ce que j'ai fait ?

— Tu es entrée dans mon repaire, comme si tu te proposais de me servir pour mes recherches, pour mes… expériences. Ton corps représente une connaissance que je n'ai pas encore. C'est ta seule valeur, ta seule utilité.

— Des expériences ?

Elle semble sur le point de vomir, mais j'ai de la poudre dans mon labo pour éviter ça.

Toujours soucieux de mon velours côtelé.

— Tu étais condamnée à la seconde où ma porte s'est refermée derrière toi. J'ai besoin de toi, Evie. Mon travail représente tout pour moi. Je dois tout savoir.

— Je t'en prie, ne me fais pas de mal, Arthur ! Tu as entendu mon histoire – est-ce que j'ai survécu à tout ça pour que maintenant… ce soit toi qui me fasses du mal ?

— Tu m'as raconté des mensonges. Que des mensonges ! Je n'ai pas arrêté de me retenir de te corriger. Tu es une véritable mythomane !

Elle pousse un cri quand je déverrouille la porte du sous-sol.

— Qu'est-ce qu'il y a, en bas ?

— Descends. Tout de suite !

Je la force à dévaler les marches. Elle trébuche mais je la rattrape pour l'empêcher de tomber.

Une fois arrivés dans le labo rempli de potions frémissantes, je me délecte de son expression horrifiée. Puis je l'entraîne de l'autre côté de la bâche en plastique, dans le cachot.

— Ton nouveau chez-toi.

Les pupilles dilatées, elle dévisage les autres filles blotties contre les murs.

— Tu les as… kidnappées ?

C'est alors qu'elle aperçoit les restes de l'étudiante.

Evie penche la tête vers le corps putréfié, comme si elle ne pouvait en croire ses yeux.

C'est le moment où le jour se fait...

Son regard se vide, sa main tremblante jaillit devant sa bouche. *Tu comprends que ce sera toi, un jour ?*

— Viens, Evie, allons t'installer. (Je la pousse vers le coin de l'étudiante en pointant du doigt le tas en décomposition.) Sors ton nouveau collier de ce merdier.

Elle recule.

— *Qu-quoi ?*

— Accepte ton destin et tu vivras encore un peu.

— Tu ne veux pas me faire ça, Arthur.

— *Prends ton collier tout de suite !* hurlé-je en crachant.

Les autres filles se recroquevillent en position fœtale en pleurant sans retenue.

Mais pas Evie. Elle dit un mot étouffé.

— Non.

Les autres filles poussent des gémissements, la plus jeune appelant sa mère, comme d'habitude.

— *Non* ? (D'un petit coup du poignet, mon scalpel va mettre mon nouveau sujet à genoux.) Rien que pour ce *non*, je vais te couper la langue et la mettre dans un bocal pour que tu puisses la voir tous les jours.

Je m'approche d'elle, la rage brouillant ma vision.

— *Ah, Seigneur, je suis perdue,* chuchote-t-elle pour elle-même.

— Totalement perdue ! C'est la dernière fois que tu me désobéiras.

Je tends une main vers elle et lève l'autre, munie du scalpel...

— Approche, Arthur. (Je saisis à peine son murmure.) *Touche.*

Qu'est-ce que... ? Elle a déjà récité ces mots auparavant, de sa petite voix timide, mais je suis ébranlé de les entendre prononcés avec tant de sensualité.

— Mais tu en paieras le prix, achève-t-elle.

Un léger mouvement entre nous.

Au moment où je perçois son parfum irrésistible, quatre entailles parallèles apparaissent en travers de mon torse.

Je baisse les yeux avec un hoquet de surprise et laisse tomber mon scalpel. Un filet de sang chaud s'écoule de ma peau. Ma chair est comme un rideau ouvert sous mon regard inquisiteur.

— C-comment ?

Evie se redresse ; la drogue n'a aucun effet sur elle. Ses yeux sont alertes et... d'un vert vif. Une branche de lierre apparaît sur sa joue et dans son cou, contrastant sur sa peau pâle. Des mèches de ses cheveux rougissent à vue d'œil.

À l'extrémité de chacun de ses doigts se trouve une épine aiguisée comme une lame de rasoir, qui dégouline de *mon* sang.

Elle n'avait donc pas halluciné. Evangeline bouillonne de pouvoir.

Je plaque mes mains sur mes blessures ; du sang inonde mes doigts.

— Tu-tu m'as fait croire que tu mentais – ou que tu étais folle !

— Je t'ai dit que *tout* n'était pas vrai dans mon récit. Par exemple, j'ai laissé de côté les chapitres te concernant, *toi*.

— Moi ?

— Je voulais éviter de te faire du mal, Arthur. Mais tu ne m'as pas laissé le choix ! (Elle frémit, elle *fulmine*.) Pas après que tu t'en es pris à moi. Comme Jackson l'a dit, c'en est FINI ! (La maison entière se met à trembler ; du plâtre s'effondre du plafond.) J'en ai plus qu'assez de ce monde, assez d'être attaquée et enlevée !

Je commence à avoir froid à cause du sang perdu – exactement comme elle l'a dit.

— Tout ce que j'ai toujours voulu, c'est être normale. Mais ce soir, j'ai enfin accepté que ce n'était pas possible. Même sans la Mort et les Arcanes, je sais maintenant que je n'ai plus d'espoir. Dès que j'ai vu ces filles enchaînées ici, ça m'a frappé – je ne suis pas comme elles. Je ne suis *pas* normale. Je n'ai pas à me faire piéger. Je dois seulement devenir l'Impératrice vicieuse que j'étais destinée à être depuis ma naissance. Et comme tu l'as si bien souligné, la seule chose qui me retenait – Jackson – a disparu.

Elle s'approche de moi. Je recule en trébuchant vers le labo. J'ai des remontants qui peuvent me guérir. Ce n'est pas terminé !

— Au cours des deux derniers jours, j'ai eu beaucoup de temps pour examiner les choix qui s'offraient à moi. J'ai pensé à ma mère et à sa force. Elle aurait accepté ces pouvoirs. J'ai pensé à Clotile – que n'aurait-elle pas donné pour les avoir pendant ses derniers instants ! Et le récit que je t'ai fait de mon histoire a encore renforcé ma conviction.

Je suis presque arrivé à la bâche en plastique. Si je peux atteindre mon plan de travail...

— J'ai honte d'avoir envisagé de renoncer, de me terrer pour me mettre à l'abri d'hommes comme toi. Mais plus maintenant. On ne met pas de collier au cou de l'Impératrice, on ne la met pas en cage, on ne la torture pas. Vois comme elle attire avec malice, comme elle punit à la perfection... Comme *je* punis à la perfection.

La fureur d'Evie commence à décliner ; les tremblements de la maison se calment.

— Je ne vais pas me mettre en colère contre toi pour m'avoir empoisonnée. Je vais simplement t'en faire payer le prix.

— Comment... comment as-tu su ?

Elle fait claquer sa langue.

— Utiliser une toxine *végétale* dans le chocolat ? J'ai pu la sentir, comprendre ses effets. Tu te souviens de mon titre ? Je ne me fais pas empoisonner, c'est *moi* qui empoisonne. Je suis la *Princesse* en la matière. (Des feuilles s'entremêlent désormais dans sa chevelure rousse et sauvage, et des glyphes envoûtants serpentent le long de ses bras. C'est une déesse pâle et effroyable.) J'ai vidé ma tasse quand tu as ramené le plateau. Mais ça n'aurait sans doute eu aucun effet sur moi de toute manière. Oh, mais toi ? Tu es bel et bien empoisonné par mes griffes. Tu es en train de mourir.

— Non. Impossible, répliqué-je, même si je perçois déjà les premiers effets de sa toxine qui se répand dans mes veines. (C'est maintenant *mon tour* d'éprouver la trahison et la terreur que j'avais seulement pu imaginer auparavant.) Pourquoi me punir, moi ? Pourquoi être venue ici ?

— Alors que je me dirigeais vers le nord, j'ai commencé à entendre une nouvelle voix. La tienne. (Elle se tapote le menton d'une griffe sinistre et ajoute :) Il se peut que j'aie omis de mentionner ce petit détail. Quoi qu'il en soit, ta voix s'est amplifiée jusqu'à étouffer toutes les autres, même celle de la Mort – qui est plutôt bavarde depuis que je me suis retrouvée seule. (Elle fronce les sourcils, hausse les épaules.) Mais ta voix m'attirait plus près. *Un homme érudit sous les traits d'un jeune garçon.* Ça ne te rappelle rien ?

J'émets un son étranglé.

— Tu n'as pas pu m'entendre.

— Tu es l'un des Arcanes, Arthur. Pendant très longtemps, je ne suis pas arrivée à déterminer lequel. Le souvenir des cartes de ma grand-mère était trop flou pour trouver celle qui correspond à ton tableau. Jusqu'à ce que je voie les expériences que tu fais ici dans ton petit repaire sordide. Tu es l'Ermite. Le vieil homme qui tient une lanterne.

— L'un des vôtres ? (J'affiche une moue de mépris.) Jamais !

— Tu nies ta condition, exactement comme je l'ai fait. Pas étonnant que Matthew ait été aussi frustré avec moi.

— Si tu crois que je suis l'un d'entre vous, alors tu es venue ici dans l'intention de me faire du mal !

— Non, je t'ai cherché en espérant que tu connaîtrais ton destin d'Arcane et que tu pourrais m'éclairer sur le mien, en espérant que tu serais bon – contrairement à la plupart des gens que je continue de rencontrer. Mais j'étais préparée à me défendre si ce n'était pas le cas.

L'un de mes genoux se dérobe ; je chancelle et me rattrape à la table d'opération. J'aperçois mon reflet dans l'acier inoxydable. Je suis... transformé. Je vois un vieil homme, qui tient une lanterne dans l'obscurité. Mon propre *tableau* ? Puis mon apparence redevient normale.

— Arthur, tu es bien l'Ermite, aussi connu comme l'Alchimiste.

— L'Alchimiste ?

Un grondement sourd monte dans ma tête.

Le seul et unique Alchimiste. C'est tout ce que j'ai toujours voulu être !

Oui. C'est ce que j'ai toujours été. Ça ne m'est jamais apparu aussi clairement.

Bien sûr qu'Evie m'avait semblé spéciale quand je l'ai vue pour la première fois – parce que j'avais perçu sa carte. Je n'avais pas eu de vision d'elle, les bras ouverts dans mon lit ; j'avais vu le tableau de l'Impératrice : celle qui attire.

— Je n'ai pas cessé de semer des allusions, des indices, en attendant que tu reconnaisses certains aspects de mon histoire, que tu réagisses. (Elle incline la tête, et une mèche de ses cheveux soyeux glisse par-dessus son épaule, m'inondant de son parfum de rose enivrant, que je trouve irrésistible, même maintenant.) À mon avis, tu planes tellement à cause de tes concoctions farfelues que tu n'as même pas entendu les voix. (Elle se penche en avant et ajoute, sur le ton de la confidence :) Te droguer jusqu'à transformer ton cerveau en soupe ? Je suis passée par là, mon pote.

— *Planer* ? Je voulais me concentrer ! (De la salive ensanglantée jaillit de ma bouche.) Les voix... (Je me rappelle soudain leur horrible cacophonie, leurs répétitions incessantes.) Elles m'empêchaient de me concentrer !

— Comme l'a dit Matthew : si tu n'écoutes pas les voix, tu mourras avec leurs murmures jubilatoires dans les oreilles.

Si les autres Arcanes ont des pouvoirs surnaturels, alors moi aussi. En pensant à ceux que je détiens, je me précipite vers mon labo.

Derrière moi, les filles supplient Evie de les libérer, bien qu'elles semblent aussi terrifiées par elle qu'elles l'étaient par moi.

Tandis qu'Evie s'exécute bêtement, je me rue sur mon plan de travail et m'empare de toutes les fioles que je peux atteindre. J'engloutis tous les contenus multicolores les uns après les autres.

Noir pour neutraliser son poison. Bleu pour me rendre plus fort, plus agressif, plus rapide. Rouge pour guérir mes blessures.

Je l'ai sous-estimée ; elle a fait la même chose avec moi. Si je peux remonter les escaliers, je pourrai atteindre les armes cachées à des endroits stratégiques de la maison.

Je vais la réduire en bouillie, exactement comme Père.

Elle a beau m'entendre m'affairer bruyamment avec mes potions, elle ne montre aucun signe de peur, expliquant patiemment à mes sujets – les *miens* – qu'elle s'apprête à briser leurs chaînes.

— N'ayez pas peur, leur assure-t-elle. Vous serez bientôt libres.

Trois coups de griffes plus tard, les filles grimpent péniblement les marches en se bousculant pour passer la première.

Je me dirige à mon tour vers les escaliers, rampant sur le sol, fuyant pour grappiller le temps nécessaire afin que les élixirs fassent leur effet.

— Où en étions-nous ? demande Evie en réapparaissant de derrière la bâche en plastique.

Elle se frotte les mains comme pour les épousseter.

Au pied des marches, je tourne péniblement la tête pour la garder en vue.

— Pourquoi jouer ainsi avec moi ? (*Continue de la faire parler.* Je peux déjà sentir une potion neutraliser son poison. Sous moi, les blessures de mon torse commencent à se refermer.) Pourquoi avoir fait comme si le poison agissait ?

— Comme je te l'ai dit, parfois, je joue des rôles. J'ai interprété la garde-malade enjouée quand ma mère était mourante ; j'ai feint l'indifférence au sujet de Jackson et Selena alors que j'étais folle de jalousie. J'ai fait semblant d'être droguée pour que tu dévoiles ce que tu avais prévu de me faire. Et ce qui se trouvait au sous-sol.

— Pourquoi me raconter ton histoire alors ?

— Ne m'as-tu pas écoutée *du tout* ? demande-t-elle avec un soupir. Ma technique, c'est d'attendre ma proie, tu te souviens ? De l'*attirer*. Tu devais faire le premier pas. (Elle me suit calmement tandis que je lutte pour gravir les marches.) Et il m'a fallu un moment pour me faire à l'idée que tu avais essayé de me droguer – qu'un seul d'entre nous quitterait cette maison en vie. Et puis, j'avais besoin de temps pour récupérer de ma journée fatigante passée à... jardiner.

— Jardiner ?

Je fronce les sourcils, incapable de trouver un sens à ses paroles.

— C'est là que tu as révélé ta véritable nature. Et tu t'es condamné.

Enfin, mes forces commencent à me revenir, mes muscles à se gonfler.

— Ce n'est pas terminé. Je vais te massacrer, fillette.

— Oh, vraiment ? (Son expression est cruelle, ses yeux verts dénués de pitié.) Ne comprends-tu pas, Arthur ? Jackson avait tort. Ce n'est peut-être pas ma méthode, mais je *sais* chasser. Et celui que je chasse, c'est toi.

41

Arthur gravit péniblement les marches, la respiration sifflante, en continuant de me menacer par intervalles, à travers ses dents barbouillées de sang.

Avais-je jamais imaginé que je pourrais en arriver là ?

J'ai atteint cette ville dans un état émotionnel déplorable, après avoir pleuré pendant deux jours. Guère étonnant. Je ne m'étais jamais retrouvée aussi seule auparavant, sans amis, sans famille. Je n'avais jamais connu le coup de poignard dans le dos, la trahison de la part d'un garçon.

Oui, je suis venue ici chercher des réponses auprès d'Arthur, mais j'aspirais aussi à plus – un câlin de compassion, une tape dans le dos, n'importe quelle démonstration de tendresse, si infime soit-elle.

Et pire que ça, je l'*espère* toujours.

J'ai toujours été généreuse et aimable avec les gens par le passé, et même après le Flash – après toutes les fois où l'on a voulu me faire du mal – je nourrissais toujours cet espoir naïf que les gens voulaient eux aussi faire preuve de bonté envers moi.

Quand j'ai vu Arthur pour la première fois, avec sa franche modestie, j'ai aussitôt pensé : *nouvel ami*.

Aussi simple que ça.

Bon sang, combien j'ai *besoin* d'un ami… Mais à la place, j'ai trouvé un véritable psychopathe.

À cet instant, les trois filles sont encore à l'étage en train de crier à l'aide, incapables de sortir de ce repaire. J'entends la plus jeune hurler en implorant sa mère. Je ne peux qu'imaginer depuis combien de temps il les torture.

Ce soir, Arthur m'a transformée à jamais. Il m'a poussée dans mes retranchements, m'a fait devenir ce qui était autrefois mon pire cauchemar.

Je ne suis plus la même. Il y aura un avant et un après Arthur. Sans retour en arrière possible.

Je le hais pour ça.

Alors que nous parvenons en haut des marches, il se jette sur le seuil dans un effort et atterrit sur son ventre lacéré avec un gémissement. Puis il se met à ramper sur le sol comme un misérable cloporte. Ses yeux alternent nerveusement entre moi et la porte d'entrée, qu'il cherche à atteindre.

À son approche, les filles poussent des hurlements en bondissant dans un coin.

Devant la porte, il se hisse sur ses genoux et tend le bras pour trouver une poignée qui n'est plus là.

— Pris à ton propre piège ? Espèce de malade.

Jetant des coups d'œil frénétiques vers moi par-dessus son épaule, il plonge la main dans la poche arrière de son pantalon et en tire des pinces.

Je continue de m'approcher avec nonchalance, ce qui ne fait qu'augmenter sa nervosité. Ce pouvoir est grisant. Pas étonnant que la sorcière rousse rie autant. Je commence à en saisir le charme.

— Je t'ai suivi à travers la ville avant de venir ici – mais tu le savais, n'est-ce pas ? Ce que tu ne savais pas, c'est que nous nous préparions tous les deux à cette rencontre.

Matthew m'avait prévenue contre les leurres : l'Alchimiste en a utilisé plusieurs pour m'attirer dans son antre, et j'étais restée sur mes gardes.

La lanterne vive sur sa maison – une lueur dans les ténèbres. Le ragoût que j'avais senti – un festin alors que j'étais affamée. Mais pendant qu'il avait entretenu son feu par anticipation, il m'avait laissé tout le temps de faire appel à mes renforts d'un genre un peu spécial.

Exactement comme j'avais vu la sorcière le faire.

Avec mon sang, j'avais ressuscité les végétaux morts – et il avait été *délicieux* de les ramener à la vie. Puis je m'étais entraînée avec eux.

Un arsenal.

À présent, des roses, du lierre et des chênes attendent juste devant la maison, prêts à réduire l'Alchimiste en miettes. Une tornade d'épines tourbillonne au-dessus.

— Tu me trouvais tellement pâle, tellement faible, dis-je. Mais je ne faisais que récupérer après ma perte de sang. Merci de m'avoir accordé ce répit.

Il commence à lever les pinces vers la serrure... les lève encore... elles lui échappent des mains et rebondissent à plus d'un mètre de lui. Paniqué, il agrippe la tige en métal – tout ce qu'il reste de la moitié intérieure de la poignée de porte – et se met à la tordre de toutes ses forces. Du sang coule de ses mains.

— Pose-toi la question, l'Alchimiste. Veux-tu vraiment passer de l'autre côté de cette porte ?

— Tu es une aberration, un monstre ! raille-t-il par-dessus son épaule. Voilà pourquoi ton précieux Jackson en a choisi une autre, parce qu'il devinait combien tu étais mauvaise ! Il t'a rejetée.

Je ne peux pas le nier. *Tu m'étonnes*. Bon sang, c'est peut-être vrai, mais qu'est-ce que j'en sais ? Je ne connais *rien* aux garçons.

Même après avoir vu Jackson embrasser Selena, il me manque toujours. Je me demande combien de temps cette douleur durera...

Arthur commence à se redresser, à se tenir sur ses pieds. C'est... surprenant. Je l'ai entendu boire des choses au sous-sol, mais je ne pensais pas qu'il pouvait neutraliser mon poison.

En le voyant se lever, je m'aperçois que son torse guérit à une vitesse qui égale ma propre régénération.

— Je ne suis pas dénué de talents, Evie.

Sous mes yeux, ses muscles enflent, gonflant le tissu de sa chemise.

Il me lance un sourire si triomphant que je me demande s'il peut l'emporter sur moi.

— Tu ne pouvais pas deviner à quel point je pouvais devenir fort.

Avec un rugissement, il arrache la porte de ses gonds comme on arrache la tête d'une peluche.

Il la projette dans ma direction ; je pousse un cri quand elle heurte mon épaule, me plaquant contre un mur.

Ma vision se brouille et je crois entendre la voix de Jackson résonner au loin.

— *Evangeline !*

Je respire pour faire passer la douleur en luttant contre le poids de la porte pour me débloquer. Je suis toujours si faible dans mon corps de jeune fille maigrichonne !

— *Evie ! Réponds-moi, bon sang !*

Jackson est ici ? Comment a-t-il pu trouver cette ville ?

— *Où es-tu ?*

Je n'arrive pas à définir l'angoisse dans sa voix tonitruante, à comprendre son désespoir de me retrouver. Pourquoi est-il venu ? Il en avait fini avec moi.

Puis il crie à quelqu'un :

— Dis-moi *exactement* où elle est, mec ! Ou je t'éventre, je le jure devant Dieu !

Matthew est là aussi ?

Arthur s'éloigne de la porte et traverse la pièce en courant. Au lieu de s'échapper, il force son avantage. Je le regarde, incrédule, bondir par-dessus une table et s'arrêter en dérapant devant un vaisselier. Le temps que je me libère et me redresse, il s'est emparé de… flacons bouchés ?

Il les jette sur moi. Ceux-ci explosent en mille morceaux, répandant leur contenu sur ma peau.

De l'acide.

La douleur. Paralysante. Engourdissante.

Je pousse un hurlement. La peau de mon bras, de ma cuisse et de mon mollet fond en grésillant. Je tombe à genoux. Je sens que je vais perdre connaissance.

— *Evangeline !*

Le rugissement désespéré de Jackson est comme un repère, un phare dans la nuit qui m'aide à me concentrer.

Arthur s'approche de moi en jurant :

— Je vais te *dissoudre* centimètre par centimètre. Je t'obligerai à me supplier, comme je l'ai fait avec Père.

Je lutte pour me redresser, pour ignorer ma chair brûlante qui commence déjà à cicatriser.

Quand l'Alchimiste voit ma peau se régénérer, il murmure :

— Impossible.

— Tu n'arrêtes pas de répéter ça… dis-je dans un souffle, au sujet de choses qui sont… déjà en train de se produire.

Il n'a pas même vu une *once* de l'étendue de mes pouvoirs. Cette idée me rend fière, suffisante. Je me relève en vacillant.

Prête à en finir, j'appelle mes soldats et les lâche dans la mêlée. Des branches enfoncent les portes et les fenêtres pour permettre au lierre de s'introduire à l'intérieur et d'envahir chaque pièce.

Comme l'a dit Matthew, il y a bien une ardeur dans le combat, et je la sens qui s'empare de moi. Possédée, je hurle et mes troupes se ruent dans la bataille.

Des tiges épineuses recouvrent l'avant de la maison. Derrière moi, un mur de verdure s'élève dans un enchevêtrement indescriptible. Alors que moi et mes plantes nous approchons de lui, Arthur se fige, le regard empli d'horreur.

Il fait volte-face et s'élance vers la sortie. Il ne fait pas deux pas avant qu'une branche jaillisse pour lui barrer le passage. Du lierre se jette sur lui des deux côtés du porche et s'enroulent autour de son torse. Les pointes s'enfoncent dans sa peau.

— *Noooon ! Arrête ça, espèce de monstre !*

Une tige de rose ondule langoureusement au plafond. Avec des mouvements vicieux, elle se glisse autour de son cou.

— Ton nouveau collier, Arthur, murmuré-je en la voyant se resserrer.

D'autres tiges viennent lier ses jambes, grimpant le long de ses bras comme s'il s'agissait d'un treillage, lui arrachant un cri aigu. Elles plantent leurs épines dans sa chair tel un fil de fer barbelé, de plus en plus profond, jusqu'à comprimer ses poumons au point de l'empêcher de pousser un second cri.

Il me jette un regard implorant par-dessus son épaule.

Combien de filles l'ont ainsi supplié de les épargner ? Sur combien de gens a-t-il versé de l'acide ?

Combien en a-t-il mutilé ?

Il avait l'intention de *me* faire tout ça...

Il se met soudain à se débattre et parvient à libérer un bras grâce à sa force démentielle. De sa poche, il tire un dernier flacon d'acide.

Avant qu'il puisse le lancer, j'agite la main : l'ordre d'exécution.

Les branches qui enserrent son corps s'écartent brusquement dans des directions opposées, le coupant en deux.

L'Alchimiste disparaît dans un giclement de sang et de fragments d'os.

Deux moitiés distinctes. Gisant de part et d'autre du porche. Séparées par une flaque écarlate.

J'ai remporté la victoire, mais elle n'a pas été sans conséquences. En me voyant tituber, mes soldats se pressent contre mon dos et me soutiennent comme un serre-livres. Comme j'avais vu la sorcière le faire, j'enfonce mes griffes dans la tige d'une rose pour aspirer de nouveau dans mon corps la vie que je lui avais insufflée, afin d'accélérer ma guérison.

— Evangeline !

Jackson se rapproche.

Pourquoi es-tu venu ici ? Pourquoi, pourquoi ? Fuir n'est plus une option. Je ne peux plus cacher qui je suis, désormais.

— *Bébé*[1], réponds-moi ! *Je t'en prie...*

Je l'observe remonter la rue en courant, Matthew sur ses talons. Ils ne sont pas seuls. Selena et Finn les accompagnent.

1. En français dans le texte. (*N.d.T.*)

Quand ils ralentissent tous les quatre devant la maison, l'enchevêtrement de ronces se divise pour me laisser apparaître, debout au sommet des marches. La moitié de mon tee-shirt ensanglanté et du bas de mon jean a disparu, dévoilant ma peau en cours de régénération et les glyphes étincelants. La tornade d'épines au-dessus de la bâtisse fait voler mes cheveux roux.

Une tige rampante s'enroule affectueusement autour de mon cou. Je frotte ma joue dessus, la caresse ; mes griffes empoisonnées scintillent.

Derrière moi, le barbelé épineux, l'étau de branches et les chênes-béliers attendent mes ordres. Ils obstruent la moindre ouverture du repaire de l'Alchimiste, jusqu'à rendre méconnaissable la forme de la maison.

Je baisse les yeux vers les autres Arcanes. Matthew est fier. Selena a une posture meurtrière, glaciale. Et pas le moins du monde surprise. Comme je l'avais suspecté, elle sait tout de nous. De *moi*.

Finn paraît stupéfié – et coupable ?

— *Je pensais pas que tu entrerais dans la chambre*, murmure-t-il.

À l'écart, bouche bée et regard écarquillé, se trouve Jackson.

Entrerais dans la chambre ?

À cet instant précis, les trois captives commencent à se frayer un chemin parmi les végétaux vers la porte d'entrée. D'un nouveau geste de la main, je leur libère le passage. Elles fuient loin de la maison en courant et en criant pour leur vie.

Puis quelque chose attire mon attention. Une nouvelle marque apparaît sur ma main, pas l'un de mes glyphes mais une petite illustration tatouée. Le symbole de l'Alchimiste, une lanterne étincelante – son leurre.

C'est à la fois curieux de le voir sur ma peau, et étrangement familier. Comme me l'avait dit Matthew : « Les batailles doivent être livrées, les marques méritées. »

Réussir un meurtre ; gagner un tatouage en guise de trophée. Je déglutis, et un souvenir m'étourdit en refaisant surface. Enfin, je me rappelle la réponse à cette question qui me hante.

Le médecin demanda :

— Comprends-tu pourquoi tu dois rejeter les enseignements de ta grand-mère ?

Je hochai la tête et articulai péniblement mes mots :

— Parce qu'elle veut que je fasse de vilaines choses à d'autres enfants.

Le reste de la balade en voiture avec Grand-mère rejaillit dans ma conscience. Je revois la scène comme si c'était hier.

Quand la sirène de police retentit derrière nous, elle me dit :

— Tous les quelques siècles, un nouveau jeu de vie ou de mort recommence. Tu dois l'emporter sur les vingt et un autres Arcanes, Evie. Un seul peut survivre.

— Qu'est-ce que ça veut dire, Grand-mère ? demandai-je, paniquée.

— À la fin de la partie, tes mains seront recouvertes de leurs symboles.

Après s'être garée sur le bas-côté, elle prit mon menton dans une main et me regarda dans les yeux, avec une affection maternelle.

— Parce que tu vas tous les tuer…

Tous les tuer.

Voilà ce que je suis. Tout au fond de moi, n'avais-je pas su depuis le début que je devrais tuer Arthur ? C'était l'Alchimiste qui avait été condamné à la seconde où il m'avait « piégée », moi.

Je porte maintenant son symbole et le porterai toujours. Je suis entrée dans le jeu, que je l'aie voulu ou non.

Pas étonnant que Matthew m'ait demandé si j'allais le tuer. Et Selena ? Nous a-t-elle tous gardés à proximité dans le but de nous assassiner dans notre sommeil ?

Peut-être attend-elle que nous attirions d'autres Arcanes, comme Finn. Je me demande si l'Archer a du mal à se *retenir* de nous liquider avant que le moment soit venu.

Je me tourne vers Jackson et croise son regard gris et médusé.

Voilà ce que je suis réellement...

Je remarque un bandage imbibé de sang enroulé fermement autour de sa main. S'est-il blessé tout seul ? J'y regarde de plus près. Ce n'est pas un bandage. Serré dans son poing, je vois... mon ruban rouge coquelicot.

Le ruban qu'il a conservé depuis le Flash.

Il ne se tient pas aux côtés de Selena ; il est venu ici pour *moi*. Dois-je croire ce qui se trouve juste sous mes yeux – ou mon souvenir de leur baiser ? Et si j'avais mal interprété les choses ?

Oh, Seigneur. *Finn.*

Dans cette chambre, avais-je surpris Selena et le Magicien – qui avait pris l'apparence de Jackson ?

Suis-je en train de me raccrocher aux branches tant je désire Jackson ? Il est possible qu'il ne l'ait jamais touchée, non ?

Pendant un instant, prise d'un vertige, je me demande si Jackson et moi avons toujours un avenir ensemble. J'en ai tellement envie. Il peut me faire redevenir moi-même.

Il peut me sauver...

La maison se met à craquer sous le poids de mes végétaux, les murs sont en train de céder. Les fondations tremblent. Malgré mon entraînement avec mes nouveaux pouvoirs, je ne les ai pas encore totalement sous contrôle. Ma faiblesse me rend maladroite.

J'amorce le retrait de mes soldats rampants et tourbillonnants, mais en retournant à leur état pacifique, ils éventrent la maison en deux, comme un œuf cassé.

Jackson est sidéré. Son regard passe frénétiquement d'une moitié de la maison à l'autre ; puis il plisse les yeux vers quelque chose sur le côté.

Oh. Un bout de l'Alchimiste. *Tout compte fait, la petite poupée a du cran, le Cajun.*

Que va-t-il dire ? Ou faire ?

Je passe nerveusement mon pouce sur mes griffes jusqu'à ce que le sang se mette de nouveau à couler. Il m'avait dit que l'on pourrait *tout* surmonter. Puis-je y croire ?

Sauve-moi, Jack…

Il recule en trébuchant, et fait le signe de croix. Exactement comme je l'avais un jour prédit.

Avec ce simple geste, il me brise le cœur.

— *Mais moi, je ne pourrais pas être plus fier, Impératrice*, susurre la Mort dans mon esprit.

Je l'entends si nettement… Il doit être proche. Je n'ai rien à perdre, aucune raison de vivre en le craignant. *Surveille tes arrières, la Faucheuse, je suis en chasse.*

Un gloussement grinçant.

— *Ta Mort t'attend.*

Je me mets à rire, et je suis incapable de m'arrêter.

Jackson pâlit un peu plus encore. J'espère même qu'il fuie à présent, et qu'il emmène les trois autres avec lui, hors de ma portée.

Car, dans le cas contraire, l'Impératrice pourrait bien les tuer tous…

Une goutte roule sur mon visage. Une larme ?

La pluie.

Alors que Jackson et moi nous nous dévisageons, les yeux écarquillés, des gouttes se mettent à tomber entre nous…

Composition
FACOMPO

Achevé d'imprimer en Espagne (Barcelone)
par BLACK PRINT CPI
Le 13 janvier 2014

Dépôt légal : janvier 2014
EAN 9782290061022
L21EDDN000411N001

ÉDITIONS J'AI LU
87, quai Panhard-et-Levassor, 75013 Paris

Diffusion France et étranger : Flammarion